# 红侠·黑侠·白侠

民国武侠小说典藏文库·陆士谔卷

陆士谔◎著

中国文史出版社

# 海上奇才陆士谔（代序）

　　二十世纪初到四十年代，上海滩出现了一位奇才，他精通医道，医德高尚，曾被誉为上海十大名医之一；他著作等身，医学专著四十余种，各类小说一百余种，是当时享有盛誉的名作家。这位奇才就是陆士谔。

　　陆士谔，名守先，字云翔，号士谔，用过多个笔名：沁梅子、儒林医隐、珠溪渔隐、梦天天梦生、云间龙、云间天赘生、路滨生、龙公等。晚清光绪四年（1878年）生于江苏青浦珠街阁镇（今上海市青浦区朱家角镇）一个书香家庭。九岁起，跟随青浦名医唐纯斋学医，前后共五年。十四岁到上海一家当铺做学徒，不久辞退回家，在朱家角一边行医一边大量阅读医书和各种"闲书"。二十岁再到上海行医，因业务清淡，遂改业租书，购置一大批读者欢迎的小说，日间以低价出租，晚上潜心研读这些小说，不但能维持生计，而且渐渐悟出写作诀窍，先写些短篇，试着投稿报馆，竟获一再刊登。他写兴更浓，由短篇而中篇，由中篇而长篇，有些还印成单行本，风行一时。此时他认识了小说界前辈海上漱石生孙玉声，孙玉声知道他做过医生，对医道有研究，劝他重开诊所。他听从劝告，此后坚持一边行医，写医学专著和有关掌故，一边撰写小说，直到1944年因中风不治在上海家中逝世，享年六十六岁。

　　陆士谔一生整理、编注、创作医著和医文四十余种，对清代名医薛生白（1681—1770）、叶天士（1666—1745）的医案钻研极深，编注过《薛生白医案》《叶天士医案》《叶天士手集秘方》等重要著作，自著十余种，

1

最重要的是《医学南针》初、二集，其业师唐纯斋为之作序，赞他"以预防为主医学，极深研几，每发前人所未发"，"以新说释古义，语透而理确"。他以所学理论行医，悉心诊治，常能妙手回春。1925年，一位广东富商请其出诊，为奄奄一息、众名医束手的妻子治病，经过半个月的诊治，病人霍然而愈。富商感激涕零，登报鸣谢一个月，陆士谔的医名由此大振。在沪行医期间，陆士谔以其精湛的医术、高尚的医德，被誉为上海十大名医之一。

陆士谔以医为业，业余还创作了百余种小说。为陆士谔研究付出过艰辛努力的田若虹教授给予高度评价："陆士谔的小说全面地反映了晚清民国时代的社会面貌、重大事件，笔触遍及政治、外交、文化、经济、军事等各个方面，展现了封建末世的一幅真实画图。""他以强烈的愤怒抒发了对社会官场魑魅魍魉的谴责与鞭笞，以感情充沛的笔锋表现了对反帝爱国志士的赞扬与尊敬，用热情洋溢的话语描述了其理想中的新中国。这一切憎爱分明的情感，铭记着时代的苦难痕迹，闪耀着陆士谔在十九世纪末、二十世纪初那个特定的历史阶段与时代同脉搏、与人民共呼吸的真挚情感。同时也热切地表达了其欲挣脱'衰世'腐败黑暗的社会及卑污风气，挣脱束缚、压抑之环境，追求美好自由新境界的愿望。他对现实的愤怒与对未来的追求融汇交织其中，感情激烈而奔放，语言辛辣而犀利，文风格调亦具有时代精神的特征。在封建制度大崩溃之前夕，陆士谔等近代小说家们的那些充满激情的篇章、声情沉烈的创作颇具现实意义。"①

陆士谔的小说不仅数量多，而且题材极为广泛，田若虹教授将其分为社会小说（52种）、武侠小说（22种）、历史小说（10种）、医界小说（3种）、笔记小说（18种）、科幻小说（2种）和纪实小说（即时事小品110则），共七类。正因为认识到陆士谔小说的社会价值，1988年起，先后有十余家出版社重印了一般读者较难看到的陆士谔小说，如《新孽海花》《血泪黄花》《十尾龟》《荒唐世界》《社会官场秘密史》《最近上海秘密

---

① 见田若虹：《陆士谔小说考论》，上海三联书店2005年7月初版。

史》《商场现形记》《新水浒》《新三国》《新野叟曝言》《清史演义》《清代君臣演义》《清朝秘史》《八大剑侠传》《血滴子》等十余种，其中最著名的是《新上海》《新中国》和《八大剑侠传》《血滴子》。

撰于1909年的《新上海》深刻揭露了清末上海十里洋场种种光怪陆离的"嫖、赌、骗"丑恶现象，竭力描写，淋漓尽致。1997年，上海古籍出版社将其与李伯元的《官场现形记》、吴趼人的《二十年目睹之怪现状》等一起列入"十大古典社会谴责小说"。1910年，又撰《新中国》，小说以第一人称写作，以梦为载体，作者化身陆云翔，描述梦中所见：上海的租界早已收回，建成了浦江大铁桥、越江隧道和地铁……2009年12月，为配合宣传2010年上海办世界博览会，有出版机构重印了这部小说，国内外媒体也纷纷报道，极大地提高了陆士谔的知名度。

陆士谔还以清初社会现实为背景，从1914年到1929年，十六年中写出二十余种武侠小说：《英雄得路》、《顾珏》（以上为文言短篇，分别载于《十日新》杂志和《申报·自由谈》）；《八大剑侠传》（原名《八大剑仙》）、《血滴子》（又名《清室暗杀团血滴子》）、《七剑八侠》、《七剑三奇》、《小剑侠》、《新剑侠》（以上后合编为《南派剑侠全书》）、《红侠》、《黑侠》、《白侠》、《三剑客》（以上后合编为《北派剑侠全书》）、《雍正游侠传》、《今古义侠奇观》、《江湖剑侠》、《八剑十六侠》、《剑声花影》（原名《侠女恩仇记》）、《飞行剑侠》、《古今百侠英雄传》、《新三国义侠》、《雍正剑侠奇案》、《新梁山英雄传》、《续小剑侠》（以上为白话长篇，多由上海时还书局出版）。

这些小说中的人物，出场最多的是康熙、雍正时的八大剑侠，即路民瞻、曹仁父、周浔、吕元、白泰官、吕四娘、甘凤池和了因和尚（俗家名吴天巉），他们是南明延平王郑成功部下，明亡后，存反清复明大志，在各地行侠仗义，扶危济困，名震天下。书中由正面转为反面的人物是年羹尧和云中燕（"血滴子"暗器发明者），起初也行侠惩恶，后来却创办血滴子暗杀团，帮胤禛夺得皇位，最后被雍正卸磨杀驴，下场悲惨。陆士谔笔下这两组人物故事当时吸引了无数读者，不仅小说一再重印（《八大剑侠传》《血滴子》竟印到 21 版），而且被改编成京剧连台本戏和电影《血滴子》，红极一时。受其影响，在陆士谔原著的基础上，稍后出道的民国武侠北派五大家之一的王度庐，1948 年写出《新血滴子》（又名《雍正和年羹尧》）。至 1950 年代，香港武侠名家梁羽生发表《江湖三女侠》，吕四娘、白泰官、甘凤池和了因的形象更为生动；台湾武侠名家成铁吾更写出 350 万字的巨著《年羹尧新传》，使原本笔法相对平实质朴的故事奏出了华彩乐章。

最后值得一提的是陆士谔 1915 年 3 月 19 日发表于《申报·自由谈》的文言笔记小说《冯婉贞》，记载了 1860 年英法联军火烧圆明园时，北京民女冯婉贞率领数十年轻村民痛击联军，杀死近百名敌军，成为近代民族英雄的杰出代表。此文 1916 年被徐珂略作修改后收入《清稗类钞》，二十世纪六十年代又被收入中学范文读本。

2014 年起，中国文史出版社陆续推出了"民国武侠小说典藏文库"和"民国通俗小说典藏文库"两大系列丛书，先后整理、重印了还珠楼主、白羽、郑证因、朱贞木、平江不肖生、徐春羽、望素楼主、赵焕亭、顾明道、李涵秋、刘云若、张恨水、冯玉奇、程瞻庐等作家的全部或大部分小说，深受读者欢迎，并获研究者的好评，此番又将重印陆士谔的大部分武侠小说，从《八大剑侠传》到《飞行剑侠》，共 15 种，真是功德无量！望文史社编辑诸君再接再厉，将建修两大文库的宏伟工程进行到底，使这份珍贵的文学遗产永久传存于世间！

林　雨
2018 年 12 月于上海

# 目　录

## 红　侠

黑　　侠

# 白　侠

5

红　侠

# 第一回

## 冒处士山塘小隐
## 陈抚台湖上访贤

话说中国学术，自古分为两派，一是南派，一是北派。精至道德，细至艺术，以及词曲、图画、拳技，都是分宗别派，不能混为一谈。剑术这一道，技已近乎道，人有南侠北侠之分，技有南派北派之别。看官，南中八剑陆士谔已经撰稿一百一十九卷，成书四十八万言，贡献于看官们消闲解闷，北派的剑侠就为他宗派不同，一个字也不曾提及过。今日清闲无事，不免学着柳麻子挥扇登台，开讲平话。只是有一句话先要交代，南派剑侠是炼气成剑，运剑以神，所以八大剑侠刚劲中不脱婀娜之气；北派剑侠是炼形成剑，运剑以精，所以本书的红侠、黑侠、白侠婀娜中常含刚劲之气。一是刚中见柔，一是柔中见刚。看官们记清了，就觉得书中人呼之欲出，南北两派自然不会打混。这是本书的提纲。

提纲既明，言归正传。却说大清顺治年间，江南苏州阊门外山塘尽处，有一角红楼，四围翠树，中间露出一行竹篱，竹篱上满绕着紫藤玫瑰，色香天然，向西辟有两扇竹门，门内横拖一径，两旁杂莳百花。从外面看去，一幅天然图画，宛如世外桃源。红楼的主人是个年才弱冠的美少年，还有一个绝色女子，就是这少年的姬人。两口儿或是倚楼眺晚，或是对月联吟，风流旖旎。过路的人无不称他为陆地神仙，哪里知道这主人是天下第一伤心人呢？

原来这红楼主人姓冒，单讳一个襄字，表字辟疆，江北如皋人氏。簪缨世胄，礼乐家声，本是个贵公子。当崇祯末年，冒辟疆与桐城人姓方名以智字密之的、宜兴人姓陈名贞慧字定生的、商丘人姓侯名方域字朝宗的结社论政，风靡天下，当时号为四公子，锋芒异常。国变而后，知道人心已去，天命难违，没奈何只得藏锋敛锷，匿迹销声，携了姬人董小宛，在这十里山塘中构一所别墅，弄月吟风，消磨岁月。这董小宛确是个绝世美人，名满江南的。朝廷听到冒辟疆大名，几次下旨征召，偏偏这冒辟疆甘作殷顽，耻食周粟，总是坚卧不起。

这一年是顺治八年，岁次辛卯，苏州新调抚台。这位新抚台名叫陈泰，姓钮祜禄氏，是满洲镶黄旗人，从龙世系，开国功臣。论他的身份，原是尊贵异常，不意一到任却就纡尊降贵，乘轿出阊门，专拜冒辟疆。冒辟疆照例推说有病，不能接待，挡了他的大驾。陈抚台乘兴而来，败兴而去，坐在轿中好生不乐。心中默计，此回陛辞出京，圣眷优隆，秘密召对密语了好半天，嘱我办这一件大事。今儿专程往拜，偏偏这厮不肯见我。要是这一件事情办不到，我的干才哪里去了呢？少不得别寻法子，再作计较。无论如何总要把娟娟此矛弄到了手，才能够销差呢。

一路盘算，轿子已进了城。回到衙门，独个儿踌躇。幕府人才果然不少，就为钦奉要件，面承密旨，未便跟幕友们商议，只得独个儿盘算。忽然心有所悟，拍案道："任是相逢已嫁，罗敷有夫，我难道不会做磨勒么？"主意已定，把一应公事分拨开了，便就轻车简从，出了衙门，径由阊门出城。

山塘尽处，红楼在望，冒处士别墅已经到了。陈巡抚便屏去侍从，下马进去，推双扉踏步进门。只见一个老头儿手执锄头，在那里起土。瞧见陈抚台，才待动问，陈抚台向他含笑点了点头，叫他不要声张。那老人见陈抚台幅巾素裕，俨然隐士模样，只当作主人熟友，便低头自做他的活儿，不来理会了。

陈巡抚才进阶前，听得窗内有人曼声长吟，是个女子的声音，接着一人点头赞叹，却是个男儿口音，想来就是冒辟疆、董小宛了。见双门虚

4

掩，便轻轻举步，走进屋子去。见一个绝色女子，当窗而坐，低垂粉颈，手里正在写什么呢。旁边立着个神采清俊的少年，一手抚在女子肩头，在那里领会什么似的。陈巡抚便纵声笑唤道："冒先生好清闲呀！"

就这一声，把站着的男儿和坐着的女子都吓了一跳。冒辟疆回头见是陈巡抚，不觉一怔，半晌才道："抚台何来？"

陈巡抚笑道："衙斋簿书，俗尘三斛，吾兄楼对银塘，艳藏金谷，占尽吴门山水，还不许人间俗吏平分几分么？"说着向董小宛道："这位谅是董夫人了。前儿在蒙叟尚书案头，瞧见夫人闺秀诗存的手抄本，真个墨香字艳，入骨清华。除却河东并世，无闺中抗手呢。"

董小宛心里原不自在，被陈抚台没命地恭维了一场，倒一时不好意思将他抢白，勉强谢了一句，避到里面去了。

陈抚台笑向辟疆道："弟虽不是催租吏，却来阻了贤伉俪诗兴哩。"

冒辟疆只淡淡地敷衍着，心神很是不属。陈巡抚偏偏打足精神，有搭没搭地攀谈，开言道："冒先生是个高蹈君子，前儿的造访，实是冒昧，怪不得先生要挥之门外。似今日这么幅巾素裕，自问还堪点缀山林，或不至辱没了山塘精舍么？"

冒辟疆随口应酬了几句，即问他来意。陈泰道："兄弟未曾出京，已慕高名。此回南下，途中奉到一个廷寄，着京内大员及各省督抚，保举山林隐逸，钱蒙叟尚书便把先生名字第一个开了上去，一面传谕下来，叫兄弟蒲草羊裘，亲来劝驾。我知道先生是断不肯应征的，一到任就做好一个折子，说先生一闻征召，坚卧不起，几次将朝廷用人不分轸域许多德意劝着，只是痛哭不允。与其撼彼隐痛，不如全其忠贞。这一个折稿没有给先生瞧过，究竟近乎掇谎，所以巴巴地送来。也是我自己不好，心思忽略，不曾轻车简从，致遭摈斥。我把此折拜发之后，才体会到这一层，所以今日来此请罪呢。"说着又叹了一口气道："一失足成千古恨，吴中吴梅村、侯朝宗诸人何尝不是一代词宗？脚跟一动，便堕重渊，可知出处之间，大不容易呢。"说着叹了一口气，很做出俯仰身世的神气。又道："先生道德

5

文章，涵养有素，只这闲着一双冷眼，饱看故人失节，也着实难堪哩。"

冒辟疆见陈泰虽是个满人，谈吐倒还不俗，并且出言吐语很识窍。当下谈了一会子，陈泰辞着去了。冒辟疆见他去后，不禁向董小宛道："不想世间还有人晓得我这不合时宜的冒辟疆，梅村、朝宗真是不值一钱呢。"

从此陈巡抚便常来走动，有时围棋对弈，有时煮茗清谈，从无半语一辞谈及时政。辟疆也觉得陈泰这人很有雅趣，几乎忘记他是赫赫巡抚呢。

转眼之间，已到端阳佳节，山塘十里间笙歌画舫，一水皆香，两岸人家，窗启玻璃，香浮罘罳，真是遥山送黛之城，近水回波之岸。苏州人士除却几个候门稚子、守家聋婢以外，没一个不轻纱新縠地出来逛着。辟疆叫小宛爇了一炉名香，斟着一杯清酒，自己玄巾鹤氅，凭栏向水不住地点头叹息。小宛笑着推他道："你痴了么？"

冒辟疆叹道："正唯不能装痴，所以有无穷感慨。你看这脉脉水波，对人无语，不是含着千古伤心人清泪么？"

说着，远远的一阵箫鼓声，从风中传送过来，接着便是一阵笑声。董小宛道："冒郎，你镇日闷在家里，闷出病来了。还是外边去散散。"

冒辟疆道："风景不殊，举目有河山之感，你叫我哪里去呢？"

正说时，园丁来说常来的那位姓陈的来了。话没有完，陈巡抚早笑着进来，道："冒先生，你瞧我这么打扮，还不配你的玄巾鹤氅么？"

辟疆看时，见陈泰黄冠道服，衬着一部细须，居然有几分灵气。还没说完，早拉住辟疆衣袖道："一个是尘中俗吏，一个是胜国遗英，却装作穹隆道侣，去河房买三杯白酒喝吧。"

辟疆才待推托时，董小宛微语道："冒郎正候着抚台呢。"

陈泰笑道："夫人好预备果酪，等冒先生回来醒酒吧。"说时，由不得辟疆不允，拉着出门到山塘去了。

此时山塘上酣歌恒舞，热闹异常。陈泰携着辟疆的手笑道："我们今天这一游，被那钮玉樵知道了，又该向《板桥杂记》以外，再作《吴门画舫录》了。"

冒辟疆笑着不语，两人正行间，忽见几个人在陈巡抚面前一站，陈巡抚将头摇了一摇，那几个人便散开去了。陈巡抚悄悄地向辟疆道："我们拣冷落处走吧，这是万人瞩目的地方，很不方便呢。"

　　说着，就折进个小巷里去。却好小巷尽处有一家酒家，临着河沿，几只龙船正在那里抢快呢。两人踱进酒家，在河房上坐了。陈泰唤酒保，叫烫上两壶上好黄酒，把清洁可口的菜只顾配来。一时酒菜配齐，两人一边喝酒，一边眺赏船只。只见一条白龙一条青龙，正在那里八桨齐下，水花飞溅地抢着。酒保见酒喝得差不多，又烫了两壶上来。陈泰道："咱们干一杯吧。"

　　冒辟疆喝着酒，忽见上流来了一只画船，四面把黄绸掩着窗，船头船尾上站有十多个卫士，一式的缨帽佩刀、蟒袍绣褂，指挥着水手，把桨划得飞一般快。冒辟疆惊问："这是什么船？"

　　陈泰叹道："天下初定，原该力行仁政，偏偏皇太后听信了佞臣的话，说皇上春秋已富，嫔妃未备，要搜罗三吴美人，装点六宫春色。前天校尉到苏，兄弟向他们陈说利害，哪知一个个都是目不识丁的。这画船里边，正藏着良家采女呢。"

　　冒辟疆道："那女子的家属就舍得她静掩深宫，有如羁房么？"

　　陈巡抚道："便是舍不得，有什么法子来挽回呢？既遇不幸，也只好对着一泓流水，黯然销魂罢了。"

　　说着，那画船已划水过去，风过处，一脉异香，中人欲醉。辟疆眼看着那船去远了，还不住地低头叹息。二人浅斟低酌，直饮到暮色苍茫，炊烟四起，方才作别，分路回家。冒辟疆回到红楼，哪里知道家中早起了一桩坍天大祸，惊得目定口呆。

　　欲知有何祸事，且听下回分解。

# 第二回

## 陈泰智劫董小宛
## 傅山巧遇剑道人

话说辟疆回到别墅，见双扉洞开，婢仆园丁都现惊惶之色，瞧见主人回来，愈吓得面无人色。登楼入室，他人都在，单只不见了董小宛。冒辟疆瞧见这个样子，心里也有点子着慌，连问董娘在哪里，众婢仆都不敢回答。愈益心疑，急步赶入房中，见夫人正坐着下泪呢，问道："我的小宛呢？怎么不见？"

夫人见问，要回答时，哽咽着一个字也说不出。辟疆着急道："敢是死掉了么？"

看官，你道董小宛哪里去了呢？原来辟疆山塘买醉之辰，正是镜鸾分飞之日。辟疆跟陈泰出门去后，不过一个时辰，就见有缨帽挂刀、蟒箭绣裰的大汉八人，大踏步闯进园门，指名要见董娘。小宛叫侍婢传话询问来意，大汉回称："我们奉冒先生命，当面跟董娘讲话。"

董小宛在楼头听得是辟疆差来的人，不知辟疆在外遭了什么意外，心慌意乱，急走下楼来。一来是聪明一世懵懂一时，二来冒宅合该遭这大祸，三来也是前世注定的孽缘，不能避免。董小宛当下走到外边，问有何事。为首的缨帽大汉就问："这位是董娘不是？"早有董小宛身旁的侍婢回称："是的，你有话尽说了。"八个大汉虎吼也似齐应了一声，那为首的道："我们奉命来请董娘，即请登轿。"说着一声呼哨，即见四名夫子抬进一肩轿子来。董小宛见不是路，才待逃走，八个大汉四个拦住了去路，四个动手，不由分说，把董小宛推进轿中，簇拥着就走。

婢仆们齐声高嚷："抢了人去了！"冒夫人听得，急忙叫家人追赶。家人、园丁拔步飞追，才追到园门口，见两个蟒衣大汉亮着钢刀，门神似的把守着。一见有人追出，暴雷也似价喝一声道："没眼珠子的王八，乱嚷点子什么？问你这王八脖子上长几个脑袋！咱们是奉旨的事情，你敢嚷？"

众人瞧见这一副势派，听了这一番言语，吓得倒退不迭，回报冒夫人。冒夫人道："董娘是少爷的性命，现在出事，他又偏偏不在家。"遂派一个伶俐书童，叫他暗暗度着，瞧轿子抬到哪里去，不必声张，"瞧明白了，回来报我。"

一时书童回来，报称轿子抬到河干，有一画舫停着，他们把董娘搀下船，船上的婢女就把船窗四周都下了黄绸幔子，那一班花衣汉子跳上船，立命开船。眼见他八桨齐划，梭子一般地去了。冒夫人听了，不免心伤泪落。现在冒辟疆急得满头都是汗，再三追问，说了句"敢是死掉了么"，冒夫人哽咽道："差不多死掉了。"遂把小宛被劫的话说了一遍。

冒辟疆一听，急得几乎要疯跳了。好一会子，忽然想起陈泰跟我还算要好，他现在做着抚台，事到临头，也顾不得足不履城市，身不入公门了，且去见陈抚台，托他替我想一个法子。想罢，头也不回，出门去了。当下匆匆忙忙进城，一口气奔到抚台衙门，满拟撞进去见陈泰，不意门上军官拦住了，问找谁。冒辟疆气急败坏地道："我要会抚台。"

军官问他要名片，冒辟疆道："我没有名片，你进去说山塘姓冒的来拜，抚台自会知道。"

军官进去了半天，出来道："大人已经睡了，不见客。你老人家有事明天来吧。"

冒辟疆没法，只得退回来。次日再去，依然见不着。连着三回都是如此，知道没有指望，惘惘回头。信步走着，不知如何是好。经过关帝庙，忽然心中一动，不如入内叩问关圣，求一签看。于是举步入内，直到大殿。见关圣神像塑得很是威严，香烟缭绕，绛烛辉煌。跪伏在拜垫上，默默祝祷，求示一签。祝毕，手取签筒扑哧扑哧求起来，霎时一支竹签堕下，取签叫庙祝对取签诗到手，只见那签诗是四句，写的是：

9

忆昔兰房分半钗，如今忽把信音乖。

痴心指望成连理，到底谁知事不谐。


辟疆很是失望，没精打采地走回来。回到家里，长吁短叹，吃也懒怠，逛也懒怠，什么事都不高兴。冒夫人怕他闷出病来，劝他出去散散。辟疆道："人生此世，还有什么趣味？"

冒夫人叫人探听消息，不多几时，早已探听明白，知道陈泰奉命抚苏，就为劫取董娘起见。董娘艳冠江南，名闻燕北，顺治帝渴慕异常。知道陈泰人极干练机警，十分可靠，拔他为江南巡抚。陛辞这日，君臣俩密语了好半天，陈泰定计而行。这日同辟疆在山塘酒家买醉，正是调虎离山之计，早暗令壮士把董小宛劫取下船，立刻开行。辟疆在酒家瞧见的那只四遮黄幔的划子船，正是载送董娘。

冒辟疆得着此信，就拟单身北走燕京，探听小宛消息。冒夫人道："你一个文弱书生，北京地方禁军林立，不啻虎穴龙潭，如何去得？"

辟疆道："我想先到山西阳曲找一个老友，跟他商量，央他助我一臂之力。他如过允，我就有一二分指望了。"

冒夫人问他找谁，冒辟疆道："提起他名字，你也知道，就是朱衣道人，又号公之它。"

冒夫人道："朱衣道人谁呀？"

冒辟疆道："这位朱衣道人是山西阳曲人，姓傅名山，字青主。国变而后自号朱衣道人。"

冒夫人道："原来就是傅青主，那是知道的。傅先生是当代大儒，坚苦耐劳，其气节文章，素为士林宗仰，并且精通拳技。你与他交情不薄，现在找他商议，总算不曾错误。"

冒辟疆道："既然你也知道他可靠，就不必阻我出门了。"

于是冒辟疆收拾了点子盘川，只带得一个小童、一肩行李，就此远离家门，径向山西进发。一路风尘肮脏，说不尽憔悴可怜。不则一日，早来到阳曲地界。朱衣道人的住所辟疆是认得的，不用找寻。不意走到傅宅，只见双扉反锁，屋宇尘封，不像有人居住似的。询问邻舍，都说不知道。辟疆很觉怅然，徘徊了好一会儿，只得退出村庄来。

才到村口，又回过头去，望傅家的旧宅。忽闻有人唤道："那不是冒相公么？"

辟疆回看，见是一个小童，认得就是傅青主的药童，不禁喜出望外，忙问："你们相公搬往哪里去了？"

那药童道："离此不远呢。冒相公几时来的？"

冒辟疆道："才到，我正找你主人呢。"

那药童道："请冒相公随我来。"

当下辟疆主仆二人，跟着那药童迤逦行去，转过两个弯，药童连说："到了到了。"举目望去，但见树木丛杂，并不见有屋舍。心下纳罕道："傅青主住在哪里呢？"忽见药童道："冒相公，到了，请这里来。"只见绿影深处，一个很大的地窟，不禁愕然，急忙住了步。只见地窟中探出一个头来，开言道："那不是故人冒辟疆么？快请下来。"辟疆俯首瞧去，见开言的正是朱衣道人傅青主。

原来这傅青主单讳一个山字，初字青竹，后来改字叫青主。六岁时光，喜啖黄精，不乐谷食，父母强喂他饭，才能够复饭。读书过目成诵。生当明季，知道天下将乱，瞧见那时的士大夫大都文弱腐败，何堪济世匡时？于是发愤刻苦，专心锻炼身体，静坐炼气，行功易筋，经年不稍暇逸。就可惜闭门独学，未有益友名师指点，不能就得门径。大凡专门之学，一要自己研究，二要他人指点，才不致有弊害。这位傅青主独学无友，不免贪心猛进，勤行不息，一年多工夫，不觉炼成了一个痞块，在腹中上攻下撞，渐渐地饮食坐卧都有妨碍起来。他父母瞧见他这个样子，发了急，忙替他延医诊治。什么泻心汤、五皮饮、五积散以及七香饼、越鞠丸、六神糟甚至导滞丸、鳖甲煎丸这种不相干的药，尝试了，哪里有点子效验？延遍庸医，试遍谬药，瞧病势时终是有增无减。直到后来，请着一位名医，见病如源，一诊脉就识他病系气血凝滞症，由吐纳而成。吐故纳新因故气吐出未尽，新气纳入过多，故积新增新，又成故渐积渐多，遂成痞块。气血搏结，根深难拔。立方用逍遥散，另服苏合香丸，连服三剂，也不见效验。他父母没法奈何，只好听天由命。

一日，来一个白髯道人，摇铃叫喊善治一切疑难杂症。他父亲见那道人状貌不俗，忙请进来替他诊治，不过是姑妄试之，初无求愈之心也。那白髯道人身长七尺，河目海口，一部银丝白髯，根根见肉，其长过腹，经风飘拂，大发神仙之概。请到里面，只见他随身只有一柄宝剑，一个药囊，放下了，请教他道号，那道人道："我没有道号，人家都称我为剑道人，我也自认为剑道人呢。"问他医金多少，剑道人道："我从来治病，只问有缘没缘，不问有钱没钱。"

遂唤出病人来，剑道人真是了得，才一见面，并没有诊过脉，即道："哥儿的病是腹中有痞块呢，患了已有半年了。"

傅青主惊道："我师真是神仙，我这个病大概有指望了。"

剑道人叫他袒开肚腹，用手抚摩了一会子，开言道："贵恙之起，由于吐纳不得其道，气凝血滞，渐积而成。其来既非一朝，其愈亦非一夕。我说的错误没有？"

傅青主道："我师了解症结，洞悉精微，真是高明。贱恙全仗我师金手了。"

剑道人道："你这个病非药石所能治。既从吐纳得来，还须从吐纳逐去。既然今儿遇着我，总算有缘。待我来内授你吐纳真功夫，外给你施用按摩术，行之百日，可以痊愈。"

傅青主大喜，禀知父亲，就把剑道人留在家里，请他诊治。剑道人日间就给青主按摩，先按患处，后按胸腹四肢，夜间传授他吐纳秘诀。日夜调治，到一个月，病已衰去大半。到两个月，食量已渐增加，治到一百天，病体完全复元。

欲知后事如何，且听下回分解。

# 第三回

## 傅青主伏阙上书
## 冒辟疆土穴求计

却说傅青主病已痊愈，又得着真诀，把个剑道人感激得五体投地，便要投拜剑道人为师。剑道人道："哥儿真有志，不知你要学点子什么。我的吐纳法子已经授给你了。"

傅青主道："我见师父携有药囊、宝剑，想来于剑术之道必是很精。弟子志在学剑呢。"

剑道人道："医还可授，剑实难传。为的是剑虽小道，势利中人、功名中人、意气中人都不能授。你虽是性情中人，却还不是道义中人。性情动乎中，意气感乎外，其中虽有内外之别，但是与道义相较，究竟还差一层。剑术总要道义之人才可授，头头是道，处处合义，才不负此宝剑。哥儿，你已经会了吐纳，只要吐纳功夫做得成功，在拳技内功上已造到极轨，上可腾身空中撮取飞鸟，下可没身水底手斩蛟龙，越岭穿山，飞走绝迹，在世界上除到剑客之外，已经没有敌手了。我知道你志在用世，得此已足，不必多求。只要你勤行不息，将来于名教纲常，获益定然不浅。"

傅青主道："师父训诲的极是，但弟子贪心不足，总要妄想请益呢。"

剑道人道："那么我就把医学授给你吧。"

傅青主听了，口里虽然不敢说什么，脸上却就露出不满意的神气来。不意剑道人早已看出，笑道："你莫非为医是小道，不值得去学它么？"

傅青主道："不敢欺长者，弟子确有此意。"

剑道人道："泄天地之秘，穷造化之奇，无隐不明，无微不烛，道之精者莫如医。所以神农轩辕是圣王，伊尹是圣相。神农的《本草》、轩辕的《灵枢素问》、伊尹的《汤液经》，都为医林必读之书。孔子不知医，何能慎疾？瞧康子馈药，未达不尝，那么总有已达的了。炎黄伊孔知道医是性命之学，人人有性命，人人当知医，都不敢瞧作小道，现在你倒把它瞧作小道。并且你病的当儿，遇见整千百个程朱周张，讲那修齐治平大道，究竟于你的病有何关涉？再者我授给你吐纳法，吐纳全仗任督两脉的呼吸，不明医学，何知经脉？"

傅青主听了，恍然大悟，跪地谢罪，甘愿受教。剑道人道："我有《千金方》三十卷，都是我亲手评注的，你诚心愿学，我一个月后给你送来。"

傅青主大大拜谢，剑道人笑道："叨扰了好多时，我要走了。"

傅青主的父亲听得剑道人要走，就出来苦苦相留，青主留得更是恳挚。剑道人道："我这个人要住着时，赶也赶不走，要走时，留也留不住。"说着，背上药囊，掖了宝剑，大踏步出门。傅家父子急忙走送出来，只见剑道人站住身，掣出宝剑向空中只一掷，万丈寒光耀得人眼花缭乱。仰首瞧时，那宝剑早化作了一条青龙，剑道人腾身空际，跨坐在龙背之上，向下拱手道："咱们再会了。"夭矫蜿蜒，霎时不见了踪迹。

从此傅青主专心吐纳，隔了一个月，剑道人果然送《千金方》来，傅青主也没暇去研究，搁置在一边，专做吐纳功夫。行到三年，果然身轻如燕，来去自如。这一年提学袁继咸按临太原，就把傅山取中第一名，入了阳曲县学。偏偏山西按台张孙振是阉党，跟袁学台不和，参了他一本，奉旨着山西巡抚吴甡查办。三晋人士得着这个消息，无不愤愤，奔走相告，商议援救之策。傅青主更为愤慨，约了同学曹良直径上京城，撰好了本章，到通政使衙门恳请代奏，替袁继咸讼冤。通政使不过是敷衍着，并不肯代奏。傅青主连着上了三回书，被通政使捺住了，终不能够上达。曹良直到这时候锐气已被挫了个尽，侘傺万分，就要出京归去。

傅青主道："我们进京是为救袁宗师，现在袁宗师的冤依然未雪，就这么回去，自问良心，对得过么？"

曹良直道："兄意该如何呢？"

傅青主道："通政使不肯代奏，难道不会伏阙陈情的么？"

曹良直道："我们只是个诸生，诸生伏阙上书，此种非常举动，怕本朝没有先例么。"

傅青主道："兄如胆怯，尽请先回。此番进京，我原抱定宗旨，只论是非，不计利害。我一个伏阙是了。"

曹良直道："兄既如此义侠，弟自当奉陪，断不让兄独为君子。"

于是傅青主为首，写好了本章，方巾海青，打扮得齐整，黑早起行，径赴午门。一时行到，但见巍峨宫阙，石柱凌云，共是五座大门，门外轿马纷纷，都是大学士六部九卿翰詹科道上朝奏事的。傅青主回头向曹良直道："午门已到，我们就此伏阙吧。"

曹良直瞧见了午门，顿觉毛发悚然。只见傅青主把折扇权充作象笏，端端正正拱在手中，向阙跪下，叩了四个头，遂把本章架在折扇上，伏倒在地，将折扇高高顶在头上，大声道："山西阳曲县生员臣傅山等诚惶诚恐，顿首稽首，昧死上奏，为忠良被诬，士林痛愤，恳恩伸悉事。"

傅青主是吐纳功夫做惯的，声音都从丹田中发出，浑厚圆长，宛若洪钟，一字字一声声，送入午门去。不但值殿的侍卫、司事的太监听了纳罕，连朝房中待漏的众大臣也都吃一大惊，齐道："朝门重地，何等肃穆，谁在那里高声狂嚷？这厮不是吃了豹子心大虫胆么？倒要瞧瞧他脖子上长有几个脑袋。"

早有殿前侍卫飞步出去查看，一时进来回说："已经瞧过，这厮脖子上脑袋倒也不多，只长得一个。"

此时皇上已将升座，文武百官趋跄恭候，屏气肃立，都不敢稍有喧哗。霎时皇上高登宝座，大家分班朝见。这日恰恰是南风，一阵风来就把午门上嚷的声音一字字吹送进来，皇上听得了，立刻传旨："午门上有人奏事，快去查一查有本子没有，有的就收了，呈来阅看。"

15

两行文武瞧见皇上如此举动，无不称颂圣明。早见内监飞步出去，一会子取了一个本子进来，呈于御案。皇上揭开了，细细瞧阅。阅毕不作一语，就此退朝。次日有旨传："傅山等奏本是否属实，着交吴甡并案办理，查明复奏，钦此。"

从此之后，傅山两个字就此轰传远迩，天下士大夫以及贩夫走卒，提到傅青主没一个不知道的。袁学台的冤诬，也就此得雪。朝臣马世奇就为这一件事，替傅山作传，竟称他为裴瑜魏劭复出。

后来曹良直联捷成进士，授职兵科给事中。傅青主给他信道："谏官当言天下第一等事，以不负故人期望。"曹良直于是第一个奏本，就弹劾大学士周延儒、锦衣卫骆养性，直声震于天下。

崇祯末年，寇氛日逼，山西巡抚蔡懋德在山立书院讲学兼及军政军器之类。傅青主前往听讲，向蔡抚台道："中丞的议论太嫌迂远，恐不能够起而实行。"已而果然。

甲申年国变，傅青主忽得一梦，梦见玉皇大帝召自己到天宫，赐予黄冠道服，一觉醒来，恍然大悟，于是改做道士装束，头带道巾，身穿红色道袍，自号朱衣道人。就在山深林密之处，掘一个土穴。此时父亲已经去世，朱衣道人就奉母住在穴里，不问存亡兴废。顺治二年，袁继咸在九江起兵，被清将杀得大败，活捉生擒，解往北京。袁继咸特把难中诗几首寄予傅青主道："不敢愧友生也。"朱衣道人览书泣下，道："我也绝不敢有负袁公呢。"此时朱衣道人空负绝世本领，没处施展，只得蜷伏土穴之中，翻阅医书消磨岁月。他原是绝世聪明人，此书又经剑道人详细批注，指示门径，十分清晰，一二年功夫早已了然。就稍稍替人治病，屡著奇效，略取医金，聊补菽水。

当下那药童引冒辟疆到土穴，朱衣道人听得脚步声响，探出头来，一望见是冒辟疆，大喜道："许久不见了，快请下来。"

冒辟疆见那土穴倒也有一丈多开阔，入门见有好多级土阶，于是两手抠衣，历阶而下。那书童挑着书剑行李，跟随而下。一到穴中，瞧见收拾得倒很洁净，一般的图书四壁，一般的几椅桌凳，排列得很是整齐。朱衣道人叫他坐下，那药童便拿壶炉出穴自去取水煮茗。

辟疆叫书童把行李放下，且不下坐，向道人道："令堂老伯母是康健的？请吾兄进去禀一声，说冒襄要进来磕头请安呢。"

朱衣道人听得请安两个字，顿时勃然变色道："实在不敢当。不意这几年不见，气质变化得这么快，连请安都学会了。可惜我们都是不合时宜的野人，穴居野处，不知安如何请法，也不知怎么叫作请安。毕竟冒爷是贵家公子，质地聪明，一做清朝百姓，就懂得清朝礼数。我们野人真是望尘弗及。"

冒辟疆忙道："故人责备得很是，是我一时失言，甘心受教。须知我冒襄今日敢来，仗的就是这个身子还是前日之我，不曾改节呢。恳道人引我进去，拜见令堂老伯母。"

朱衣道人才改容称谢，引辟疆到隔壁的土穴里，见过了傅母。傅母问了几句话，遂道："请外面坐吧。"于是朱衣道人引辟疆到外室坐定，药童茶已煮好送下来，共是两壶，两人喝着攀谈。冒辟疆说起隐居苏州山塘，可笑苏州抚台陈泰突然闯入吾园，排闼入室，令人躲避不及，只得跟他敷衍一二。

朱衣道人道："住了，我问你，你说抚台，那是谁家的抚台？"

冒辟疆道："是现任苏州抚台呢。"

朱衣道人道："是清朝大吏么？哎哟，冒爷有着这么的阔友，真令野人毛发悚然，怕极怕极。我这里是野人的土穴，脏得很，仔细脏了贵人衣履。冒爷还请自便吧。"

冒辟疆道："冒某倘已改了节，如何还敢来见道人？"

道人道："人的性儿未免太急了呢。"

当下冒辟疆遂把陈泰奸谋来访，自己堕入计中，山塘买醉回来，姬人已经被劫，从头至尾细细说了一遍。这一番话把个朱衣道人听得怒发冲冠起来。

欲知后事如何，且听下回分解。

# 第四回

## 落雁峰李灌练飞弹
## 观音像傅山演释典

话说朱衣道人听了冒辟疆的话，不禁怒发冲冠。辟疆请他设法援救，朱衣道人道："北京路途遥远，家母年迈，势如风烛。古人云：老母在，此身不敢轻许人。这一层总要请你原谅。"

冒辟疆道："道人不是遇过异人，授有吐纳秘术，越岭穿山，飞行绝迹么？北京虽远，在道人不过是一举手一投足之劳呢。"

朱衣道人道："故人千里远来，我自己虽然不能为力，总要替你代求一个会办事的，总不使你失望是了。"说着，就叫药童把冒辟疆的行李搬到隔壁土室中去。

原来土室共是五间，一间是傅母卧房，一间是客室，一间是童仆所居，一间是客人卧房，一间是道人卧室。搬移完毕，朱衣道人陪辟疆到卧房，笑道："冒兄是贵公子，住惯精舍的。现在住到土穴中来，真是屈留了。"

冒辟疆见室中两只客榻，那一只上搁有一顶僧帽、一件道袍，心下纳罕，才等启问，只听得外面有人道："又有客了么？再不料土穴中竟会臣门如市的。"

朱衣道人道："颠禅快进来，江南冒公子在此。"

外面应声"来也"，遂见进来一个黄皮青筋、骨瘦如柴的怪人儿，怪模怪样，头戴僧帽，身穿道袍，腰束丝绦，足蹬僧鞋。一见辟疆就道：

"这位是……"

道人接口道："江南冒辟疆公子。"

颠禅一恭到地，道："仰慕久了。"

辟疆还礼不迭，心想，头脚是和尚打扮，身子是道士模样，依道士该得稽首，照和尚该打问讯，现在偏偏行儒家的打恭，此人真古怪。

只听朱衣道人道："此位就是陕西李向若先生。"

辟疆惊问："是不是名满三秦的李灌李向若？"

朱衣道人道："是的。"

辟疆忙趋前，执住李向若的手道："闻名久了，再不料今日在此相遇。"

原来这李向若单讳一个灌字，是陕西郃阳人氏。自幼警敏，读书日尽数千言。崇祯癸酉举人。甲申之难，痛哭北上，与同年吕孝廉约同死王事。才渡黄河，到山西地界，就被父亲派人追到，要他立刻回去。没法奈何，只得回家。隔不多几时，清军入关，定鼎燕京的消息传到陕西，他就弃家东渡，至北角寺剃发为僧。从此放浪形骸，哭笑不常。有时徜徉太华黄河间，入山采药，有时累岁不知所向，有时黄冠缁衣，行哭都市。行踪奇诞，多寄迹在僧房梵宇，好与田夫牧竖为伍。因此清廷征书屡下，都为找他不着，无从征召。

一日，独游华山，到落雁峰，正在瞻眺，忽有异人飞空而至，大声道："你想旋乾转坤，还是要绝人逃世？"

李向若陡吃一惊，回头瞧时，见是个道人，河目海口，一部白髯，长竟过腹。宝剑、药囊之外，并无他物。站身落雁峰巅，白髯飘飘，大有神仙之概。急忙下拜道："吾师谅是仙人，弟子身遭国变，进退无路，尚希指示迷途。"

白髯道人道："欲知未来，但观既往。"

谈了好一会子，李向若恍然大悟，请问道人道号。道人笑道："我没有道号，人家都呼我作剑道人。你就称我剑道人是了。"

李向若道："吾师称得剑道人，谅必精于剑术。弟子遭逢乱世，很喜弄剑，甘愿北面受学，祈吾师不吝指教。"

剑道人道："谈何容易？剑术不比他学，何能轻易授人？并且瞧你骨骼于剑术未必有缘呢。"

李向若道诚心要学，再四恳求。剑道人道："念你一片苦心，姑授你飞弹之术吧。"

李向若大喜，跪地叩头，拜过了师，就在落雁峰山练起飞弹来。先从吐纳运气入手，等到吐纳功成，然后授给他两个铁丸，叫他随口吐纳呼出吸入，渐呼渐远。剑道人授过铁弹之后，就腾身空际，说一声"我去也"，不见了踪迹。这里李向若潜心习练，练了三年之久，口吐铁丸，三百步内击人，百无一失。并且呼出去吸回来，很是自如。至于腾身飞跃，高去高来，犹其余事。

李向若与朱衣道人本来是很要好的，现在清闲无事，就赶到山西来相访。李向若到过的次日，冒辟疆就到了。当下朱衣道人替李冒两人介绍了，彼此相慕已久，自然相见恨晚。朱衣道人道："颠禅，这位冒兄新遭奇耻大辱，大呼将伯。我因侍奉老母，暂刻不敢远离，没有允他这件事。我想代冒兄求颠禅援救，想颠禅慈心侠骨，总可以应允他么？"

颠禅笑道："你自己不高兴，倒作成给我。到底怎么的奇耻大辱，要我干事，也该说给我听听。"

朱衣道人道："那个自然。冒兄，你快把经过的情形说给李兄知道。"

冒辟疆遂把董小宛被劫的事从头至尾说了一遍，李向若道："不意清奸竟如此无道。冒兄，你这个差事很不易办，怕耽误了你，还是另请高明吧。"

冒辟疆打恭作揖地央恳，李向若道："再商量吧。道人，有了远客，晚餐的肴已否预备？"

朱衣道人道："盘餐市远无兼味，多不过是野韭山肴。"

李向若道："我们外面逛逛去，遇着山禽野鸟，随便猎几只来下酒。"

朱衣道人道："颠禅豪气未除，又要伤残生命了。"

冒辟疆倒也高兴，于是李向若、冒辟疆、朱衣道人一同出了土穴，信步走出树林。抬头见有三五只鸽子，远远飞来。李向若道："我就取这几只野鸽子来下酒吧。"

冒辟疆暗忖，不见他有兵器，如何猎捕？想犹未了，遂见他一张口，一道青光突然飞射而出，却是两个弹丸，排空激荡，几只野鸽子早就翩然下堕。张口一吸，两丸铁弹依然收入口中。辟疆的书童同了朱衣道人的药童两足如飞奔去，争着拾取了。辟疆见了钦佩异常，遂问："李兄有此异术，当世定无敌手。"

李向若道："某何足道？东山小鲁，泰山小天下，泰山之上还有青天，某何足道？"

说着，两童拾取野鸽回来，朱衣道人道："够下酒的了。天地生物虽富，多取伤廉，回去吧。"

于是大家回到林中，两个童儿放下鸽子，拾了落下的树叶，铺地作席，坐好了煺毛。一时煺剥干净，药童取出刀盆锅炉，剖了肚，到涧中洗净，舀了一盆清水，就林中生火烹起来。朱衣道人同了两客就土室左近闲步了一会子，回到土室，已经酒热饭熟。

忽药童回称："小相公采药回来也。"冒辟疆抬头，见一个十三四岁的童子，背负一大捆药草，一步步走回来。

朱衣道人唤道："孺子来见客。"

辟疆惊问："这位小哥是谁？"

道人笑道："是犬子傅眉也。"

说着，傅眉已到土室穴口，放下药草，整了整衣，走下土室，见了辟疆作揖见礼。辟疆连忙回礼不迭。朱衣道人道："这位就是我往常跟你讲的江南冒辟疆叔叔。"傅眉才尊了一声"冒家叔叔"，随侍在旁，不敢多语。

冒辟疆见他打扮虽同牧竖樵夫，为人却很彬彬儒雅，不由十分钦服，遂问："十几岁了？"

傅眉回："十三岁。"

"有表字不曾?"

傅眉道："家大人所命，名是眉，字是寿髦。小侄因家大人喜酒，自称老蘗禅，遂拟了一个小蘗禅。冒叔叔瞧来，小侄这一个别号还不至于诞妄么?"

辟疆笑道："是父是子，好极了。"

遂问念过什么书，傅眉道："才念完了《通鉴》，现正念《离骚》呢。"

辟疆道："经书是念完了?"

傅眉道："念完哪里能够?《仪礼》没有念过。"

辟疆道："经书之外，念过什么书?"

傅眉道："家大人因识字最为要紧，授过一部《说文解字》，一部顾野王《玉篇》，此外不过是《史记》《通鉴》，再没有什么书了。"

冒辟疆听罢骇然，暗忖你自会吃饭时就念书，念到如今能有几多? 现在经书中只缺《仪礼》，《说文》《玉篇》《史记》《通鉴》，都是那么大的大部，都读了，资质真是可以。

此时药童已把肴馔搬进，天色已夜，点了一盏油灯，安放杯箸。朱衣道人请冒李二客入了座，斟酒相敬，三个人就浅斟低酌地吃起来。

冒辟疆道："世兄为甚不叫他一块儿坐?"

朱衣道人道："他侍奉祖母吃饭，就在里头吃了。"

虽非盛席，知己相逢，谈谈讲讲，倒很快活。这夜冒辟疆与李向若同卧一室，联床共话，又央恳他替自己设法。李向若道："并非我不肯答应你，自问本领平常，恐怕有负重托。"

冒辟疆道："李兄虚心谦让，极是可佩，但是弟身遭奇祸，意急心慌，要我舍目前的豪杰，求不可知之英雄，如何能够?"

李向若道："京师的重要宫苑的深沉，能人谅必不少，我一个人济得甚事?"

冒辟疆道："我也不敢多求，只拜托李兄替我探一探，我那人究竟是否在宫苑里。可怜我还不曾得着确实消息呢。"

李向若道："光是刺探消息，还可以办得到。"

冒辟疆喜道："这回出门，总算不虚此行。还要请教一句，在此候消息呢，还是索性回苏州去?"

李向若道："入京刺探，不知几时探到消息，我也没有知道。冒兄如果不耐烦等候，回苏州也好。"

冒辟疆道："兄弟在此小作勾留，大致有六七日的耽搁。李兄的回音倘在七日之外，就请来苏州是了。"

李向若道："我既然应允了你，早一日去，早一日了。明日就动身是了。"冒辟疆喜极，作揖称谢。

一宵无话，次日李向若就翩然辞去，冒辟疆不胜欣羡。朱衣道人道："我荐给你的人还不错么?"冒辟疆自然无话可说。

辟疆见道人土室中悬一尊水墨观音大士，笑道："傅兄既然崇奉老子之道，怎么倒供奉起释氏像轴来?"

朱衣道人道："释道两家，道原可通。"

冒辟疆道："我要请教，观音本是菩萨，如何称作大士?"

朱衣道人道："那还是宋徽宗时候起的呢。徽宗听了林灵素，崇奉道教，自称为教主。道君皇帝将天下佛寺改为宫观，释迦改为天尊，菩萨改为大士，罗汉改为尊者，和尚改为德士。观音称作大士，就是这个缘故。"

冒辟疆道："道人渊博，人不及也。"

冒辟疆耽搁了六七日，不见李向若回音。不耐土穴枯寂，就告辞自去。

现在不言辟疆回南，且说颠禅李向若取道北上，行经石家庄，忽见一簇人围住一家门首瞧什么，因住步入内观看，却是家酒铺子，有一个酒客在那里放声大哭。

欲知何故，且听下回分解。

# 第五回

## 李向若他乡遇故友
## 昌世杰萧寺歼凶僧

却说李向若分开众人入内观看，见是一个狂人，没甚道理，也不去管他，依然戴月披星，栉风沐雨，赶他的路。行到北京，恰恰遇着刮风沙，埃影尘氛，冲天蔽日，睹面都不相认识，正是：边日照人如月色，野风吹草作泉声。城内外住户都各重帘叠幕，罩牖笼窗，几席间却还沙尘满满，拂拭不去。李向若头回进京，见所未见，闻所未闻，顿觉耳目一新。才进得城，就觉一股奇臭气味，触鼻刺入，熏人欲呕。原来街道都不是石头造成的，人溺、马勃、牛溲以及灶烬炉灰碎瓷瓦屑，种种垃圾堆如山积，所以两旁屋舍倒比街道低下丈余，要到人家屋中去，倒要循级而下。不过正阳门大街是石头的，两边店铺也装潢得雕红刻翠，金彩辉煌，招牌高矗，高起三丈有余，比了别处格外堂皇冠冕。

李向若就近借了一家客店，那客店名叫张家老店，墙壁窗牖一色白纸裱糊，光洁如镜，顶棚上另用色纸点缀成丹楹刻桷的样子。南北都是窗，窗上糊的是琉璃纸，在室中望室外，约略可辨。掌柜的叫小二哥引入房中，李向若先要水来洗过脸，然后要茶，问了问人情风俗、道路东西，小二哥倒也知无不言，言无不尽。

小二哥出去之后，李向若才待出去，忽见门帘掀动，一个大汉探身而入，拱手道："你老人家不是郃阳李向若么?"

李向若闻语愕然，只见那人八尺来长身子，火赤脸儿，满面痘痕，一部虬髯，彪形虎状，一见就知道是英雄豪杰。李向若忙道："我叫颠禅，不是李向若。"

那大汉笑道："颠禅不就是李向若么？李兄，我与你还有同年之谊，你难道不认识小弟了么？"

李向若听言更是一惊，仔细打量，实是不认识，遂道："恕我眼拙，一时竟想不起。"

那大汉道："兄弟是咸阳昌世杰，崇祯癸酉科武解元。李兄是文举人，兄弟是武举人，文武虽是异途，论年谊不是一般的么？"

李向若道："原来就是昌解元。想解元公是识时豪杰，入仕新朝，必然迭被恩宠。"

昌世杰道："世杰虽是武夫，颇识纲常大义，年兄太轻量天下士了。"说着，把头上带的风帽一掀道："给凭据你瞧，我还完发如故呢。"

李向若见他不戴网巾，鬓发蓬松，不觉肃然起敬。昌世杰道："年兄来京，总有事故，能否告知兄弟？"

李向若道："也不过是闲逛呢。年兄到京几日了？"

昌世杰道："也只昨天到的。"问他来京何事，昌世杰回头望了一望，遂把房门闭上，低言道："我从云南来的呢，奉着永历皇上密旨，行刺北朝皇帝。年兄不是外人，不妨说与你知道。"说着，脱开衣服，贴肉取出一个油纸包儿，解开油纸，却是龙封敕谕，上写着："敕谕御前侍卫昌世杰，带刀入燕，相机办理，乘便行诛。小心谨慎，毋误戎机，钦此。"下署着永历年月日，钤着敕命之宝。

李向若大惊道："昌兄是钦使，失敬了。"

昌世杰急忙收拾好了敕谕，遂道："可惜年兄是文人，忠愤有余，义勇不足，不然也好帮助兄弟一臂之力呢。"

李向若笑道："弟虽不武，也很愿追随呢。"昌世杰听了不语。

原来这昌世杰本是拳技世家，世杰的祖父父亲都是名教师，教出弟子很不少。传到世杰手里，不愿当这教师世业，便就刻苦练习，精进不已。

十八岁上，逢着科考，也是一时高兴，报了个名赴考。不意弓刀马石，件件第一，取进武庠第一名。次年乡试，又中了武解元。就这年没了父亲，丁了忧，不曾会试得。丁过父忧，又丁母忧，好多科不能会试。等到丁忧起复，流寇已经日渐逼近，风声鹤唳，草木皆兵，昌世杰要紧举办保甲，保护本乡。国变之后，他就随同本地绅士，结寨自保，几次与清兵相抗。后来地方上派他赍送表章到梧州行在，永历帝就把他钦赐了个武进士，拔升为御前侍卫。现在钦奉密旨，北入燕京，相机办理要事。

此时天下初定，遍地都是伏莽。一日要紧赶路，错过了站。夕阳西下，暮色苍茫，看看天已黑将下来，向前瞧去塔影凌云，松涛聒耳，一座佛寺即在目前。紧行几步，原来是一所古刹。黄色的墙剥蚀得花碌碌，有一处没一处，满绕着枯藤，兜了野风，不住呼呼作响，好似自矜资格老练，饱历风霜似的。山门也倾圮了，四大王已剩得两尊，也都成了残疾，一个少了一条腿，一个折去一只手，袍甲也都不全，金碧也都剥蚀，露出黄泥本色。弥陀韦陀只剩得空座，法身都没有了，只山门外十几株古松，枝摇叶舞，还在那里自鸣得意。山门内一片广场，那座宝塔就在这场上。塔角上铃也没了，四围的栏杆也已有一处没一处。广场里头一道粉墙，横侧里开着一个门，跨进门，恰好走出一个头陀来，瞧见昌世杰，就合掌道："居士从哪里来？"

昌世杰道："过路的人，错过了站，拟借宝刹暂住一宵，明日多奉香金，务望大和尚方便。"

那头陀听说，满面堆下笑来，回说："便当便当，本寺原备有客房，专供往来客商安寓的。"遂陪到里面东禅房，点上一支蜡，只见床铺现成，那头陀道："就这里可好？"

昌世杰道："很好很好。"

那头陀道："居士不吃斋么？"

昌世杰道："此间是佛地，牛肉总是没有的，随便什么充充饥是了。"

那头陀道："本寺烧得上好黄牛肉。本寺虽然不宰牛羊，赵家圩、冯家庄的乡民宰了黄牛，总送牛肉来卖给本寺。因此本寺的牛肉是不断的。咸牛肉、五香牛肉、牛肉包子都有，任从客便。"

昌世杰道："五香牛肉很好，切两斤来。"

那头陀道："本寺有自酿的白酒可要？"

昌世杰道："酒倒免了，打二斤面饼来。"

头陀应着自去，忽闻又有客商投宿，是两三个人声音，听得头陀招呼"大师父、二师父出去招接"。接着有人一路招呼出去了。霎时火工道人送牛肉面饼进来，昌世杰候他出去之后，怕有蒙汗药，先尝了尝，不见有什么，遂放胆大嚼，吃了个饱。火工道人又送进洗脸水，并泡了一壶茶来，收拾了碗筷，才待走，昌世杰唤住问道："寺中客房倒不少，又有宿山的客了？"

火工道人笑了一笑，回道："也不多，通只三五个客房，还没有住满呢。"说着，收拾了碗筷出去。一时头陀又进来相陪，问他法号及寺中多少僧人，才知此寺名叫法华禅寺，头陀法名广汉，住持僧叫大来。寺中连小和尚、火工道人共是九人。

昌世杰等到头陀去后，闭上房门，取过台上红蜡，四面照着，照到床下，只见地下埋着一只很大的大缸，缸中满满贮一缸清水，心中一动，这么大的缸埋在床下做什么？天井里地位很大，为甚不安？此种奇怪的安置，定然别有缘故。我今晚既然遇见，总要一探其究竟。主意已定，遂取出一柄使惯的钢刀，在灯下瞧了瞧，用衣襟不住地拂拭，不住地摩擦，本来已是些尘不染，经这拂拭摩擦，更擦得青光四射，冷气逼人，愈觉可爱。摩弄一会儿，一口吹灭了烛，坐在床上，合目凝神，静候举动。

候了一个更次，忽闻怪声呜然，如牛鸣一般从对过禅房中发出来，细心听去，就这一声，之后没了声息。静候移时，听得床下渐渐作响。响了一会子，昌世杰轻轻下床，把刀向缸中一探，水已剩得小半缸。伏倒身屏息静气地等候。此时水已流尽，窸窣作响，借着窗月微光，就见缸中探出一个头陀来，知道就是广汉。先下手为强，举刀一挥，那广汉也是个能手，见刀势如风，急忙一缩头，躲入缸中，避过了。就这一躲，刀斫了个空，趁刀势过去，腾身一跃，跃出床下。广汉手里也执着一柄刀，奋力就劈，势如泰山压顶。昌世杰见来势凶得很，避让已经不及，一挺臂，刀背向上，刀口向下，只一挡，叮当就格去了。就势只一斫，广汉也避过了。两个人就在禅房中厮杀，来来往往，战有八九个回合，广汉一个暇怠，肩窝上着了一刀，世杰飞起右腿，踢倒在地，腾进一步，一挥手，刀过如风，那颗带脑箍的头陀脑袋早离掉脖子，飞到窗口去了。尸身跌倒，溅了一地的鲜血。

昌世杰依旧执刀等候，一时听得缸中探出一个人来，问道："汉师兄，结了不曾？"

昌世杰不答，缸中的人跳上地来，昌世杰伏在地上静候。见他两脚着地，用力运刀，只一挥，那人的两足齐齐斫断，跌倒在地，痛得昏厥过去。

原来贼有贼智，贼有贼例。贼秃从缸中上来，总先把别的东西试一试，上面有甚举动，就可以立刻防备，立刻应付。广汉跳上就为动手得太早，所以厮杀了这许多回合。现在那贼秃未出缸时，先把僧帽套在小铁锤上，向上探了几探，昌世杰伏在地上明明看得分明，却静悄悄不去理他，那贼秃只道没什么，放胆跳出，不意双足才一着地，刀就风似价飞来，双足与本身就这霎时之顷，宣告脱离关系。

昌世杰索性静候在缸边，不过顿饭时光，又上来了两个，又都废命刀下。暗忖阖寺通只八九人，现在诛掉四人，差不多已有半数了，我何妨出去搜索呢？想毕大开房门，挟了钢刀，纵身出外，瞧见过对窗纸上透出灯光，蹑足潜踪，轻轻走过去，伏在窗上，舔破了窗纸，向内瞧时，见共是四个和尚，一个和尚高高站在桌上，正在悬挂一张人皮，地下摊有席子，倒着两个新开剥的没皮人儿，血红可怕，一个和尚正取快刀在肢解呢。桌上烧着两支绛蜡，靠墙两和尚却精神贯注地还在开剥一个人。昌世杰不瞧则已，一瞧之下，不禁怒从心上起，勇向胆边生，大吼一声，一扳窗，窗门大开，奋身跃入。这一声大吼，宛如虎啸龙吟，吓得屋里四个和尚呆了两双。

欲知后事如何，且听下回分解。

# 第六回

## 椒山祠豪杰拜忠臣
## 乾清宫英雄厄鹰犬

话说昌世杰投宿法华禅寺，不意这座古刹竟是黑店，昌世杰亏得细心，在床下发现了埋地水缸，就知道别有缘故。果然缸中流尽了水，头陀和尚都突然探身而出。世杰仗着一口单刀，满身本领，连诛一个头陀、三个和尚，开房门蹿出，发现西禅房中开剥人口惨事，大吼一声，扒开窗，纵身而入，吓得四个和尚都呆了。昌世杰一振臂，刀光起处，血花四溅，早斫倒了两个，余剩两个跪地叩头，不住地求饶。

昌世杰道："你们开设黑店多少年，伤害人命多少条，从实讲来！"

那和尚道："都是师父、师伯干的事，我们当小和尚的实是不能做主。"

昌世杰道："我问你是黑店开了几多年，人命伤了几多条，谁问你做主不做主？"

那小和尚道："我们师父叫大来，师伯叫广汉，是个头陀。黑店开了也只八九年，人命多少，可记不起了。不过寺后一眼枯井，原是堆放人骨的，才积得半井骨殖呢。"

昌世杰道："你们开剥人口，也是吃人肉的么？"

那小和尚道："自己哪里吃得掉，大半是烧熟了卖给人家的。"

昌世杰道："这么惨无天日，饶了你时，天理也没有了。须知你有性命，人家也有性命。你要性命，人家也要性命。照你们这么作恶多端，我就不分首从，杀掉了你，大概也不屈么。"

两个和尚都碰头道："果然是不屈不枉，只求英雄爷开恩吧。"

世杰笑道："你们师父、师伯正唤你们呢，如何好躲懒不去？"说着，举起钢刀，每人敬了一刀，大概没了命了。自语道："这才被我杀得畅快。"瞧钢刀时，依然寒光闪闪，冷气森森，一点子血迹都没有了。遂取了一支红蜡，出了西禅房，向内找去。到厨房见火工道人正在煮什么呢，喝一声："煮好了不曾？"

火工道人道："人心最难煮，还没有酥呢。"说着回头，见是昌世杰，吓得直跳起来。

昌世杰道："你在这里几年了？"

回称："小人去年来此，首尾才只一年。"

昌世杰道："寺中共有几多人众？"

火工道人道："当家师父叫大来，共有六个徒弟。头陀广汉是当家的师兄。"

昌世杰道："你要见见你当家并当家的师兄么？跟我来瞧。"

火工道人跟着，先到东禅房，一见就道："哎呀，怎么当家师兄双足没有了？大师父那么狠，也废了命。"

昌世杰叫他瞧过东禅房，再看西禅房，见阖寺僧人死得半个也不留，惊道："谁杀死的？"

昌世杰道："是我，还不冤枉么？"

火工道人连称："不冤枉不冤枉。"

昌世杰叫他引入和尚房，细细搜寻，搜着了不少金银衣服物件，只拣整条黄金、整锭宝银，收拾在自己行李里，把碎银铜钱及衣服等物，都赏与火工道人。等候天色微明，就挑了行李动身，行到市镇，才只旭日初升。询问旁人，才知昨晚经过的地方，地名青松阁，属于新郑县管辖。从云南起身到此，经过数十百城镇，六千多里路，就这么一个磨折，从此平安抵京。住的店恰也是张家老店，因见李向若举动奇异，进来一瞧，却是认得的，就此交谈起来。

当下李向若说"弟虽不武，也很愿追随"，昌世杰听了不语，脸上很露出不信的样子。李向若道："实不相瞒，兄弟此来，也有很要紧的事。"前把冒辟疆所托之事说了一遍。

昌世杰抱拳道："不意年兄怀此绝技，我昌某从此不敢轻量天下士了。"谈了一会儿，遂道："我们外边逛逛去。"

李向若道："很愿奉陪。"

当下昌世杰戴上了风帽，两个人联袂偕行。出了客店的门，就见车马喧阗，往来如织，激得地上细尘腾起如雾。信步行去，不觉已到了宣武门，昌世杰道："上间有象所，豢着好多头驯象，可要广广眼界？"

李向若道："很好。"一时走到，只见那座象所是南向开的门，门内是一条大甬道，东西两边都列着象房，每一间房豢一头象。象身很高大，有象奴一人，替它服役。昌李二人就在甬道上徘徊观看。

象奴一见有人，笑着上来问道："两位爷可要瞧瞧将军献技？"

李向若听了不解，问他什么将军，象奴笑道："原来爷们是才到京的，没有知道。这里的象都受有爵禄，一如武官一般，有封大将军食一品禄的，所以我们称它作将军的。"

昌世杰道："你说将军献技，难道象也会技艺的么？"

那象奴道："我们这将军瞧着虽然蠢笨，却会得作乐，会得请安，只要爷们给了赏，他就会献技。"

问他要给多少，回称悉随爷们尊便。李向若取出一百大钱给象奴，象奴接到手，连称"请爷升高点子"，又给了他五十钱，还是"请升高"。昌世杰又给了他一百钱，象奴谢了赏，附着象耳说了几句不知什么，就见那象把鼻子向上一掀，伸伸缩缩，动一个不已，鼻子中就发出鼓角之声来。象奴道："这就是作乐。"一会子又道："我们将军行礼了，给两位爷请安呢。"遂见那象后足半折，做出请安的样子。李向若很是纳罕。

象奴道："两位爷不知，朝廷郊天祈谷起来，驮祭器驾辂车，都是我们将军的差事。逢着大朝贺，并须在午门立伏呢。所站的位子各按照爵禄高下、品级尊卑，从没有参差僭越的。圣驾不曾御殿，大家散行龁草，很自在，一听得钟声，各就按部就班，凛然肃立。等到百官全数入朝，就东西交鼻，不放一个人出入。如果获罪降级，立仗的时候，会得退立贬职的地方，不敢再站原处。有时患了病，不能够立仗及驾车驮物，必到他象跟前，面求代行。他象也必审察它的病情，然后应允。有时入朝迟误，或无故伤人，按法旨行杖，它会低头受杖。杖毕，依然屈膝谢恩。"昌李二人听了，称奇不止。

当下出了象所，向外行去。将近城门，见一所大宅子，悬着修历局门额。李向若道："那不是首善书院么？怎么改了修历局了？"

说着时，已出了宣武门，一时杨椒山祠堂已赫然在望。昌世杰道："杨椒山一代直臣，经过他祠堂，倒不能不进去一拜。"

李向若道："很好。"

二人进门，见屋舍很湫隘，殿柱上一副抱对，写着：


    燕市宅依然，两疏共传公有胆

    铃山堂在否，十年不出彼何心


神幔垂着，想来里面就是神像了，遂跪下拜了几拜。二人略略憩息一会子，遂又出外。行到七锦胡同，只见人山人海，一问旁人，知道法源寺请到大呼土克图正讲经呢。李向若道："昌兄知道么？这呼土克图是喇嘛僧中很有道行的。"

昌世杰道："知道的，喇嘛僧与俗家一般，一样地饮酒食肉，娶妻生子。穿的也是靴鞋袍褂，不过光着脑袋，没有头发是了。"

当下二人走到法源寺，山门以外人更多了，讲经在内禅堂，听众拥挤异常，人气氤氲，闷人欲死。站了一会子，简直不能再耐。李向若道："嘘气成云，挥汗如雨，性命要紧，我们回去吧。"拖了昌世杰就走。

二人出了寺门，取道回客店，走了好一会子才到。吃过夜饭，昌世杰问："今晚去不去？"李向若道："忙不在一时，明晚去吧。"

一宿无话，次日晚上三更之后，万籁无声，李昌两人从客店动身，径投皇宫内苑而来。昌世杰练就的陆地飞腾法，走脊飞檐，逾墙穿壁，其形如雀，其捷如蛇。李向若是秘授的吐纳运行法，排云驭气，兔起鹘落，其捷如梭。霎时之间，早已皇城在望。行抵城根，略事憩息，即提足精神，腾身空际，从东华门掠城而过，望准了皇宫，奋扑将来。但见层楼高起，殿阁巍峨，万户千门，处处琳宫。合抱朱栏玉槛，迢迢复道萦纡，正不知顺治帝住在哪一宫哪一院呢。

李向若道："再不料紫禁城中地方会这么的大，宫院会这么的多，哪里去找呢？"

昌世杰道："我们分头找寻是了。"

于是一个从西往东，一个从东往西，两面抄寻将去。寻了好一会子，乾清宫已在目前。两人都在屋面上行走，叵耐屋面覆的瓦都是琉璃瓦，流利光滑，着不住脚。步步留心，脚脚注意，正在探头探脑，东张西望，忽闻殿角上发声怪啸，瞧去却是两只猴子跳跃而来，背后又发出怪啸，回头又是两只猴子，直向昌世杰扑来。昌世杰大惊失色，急忙腾身跳下，不意脚未站定，两边蹿出三只狼形猛犬，直扑上来。昌世杰急忙跳跃奔避，那犬竟比箭还快，扑到身旁，张口就咬。世杰挥刀力格，三只猛犬争着吠咬，斜刺里又左出两只犬，把昌世杰围住，拼命地吠。世杰的刀舞得神出鬼没，刀光霍霍，犬吠哗哗，终也不能脱身。

李向若见昌世杰危急，立即跳下，拔刀相助，不意宫中猛犬愈聚愈多，霎时之间竟团聚了十来头猛犬。昌世杰一个暇怠，右腿上着了一口，那犬咬住了偏不放，任你刀斫脚踢，愈咬愈紧。正这危急当儿，忽闻头顶上飒然有声，仰首一瞧，两人都吓得魂不附体。

看官你道为何，原来半空中黑云似的两朵盘旋而下，却是两只苍色大鹰，望准了昌李二人扑下。李向若大喝一声，吐出神弹，一道青光冲天点面结合，那大鹰不过略偏了一偏，依旧毫无伤损。李向若要紧顾了上面，腿上也被猛犬咬了一口。只听得宫中有人声唤有贼，隔院中灯光移动，开门启户，就有许多人嚷："贼在哪里？贼在哪里？"

李向若知道不妙，顾不得狗咬不狗咬，腿痛不腿痛，狠命一挣，连衣带肉竟被咬脱了一块，扶了昌世杰飞逃。昌世杰腿上也挣脱了一大块肉，两人都带了伤。宫中的房屋偏又高大，屋上偏又是琉璃瓦，路径偏又是不熟，喊声大起，火光烛天，直急得上天无路，入地无门。

欲知李向若、昌世杰性命如何，且听下回分解。

# 第七回

## 九城严兵捕刺客
## 旅馆黑夜来异人

　　却说大清国入关定鼎，已将十稔。威震华夏，臣服戎羌，西藏、蒙古无不争先入贡，因此各种珍禽异兽，清宫中无不全备。所以宫中守夜，屋上有猴子，地下有猛犬，空中有鸷鹰，都是各地贡来的。那猴子是西藏拉藏汗贡来的，生得长臂白腰，名叫獬猢，是猴类中最灵、最勇、最骏捷的贵种。顺治帝因这獬猢忠勤骏捷，就派在屋上瞭望。一总四头獬猢，恰派在寝宫四面，通宵瞭望，瞧见了贼子，就发声怪啸。四只獬猢，一只发啸，三只和应，群扑将来，爪足并用，任你飞檐走脊，总没有獬猢的骏捷。地上更有神獒十头，都是宁古塔著名猎犬，千挑百选选来的，身长四尺开外，腰瘦如狼，口大牙锐，卷毛长耳，力敌虎豹。夜里伏地蹲伏，一百步之外，只要有些微声息，立刻奔驰探视，遇见了生人奋命搏扑吠咬，咬着了无论如何不肯放开。并且浑身鬃毛紧密，刀枪一时也难入。那两只大鹰名叫海东青，也是宁古塔最著名的鸷鹰。铁嘴钢爪，能搏击大雕、天鹅，日飞二千余里。海东青两翅展开，足有两丈三四尺，翱翔天空，宛如两朵乌云。顺治帝特从打牲部落的新满洲人中选出调鹰豢犬的能手，把鹰犬昼夜训练，训练得发踪指示，尽如人意。御驾出宫，神獒十头就在御辇左右护驾，海东青就在天空里盘旋飞舞，四头獬猢也羼入侍卫队中。驾前一有惊，神獒奔驰搏噬，獬猢怪啸奋扑，海东青奋翮下搏，侍卫人等不及出手，贼子已被猴鹰犬捕住扑杀了呢。晚上则专护宫苑。昌世杰、李向若不曾仔细打听得，今晚入宫，就着了道儿。

这时光李昌二豪杰都被神獒咬住腿，死不肯放。隔院中火光照耀，人声嘈杂，开门启户，大有立刻闯出之概。李向若见情势危急，狠命挣脱了，拖了昌世杰腾身就逃。昌世杰腿上也被咬去了一大块肉，因殿屋上有猴子，不敢再登，飞身出墙，只拣僻静处走。饥不择食，逃不择路，贫不择妻，两个人急急如丧家之犬，忙忙如漏网之鱼，逃了好一会子，听得喊声渐远，仰望天空，幸喜犬鹰已去，于是腾身飞出宫墙，上屋奔逃，逃回张家老店。灯下瞧时，腿上都咬去了一大块肉，鲜血淋漓。此时事过心定，倒都觉得疼痛起来。

李向若道："我们此刻还不能够安居养伤呢。"

昌世杰道："该干什么事？"

李向若道："我们自紫禁城逃出，心慌意急，不曾扎缚得伤口，鲜血淋漓，路上难保不留有痕迹。万一宫中侍卫跟踪而至，可就祸事不小。"

一句话提醒了昌世杰，点头道："毕竟年兄心细，想得周到。现在该如何呢？"

李向若道："最要紧自然是扎缚伤口，更换衣服，把受伤的痕迹收拾了个干净。"

昌世杰道："我眼睛受伤最是难弥补，不比腿上的伤，扎缚了伤口就好混充好人，不很瞧出的。"

当下两人匆匆忙忙把腿上伤口用布扎缚定当，昌世杰又把眼睛也扎好了，更换去咬碎的衣裤。收拾定当，李向若道："张家老店可不能够再住了，趁此刻天色未明，快走吧。天一明怕就有人跟踪而至。我们身有伤痕，定被捉将官里去。"

昌世杰道："就走么？"

李向若道："此时不走，更待何时？"

昌世杰道："房饭金还没有算呢。"

李向若道："放出在桌上就是。"

于是两人收拾行李，一时鸡声四唱，天光将曙，两人腾身出了客店，飞行出城，就在杨椒山祠中暂时安身。次日探听知道风声紧急，张家老店的掌柜已被步军统领衙门传去问话，现在五城兵马司、步军统领衙门、巡查御史，都按着血迹搜查。顺天府府尹札饬大兴、宛平两县，严密搜捕，两县的三班衙役都领了本官谕话，把城内外客店、茶坊、酒馆及庵观寺院，都在检搜了。九城门都守有侍卫、番役，进城的人不搜，出城的人无不严行盘诘，逐一检搜。

李向若道："京城地方不能住了，且向外边避避风头，再作道理。"

昌世杰道："哪里去呢？"

李向若道："不能说逃不择路，我慕居庸的名久了，趁这时候就到居庸逛一会子吧。"

昌世杰道："久闻居庸关、紫荆关、倒马关这三座关叫作内三关，雁门关、宁武关、偏头关这三座关叫作外三关，都倚着万里长城。那内三关是京城的右辅，要算着居庸关为最近。"

李向若道："你我此刻势难穿城行走，只好绕圈儿走远路了。"

昌世杰道："走路不在远近上计较，不过你我腿新受伤，这么长途跋涉，难保不与做公的人相遇，可就有许多的不便。还是雇两乘骡车代步，你看如何？"

李向若连称好好，于是雇骡车两辆，装好行李，立刻起行。这夜行抵昌平州打尖住夜，次日向午时光，已抵南口城，又打尖吃饭。吃过饭驱车前进，居庸关已在目前。但见重峰叠嶂，插汉凌霄，形势果然崎险。南口城到居庸关通只十五里，转瞬之间就到了。只见双峰陡起，壁立万仞，怪石嶙峋，中间只露着一线羊肠曲径，才容得一人一骑。那座居庸关就造在这最险所在，形胜为京北第一。正是：峰势陡回愁障日，地形高出欲扪天。

昌李二人高卷了车帘，各在车中赏览那云横峻岭，天劈雄关，不意骡夫已将牲口扣住，口称："居庸关已到，爷到哪里卸装呢？"

李向若道："瞧瞧有店就卸装。"

骡夫道："石塔前王家店很干净，就那里卸装可好？"

李向若点点头，骡夫跳下地，拉着牲口向前，口里招呼着："王掌柜快来，有两位爷住店呢。"

一路招呼一路走，早进了市口，就见有小二上来招接。李向若、昌世杰下车，眼看小二搬了行李进去，掌柜的早出来抱拳相接，接到里面坐地。黄泥的墙子，高粱梗的屋面，因裱糊得讲究，倒也光滑洁净。昌世杰开发了车资，加给了每人一吊的酒钱，两个骡夫欢天喜地，称谢而去。

昌世杰笑道："这才跳出是非门。"

李向若接口道："此间叫得石塔前，想必建有石塔，我们出外瞧瞧去。"

昌世杰起身跟出，只见半截塔形，跨街如桥，两边刻有金刚佛像并佛经上的字，四围且刻有龙凤竹木，刻得十分精巧。遂道："这塔可惜剩半截了。"

李向若见左右没人，悄悄道："昌兄，你我此来，言语最要谨慎。店家五方杂处，人类最不齐。你如何说起跳出是非门这句话来？明明是告诉人才从是非门中走过来，人家只要一研究，你从哪一种是非中来，可就坏了事。越是惊弓之鸟，越要翱翔舒泰，才可瞒过旁人。"

昌世杰道："是我一时粗心，今后自当谨慎。"

二人正讲得高兴，不防石塔中钻出一个人来，那人瘦削矮小，活似一只猴子，向昌李二人盯了一眼，回头向北跑去了。

李向若道："昌兄，此人很靠不住，欲躲是非，偏闹是非。你我的话都被这厮偷听去了，不知又要生出什么事故来。"

昌世杰道："顾不得许多，也只好听天由命。"

恰巧小二出来请洗脸，二人就回了进来。这夜三更之后，昌世杰因风尘劳顿，倒在炕上早已呼呼睡去，李向若翻来覆去再也睡不着。桌上一灯如豆，室外风啸如鬼，愈益感怀身世，悲从中来。忽闻窗外淅淅作响，随见窗门大开，一个汉子探身而入。李向若跳起身，见那汉子是空手，不带什么兵器，才欲动手擒拿，不意那汉子已经瞧见，直扑过来。李向若跳下地，跟他交手，才打得两三个回合，不意那汉子会得点穴的，轻轻一点，李向若就不能动弹，只好张着两眼，瞧他干事。见他先将昌世杰的行囊提了出来，只拣金银留下，衣服杂物都弃下不要，再提自己的行囊，也拣选过了，见他打了一个小包袱，背在肩上，腾身而去。

直到天色大明，昌世杰醒来，见李向若呆若木鸡，很为纳罕。询问情形，李向若叹了一口气，就把自己被人点穴及眼见东西被窃的事，说了一遍。昌世杰顿时一愣，遂道："李兄那样功夫，那样本领，犹被他点穴，何况于我？现在穴是点了，我又不懂解法，如何解穴呢？"

此时外面已有人声，知道打杂人等起身了，开门洒扫，兴作频繁。直到辰牌时候，李向若才解过来。昌世杰喜道："年兄已能活动，那就没事了。"

李向若道："你我是羁旅之人，尽其所有卷了去，叫人如何生活？"

昌世杰道："只要人没了事，总好商量。"

当下开了房门，小二哥进来抹台扫地打脸水，昌世杰把晚来失窃的事告诉了他，小二出去之后，掌柜的就走进来，细问情形，遂道："客官，你这失事报官请缉都没中用，我指点你一个人，只要找他去，见得着那人，就有二三分指望了。只要那人肯答应你，保你丝毫不缺。"

李昌二人齐问那人是谁，掌柜道："关内有一所弹琴峡，水流石罅，声若弹琴，所以叫弹琴峡。那地方风景极好，每当晚风徐送，夕照衔山的当儿，有一个书生模样的人，在那里啸傲。客人你就向他求告，他一应允就好了。"

李向若道："此人是谁，也该有个名字。"

掌柜道："提起此人名字真奢遮，叫镇三关卫仲虎卫二爷。雁门、宁武、居庸三关直至八达岭外边墙，所有飞檐走脊之流，穿壁逾墙之辈，以及响马强盗、江湖拳师，无不听奉卫二爷号令。"

李向若道："从山西到直隶，地多么的大，他一个镇得住么？"

掌柜笑道："客人真是外省人，不知道卫二爷厉害。旗人那么横，驻防兵马，奸淫掳掠，无所不为，也被卫二爷办得个服服帖帖。"

欲知后事如何，且听下回分解。

# 第八回

## 卫仲虎威震三关
## 单南洲道先八禁

　　话说昌世杰听了驻防旗人都被卫仲虎治倒的事，忙问怎么一回事。掌柜的道："那一年，北京派来的驻防兵，带兵的是个副都统。带来满洲兵五百名，都是千挑万选选就的精壮汉子，弓马娴熟，武艺精通。知道居庸关是京右第一个险要所在，卫二爷是京右第一等英雄豪杰，不敢轻视。这位副都统名叫阿达赤，绰号打虎将，统率英雄到关驻防。一到之下，就去拜候卫二爷。卫二爷推说不在家，没有见。阿达赤自以为天的骄子，并不放在心上。哪里知道从此之后，那班如狼似虎的旗兵，日日会少起来，无缘无故，无迹无踪，今天归队点名，少三个五个，明天归队点名，少七个八个，渐渐地少，也不知是何缘故。任你明察暗访，再也访察不出。不过一个月光景，兵数只剩得一半。阿达赤不觉大惊，一面申奏朝廷，请求调防，一面出示悬赏，有人能把兵士失踪的缘故查明，来营告发，立给重赏千金。也没一个人来营告发。一时朝廷又派一位都统，带了一千五百能征惯战的旗兵来，把阿达赤调了别处去。新都统下令兵士出巡，十人结队同行，不准先行或落后。哪里知道依然不济，失踪的人更多，竟至全队十人都不归营，都不知去向。居庸关这个样子，宁武、雁门也是这个样子，弄得满兵满将视守关作畏途，都不肯到差。朝廷没有他法，只得派汉人当了关官，才没了事。客人想吧，像这种杀人不眨眼的满洲战将，犹且望影而逃，卫二爷的势力不就可想而知了么？"

李向若道："听来这位卫仲虎还像一位豪杰。少顷我就到弹琴峡去会会他。"

当下无话，眨眨眼已到了申刻。李向若道："昌兄且在房中略候，我去会会那姓卫的。"说着遂向掌柜的问明路径，飘然出门。不多会子，已经行到。只见山峡矗立如笋，下临清溪，石窍玲珑，溪水鼓入石窍，水石相激，发声铮铮，有如弹琴一般。李向若举步登山，走到山冈之上，果见一个书生在那里啸傲。举眼远眺，划然长啸，大有旁若无人之概。暗忖，这总是卫仲虎了。遂紧行两步，拱手道："这位长啸的可就是卫二兄？"

卫仲虎听得有人称自己为兄，举眼一瞧，见来人怪模怪样，不僧不俗，知道是个不服清朝的倔强汉，跟他称兄道弟还不算辱没。遂也笑脸相迎，问道："尊兄何人？何所闻而来，何所见而言？"

李向若道："某是郃阳李向若。"

卫仲虎道："是陕西郃阳人姓李单名一个灌字，表字向若，自号颠禅的李向若么？"

李向若道："兄弟便是。卫二兄从哪里闻来？"

卫仲虎一拉拉住手道："久慕了，李兄是大明遗民，中国好汉，剑道人曾经提及过。我与李兄虽是初次会面，因剑道人人极方正，平时从不肯轻许人。他既然称许李兄，并授予李兄神弹，李兄的为人我知道一定是忠义正直的。"

李向若谦让了几句，遂把此次进宫受亏，逃遁来此，昨宵受人暗算倾尽行囊的话细细说了一遍。卫仲虎道："受人暗算不值什么，失去的东西在我身上可以丝毫不短，只是李兄仗着神弹，就与那位贵友入探清宫，胆力可真不小。我很佩服你。"

李向若道："都因见道未深，难免视敌太易，事后追思，悔已莫及。"

卫仲虎道："能够知悔，就是英雄。清宫中的厉害，李兄所遇见不过是鹰、狗、猴三种罢了。鹰、狗、猴之外，还有许多侍卫，内有满洲侍卫、蒙古侍卫、汉军侍卫。那满洲侍卫有一种虎尔哈部人，就是鱼皮鞑子，厉害非凡。天生的铜筋铁骨，力大无穷。虎尔哈的妇女孩童都能够赤手空拳，挝杀虎豹。这虎尔哈部在满洲宁古塔东一千五百多里，已近混同江海口，该处不产五谷，只出紫貂、玄狐、海螺、灰鼠、水獭、鹰雕之属，该处的人不穿衣服，都用鱼皮裹身，所以叫鱼皮鞑子。富家用雕翎盖屋，貂皮玄狐为衣，狐鼠为被褥。在中国原叫他生女真的。从前熊经略略议过招抚生女真去制熟女真，没有办到，现在倒被熟女真用来制我们中国了。清朝原是熟女真呢。我们的力是练就的，精巧有余；他们的力是生就的，坚固不拔。跟他们战斗，只能够避让，不能够迎击。被他击着一下，可就不得了。满洲的侍卫的厉害已经如此，更有蒙古侍卫，都是蛮牛。汉军侍卫气力虽是差一点儿，武艺的精熟、减持的便捷，也跟我们差不多。所以兄弟懂得点子飞行术，会得几路拳脚，在京东一带总算略有威名，要进宫侦探却还不敢。"

李向若听了，不禁嗒然。卫仲虎笑道："好叫李兄得知，昨宵到客店冒犯李兄的，是此间的末等伙计呢。少顷我叫他送还东西，并到店向李兄赔罪。"李向若听说是末等伙计，心下愈觉骇然。

原来这卫仲虎是昌平州人，天生膂力，能搏虎豹。九岁上又遇着内家名师教授拳技，精心练习，三年工夫，练成了武艺。自以为武艺精通，打遍天下没有敌手的了。不意才一出马，就大大吃了一个挫折。此时卫仲虎才只十一岁，身比人矮，心比天高。生就天然的膂力，加上练习的功夫，早就眼底无人，但知世间有我。

一日，单身出关打猎，走了二十里，已到八达岭。山峦重叠，城关如垛，就是边墙了。关外究非荒野，没有豺狼虎豹，都不过是獐鹿、野兔、野鸟之类。卫仲虎仗着本领，只带一只小小角弓、一袋铁丸，向兽足鸟迹多处找去。从山脚下一步步上山，听得草里窸窣一响，奔出两只兔子来，仲虎伸手袋中摸出两丸铁弹，觑得真切，哧哧发出两弹，两只兔子都打中了，滚了两滚，死在地下。仲虎走过去拾来，把兔子的后足互相交住，络在左臂。忽然头顶上忒棱棱忒棱棱飞过一群野鸽，取弹扣弦，发出了三五丸，弹无虚发。只见他才一仰首，弓弦响处，一只鸽子翩然下堕。连发连下，拾来用鸽子的翅连接了，也络在臂上。才待下岭，只见山冈那边跳出一只獐来，仲虎大喜，急忙取丸，发了一弹，獐中了弹，吃不住痛蹩倒了。走过去一瞧，见獐的后腿上带有一支小箭，不知是谁射的。才待俯身去拖取，一头猎狗风一般跑来，见了那只獐，张开大口就想来衔。仲虎大声呼喝，哪里喝得退？才待举弓时，突见一个干黑黄瘦的瘦子挺立面前，也不知从哪里来的。瞧见仲虎要打猎狗，冷然道："打狗瞧主人面，你知道这头猎狗是谁的？"

卫仲虎道："我要取獐子，这犬阻住了，跟我争，如何不打它？"

那瘦子道："你也试问问，这獐子是谁的，这么要拉着走？"

卫仲虎道："我知道，是我用弹弓打的。"

那瘦子道："你细细瞧过没有？獐子身上没别的带伤么？"

卫仲虎被瘦子驳问得无话可讲，一时恼羞成怒，喝道："我偏要取这獐子，你可把我怎样？"

瘦子道："人家打下了，你就轻轻易易地去取，天下也有你这么不讲理的人？"

仲虎怒道："别说你小爷亲手用弹弓打下，就使真个是你打的，你小爷说一声要，也该双手送来。你说你小爷不讲理，今日在你面前，姑且不讲理一遭，你可把我怎样？"说着，把臂上络着的兔鸽丢在地下，大有寻人欲殴之势。

猎狗瞧见兔鸽堕地，蹿上来不住地嗅。卫仲虎大声呼叱，那瘦子道："不必呼叱我的狗，比了人懂理。他人的东西，它绝不会抢夺。"

仲虎怒道："你这厮敢把你小爷比狗，大概你也不曾知道你小爷厉害。"说时，摆开架势，使了一个红霞贯日，右手骈四指，直插过来。瘦子旋身，使一个乌云掩月避过了，仲虎又换一个猿猴献果，瘦子使一个铁门闩封住。瘦子跳出圈子，喝一声："站住，你这小子也是内家张三丰派么？倘是懂交情的，早自通姓名，免得眼前吃亏。"

偏是卫仲虎心高气傲，眼底无人，一步一步逼紧上来。瘦子见了大笑，一腾身就不见了。仲虎使的是双推窗架式，两手用力推向前，不意推到跟前，不见了瘦子，觉着背上一重，站脚不住，一跤跌倒。急忙爬起，重又扑上，瘦子一个仙人照掌，啪，打倒在地。卫仲虎经此两跤跌倒，就此盛气全消，向瘦子跪下道："师父，我卫仲虎不曾见过世面，不知轻重，得罪了你老人家，尚望师父海量包涵，担待我年轻，收作徒弟，时时指教，就是我卫仲虎一辈子的好运。"

瘦子笑道："你这小子真鲁莽，连我的姓名都不曾知道，就要认作起师父来。"

卫仲虎一想不错，我真太莽，哪有连师父姓名不曾知道就请益起来，遂请问姓名，瘦子道："我姓单，名南洲，苏州盆山人氏。"

卫仲虎也通上姓名，单南洲道："卫老弟，你与内家拳技，可惜的就在只学得皮毛，可幸的也在只学得皮毛。"

卫仲虎道："师父语意深奥，弟子不很了解。"

单南洲道："吾道创自张三丰真人。三丰真人既精于少林拳术，重复推陈出新，别立名目，自成一家。因为少林名叫外家，遂自命名叫内家。凡得内家一二门径，已足胜过少林。但是吾道有五种人不可传授，第一是心险的人，第二是好斗的人，第三是狂酒的人，第四是轻露的人，第五是骨柔质钝的人。老弟，你的好斗轻露，我已亲身领教过，所以说可惜的是在只学皮毛，可幸的也在只学皮毛。"

卫仲虎连连认罪，并称愿改。单南洲才应允了，遂道："老弟，你道内家拳从何处入手？"

卫仲虎道："弟子愚昧，没有知道，望师父明言指教。"

单南洲道："吾道有八种禁忌，须先谨记在心，时时留意，练习才能入彀。"

欲知单南洲说出哪八种禁忌，且听下回分解。

# 第九回

## 紫盖峰师徒论拳技
## 皇华道贼子献金砖

却说卫仲虎在居庸关外八达岭上遇着了内家名师单南洲，佩服得五体投地，就在岭上拜南洲为师。南洲念他一片虔心，立刻收他做了徒弟，遂道："内家有八种禁忌，最要留意。第一忌是懒散迟缓，第二忌是歪斜含肩，第三忌是老步腆胸，第四忌是直立软腿，第五忌是脱肘截拳，第六忌是扭臀曲腰，第七忌是开门捉影，第八忌是双手齐出。"

卫仲虎道："听师父训诲，茅塞顿开，才知从前所学真是皮毛呢。"于是约定了日子，卫仲虎专程到盆山单南洲家，重新学艺。

单南洲的住宅在盆山脚下，却每日黎明总要登山练习。练功夫的地方直在盆山绝顶紫盖峰上。这座盆山周围一百多里，高有两千多丈，层峦叠嶂，崒崒排空，说不尽的险峻。星云惨淡，山石狰狞，南洲却偏要仲虎到这地方练习。师徒两个，仲虎是精心演绎，南洲却团圞绕步，候旭日之东升，听松涛之呜咽。太阳既出，两个人席地而坐，谈论艺术。练手有三十五法，是斫法、删法、科法、磕法、靠法、掳法、逼法、抹法、芟法、敲法、摇法、摆法、撒法、镰法、擺法、兜法、搭法、剪法、分法、挑法、绾法、冲法、钩法、勒法、耀法、兑法、换法、括法、起法、倒法、压法、插法、削法、钓法、发法。练步有十八步，如何是垫步，如何是后垫步，如何是碾步冲步，如何是曲步撒步，如何是蹑步敛步，如何是坐马步钓马步，连枝步仙人步是怎样怎样，分身步翻身步是怎样怎样，如何为追步逼步，如何为斜步绞花步。又教他六路总诀，却是一首歌，其词是：

佑神通臂最为高，步门深锁转英豪。

仙人立起朝天势，撒出抱月不相饶。

扬鞭左右人难及，煞锤冲掳两翅摇。

逐一指点，逐一练习。六路熟了，再授给他十段锦，其词是：

立起坐山虎势，回身急步三追。

架起双刀敛步，滚砑进退三回。

分身十字急三追，架刀砑归营寨。

扭拳碾步势如初，滚砑退归原路。

入步韬在前进，滚砑归初飞步。

金鸡独立紧攀弓，坐马四平两顾。

卫仲虎悉心听受，单南洲见他肯用心，非常高兴，指教他道："拳技学成，此外更无难事。某某处即是枪法，某某处即是剑钺法，举隅反三，枪刀剑钺之法，不难一悟悉通矣。"

仲虎天资聪明，一年工夫，大致都已了解。再三请益，单南洲道："拳不在多，唯在熟练得纯熟，就这六路，也已用之不穷。其中分阴阳只十八法，变化出来就有四十九法，并须由博归约，由七十二跌三十五法归到十八法，再由十八法归到十二法，最后由十二法总归到存心的五个字，就是敬字诀、紧字诀、径字诀、劲字诀、切字诀的五个字。只要瞧拳势如绞花槌一般，左右前后中五路皆到就是。如果只顾一面，功夫还未到呢。"

卫仲虎听受之余，不禁大喜，从此精心演习，勤练不暇。先后三年，自觉脱胎换骨，较前大不相同。便就辞师回家，临别单南洲嘱咐道："老弟学业已成，善用之可以天下无敌。"仲虎谨记在心。回家而后，藏锋敛锣，邻舍人家跟他朝夕相叙，竟没有一人知道他是内家名手。

直到崇祯末年，流贼李自成率众犯关，守将望风迎降。李贼此时迭破名城，拥众百万，骄矜已极。部下各贼将倚了他的势，逆焰熏天，掳掠奸淫，更骚扰得不堪名状。卫仲虎忍耐到这个时候，真已不能再忍。

这日傍晚时候，忽闻东邻陡起哭声，外面哗说又在抢女子。仲虎腾身跳出，见邻家门外聚着一簇的人，有慨叹的，有说可惜的，也有趁愿的，说那家子行凶霸道，作恶多端，哪知上天有眼，报应很近呢？议论纷纷，仲虎也不去管理。分开众人，急步入内，只见灯球火把，照耀如同白昼。一个花衣贼腆肚挺胸，站在那里呼喝："孩儿们，轻轻抱着，休吓坏了美人儿。"遂见两个贼兵拥出一个云鬟蓬松，哭得泪人儿一般的女子来。

仲虎双手一拦，喝一声住。贼众见突出一人，拦住呼喝，不觉一愣。花衣贼将顿时大怒，举起手中执的檀木棍，瞧准了仲虎脑袋，当头就是一棍，只听得訇然一声，震得虎口都开。瞧仲虎时，依然行无所事，宛如打在石头上，不觉大惊失色。

仲虎喝道："你们谋反叛逆，夺霸争王，我也没有这么大工夫管你们的闲账，你要骚扰我的乡土，掳掠我的邻舍，我可不能不出来问一句话。你们既是吃饭的人，也该懂些通行之理。小百姓无勇无拳，女孩子天生娇怯，你们却偏要威吓小百姓，欺负女孩子，还成什么英雄好汉？我也知道你们的英雄好汉不过在小百姓和女孩子面前卖弄卖弄是了。"

这一番话说得贼众都愤怒起来，也不及候花衣贼发令，一窝蜂拥上，刀枪并举，拳足交加，仲虎只一挣身，贼众齐都倒地。有杖的兵杖都脱了手，没杖的身子跌得很远。花衣贼知道厉害，急忙奔逃。众贼爬起身，也都跟着逃走。

卫仲虎道："逃哪里去？我偏要见你们的贼目，问他一句话。"跟着追去。快逃快追，慢赶慢追，直赶到贼将大营。原来这花衣贼是贼帅刘宗敏帐下的，刘宗敏是李自成手下第一员虎将，生有万无不当之勇。

花衣贼逃进大营，卫仲虎追赶进营，花衣贼大呼："有贼人单身抢营！"贼帅刘宗敏亲自出来瞧见，只见一个少年奋身扑入，左右守卫无不披靡，勇锐异常。刘贼喝令抓下，八九个贼目一齐动手，被那少年左格右拒，只一下子，早已纷纷跌倒，爬不起来。刘贼见贼目这么不济事，怒喝一声，亲自出手，一个猛虎扑食式，直扑过来。卫仲虎一侧身，伸起一只右手只一抓，便抓住了。说也奇怪，这刘宗敏生有万夫不当之勇，在百万军中，杀出杀入，如入无人之境，不知怎么，现在被卫仲虎抓住了，高高举起，再也挣不脱。满营贼将齐着了慌，各执兵器，上来抢救。卫仲虎见兵器到来，就把刘贼举来挡受，贼帅膀子上早着了一棍，痛得他直叫起来，大呼："兄弟们别动手！你们动手受亏的是我。"只好软言向这位英雄求情。

贼众见投鼠忌器，没法子只得齐齐跪下求饶。卫仲虎道："你们抢江山，干百姓们甚事？却要来骚扰掳掠。你们眼珠子里没有官兵，也还罢了，怎么连百姓都没有起来？须知小百姓中不尽无人，你们可知道厉害？"

刘宗敏听得，忙道："英雄爷，闯王军令原不准扰及民间一草一木。此回居庸关不攻而得，乐极了。又因降官唐总兵、杜监军苦苦相留，杀牛宰马地管待，休军两日，约束未免松了一点儿，这原是我们当将帅的不是，望英雄爷高抬贵手，放过了我。我立刻劝闯王拔营动身是了。"众贼目也都苦苦哀求。

卫仲虎喝问："你们几时滚蛋？"

刘宗敏道："今天是十四，天色已晚，不及了，明日是十五，奏过闯王一准动身就是。"

卫仲虎一松手道："便宜了你，权饶下你的狗命。"扑通甩下地去，跌得他头昏眼花，卫仲虎却就摇摇摆摆大踏步而去。次日军果然拔营齐起，攻打昌平州，焚掠十二陵寝了。

从此卫仲虎三个字关内关外就无人不知，没个不晓了。等到清兵入了关，李闯大败出京，把掳来的金银都熔作了金砖银砖，砖上都凿有孔穴，用麻绳穿了，捆载在驴车上，带着奔逃。不意出京才只百里，半空中突来一人，拦住去路，声称要见闯王问话。刘宗敏当着先锋，飞马驰出，一见那个，吓得魂不附体。原来来的不是别人，就是居庸关相遇的卫仲虎。

仲虎一见刘宗敏，就道："刘帅别来无恙，我要见你们闯王，相烦通知一声儿。"

刘宗敏道："英雄有何见教？兄弟可以转言。"

卫仲虎道："你们装载金银这么多，不累赘么？我想帮你们忙，替你们卸掉三五车，使你们装轻行速，可以早一点子到那里。"

刘宗敏道："这个我可不敢做主，替你转奏是了。"

一时回过李闯，李闯大怒，喝令："孩儿们，给我抓下。"众将一齐出手，卫仲虎只是一双空手，不知怎么，闯营各将刀枪钺戟，雨点儿似的来，总是打不着。仲虎一振臂倒就纷纷倒地。战了大半天，闯营各将都累得浑身臭汗，始终抓他不住。李闯生怕清兵追上，弃下了五辆金银，才得走路。仲虎将这五车子金银带回关中，大施赈济，拯救难民。

这时光，清朝刚刚定鼎，各地都有伏莽。宁武关出了一个大盗叫李铁牛，雁门关出了个恶霸叫胡野王，独霸一方，为患行旅。仲虎得着消息，掉臂而往。先到宁武，次到雁门，才一动手，就把李铁牛、胡野王都收服了。因此江湖上就替他起了个外号，叫作镇三关。

仲虎手下也收了二三十个伙计，因皇华驿是京师大道，各口各省进京，都要走这一条路。喜峰口到皇华驿是四百十里，独石山到皇华驿是五百二十里，张家口到皇华驿是四百三十里，热河到皇华驿是四百五十里，保定到皇华驿是三百三十里，此外从奉天来是一千四百六十里，从吉林来是二千二百六十五里，从黑龙江来是三千三百十七里，山东是九百三十里，山西是一千一百五十里，绥远是一千一百四十五里，河南是一千四百九十里，江南是二千三百十九里，安徽是二千六百二十四里，江西是三千一百八十四里，浙江是三千一百三十三里，福建是四千八百四十八里，湖北是二千六百九十里，湖南是三千五百九十里，陕西是二千五百九十里，广东是五千六百零四里，广西是四千六百五十四里。卫仲虎都已探听明白，于是派遣伙计，专探各省解京饷银。饷银到地，放出妙手空空手段，偷了个空。有时外来贼盗得了彩过路，只要他知道，绝不放你平安过去。

这日李向若、昌世杰在石塔前讲话，塔中钻出一个瘦削短小猴子般的人来，正是卫仲虎手下的伙计金猴子。

欲知后事如何，且听下回分解。

# 第十回

## 白莲庵空访黑衣师
## 明月夜飞来红彩霞

却说金猴子见李昌二人异言异服，很是可疑。这夜飞入王家店，将李向若点了穴，倾其所有，卷了个尽。当下卫李相会，立谈之下，仲虎道："清宫中何等厉害，李兄仗着神弹就敢入宫，未免太轻敌了。"李向若不禁嗒然若丧。

卫仲虎道："李兄所失之物，我叫金猴子原物送还，并陪他到王家店向李兄及贵友赔罪。李兄请先回，我还有点子小事呢。"

李向若大喜，拱手作别，下了弹琴峡，一步步走回店来。进了店门，掌柜的迎着问："如何？"

李向若道："承蒙指点，卫二爷已允原物送还。"说着时，已进了房。昌世杰忙问如何，李向若道："很好，很顺利。"遂把弹琴峡得遇卫仲虎的话说了一遍。

昌世杰道："不但原物得以归还，倒又得相与这么一位英杰。"

李向若因把卫仲虎说的清宫情形约略说了一遍，昌世杰道："我们今回太莽撞了，亏得知难而退。撞着了生女，还不知要如何受亏呢。"

这日晚饭之后，李昌二人正在房中对坐讲话，忽闻有声飒然，宛如冷雨敲窗，窗格不启自动。突有两人腾身而入，李向若认得打头一个正是弹琴峡相遇的卫仲虎，后面那个瘦削如猴的正是昨宵光降点自己穴的那个金猴子。急忙起身相迎，金猴子一进门就抱拳道："昨晚真对不起，抱歉得很。"说着提上一个包，向案上一放，其声訇然。遂道："原物丝毫未动，都在这里，请检点一下子。"

昌世杰道："不必检点，总不会有错误。"一面忙与卫仲虎相见互通姓名，互相爱慕。昌世杰谈起自身职务，慨然道："徒劳往返，有负君恩。"

卫仲虎道："我劝昌兄赶快回云南复命吧，你要行刺顺治帝，怕终难如愿呢。"又向李向若道："李兄也不必再进清宫刺探了。为了朋友，这么出力，也总可以交代了。你有昌兄做伴，犹且这么吃亏，进宫已经遭着这么挫折，如何还能够刺探？"

李向若道："清宫的厉害，我已经亲身尝试过。卫兄本领高起我十倍，我们虽属初交，大家都是性情中人，可否请卫兄代我一探？"

卫仲虎道："这个我可不敢允许你。清宫地方这么的大，防备这么的紧，就是毫无阻碍，也难着手侦探。"

李向若道："我已应下了冒辟疆，如何回复他呢？"

卫仲虎笑道："李兄是念书人，难道连'见可而进，知难而退'都不知道么？"

李向若道："卫兄不高兴，原也不敢相强。但是皇帝是天下共主，该这么荒淫无度，夺人家妻妾的么？我们当侠客的不该出来问一声么？"

卫仲虎笑道："江山都夺了，妻妾算什么呢？我真没那么大工夫，管这些闲事。"

李向若见他如此说法，不禁浩然长叹。卫仲虎道："李兄急人之难，如己之难，侠骨仁心，令人钦敬。至于我呢，并非冷心冷意，惮于动作，自问本领还够不上入探清宫的重任。现在我指点你一个去处。京外二十里，有一个郑家庄，经过郑家庄十余里，一带都是树林，万绿丛中露出红墙一角，却是一所尼庵，名叫白莲庵。你到那白莲庵中，找一个穿黑衣的女僧。这位大师通只十六七岁，生得清秀英锐，一望而知是非常人物。只要这位黑衣女僧肯应允，你这件事就有指望了。"

李向若喜问："这女僧是谁？有多大能耐？"

卫仲虎道："李兄听了我的话，有点子怀疑么？我卫某生平从不诳人。再者李兄大远地来此，你我萍水相逢，意气相投，无端地诳你一会子做什么呢？"

李向若道："我并不是怀疑，就为素未闻名，不得不详细打听一下子。"

卫仲虎道："不必打听，现在世界中有三位剑侠，是红侠、黑侠、白侠，这位大师就是三侠之一。你总可信得过了。"

李向若听说是剑侠，始放了心。当下谈谈说说，直到鼓楼报打四更，卫仲虎、金猴子才起身告别，飞腾而去。次日，昌世杰也就作别，回云南复命去了。李向若又去访卫仲虎，畅叙了一日。

李向若在居庸关一住五天，才束装动身，向京师出发，此时腿上伤痕已经结疤。在路无话，到了京师，且未进城，先到郑家庄问信。庄民道："找白莲庵么？走透路了。回头去十多里，树林深处就是。"

李向若依照庄民指点，迤逦行去，果见万绿丛中，一角红墙露出，风景宜人，宛然是一幅天然图画。李向若穿林走去，只见两旁树木齐齐整整，宛如列队的军士。树林中一条甬道，洁净异常。走尽甬道，红墙遮眼，白莲庵已在目前。静悄悄庵门紧闭，只有林间野鸟啁啾。李向若见门额上凿有三个漆金石字，是"白莲庵"三字，站住身，举手敲门。好半天才有佛婆开出门来询问，李向若告诉她专程来此参谒黑衣大师，并告诉她自己是邵阳李向若。那佛婆道："客官来得真不巧，我们大师出外云游，已经一月有余。"问她何时可回，佛婆道："那可说不定，少则一年半载，多或五载三年。"李向若没法子，怅然而返。

偷偷进京察看情形，知道这一件事风头已过，已经不与深究了。在京中住了八九天，依然无法可想，只得襆被出都。从皇华驿出发，第一日到涿州打尖下了店，这夜天上涌出一轮明月，几点寒星，光明如水。那月光从窗棂中射进来，映得半间屋子宛如水晶宫一般。向若心里欢喜，索性开了窗，靠在窗口静静地玩月。

忽见半空里一片彩霞，红如赤玉，疾若流星，自北而南，霎时飞过了。纳罕道："这么天净无云，月明如昼，凭空飞起这么一朵彩霞来，真乃怪事。"候了一个更次，那片彩霞又飞回来，眼看他向北而没。

次日经过汾水驿，不曾打尖，直到雄县的归义驿，才休息吃饭。听得路人传说，城里县太爷昨晚失掉了脑袋，今日雄县城中闹得麻沸似的。李向若心中一动，暗忖昨晚瞧见的那朵红霞，必有缘故。打听人家，才知道这县太爷贪赃枉法，在任二年，害人已经不少。偏他是个旗人，上司都不敢把他怎样。现在死于非命，众百姓闻知，无不快心趁愿呢。

次日动身走郑城驿、河间驿、乐城驿，到富庄驿打尖。话休絮烦，从直隶到山东，从山东到江南，中间经过阜城驿、安德驿、晏城驿、杨柳驿、红花埠驿、桃源驿，直到姑苏驿，径投山塘，来访冒辟疆。冒辟疆恰在家中，相见之下，谈起别后情形，辟疆很为失望。

李向若道："劳力不周，有负重托。"

冒辟疆道："这也是冒某的家运，倒累李兄身受重伤，心下很是不安。"

又谈了一会儿别的事情，冒辟疆设席管待，款留得十分殷勤。席间冒辟疆道："姬人小宛，原名董白，本是秦淮歌伎。生来绝色，素性幽娴，与小弟一见倾心，几经挫折，才得迎归别墅。哪里知道情海生波，孽缘已满，陡起罡风，吹断情丝万丈。鱼沉雁杳，生死莫知。"说着叹息不已。

李向若见他如此情痴，忽然有感，遂道："见君如此，任是百炼钢，不得不化为绕指柔。我当南游浙江，一探天台、雁荡之奇。我师剑道人每岁必游天台一次，或者有缘，得与我师相见，我就代兄恳求，倘我师一允，定能得偿所愿。"

冒辟疆大喜，不住口称谢。李向若在苏州住了几天，随即动身，向浙江进发，径游雁荡山。搭船到海门，改乘小船，走了一夜到大溪镇，雁荡山已经在望。只见层峦高耸，插汉凌霄，山腰里横云断处，有小半个山都被遮住了。李向若在一家茶坊里打了个尖，喝了一碗茶，问明上山路径，拔步前进。好半天才到山脚下。那山脚下也有一个镇，名叫大荆镇。向若就想奋勇登山。山民拦住道："客官此刻时候已交未申，不能上山了。还是在镇上住一宿吧。游雁荡非清晨登山不可。"

李向若道："敢是山上有虎豹么？"

山民道："虎豹是没有的，你瞧这座山那么的高，路径那么的险，此刻上去，断乎走不到宿处。你在镇上宿一宵，明日清晨登山，明日晚上就可宿在灵峰北斗洞，后天再上去到灵岩寺，又可寄宿。我们住在这里的人，最高不过游到灵岩，灵岩再上去，高险异常，都不曾游过。"

李向若问："为甚不更上一层呢？"

山民道："客官，我也难说，你上去一瞧自会知道。似猴峭直高耸，人如何爬得上？就是猴子，也要拣有藤的地方，才能够攀缘而上。"

李向若见山民这样说，知道不是假话。遂在大荆镇找客店，偏偏小小山镇，没有客店，只得权借茶坊宿了一宵。次日上山，山径曲折。到灵峰北斗洞已经申牌时候，回瞧山下，村落田畴，溪河树木，宛如一幅图画，历历在目。仰观山上，冈峦起伏，还不知有几多高呢。

欲知剑道人遇见与否，且听下回分解。

# 第十一回

## 攀藤扪葛直上最高峰
## 排难解纷力捍坍天祸

话说李向若行抵灵峰，时已申牌。见有一所道院，额上写着"灵峰北斗洞"，入内闲逛，早有道士出来迎接，打稽首见礼，并言本院备有客房，专供游山客官们住宿之所，向若问他山中景致，道士殷勤回答，说得十分详尽。

一宵易过，次日吃过早斋，重又上山。向上愈走愈高，向下愈望愈小。山石突兀，树木扶疏，回环曲折。行抵灵岩已经傍晚，只见山冈上一片平地，那座灵岩寺就造在这山冈上，四围都是树林，枝叶相交，翠森森活似树屏绿障，不禁点头赞叹。

这夜就在灵岩寺宿山。询问山顶情形，寺僧道："再上去无路可走。本寺僧人都不曾去过。去年来一个少林和尚，倚仗着本领定要上去，本寺僧众阻止他，哪里阻止得住？大家都到寺后，眼看他上山。只见他攀藤扪葛，猱升而上，倒也迅捷异常。不意才到半腰中间，那藤是枯透了的，蓦地一断，可怜这位大师宛如天鹅中了箭，直坠下来，一落千丈，坠到地，颈断骨折，就此圆寂了。可惨不惨？我们现在想着了还心悸呢。"李向若听了，也很感叹。

次日清晨，预备了点子干粮，奋勇登山，寺中僧众都来阻止，李向若道："诸位放心，我可不是少林僧，断不会半中下堕。"

众人阻拦他不住，只得站着瞧看。只见李向若撩起衣襟，只一跃就跃起了三五丈，手扪藤萝，半爬半路，霎时间已及中腰。风吹藤动，李向若的身子只在空中飘荡，两足甩荡，摇摇欲坠。众僧见了，都替他捏一把汗。只见李向若一边荡一边向上捯溜，腾激而上，比了流星还快，霎时之间没了影迹，想来已到了山顶了，都各称奇不止。

却说李向若一意上升，直升到山顶之上，见地势斜平，倒又可以立足。站住了，俯首瞧时，壁立万仞，目力所及，已经辨不出是人是物，不过城池村落略现星星黑点罢了。回步走去，见一株大树，刮去树皮，上有几个黑字。走近一瞧，写着"徐霞客到此"五个大字。那刮处的白皮经风雨剥蚀久了，都变作了青灰色。李向若暗忖，徐霞客生逢盛世，得以遍游名山，真是福人。想到这里，不胜感叹。

一边想一边信步走去，不知不觉已走了一里多路。陡见一道清溪拦住去路，原来是个池子，水清见底。池边鲜草，嫩绿可爱。不禁徘徊瞻眺，爱不忍去。心忖这雁荡原来是如此高绝险绝，人不可攀，只有群雁高翔，可到此荡饮啄呢。"雁荡"两字，名不虚传。

正这当儿，忽闻有人声唤："前面站的不是李向若么？"

李向若回头，见来的不是别人，正是师父剑道人，急忙上前行礼。并言："弟子为找师父，特地冒险飞爬到此。师父果然在此，真乃有幸。"

剑道人笑道："吹皱一池春水，干卿底事？为了他人的事，数千里南北奔走，老弟不无太热心么？"

李向若惊道："弟子的事情，师父怎么都会知道？敢怕师父就是圣人么？"

剑道人道："老弟在居庸关遇见卫仲虎，可有这件事没有？"

李向若道："有的。"

剑道人道："就是仲虎告知我的。我料到你无可奈何，必来雁荡找我，已候了你两天了。果然不出我之所料，你今儿就到了。"

李向若道："师父圣明，总有高见，恳求指点迷途。"

当下李向若再三恳求，剑道人只是笑，并不理睬。李向若道："弟子的行为不尽合理么?"

剑道人道:"老弟,天下的事情,凡是自己力所能为的,才能够应允人家,倘是自己力有未逮,就不能够轻易应允。为的是为了人家的事,转求他人,他人是否应允,在我并无把握,如何好轻易应允?现在你这件事,是你应允下姓冒的,你尽力去办是了,何必求我?"

李向若道:"师父的教训自当谨记在心,今后弟子断不敢不自量力,轻允人家。但是现在这一件事总要师父助我一臂之力。"

剑道人道:"你今后还敢轻量天下事么?"

李向若道:"断乎不敢。"

剑道人道:"还敢轻易允人所求么?"

李向若又言:"断乎不敢。"

剑道人道:"既然如此,你等一下子。红侠到了,我替你转托她一句话。是了,此事非红侠出手不能办到。"

李向若叩问红侠是谁,剑道人道:"红侠的来历大概你还不曾知道。"

原来这位红侠并不是男子汉,却是个女英雄。为她天性喜红,头上裹的是红帕,身上穿的是红衣,束的是红裳,脚上蹬的是红香羊毛靴子,浑身上下通红,鲜艳得榴花相似,因此人家都称她作红裳女子,简称作红侠。这位红侠原本姓袁,名叫淑英。本是个不出闺门的千金小姐,她的哥哥名叫袁崇焕,官为辽东督师,是个智勇双全的大将。崇祯年间,袁崇焕统着雄兵猛将,在辽地方镇守,防备清兵西犯。顺治的老子清太宗、祖爷爷清太祖两位英雄皇帝,统率八旗精兵,几次分道扑来,终为袁崇焕这员虎将挡在那里,得不着半点便宜。清太宗恨极,跟王公大臣等商议出一条反间妙计,亲统劲骑入犯中原,直杀到北京城下,声言是袁督师约来的。崇祯帝信以为真,就把袁崇焕捉下天牢,结果了残生性命。清太宗得着此信,快活得额手称庆,从此长驱大进,毫无顾忌。

彼时袁崇焕以忠受戮,家人离散。淑英小姐愤极遁入空门,满拟削发当姑子,晨钟暮鼓,了此余生。不意一进庵门就认识了一个黑衣女僧。生得高高的颧骨，瘦瘦的脸儿，慧眼亮似明星，慈眉朗如翠黛。袁淑英跟她攀谈，性情倒很相投，问起身世，才知女僧的来历也与自己差不多。这位黑衣女僧俗家姓熊，是经略大臣熊廷弼的女公子。熊经略镇守辽东，紧守严防，清兵也不能得志。崇祯帝偏信奸臣之言，把熊经略治了罪，清兵才能肆无忌惮，攻取沈阳、辽阳，就从兴京迁都到沈阳，改名为奉天。熊小姐闺字叫婉华，遭此家难，愤极出家。披剃以来，还未满三年呢。

两人互述身世，更属同病相怜，格外的亲爱。但是袁淑英天生国色，艳绝人寰，性又爱红，衣衫鞋裤都是红绸做成，打扮得石榴花似的艳。娟洁爱好，梳洗盥濯，每天总要两三回，与佛门枯寂颇不相宜，因此带发焚修，不过在尼庵寄迹罢了。

一日，忽来一个剑道人，须眉皓白，髯长过腹，举止飘飘，大有神仙之概。一见熊袁两女，失声道："浊世中竟有这么人才？可喜可喜。"遂道："我瞧二位天生秀慧，秉性坚贞，气度如仙露明珠，行止如松风水月，洁而不介，柔中带刚，埋没尼庵很为可惜，不如跟小道练剑术去。"

袁淑英就问剑术如何练法，剑道人道："剑术虽是小道，乃是古仙师所以泄天地之秘，夺造化之权，以救人患难。其理精妙入神，不是聪明敏慧之人不可学。练剑始于练目，继于练手，终于练心，非心志专一之人不可学。人情鬼蜮，世路崎岖，假多似真，真反类假，非心思缜密之人，就使能够学成，也难免误用。人是聪明的，志是专一的，心是静细的，要是心术不很纯正，品行不很端方，授给了他，反倒助恶，也断然不肯传授。所以剑术一道，师之觅徒，徒之觅师，都是可遇不可求的。"

袁熊两女也是前世夙缘，听了剑道人的话，都不禁大喜。当下就甘心负笈拜剑道人为师，跟着剑道人西入四川，直到峨眉山山顶。见有五间白石筑成的石屋，屋中先有五个徒弟，内中一个身量矮小、眉发尽白的，名叫白猿老人，却是大师兄。剑道人叫袁熊两女与众师兄相见，那五位师兄中也有两个是女郎。袁淑英、熊婉华从打坐练气入手，练到五年工夫，练气进至练形，练形进至练剑，次第告成，就能够身心合一，腾空飞行，随心所至。空中取飞鸟，陆上擒虎豹，水中斩蛟龙。心到剑到，无不如意。剑道人又各给予妙药灵丹，可以长春不老。

此时同学中的两个女郎已由剑入仙，超凡入圣去了。两个男同学为了尘心不净，半途而废。成为剑侠的只白猿老人和袁熊两女。剑道人道："你们三人在我这里学道成功，良非偶然，现在都要出去行道了，照例须各题一个别号。我看尔等都有现成名号，更不必另行题取。"指袁女道："尔既爱红，就可唤作红裳女子，简称作红侠。"指熊女道："尔既披剃做姑子，爱穿的是黑衣，可就叫黑衣女僧。"指那大师兄道："门下众徒，尔年最长，偏又天生的眉发都白，身子又瘦小，很像个白猿模样，可就叫白猿老人吧，又现成又贴切。你们看是如何？"

红、黑、白三侠异口同声都道："叩谢师父赐题名号。"三人当下叩别师父下山，分道行侠。黑衣女僧远游天山，红裳女子北走京师，惩治了一个土豪黄膘李三，在郑家庄郑天海家中出现色相，服了群雄。郑天海把她待作上宾，竭诚款待。这时光恰遇着平西亲王吴三桂的世子吴应熊入京尚公主，皇太后因十公主聪明乖觉，虽非己出，待她却十分钟爱。临嫁当儿就把自己贴身宫人补恨、消愁两人赏给了她。不意皇太后赐掉两宫人之后，挑上来的总是鲁莽呆笨，不能补这两宫女之缺。遂传谕内总管，叫在外面挑几个秀女。皇太后吩咐了这一句话，郑天海家的祸事就到了。天海有两个女孩子，他那大女儿的名字可巧被太监查了去，立刻要挑进宫。天海家里男号女哭，闹得麻沸起来。眼见骨肉分离在即，顷刻蓦见一人投袂奋起，甘愿代替郑女入宫。

欲知此人是谁，且听下回分解。

# 第十二回

## 点秀女红侠入清宫
## 建殊勋皇叔加封号

却说郑天海为了女儿被选入宫，阖家子哭泣，没作道理处。忽见一人投袂奋起，愿救他这一场坍天大祸。来者不是别人，正是红侠红裳女子。郑天海大喜过望，阖家大小都感激涕零。于是红侠扮作郑大小姐，由太监带上了车，辘辘起行。到了宫中，恰被皇太后选中，与一个姓牛的同补了消愁、补恨两人的缺。这一节事情在《飞行剑侠》上已经详细叙明，不必絮聒。只可惜《飞行剑侠》这部书出版得太迟，李向若这个人出世得太早，他竟不曾瞧见过，所以茫然不知。亏得剑道人也是局中人，瞧见李向若寻根究底，遂把红侠替人应选，现在清宫的话说了一遍。

李向若喜道："既是师父的门徒，又是剑侠，又在宫中，那是好极了。恳求师父转托一声。师父的面子谅红侠总不会不允。"

剑道人抬头，忽然哎呀了一声，向前指道："你瞧那边来的是什么？"

李向若跟着剑道人所指瞧去，只见天空里一朵彩云，风送行云似的向山巅飞来，其势甚疾，霎时间翩然下坠，红光照眼，已到眼前。哪里是什么红霞，却是一个人。只见那人浑身都是红衣，见了剑道人盈盈下拜，口称师父。拜毕起身，见是个十八九年龄的女子，翠眉如黛，脂粉敷施，颜色生香，双涡欲笑，衬着全身红衣，宛如一朵初放榴花，说不尽的艳丽。心忖：此人突如其来，莫非就是红裳女子？

只见剑道人道："你从哪里来？几时动身的？"

那女子回称："从北京来，就为山东地方陡起大风，这两三千里的路，走了有三个多时辰呢。"

剑道人道："我估量你今日总该来了，已经候了好几日。昨日白猿老人来此，说黑衣女僧已到印度国学习梵文去了，今回不能到会。说到你，无故总不会不到的。我留他住一天，他因要紧蒙古去办一件事，没有允得。"

那女子道："原来大师兄已先早来了。"回头见了李向若，忙问："师父，此位是谁？"

剑道人道："正要跟你们介绍呢。这是邰阳李向若，也是我的门下。"又向李向若道："这就是你师兄红侠，快见过了。"

李向若口称师兄，作下揖去。红侠见李向若不僧不俗，很为纳罕。剑道人把李向若的来历告知红侠，红侠方肯还礼。

剑道人道："红侠，你师弟此来，正有事要相烦你呢。"遂把李向若夜探清宫受伤逃出的话，说了一遍。

红侠听罢，笑道："那必是师父作成我的。师弟跟弟子从未谋面，如何会烦起我来？这是显而易见的事，不是师父作成更有谁？"

剑道人道："红侠真聪明，一猜就着。这件事是我转求你，你要肯答应？"

红侠道："事虽不难，只是要瞧机会。我应便应了，日期可不能预约，可不能时时催问我。不知师弟肯依我不能？"

李向若道："师兄肯替我办理，感激得很，我还敢催问么？"

红侠道："那么我应下了，只是三年五载，十年八年，可不准催问的呢。"李向若见她这么说，不觉一愣。

看官，你道红侠为什么作难？原来她在慈宁宫中很得皇太后宠任，干下不少回天大事。红侠入宫第一日，皇太后见她两个酒窝儿，语时似笑，又爱穿红色衣服，赐了她一个名字叫作怡红。恰巧那个姓牛的宫女喜穿绿色衣裳，就赐名叫快绿。于是含芳、蕴玉、快绿、怡红四个，为太后贴身宫人。太后因怡红年龄最小，人最伶俐，最是偏心疼爱，当下赐过名字，怡红上来叩头谢恩，皇太后见了欢喜，就问："这个谢恩礼节，是他们教给你的么？"

怡红道："并未有人指教，奴婢私心默忖，太后天恩赐名，理当叩头恭谢呢。"

太后道："好一个伶俐知礼的孩子，我原心疑他们既然教导得，为甚只教你一个？"遂唤含芳、蕴玉上来吩咐道："她们新进宫，一切事情你们都该指示她，教导她。以后她们做错了事，我只问你们话。你们要瞧冷眼懒怠，你们自己仔细吧。"

含芳、蕴玉应着下来，含芳就暗向怡红道："皇太后的为人最难相与，黜陟随意，喜怒不常，妹妹你是新进宫，初见面，只道她那么和气、那么仁慈，过往十日半月，领着味儿就知道了。我们进宫时光可不是同你此刻一般的么。"

怡红道："我一是初进宫，二是年纪小，什么都不知道，一切全仗指点。"

含芳道："那也一言难尽，不论什么事，你总留一点儿心就是。"

含芳走后，蕴玉又来，问道："含芳跟你讲点子什么话？"

怡红道："也没说什么，不过叫我凡事留心是了。"

蕴玉道："你初进宫，不曾知道宫里头的人，最是坏不过。言语最要留心，你往后下去就会知道，怪怪奇奇的事正多呢。她们跟你讲话，瞧是很亲热、很贴切，你只要顺着她口气，附和一二语，她们就会在太后跟前搬弄是非，说你这么这么讲，挑唆得太后惩治你，她却站在旁边瞧热闹快意，却还要假意安慰你，哄骗你，到死不使你醒悟。"

怡红道："多谢关切，我都知道。"

自从红侠进了慈宁宫，皇太后把她十分宠爱，名为宫人，却是另眼看待。穿吃用度，都与宫眷相同。红侠也知恩报德，着实地献可替否。

一日，含芳进来，密报了一个什么消息，皇太后就此愁闷起来，各种长吁短叹，郁郁忧忧，始还淌眼抹泪，继至废寝忘餐。红侠瞧不过，劝太后出去打猎解闷。皇太后叹道："我的儿，难为你这么孝顺，咱们娘儿怕没有几多天聚首了。"说到这里，声音咽哽，语不成声。

红侠道："圣语高深，奴婢愚昧莫解。"

皇太后见左右没人，悄悄道："眼见锦绣江山，立刻被人家要夺去。皇上一失了江山，我还能够安居宫中做皇太后么？"

红侠道："圣朝龙兴鼎盛，如何出此不祥之语？"

太后道："你哪里知道？篡国叛臣，不在异姓，就在骨肉懿亲呢。"

红侠愕然道："现在摄政王秉政，摄政王待到宗室最是严厉无私，谁敢叛乱犯上？"

皇太后道："你哪里知道？现在这篡国叛臣，就是皇叔摄政王呢。可怎么办？"

红侠道："摄政王功高权重，原是有的。此种消息怕未必真呢。"

皇太后道："摄政王入关以来，已封到皇叔摄政王，岂不是位极人臣，加无可加？现在他心还未足，叫心腹文武撰本求恩，求封他为皇叔父摄政王。似此贪得无厌，不至篡国不住手。"

红侠道："照奴婢看来，也不为过。摄政王原是皇上的叔父，加封为皇叔父，碍了什么？"

皇太后道："你小孩子家懂什么？朝廷与家庭不同，朝廷只论君臣，不论叔伯兄弟，一称皇叔父，就破了君臣的分际。君臣的分际一破，那君位还能够安稳么？"

红侠心机一转，我此番进宫，难道真个当宫人么？就为清廷肆行虐政，要乘机救人呢。现在朝廷大权都在摄政王一个人手里，太后虽然信我，可惜不能干预朝政，还不能够大伸我志。眼前宫廷既然叔嫂相猜，不如献一个计，倘能得行，于百姓一边，倒得益不浅呢。主意已定，遂道："奴婢大胆，有一句话要上奏，但是这一句话，断不是当奴婢的该出口。一出了口，奴婢就死无葬身之地。现在朝廷既在存亡危急当儿，奴婢就不

65

能不奏了。"

皇太后道："我的儿，你有话尽管说来。"

红侠附着皇太后耳，低低说了好一会儿话，看见皇太后脸上红一回白一回，知道凤心摇荡，很难自主呢。

原来大清朝廷一切威权，上不在深居九重的顺治皇帝，下不在辅佐朝廷的阁部大臣，却在皇叔摄政睿亲王手里。这位摄政王名叫多尔衮，是太祖之子、太宗之弟、顺治皇帝的叔父。智勇双绝，文武全才。统兵入关，定鼎燕京，吞并中夏，都是摄政王一人之力。太宗去世时光，顺治皇帝才只得六岁。彼时多罗郡王阿达里、固山贝子硕托都归心睿亲王，相语道："昔年太祖驾崩遗命，原叫立睿王，而令代善摄位，代善让位太宗，致成年来之书面。现在太宗既崩，很该追奉太祖皇帝遗命，推戴睿亲王为皇帝。"

睿王不肯，道："我同诸王，臣事崇德朝这么久，君臣之分久定。主子才咽气，就要欺侮他的寡妇孤儿，心实不忍。尔等决意要这么干，我就立刻自刎，以明心迹。"说着，真个掣剑在手，便欲刎颈。众多官员瞧见这个情形，大惊失色，顿时慌作一团，挽住睿王臂膊，夺下佩剑，围住跪下，跪成一团。

睿王道："你们须要听我主意办事才好。"

众人都道："我们愿听指挥。"

睿王于是奔入宫中，抱出六岁年龄的顺治帝，按在龙椅之上，自己第一个推金山倒玉柱，纳头便拜，口称主子，高呼万岁。众多文武见睿王下拜，便都插烛也似跪下去，跪地叩头，自称奴才。当下睿王做主，把阿达里、硕托都办了个不忠之罪，那附和诸臣也都分别治罪。睿王见顺治帝冲龄践祚，不能处理万机，遂仿周公辅成王故事，摄理朝政。到并吞中国奄有夷夏而后，位望益隆，尊为皇叔摄政王。摄政王此时自以为元辅懿亲，与国为体，君臣之间不复更存形迹。凡有批拟，即用皇叔摄政王之旨。又因信符贮在皇宫大内，每有调发，奏请颇觉不便，便就悉数收入了摄政王府中。满朝文武更是歌功颂德，起初还拿伊周来比拟，后来竟拿舜禹来期望了。大势所趋，任你如何忠贞，如何坦白，究竟位极人臣，难免功高震主。就有一班希荣固宠的大臣，联名奏请摄政王功德巍巍，宜加封号，请加封为皇叔父摄政王，奉旨着诸王公大臣议复，候旨施恩。诸王公大臣复奏上去，异口同声都说很该加封。含芳得着消息报知皇太后，就是此事。当下皇太后忧形于色，红侠特献奇谋，预备旋乾转坤。

欲知果能挽回与否，且听下回分解。

# 第十三回

## 补弊救偏红侠献巧计
## 行权济变太后举大婚

话说阖朝文武众口同声，奏请加封，于是顺治准如所请，特赐册文并皇叔父宝，其辞是：

太祖武皇帝肇其鸿业，垂裕后昆，太宗文皇帝嗣位，西并蒙古，东臣朝鲜，扩土开疆，显庸创制。皇考命叔父摄政王，征讨元裔察哈尔国，俘其后妃世子，迁其邦族，获制诰玉宝，又随皇考征朝鲜，承领水师，破江华岛，尽掠其国王眷属。遂平朝鲜，各处征伐，皆叔父倡谋划策，攻城必克，野战必胜。叔父幼而正直，义无隐情，体国忠贞，助成大业。皇考特加爱重，赐以宝册，先封和硕睿亲王，又辅朕登极，佐理朕躬。历思功德高与周公，昔周公奉武王遗命辅立成王，代理国政，尽其忠孝，皆武王已成之业。我皇考上宾之时，宗室诸王人人觊觎，有援立叔父之谋，叔父坚誓不允。念先皇殊常隆遇，一心殚忠，精诚为国。又念祖宗创业艰难，克彰大义，将宗室不轨者尽行处分。以朕系文皇帝子，不为幼冲，翊戴拥立，国赖以安。及乎明国失纪，流贼窃位，播恶中原，叔父又率领大军，入山海关，破贼兵二十万，遂取燕京，抚定中夏，迎朕来京，膺受大宝。此皆周公所未有，而叔父过之。硕德丰功，实宜昭揭于天下，用加崇号，封为叔父摄政王，锡之册宝，式昭宠异。重念我叔父靖乱定策，辅翊眇躬，推诚尽忠，克全慈孝，中国赖以廓清，万方从而底定。有此殊勋，尤宜襄显。特令建碑纪绩，用垂功名于万世。

于是皇叔父摄政王钦定出冠服宫室各种制度，帽顶也用珠顶，不过是东珠十三颗，金佛的前面嵌珠珞七颗，后面金花嵌东珠六颗，比了皇帝的珠顶少去四颗，带上每板嵌东珠六颗，猫儿睛石一颗，比了皇帝的带只少得两颗。带用浅黄色，服用八团龙坐褥。冬季用貂皮，夏季用绣龙。房基高有十四尽，比了宫殿只少得二尺。楼屋三层，上覆绿瓦，屋脊及四边都用黄金瓦。

此时皇太后见皇叔父名位日隆，皇帝年岁太小，没法奈何，只好听从怡红奇计，达变从权，召摄政王进宫，纡尊降贵，跟他叙家人之礼。有说有笑，谈到黄昏始别。临别的当儿，皇太后道："咱们入关未久，已不免都沾染了点子汉人风气，讲究避别嫌疑，彼此都生疏了。其实一家人理该亲热义气才是。皇叔父有暇，请进来常常谈谈，倒可以除愁解闷。"

摄政王应着，从此叔嫂时常叙谈，更和气了许多。不多几时，朝野喧传，朝廷将降不世之隆恩，举行非常之盛典，皇太后要下嫁摄政王了。满汉文武还不很相信，不意不到半个月，顺治帝已经降下皇皇谕旨，才知此事不是浮传。那谕旨是：

朕以冲龄践祚，定鼎燕京，表正万方，廓清四海。眇躬凉德，曷克臻斯？幸内禀圣母皇太后训迪之贤，名仗皇叔摄政王匡扶之力，一心一德，始能奠此丕基。顾念皇太后自皇考宾天之后，攀龙髯而望帝，未免伤心；和熊胆以教儿，难开笑口。幸以摄政王托股肱之任，寄心腹之司。宠沐慈恩，优承懿旨，功成逐鹿，抒赤胆以推诚；望重扬鹰，掬丹心而辅翼。金滕靖乱，立姬公负扆之勋；铁券酬庸，乏邱嫂辚羹之怨。借此欢胪萱室，用纾

**69**

别鹄之悲；从教喜溢椒宫，免唱离鸾之曲。与使守经执礼，如何通变行权？既全夫夫妇妇之伦，益慰长长亲亲之念。呜呼！礼经具在，不废再醮之文；家法相沿，讵有重婚之律？圣人何妨达节，大孝尤贵顺亲。朕之苦衷，当为天下臣民所共谅。其大婚仪典，着礼部核议奏闻，候朕施行。钦此。

这国母皇太后大婚，真是千古未有的盛典。谕旨既颁，宫里宫外都就忙乱起来。红侠在慈宁宫中，第一个高兴。打足精神，替太后量衣服，开尺寸，恭拟出各种花样、各种颜色，金绣彩绣，织锦刻丝，种种新奇的配制，呈请皇太后过了目裁定之后，就吩咐内务府特派专员到苏杭两处织造府，照样制造，限日竣工。此外珍珠宝石各式簪环花朵以及衣服上钉的嵌的，叫内务府命巧匠拟进样子来，太后嫌巧而不精，重又拟过，才吩咐出去。又命总管太监到摄政王第察看宫院，量准尺寸，转谕内务府赶造箱笼橱桌炕椅各种嫁妆。此时礼部诸臣遵旨恭拟皇太后下嫁仪注，因是古往今来未有的创举，无例可援，绞尽心血，才拟了出来。那新仪注比了天子大婚，皇父则稍杀至尊，圣母则加隆于皇后，斟酌百日，才算尽善尽美。恭折进呈，顺治帝批准了。钦天监管理事务大臣督同满汉监正监副，赶紧选择吉日良时，等到日子选出之后，慈宁宫总管太监督同众太监，打扫各处宫院，预备挂灯结彩。内务府早把各式宫灯、明角灯、珠灯、纱灯配齐，灯须送进宫来，交与总管太监发交司事太监悬挂，因此宫内宫外没一个人不忙得个发昏。太后极爱怡红，派她为慈宁宫内总管，宫内一应事情都由她一个提调指挥，因此众人中最忙的就是红侠。

太后大婚之期，钦天监选出是十月十一日。一过九月，大家更格外的忙碌。慈宁宫正殿上扎起彩来，从正殿起，直到内殿，连同两边配殿，一间间扎起彩来，五色相间，鲜艳夺目。更悬挂各种色灯。皇太后因吉期日近一日，慈怀愉悦，不知不觉常常满脸生春，任你留心镇定，终难矫喜为愁。

到初六这一日，慈宁宫灯彩都已挂齐，五色绸彩映着各式宫灯，琳琅满目。那各殿柱上更有彩绢扎就的龙凤灯，一对对龙飞凤舞，那姿势竟同活的一般。地上都铺有一寸多厚的大红毡子，入夜各种灯都点了蜡，地上又置放金莲花地灯，一行行一对对都点了蜡。壁上张着红缎彩绣壁衣，绣的是八仙过海，王母大开蟠桃宴。上下争辉，真是琉璃世界，珠宝乾坤。

钦派出大婚正使是和硕郑亲王济尔哈朗，大婚副使是饶余郡王达德，各穿了吉服，排齐执事，乘坐大轿，到摄政王府宣旨。摄政王亲自出接，接到正殿，排香案开读圣旨。读毕把旨意供在中间，款待钦使。两钦使喝了一口茶，就起身告辞，登轿而去。摄政王已把聘礼预定当，现在就命卫士用龙亭分载仪物，亲自押着恭进纳彩礼。那聘礼共是文马二十匹，连同鞍辔甲胄二十副、彩缎二百匹、素缎二百匹、黄金四千两、白银二万两、金茶器二十件、银茶器四十件、银盆四、玉杯十、十间马四十、驼甲四十，此外珠宝、玛瑙、珊瑚等饰品不计其数。色布四千匹、白布四千匹却殿在末后，取白头到老之意。摄政王亲自押着，直到午门，恭进仪物都抬到太和殿，甲胄布帛陈列在丹陛上左右，文马等都放在丹陛下左右。顺治帝命在乾清宫设筵赐宴，摄政王宴毕，近支和硕亲王陪了摄政王到慈宁宫寿宁殿行三跪九叩首礼。

初十日，摄政王顶戴蟒袍，八团龙褂，由近支亲王陪着，诣慈宁宫行礼如仪。此时内务府大臣率了銮仪校，赍送妆奁，内管领命妇率了执事妇女到摄政王府第陈设。太后怕内管领心粗，做事不很如意，特命红侠前往监督。红侠细心布置，等到办理妥帖，已交子初一刻矣。

到十一这日，廷臣蹈舞，士民欢忭，融融泄泄，满城皆生春色。皇叔父摄政王备齐法驾，恭行亲迎大典。摄政王乘坐金辇，前列导象。次是宝乘，次是乐部，设全部大乐，间以红灯六对，次是卤簿乐，冠军使一人，整仪尉二人，次是引仗六对，次是御仗十六对，次是吾仗十六对，次是立瓜十六对，次是卧瓜十六对，次是金星十六对，次是金钺十六对，次是五色金龙小旗十对，次是翠华旗一对、金鼓旗一对、门旗四对，次是日月旗各一面、五云旗五面、五雷旗五面、八风旗八面、甘雨旗四面、列宿旗二十八面，次是五星旗五面、五岳旗五面、四渎旗四面，次是神武、朱雀、白虎、青龙旗各一面，次是天鹿、天马、辟邪、犀牛、赤熊、黄熊、白熊、角端、游麟、彩狮、振鹭、鸣鸢、赤鸟、华虫、黄鹊、白雉、云鹤、孔雀、仪凤、翔鸾旗各一面，次是五色龙纛三十回、前锋纛八面、护军纛八面，次是骁骑旗二十四面、云麾使二人、治仪正二人、整仪卫二人，次是黄麾四个、仪凤氅四个、金节四个，次是进善纳言旌两座、教孝表节旌两座，次是龙头幡四个、绛引幡四个、信幡四个，次是云麾使二人、治仪正二人、整仪尉二人，次是鸾凤赤方扇八柄、雉尾扇八柄、孔雀扇八柄、单龙赤团扇八柄、单龙黄团扇八柄、双龙黄团扇八柄、寿字扇八柄，次是云麾使一人、治仪正二人、整仪卫二人，次是赤方伞四顶、紫方伞四顶、五色花伞二十顶、五色九龙伞十顶、黄九龙伞二十顶，次是紫芝盖二座、翠华盖二座、九龙黄盖四座、銮使一人、云麾使一人、治仪正二人、整仪尉二人，次是戟四柄、殳四柄、豹尾枪三十柄，次是弓矢队三十名、仪刀队三十名、云麾使一人、治仪正二人、整仪尉四人，次是仗马十对、冠军使一人、云麾使一人，次是金机一个、金交椅一座、金水瓶两个、金盥盘一个、金唾壶一个、金香盒二个、拂尘两柄、云麾使一人、治仪正二人，次是黄盖提炉，提炉之后，才是皇太后王辇。后面护着豹尾枪仪刀弓矢，殿以黄龙大纛，浩浩荡荡，接有三五里路长，径向慈宁宫来。

欲知后事如何，且听下回分解。

# 第十四回

## 雁荡山双侠乘龙
## 喀喇城皇父晏驾

话说慈宁宫中铺设得花天锦地，虽在白昼，各灯中都点上了绛蜡，辉煌炫耀，愈显得繁华富丽。此时各亲王郡王福晋贝勒贝子夫人、公侯伯夫人、各满大臣命妇，都盛服进宫，静心敬候恭送皇太后登辇。赞事女官在宫门内伺候，礼部仪制司郎中在宫门外伺候，銮仪卫銮仪使率同各云麾使冠军使备齐太后仪仗，都在宫门外等候。一时顺治帝率同各王贝勒大臣诣宫行三跪九叩首礼，跪请皇太后升辇。就有女官引导皇太后登坐宝辇，升了玉辇，即有内校址六名，舁行出宫。仪仗前列，各福晋、各夫人、各命妇步行送出宫门，也都乘舆随行。摄政王护辇而行，行抵摄政王府，仪仗都各止步，入府到仪门，各官也都止步。玉辇进了仪门，各福晋夫人命妇都各下舆，步行直抵正殿。女官早已伺候，导皇太后下辇，扶入正殿。礼仪制司郎中郎高升赞礼，细乐赞扬，肃正王与皇太后并立，参天拜地，举行合卺典礼。女官跪上合卺酒，礼毕，阖府上下男女人等都来叩谒新主母。皇太后带来的贴身宫人怡红等也循例叩见摄政王。

次日，顺治帝临御太和殿，王贝勒中外百官都上表庆贺，颁诏天下，大赦徒流以下罪犯，并举行乡会试恩科。过了一日，又降旨封皇叔父摄政王为皇父摄政王。皇太后以圣母之尊，做嫔皇叔，摄政王受宠若惊，两口子感情自不同寻常夫妇。于是一切朝章国政，太后倒也不能不全问信。红侠得的是皇太后的宠，凡朝廷举行虐民的苛政，如圈地逃人之类，就借着皇太后的口，暗中挽救的倒也不少。并且红侠身子很自由，数千里外有甚不平事情，只要碰着她高兴上，瞬息之间就可以飞行前去干涉。前日子李向若在涿州地方打尖，月夜瞧见一朵彩霞飞行天半，就是红侠闻知雄县知县不法害民，弄得该处民不聊生，又苦无人赴诉，侠心一动，腾空飞行，摘取下知县的脑袋。这不过红侠侠义举动中百十中的一桩呢。

剑道人每年总约齐红、黑、白三侠会集一次，会的地方在北总是天山，在南总是雁荡，在西总是峨眉，今回恰好在雁荡。李向若攀藤扪葛，越岭爬山，总算不曾白辛苦，也是适逢其会。

当下李向若见红侠虽然应允了，只是说出日期不能限定，三年五载，十载八年，都说不定，不觉一愕。剑道人早已知道他意思，遂道："颠禅，除了红侠更没有能办这事的人，你休嫌迟患早，须知红侠也不是故意为难，宫里头的事，不比得外面，全候着机会。机会凑巧，三日五日也说不定，机会不凑巧，三年五载也难预说。你又何必发愕呢？"

李向若道："师兄允了弟子，感激得很，哪里敢嫌迟患早？不过冒辟疆真也可怜，望眼欲穿，度日如年，巴不得立见回音呢。"

红侠道："这也是人情之常，不足为异。我要问你一句话，得了消息送到哪里去呢？"

李向若道："最好送到苏州山塘冒辟疆家里去。"

红侠点头道："是了，我都已知道，这件事可以不必谈了。我还要跟师父谈别的事呢。"

剑道人向李向若瞧了一眼，李向若知趣，忙道："弟子的事已经拜托了师兄，弟子没事，就此告退吧。"

红侠笑道："忙什么？老师弟，你敢是想要回避么？很可不必，你尽管在此，我跟师父讲的话，怕你未必能够听得呢。"

李向若纳罕道："此间是雁荡，我们都在溪边，相离不及一丈，如何会听不见？"

正在度忖，陡见奇响哗然，剑光腾空而起，两口宝剑立刻化作两条神

74

龙，在空中盘旋飞舞。剑道人与红裳女子各跨上一龙，在空中并骑谈话。李向若仰首瞧望，见剑道人师徒并跨云龙，宛如神仙中人，心下不胜羡慕。好一会子，才见两龙渐渐下降，降到离地三丈多高，两人一跃到地，站住身，向空中只一招手，两条龙顷刻变成了剑，匹练似的飞下来。那剑光映着剑光，水气闪闪烁烁，耀得人两眼生花。李向若支持不住，只得合上了眼。才一合眼，就听师父唤道："颠禅颠禅，睁开眼来！"

李向若睁眼瞧时，剑气如虹，影踪都没有了，只剑道人与红侠站在面前，一个白髯飘飘，一个红影袅袅，不禁失声道："师父，愧我无缘，不能学剑，不然，天下还有甚难事呢？"

剑道人笑道："老弟，你的不能学剑，就是为此。此师兄成为红侠，也就是为此。"

李向若忙问何故，剑道人道："你未曾学剑，已瞧得天下无难事，红侠已经学成剑术，你托她那桩事她且不敢预定期日。一是虚心，一是自满，不就天渊之别么？"

李向若听了，不禁爽然自失，红侠微笑道："老师弟，劝你不必惭愧。像你这么本领，已经是难能可贵。你想，天下这么的大，人数这么的多，似你这么的人能有几个？可见得他已经是千万人中一个了。"

当下师徒三个，在雁荡山顶玩了一整日，剑道人道："我们事情都已议妥，逛也逛够了，也该散了，各走各路吧。"又道："颠禅，我瞧你这么高的山，爬上溜下很辛苦，怪可怜儿，我做师父的发一个慈悲，挈带你下去好么？"

李向若喜极，剑道人掷剑成龙，拖了李向若，向红侠道："我们再见吧。"

李向若也拱手道："师兄，拜托的事，费心费心！"

红侠笑道："我既应下了你，绝无不干之理。尽请放心。"说着时，眼见剑道人拖了李向若，腾空跨龙而去。

红侠此时独立山顶，振衣长啸，剑气如虹，穿云而上。剑才发出，身即飞腾，身剑合而为一，哧哧排云，驭气飞行如电。望到下面村落树木、屋舍田畴，历历奔驰过眼，宛如展阅手卷图画。瞬息千里，两三千里路程，不过几个时辰，早已京师在望。到了京城，渐渐下降，到摄政王府第，飞身下地。忽闻一片哭声，摇山震岳，心下纳罕，忙忙赶入皇太后宫院瞧视。遇见宫人快绿，快绿道："红妹妹，你到哪里去逛了，一镇日不见你？家里出了大事，你倒这么自在？"

红侠问："什么大事？"

快绿道："你也是太后贴身宫人，这么颠预？府里出了这么大事都不知道。皇叔摄政王去世了，你知道么？"

红侠诧道："咱们摄政王不是率了各王贝勒贝子公及八旗固山额真官兵到外边去打猎么？怎么就去世了？"

快绿道："今日未牌时光才接到惊报说，摄政王昨日去世的，是在喀喇城地方。快马专差昼夜兼程，赶了两日一夜才到。"

红侠见说，急忙进去瞧皇太后。见艳丽无双的皇太后已经哭得泪人一般，蕴玉、含芳站在旁边陪着下泪。红侠叫人打进一盆脸水，捋起衣袖，先试过冷热，然后绞上一把手帕，递与皇太后，轻轻道："请揸一把手巾。"太后接来揸过，红侠又绞上一把，太后揸过之后，摇摇头说不要了。红侠才低言婉言，细细劝慰太后。太后因这几年来夫妻恩情，又想到摄政王平日相待的好处，不禁悲从中来，哀哀欲绝。这夜人静之后，太后在寝宫里坐着垂泪，含芳、蕴玉、快绿、怡红四个宫人随侍在侧，芳、玉两人请了好几回旨，太后终不肯安寝。后来太后向众宫人道："天凉夜静，你们各自去歇息吧。"

众宫人都道："太后不曾安寝，我们哪里敢歇息？"

太后道："那也不用大家挤在一处，留一个伴我也够了。"

红侠道："姐姐们尽管睡去，我一个伺候着是了。"

含芳巴不得这么一声，都道："暂时偏劳妹妹，我们休息一会子再来换班。"说着，向太后告了辞去了。

这里红侠见左右无人，遂向太后道："王爷陡然升天，念及平日恩情，也难怪太后伤感。但是太后万金贵体，皇上年轻，全仗太后照顾。悲能伤人，也很不相宜，还请节哀顺变为是。"

太后还是哭泣，红侠又道："原为王爷心怀不臣，太后的济变行权，无非为救济皇上。现在这个样子，奴婢敢放肆一句，皇上倒安全了。"

一句话提醒了，从此太后就减去了好些悲痛。此时顺治帝也已接到讣闻，十分震悼，降旨着臣民易服举丧。不多几天，摄政王枢车到京，顺治帝率同王贝勒文武百官，穿了素服，出东直门五里迎接。顺治帝亲自奠爵大哭，各百官都跪仗道左举哀。从东直门起，到玉河桥，直跪了个满。四品以下各官都在道旁，直跪到摄政王府第。府第中大门之内，哭声震天，却是各公主各福晋各夫人以及百官各命妇，跪地举哀。这夜各王贝勒贝子大臣，都奉旨守丧。顺治帝又降旨袝摄政王神主于太庙，追尊为懋德修远广业定功安民立政诚敬义皇帝，庙号成宗。诏词中有"当朕躬嗣之始，谦让弥光，迨王师灭贼之时，勋猷懋著。辟舆图为一统，摄大政者七年"等语。典礼优崇，荣哀备至。皇太后俟大事完毕之后，密行还宫。

欲知皇太后还宫之后有什么举动，且听下回分解。

# 第十五回

## 赏宫花红侠会董妃
## 闯绣阁小鳅掀大浪

却说太后回宫之后，颇觉郁郁。一日，快绿入报喜信，言皇上已择定日子，要给皇太后上尊号了。

原来顺治帝自摄政王凶信一到，立派大学士刚林到摄政王府取所有信符，收贮内库。又命吏部侍郎索洪取赏功册进大内，下谕亲政。到丧事办毕之后，择日亲政，举行亲政典礼。先期遣官祭告天地太庙社稷，到了这日，顺治帝法驾卤簿乐悬陈设尽都如仪，礼部鸿胪寺官预设诏书黄案于太和殿内东旁，又设黄案于丹陛上正中，銮仪卫设黄盖云盘于丹墀内，礼部设龙亭香亭于午门外，工部设金凤于天安门楼，设诏台黄案于门楼上，内阁学士恭奉诏书，安设于太和殿内东旁黄案上，礼部司官奉和硕亲王以下文武百官庆贺表文，安置于太和殿内东旁次黄案上，设将军提镇等贺表于午门外龙亭。和硕亲王以下各官都穿戴朝服，雁翅般排开，站立伺候。礼部堂官奏请顺治帝御太和殿，霎时天子升殿，乐声悠扬，乐止宣表，和硕亲王以下各官都行三跪九叩首礼。大学士恭奉诏书到殿檐下，授给礼部堂官，礼部堂官跪受兴，由中阶左旁至丹陛正中，安设于黄案之上，行一跪三叩首礼兴，奉诏书由中阶降顺治帝还宫，礼部司官捧云盘跪接出太和门，作乐御仗前导，到天安门楼，发台宣读诏书。其辞是：

朕今躬亲大政总理万机，天地祖宗，付托甚重。海内臣庶，望治方殷，自惟凉德，夙夜祗惧，天下之大，政务至繁，非朕躬所能独理。凡我诸王贝勒等及中外文武大臣，其各殚忠尽职，结己爱人，任怨任劳，不得推诿。天下利弊，必以上闻，朝廷恩意，期于下逮，庶政举民安，早臻平治。凡我民人，宜仰体朕心，安居乐业，共享太平之庆。朕有厚望焉。

顺治帝亲政之后，第一桩要政就是以孝治天下，谕礼部拟上尊号，所以快绿入报喜信。皇太后听了，很是欢然。

到了这日，顺治帝率领百官，恭上皇太后徽号，叫作照圣慈寿皇太后。一面颁诏大赦，两宫融融泄泄，享受升平洪福，不在话下。

却说红侠自从雁荡回京，因宫廷闹着摄政王大丧，顺治帝亲政茔素两事，把探听董小宛一节只好暂时搁置，现在宫院清闲，不免静极思动。但是宫里头体制尊严，慈宁宫宫女内监，不奉皇太后旨意，不能径入乾清宫。并且复道琳宫，各自分别，太后有太后的宫院，皇帝有皇帝的宫院，皇后有皇后的宫院，以及妃嫔贵人，无不各有院子。各宫中都有总管太监、掌班宫人，掌管一切事务。红侠自己现充着慈宁宫掌班宫人，他人行为稍有不合，就要自己去纠察禁止，自己又何能胡行乱闯？那么堂皇冠冕地侦探，是断然行不通的。晚上飞行，空来空去，原是看家本领，拿出来就是。猴狗的警敏、飞鹰的猛鸷，自问还不至于忌惮，但是稍一惊扰，就失去剑侠的身价，难免被人耻笑。因辗转愁思，未有良好机会。

一日，太后忽命颁赏宫花，是内务府新进的几枝堆绢宫花，玲珑鲜艳，活似真的一般。太后道："这种花儿朵儿，我又不爱戴，白搁着可惜。叫人取来，派个人赏给了皇后妃嫔吧。"

红侠暗喜，遂道："这个差事还是奴婢去了吧。"

太后道："我想这种没甚要紧的事，不拘派哪一个去就是。你既然高兴，就你去也好。"

红侠应了两声是，遂入内取出宫花，共是二十枝，分装十匣，每匣两枝。太后道："皇后六枝，两个贵妃每人四枝，一个贵嫔、两个贵人每人两枝。"

红侠应着，遂到外面唤了一个二等宫人，去取出团盒，盛了宫花，捧着跟自己出宫，径投坤宁宫来。坤宁宫守门内监见是太后差来的人，不敢怠慢，赶忙起身站立。红侠入内，早有司事宫人迎住，问明缘故，忙道："皇后在寝宫后抱厦内起坐，我引姐姐去。"

红侠跟了那宫人直到寝宫后三间抱厦里，那宫人先进去回过，皇后叫进来，红侠遂开盒取出三匣堆纱宫花，跟那宫人入内。见皇后家常打扮，穿着旗袍头披，插着一支金凤凰，丰丰满满，端然坐在那里。红侠致了命，递过纱匣，皇后站立听受，亲手接了纱匣，一面含笑与红侠攀谈，留她坐下喝茶。红侠略坐一会儿，就起身告辞，再送到东妃魏佳氏、西妃董鄂氏宫里去。东妃恰好病着，传入寝宫，叫人代接下，请红侠代为谢恩，一俟病愈起床，亲来给太后磕头。

红侠从东妃宫里出来，才聚精会神到西妃宫里去，心中盘算，这董鄂西妃明明就是董小宛，我自进宫以来，从未见过，不知她怎生一个人物，在宫安适与否？人情往往喜富贵，厌贫贱，帝妃的尊荣比了士人的姬妾，相去何止倍蓰？倘是她安富尊荣，我也何能设法？姓冒的一片痴情，也只好就此辜负。一边想一边走，不知不觉早到了内院。宫人通报进去，西妃叫请。红侠手取宫花，宫人打起软帘，红侠跨进门，打足精神打量西妃。只见董西妃穿着藕荷色旗袍，浅蓝缎绣边，周围镶滚，内衬红绸彩绣小袄，葱绿绸绣裤，双足瘦削如笋，一望而知是汉人改旗的。只见她弱不胜衣，娇如无骨，两弯似蹙非蹙的笼烟眉，一双似喜非喜的含情目，态生两靥之愁，娇袭一身之病。

董妃瞧见红侠就含笑让座，红侠致皇太后之命，董妃站立听受。董妃的贴身宫人忙跪地恭代谢恩。董妃笑让红侠坐下，红侠告了坐，遂在下首凳子上坐了。笑问董妃："娘娘作何消遣？"

董妃道："也没做什么，长日无事，不过凑七巧板消遣罢了。"

红侠道："听娘娘口音，不似本京人氏。"

董妃道："我出身原是南中呢。"

红侠道："语言这一件事，不知怎么竟有疆界的。北人学南语，无论如何总夹着几个北音字，南人学北语也是如此。像娘娘的京话，已经是极好的了，倘不是细心静听，再也听不出有南音，大约在京的日子不浅呢。不敢动问，娘娘到北京有几年了？"

董妃听到此语，好似触着了什么心事似的，眼圈儿顿时红晕起来。红侠正欲打进一步，再行追问，忽一个宫女踉跄入报："万岁爷召娘娘，在毓庆宫立候。"

红侠见有事，只得起身告辞，董妃也抬身相送，说道："太后前替我叩谢隆恩，姐姐暇时可来走走。"

红侠辞出，又到一嫔两贵人宫院，赏完宫花，回慈宁宫复命。心想，董妃双足瘦削，口带南音，其为南中美人董小宛断然无疑，但是她的心究竟如何，片刻之间，如何刺探得出？瞧皇上那么宠爱，宫里起居又那么繁华富贵，恐未必能够情殷故人，念及山塘的痴情书生呢。我候机会再去探她，好在人已认得，日间不能就晚上偷偷飞去。

主意已定，入夜人静之后，施行剑术，飞到西宫，哪里知道却扑了个空，原来董妃已奉召入侍去了。一连几夜，都是如此。红侠见董妃宠擅专房，知道姓冒的不过是徒劳妄想，自己也犯不着劳心刺探。心里一懒怠，就此搁置下来。

看官，自从红侠入宫，深得太后信任，言听计从，所行种种善政，如王贝勒福晋召令汉官命妇入侍，一律永远禁止，点选秀女，汉人永远免选，并在宫门特铸铁牌，刊明有小脚女子入宫者立斩，例创一时，泽及万众。不过古人说得好，鼓钟于宫，声闻于外。红侠毕竟是个宫女，如此任意行志，毫无顾忌，不但三宫内监人等全都侧目，就是君临夷夏的顺治帝也深感不便。无奈她内行极佳，绝无隙漏可寻，也只好权时忍耐。

恰好这一年小鳅生大浪，有人在内务府刑部大理寺、都察院、顺天府各衙门通告了一状，告的是富豪郑天海欺君罔上，蒙蔽宫廷。以来历不明女子，冒称亲女，顶替入选。告得非常厉害。都察院御史据情入奏，顺治帝命内务府把宫女选册进呈，又调阅三宫宫人花名册，互相校勘，知道所告的就是慈宁宫宫女掌班怡红，不禁暗暗欢喜，遂降谕："事关宫女顶替，虚实均应彻究。着刑部大理寺严拿郑天海全家到案，细心熬审，务获真相，具奏候旨，钦此。"这一道旨意一颁布，郑家庄上立刻有倾家大祸。

原来郑天海家中人口众多，良莠不齐。内有一个值书房的小厮，名叫张春，性情狡猾，举止轻浮，年龄已有十七八岁，偏偏癞蛤蟆想吃天鹅肉，看上了庄主的小女儿郑二小姐。郑庄主原是个豪杰，性情豁达，待人总是推心置腹，那种远嫌避疑等事，素不注意。何况张春又是个后生小子，穿房入户惯了的。偏偏这小子坏了心术，发起妄想，见了二小姐，只要一背人就挤眉弄眼，做出种种丑态。二小姐落落大方，倒也见怪不怪。张春见二小姐不呼斥，错会了意思，狗头上装金，竟然耍狂起来。

这一年，郑大小姐出阁，宾朋满座，热闹异常。这小子多喝了几杯酒，趁着酒兴，更是色胆如天，竟然不问是非，不顾厉害，闯入郑二小姐绣阁，倒在床上呼呼睡去。郑二小姐帮着母亲还在应酬宾客，两个小丫头也跟着同伴要紧吃喝，因此这狂小子偷卧香衾，竟然无人知觉。等到酒阑人散，郑二小姐带着小丫头子回房，未进房门就听得呼呼鼾响，跨进门时，一股臭恶酒气熏人欲呕。小丫头奔到床前，怪叫起来。

欲知后事如何，且听下回分解。

# 第十六回

## 郑天海驱逐恶仆
## 李桐叔盘诘张春

话说郑二小姐听得小丫头子叫起来，那一声惨叫宛如毒蝎蜇了手一般，不觉吓一大跳。走上去一瞧，一个醉汉躺在床上，仔细瞧时，认识就是张春，急忙退出，叫人报告大庄主。大庄主听说二小姐床上躺着一个醉小厮张春，勃然大怒，立刻带了几个小厮进来，喝一声："给我抓下！"两个小厮答应一声，一齐动手来抓张春，偏这张春还在梦中呓语："二小姐好，二小姐，我的好二小姐。"梦话个不已。郑天海不禁怒火冲天，奔上去先赏了他两个巴掌，把他拍了个醒，然后喝令捆起来。两个小厮立刻动手，捆得这小子成了个馄饨模样。大庄主吩咐带到马房里高高吊起，重重抽打。这一来可把这小子治倒了，吊在马房里悬空甩荡，左右各站一人，手中各执着藤条，一起一落地打。这边打一下荡过去，那边打一下甩过来，只打得杀猪般叫起救命来。郑天海初时还当他喝醉了，误闯绣阁，及至听到他梦中呓语，才明白是不怀好意，喝令吊起抽打，定要问个水落石出。

张春初时不肯说，后来吃打不过，只得道："奴才该死，只求开恩。奴才不合酒蒙了心，妄想起来二小姐来。今日借着酒意，闯入二小姐房间，见没有人，大胆躺在二小姐床上，一时糊涂，竟睡去了。可怜奴才不过一个儿独自妄想，丝毫不曾碍着二小姐，求庄主大度，释放了奴才。"依郑天海原意，还要送官究办。经众家人替他求恩，大庄主大度包容，吊了他一夜，赶出大门，永远不许进门。

张春丧失了家，没处投奔，只得进京别谋生计。他有一个表姐丈叫王子庄，在黄膘李三处当一个钞手，现在就投奔去找王子庄。子庄恰好在家，见面之下，只说庄主听信谗言，而己忠而被谤，竟被无端驱逐，永远不得进门。眼前没处栖身，说不尽流离之苦。

王子庄道："此处不留人，自有留人处。俗语说，没有百年的主子，只有百年的奴才。怕什么？咱们三大爷大度容人，吃闲饭的人天天总有三五桌。你没处安身，且在这里住一两个月，慢慢再碰机会。"

张春在李三家中住了几天，瞧见李三炙手可热，声势赫然，不胜羡慕。托王子庄介绍，甘愿投在门下。王子庄回过李三。

这李三表字桐叔，单名一个琪字。本京宛平人氏，因生得肥黄胖大，京中人替他起了一个绰号，叫作黄膘李三。明末时光，在刑部当过书吏。他两个儿子，一个在吏部，一个在礼部，也都学充书吏。崇祯十七年三月，李闯攻打北京，崇祯煤山吊死，京中大乱。别人都忙着收藏金银珠宝，他却同了两个儿子闯入衙门，只把部中存的各种档案，雇了数十辆骡车，悉数搬运家去。先搬刑部，再搬吏部，逐部逐部地搬，吏、户、兵、刑、工、礼六部档案，都搬入他家中，满满堆了六大间。人家见了都笑他痴，说大乱当儿，要紧干那不急之务，收藏这些字纸儿做什么。他也笑不与辩，只说"敬惜字纸，原是善举之一种，大乱当儿，行些善事，不过望逢凶化吉，遇难成祥罢了"。却暗向两个儿子道："现在大乱当儿，金银珠宝是人人爱的东西，收藏愈多，遭祸愈速，要来做什么？字纸儿是没人要的东西，我把它收藏了，等候太平乱兵闯入我家，瞧见满屋字纸，定然弃之他顾，眼前就可以保身保家。将来天下不问是本朝中兴，是新朝建国，有了政府，总要办理国事，总不会永远扰乱。彼时朝章国故，只有我一个儿知道，不怕这班执政大臣不来请教。那么我一家子就吃着不尽了。"两个儿子听了他这种深识远见，都很信服。

后来李闯入京，叫刘宗敏拷掠勋戚大臣，刘的部下就来拷掠绅富。那班收藏金银珍宝的人，一个个都被捉去拷掠，李三就为没有钱，倒得逍遥自在。等到大清入关，政府成立，那一班亲王勋贵都是满洲英雄、八旗豪杰，只懂得马上的事，出兵打仗是他的专长，要坐而论治，只好退避三舍。至于新降的那班汉臣，又因失去档案，没处依据，无从措手。偏偏朝廷打官话，把一应事情都责成在汉臣身上，无论如何，总要他们办妥。于是六部尚书侍郎都着起慌来，千方百计地打听，才探得李三藏有档案，熟悉公事。派人来请，李三托言有病，不能出门。那班大臣果然纡贵降尊到李三家来请教，李三却就瞧事件之大小、金钱的多少，遇事需索，非钱不行，他的家况就大好起来。

一有了钱，他就大兴土木，盖造了不少的厅堂楼阁，设立起办公地方来。吏务厅、户务厅、兵务厅、刑务厅、工务厅、礼务厅，这六厅是办理六部事务的，六厅之外，更有六部档房，是专藏六部档案的。那档案又经他分类编排，纲举目张，要什么有什么，一查就是，不必找得。规模非常宏大。黄膘李三此时上与各大臣交通，下与众无赖联络，凡鸡鸣狗盗之雄、穿壁逾墙之辈，江湖上人物，无不奔走恐后。衙门中内自书吏，外至衙役，无不通同一气，声势浩大，消息灵通，为京中恶霸班头、社会奸徒首领。

当下李三听王子庄说有人甘愿投充门下，半晌不发一语。王子庄垂手站立，不敢多问。李三道："人呢？唤进来瞧瞧。"

王子庄应了一声是，遂引进一个小子来，向他道："这就是我们三爷，见过了。"

张春抢步请安，口称三爷。李三不过微微点了一点头，两只乌油油鼠目注定了张春，直上直下不住地打量。好一会子才问："你姓什么？叫什么名字？"

张春道："小人姓张，名叫张春。"

李三道："你几岁了？"

张春道："十八岁了。"

李三还要问时，飞报吏部周老爷来拜。李三慌忙出接，这里王子庄、张春静心等候，足有顿饭时辰，李三才蹒跚而来，坐定再问："你一向做何生理？为甚要投我门下？"

张春就称："向在郑家充当家人。"

李三道："郑家庄哪一房？"

张春回："是大庄主那里。"

李三道："你大庄主很是宽恩待下，你为甚要到此间来？"

张春又把主人听信谗言，自己无端被逐的话说了一遍，李三把几根黄鼠须一捋，问道："大庄主平日待你是好的？"

张春回："总算不曾错误。"

李三忽然提起喉咙高喊一声："人来！"即有两人应声而入，垂手站立，听候吩咐。李三忽向张春一指道："给我把这王八羔子捆了起来。"

张春大惊失色，连称"小的无罪"，王子庄也替他求恩。李三只是不理，连喝"快捆快捆"。张春道："小的初入高门，未犯重罪，三爷说明白了，小的死也甘心。"

李三道："郑天海平时待你很好，哪有一听谗言就会驱逐之理？郑天海跟我有仇，是人人知道的。这明是郑天海诡计，派你投充到此，侦察我的秘密。想抓了我短处，跟我过不去。你们这种诡计只好骗别人，却瞒不过我。现在我说穿了，你还有何说？"

张春忙道："小的遭谗被逐，果然是假话，但却不是庄主派来充作奸细。小的到此投充，庄主音息都不曾知道。就是小的从郑家庄出门时光，也并无存心投充三爷门下，实因被逐之后，没处栖身，找表姐丈王子庄，觅一个吃饭的地方。在此住了几天，瞧见三爷门庭兴旺，事务盈繁，小的是素性欢喜热闹的，因此动念，托表姐丈关说。"

李三听了，就问王子庄："张春几时来的？"

王子庄照实回答："来此已有五天了。"

李三道："你跟他是亲戚不是？"

王子庄应了一声是，又问他什么称呼，王子庄道："门下的妻子是张春的表姐，因此门下称他是表舅子。"

李三道："你跟他既是亲戚，他的事情你总知道。他此番为甚出郑家庄？"

王子庄道："是被庄主驱逐出来的。"

李三道："你怎么知道他是被驱逐？"

王子庄道："是张春告诉门下，门下才知道。"

李三道："原来你也是凭他一面之词。"遂回头问张春："我知道郑天海驭下素宽，不有大过，绝不会驱逐。你究竟犯了什么事？是否偷盗过他的银钱，盗卖过他的物件？不然，绝不会这么不能容忍你。"

张春到此真是不能不说实话了，遂把自己妄想郑二小姐，酒后情不自禁闯入绣阁私卧香衾的话，说了一遍。李三道："你的话情节很是不符。你闯他女儿的卧房，像他那么的人家，岂无婢女仆妇，难道一个人都没有撞见么？"

张春暗忖，李三真是厉害，名不虚传。遂道："庄主家恰有喜事，大家忙乱着应酬客人，我才乘虚掩入，未被撞见。"

李三问："是什么喜事？"

张春回："是嫁小姐。"

李三道："住了！你才说过为了妄想二小姐，闯入绣阁，私卧香衾。既然二小姐出了阁，你就闯入她房间，也毫无妨碍。"

张春道："出阁的是大小姐，不是二小姐。"

李三道："你们大小姐不是点秀女点入了宫去，已经做了宫人了？这几年又不曾听得放回，怎么平白地又跳出一个大小姐来？"

张春道："我们大小姐确实不曾选进宫去。"

李三道："那么当年被选入宫的是谁？"

张春道："这倒不清楚，光景是请人代替的了。"

李三听了，沉吟不语。半晌才道："张春，你要投充我门下，但是我这里规矩，无功之人素不收容。你诚心要投充时，须立一桩功劳来。"

张春道："三爷明鉴，小的手无抓鸡之力，何能立功？"

李三道："又不叫你去出兵打仗，要力气来做什么？你给我回郑家庄去，只消找一两张嫁女的请帖或是谢帖，取回来，就算你的大功。"

张春喜道："这个很易，小的办得到。"

欲知后事如何，且听下回分解。

# 第十七回

## 张春诳取嫁女帖
## 刑部审问郑天海

话说张春听了李三的话，忙道："这个小的办得到，小的立刻就去办。"说着，起身就走。

李三唤住道："忙也不在一时，我还有话呢。"张春站住，李三道："你到郑家庄，见了天海，问你话来，如何回答？"

张春道："随机应变，那也不能一定，总说还未找着主子，因念及庄主旧恩，特来瞧瞧。"

李三道："是便是了，你不是被逐出门，永远不准到庄的么？万一门上不放你进去，你可怎样？"

张春道："这一层小的实是不曾虑到。"

李三道："既是不曾虑到，忙忙奔回去做什么？你倘然见得天海最好，如果不能进门，你在他家这许多年，熟识的人、要好的人定然不少，你就可转央熟人，只说有亲戚人家有嫁事，不曾知道请帖、谢帖、喜簿、礼帖的格式，央他把用剩的帖子、写好的喜簿偷了出来，暂借一看。这些东西都是不值钱不要紧之物，谅人家总不至于推却。"

张春应诺，欣然而去。不过一日光景，果然把喜簿礼帖及十多份用剩的请帖都取了来，言："庄主不在家，门上奉了庄主谕话，果然不放我进去。这些东西是我转央书房的老喜，才取到手。"

李三见了，如获至宝，不胜之喜，向张春道："这个功可不小，我收你是了。"张春大喜称谢。

李三道："来回奔波了四十来里路，辛苦很了，快去歇歇吧。过一日我还要大用你呢。"

张春退下，纳罕道："三爷要这许多请帖、谢帖来做什么用呢？"暗问王子庄，王子庄也莫名其妙。

过了两日，李三忽然传唤张春，叫他到书房中问道："郑二小姐给你做老婆好不好？"

张春道："小的就为有了妄念，才被大庄主赶出。现在是惊弓之鸟，哪里再敢萌妄念呢？"

李三道："你不要郑二小姐也罢，倘然要郑二小姐做老婆时，我李三爷自有本领替你办到手，包你郑大庄主不敢道半个不字。你可愿意？"

张春听说，快活得什么相似，忙问："三爷不诳小的么？"

李三道："你瞧我忙得这个样子，哪有工夫跟你打诳？"

张春喜道："三爷恩典，三爷成全了我，就是我张春的重生父母，再养爹娘。一辈子做驴做马，报不尽三爷大恩。"

李三道："你敢是愿意的了？"

张春连应："愿意愿意。"

李三道："你既然愿意，我就派你去办一件事。这一件事办成，你与郑二小姐的姻事，也就十成八九。"

张春听了，万分高兴，说道："小的愿意去办。三爷交给小的，就是赴汤蹈火都愿意。"

李三道："赴汤蹈火倒也不消，只要你壮着胆子拼一拼，我做好几张状子在此，你到刑部、大理寺、都察院、顺天府尹那几个衙门去告一告就是。"

张春问："告谁呀？"

李三道："还有谁？就告你那旧主子郑天海。"

张春道："是三爷告他么？原告人想就是三爷了。"

李三道："我三爷告状，难道自己不认得衙门，还要你代递状纸么？这告郑天海的原告人就是你。"

张春道："就是小的么？"

李三道："然也。"

张春听说自己做原告人，惊得呆了，慌道："三爷，小的不敢，小的可没有这个胆。"

李三道："戎囊子，这不中用！怕什么？有我三爷做主，总不使你吃亏。"

张春道："贫不斗富，贱不斗贵，小的何人，敢告庄主？"

李三道："你不曾知道，也难怪你。我说给你听，郑天海犯下欺君大罪，你一出首，他立刻就要收入禁去，家产难保不查抄入官，家口难保不入官发卖。那时若要郑二小姐，我替你知照衙门里一声，缴他几十两银子，就可以领出来成亲。岂不容易？岂不便当？"

张春道："大庄主怎么？犯的欺君大罪么？"

李三道："大小姐不是前年被选入宫，已当了宫女了么？现在如何又会跑出一个大小姐来出阁？既有大小姐出得阁，就可知前年被选入宫的郑女，决是冒名顶替，毫无疑义。那不是个欺君之罪么？"

张春道："这么看来，小的一出首，大庄主就要人亡家破。毕竟庄主平日待我不薄，何忍下此毒手？"

李三道："那么你就不要郑二小姐做老婆了么？"

张春经此一提，陡然想起郑二小姐的花容月貌，才一合眼，就觉郑二小姐软玉温香地含着羞送抱，心里头就觉迷迷糊糊，把心苗意果中才发出的天良摧残了个尽。发愤道："小的拼了性命，准去告状是了。"

李三道："你敢告状了？"

张春道："敢了。"

于是李三把四张状纸连同粘附的请帖、谢帖都交付与他。张春雇了一辆车，先到刑部，次到大理寺、都察院，最后到府尹衙门，都告遍了。

都察院御史最是喜事，接到状词，传进张春，细细问了一番话，随即动本入奏。偏偏顺治帝正要找红侠的短处，见了本章，即命内务府呈进宫人选册，并调到三宫宫人花名册，细细核对。恰巧就是心中厌恶的那个怡红，不禁龙颜大喜，立刻下旨："事关宫女顶替，虚实均应彻究。亲睹刑部大理寺立拿郑天海全家人口，严行鞫审，不得含糊草率，至干未便。钦此。"

刑部大理寺奉到旨意，不敢怠慢，立刻签派部役，星夜下乡拿人。一面咨会步军统领衙门，加派番役，帮同照料。步军统领见是奉旨案件，自然赶紧办理。当下刑部大理寺各派干役三十名，步军统领添派番役一百名，会同下乡。

行到郑家庄，谯楼恰报三更。番役先把前后门把守住了，先去找地保。三五个人敲门，把门敲得擂鼓一般。地保从睡梦中惊醒，一面点灯，一面问是谁。外面道："刑部的公事，立拿钦犯。快开门。"

地保听得刑部公事，早吓得魂不附体，手里的灯掉下地来，跌得粉碎。慌忙取了一支蜡，重新点上火，开门出来。赔笑道："老爷们连夜下乡，想总是很要紧的公事。"

为首的番役笑道："是，钦奉上谕指拿的人犯，要紧不要紧，你自己去想吧。"

地保连忙唤起家人，叫烹茶，一面道："老爷们披星戴月，辛苦很了。夜深市远，没有什么管待，请喝一杯滚热的清茶，挡挡寒气。"

番役坐下，地保又问："不知犯人叫甚名字？"

番役道："我问你，郑天海家中，男男女女共有多少人口？"

地保道："庄客仆役人等算么？"

部役道："通通在内。"

地保道："这么算起来，怕有三百往来么。"

部役道："是了，你就引我们去吧。"

地保惊问："郑家庄人口通通要拿捕么？"

部役道："钦奉上谕，郑家庄男女人口，不准放走一人。部里大人怕日间误事，叫我们星夜下乡。你省得了？"

地保诺诺连声，为首的部役连连催促，地保道："既有这番老爷把守着前后门，谅总不会误事。且请坐坐，俟天明了动手不迟。再者老爷们此刻拿了人，也总在天明起解。"

部役道："现已布设下天罗地网，不怕他插翅飞去。"

地保又烧了几壶茶，拎去敬与守门的番役。候到天色黎明，才引了部役打门进去。郑天海还未起身，闯入房中，从床上拖下来。天海惊问何事，部役取出立拿的刑部签牌给他瞧看。此时男女上下人口，见一个拿一个，见两个拿一双。郑家庄上顿时鬼哭神号，鼎沸似的闹成一片。到旭日东升，都已拿捕舒齐，十个人联一起，共联了三十多起。所以郑天海房屋器具、箱笼杂物，都交给地保妥为看守。部役番役押着众多人犯，迤逦望京城进发。解到衙门，堂官还都未到，经提牢厅收下，暂行看管。

一时刑部尚书及左右两侍郎，先后到衙。大理寺委员也到，委的是大理寺左寺丞王金绶。堂官听说郑天海家口都已提到，就委直隶司郎中锡麟山、东司郎中江涛会同大理寺委员审问。当下三位委员升坐法堂，发牌从押牢厅提出郑天海，先问了姓名年岁籍贯，并做何生理，证明是本身无误，然后取出请帖、谢帖，交与郑天海阅看，问他："这是什么东西？你认识不认识？"

郑天海回："认识的，一个是请帖，一个是谢帖。"

锡麟道："你这谢帖，那是果然，是不是你家发出的？"

郑天海道："是小民家发出的。"

锡麟道："你家为甚要发出这种帖子？"

郑天海道："小民家里头因有喜事，发帖子请亲友叙叙，那是民间很寻常的事，并不曾违条犯法。"

锡麟道："家有何喜事？快讲来。"

郑天海道："小民是嫁女儿。"

锡麟道："尔共有几个女儿？"

郑天海道："共有两个。"

又问："你现在嫁的是小的女儿还是大的女儿？"

郑天海这时光再想不到有特别事故发生，照实供道："嫁的是大女儿。"

又问："嫁与谁家？"

郑天海道："嫁与海淀姜竹亭。"

再问："你大女儿嫁与姜竹亭为妻，是不是？"

郑天海道："是的。"

后即命他在供词上画了押，随命押下。提上天海的妻子郑王氏，问道："你是郑王氏？"

郑王氏回称是，又问："郑天海是你何人？"

郑王氏道："是妇人的丈夫。"

又问："你嫁到郑天海家有几年了？"

郑王氏道："妇人二十岁上出嫁，今年四十四岁，二十五年了。"

又问："你生过几个儿子？"

郑王氏道："生过两个女儿，两个儿子。大女儿今年二十一岁，小女儿十八岁，大儿子十五岁，小儿子十三岁。"

又问："你大女儿出嫁了不曾？"

郑王氏回："是新出嫁，嫁与海淀姜三房。"

遂叫取出请帖、谢帖，问："这是不是尔家所出的东西？"

郑王氏回称是的，即命招房把供词叫她画押。郑王氏不知厉害，当堂画了押。再把庄客人等一切提问，众口同声，都言嫁女无讹，仍命回押，静候堂官复审。三位委员退堂，请见刑部尚书，呈上各犯供词。尚书瞧阅一过，拍案道："其中大有错误。"三委员齐吃一惊。

欲知何故，且听下回分解。

# 第十八回

## 猾吏肆毒报前仇
## 刁仆设筵饯旧主

话说刑部尚书听了委员的话，又瞧过各犯供词，拍案道："其中大有错误。"三个委员齐声问故，尚书道："该犯名叫郑海天，现在供词上都写着郑天海，不是大大错误么？"

锡麟道："这个郎中问过的，海天就是天海。海天是该犯的表字。海天与天海即是一人。"

尚书点头道："这就是了。供词上该添上一句'郑天海即是郑海天'，该招房实属疏忽。"委员应了两个是，随即退去。这日下午，刑部尚书、刑部左侍郎、大理寺正卿三位大臣就在本衙二堂上设立公座，提到各该钦犯，会同审问。

先提上郑天海，问过姓名年岁籍贯职业，遂道："你既叫郑天海，为甚又叫郑海天？"

郑天海供道："天海是小民的名，海天是小民的字。"

问官叫招房把他的原供宣读一过，问他："这是不是你的供状？"

郑天海回称："是的。"

官问："没有错误么？"

回称："没有。"

问官道："既然没有错误，你只生得两个女儿，大女儿新嫁海淀姜姓，小女儿还在家待字，是不是？"

郑天海道："不错，小民通只两个女儿。大女儿嫁后，家中还有一女。"

问官道："本部堂问你，前年钦点秀女，尔女报名入选。尔既只生得两女，那入选的又是谁？讲来。"

一句话宛如青天霹雳，问得个郑天海目瞪口呆，半晌说不出半个字。问官道："这入选之女究竟是谁？你这厮胆敢欺诳君上，藐视朝廷，将来历不明的女子冒名顶替，蒙混入选，你眼珠子里太没有王法了。"

郑天海大惊碰头道："小民实系无知误犯，不曾知道关系有这么的重大。彼时因小民女儿名入选册，阖家哭泣，经民女的女友红裳女子挺身解救，甘愿代选入宫。小民见她一片热心侠骨，自然不忍辜负。就此将红裳女子充作大女儿，送入宫去应选。"

问官道："这红裳女子姓甚名谁，哪里人氏，你总知道。"

郑天海道："红裳女子的姓名籍贯，小民实在不曾知道。因小民也是萍水相逢。"

问官道："萍水相逢的人如何会挺身代选？这话很是不合理。"

郑天海道："虽是萍水相逢，就为意气相投，留她在家住下。几次问她姓名，她总不肯说，也没法子。"

问官道："她既然挺身代选得，总与你女儿合得来。大抵她的姓名，你不知道，你女儿或者知道，也说不定。"

郑天海道："我女儿问过几回，她也不肯说。小民女儿知道得，再无不告诉小民的。"

问官道："此种人藏头露尾，来历总是不明。隐姓埋名，为人大半不正。你如何把她顶替入选？"

郑天海道："这是小民一时糊涂，小民彼时一心都在女儿身上，就怕的是骨肉分离，其余祸患实是不曾虑到。"

问官点点头，就叫他在供词上画了押。又提上郑王氏、郑二小姐，一一问过口供，都叫画了押。吩咐道："案情已经问明，本部堂具本奏明，听候旨意。或是蒙恩宽宥，或是照律严办，瞧你的运气了。"

郑天海再要求开恩时，问官早命把一干人犯都带去司狱司，小心监禁，不得有误。部役应了一声，便把郑天海等带去监禁不提。

这夜黄昏时光，刑部尚书公馆中忽来一客，跟尚书密密切切讲了好一会子的话。只见尚书连连点头，那人连说"全仗"，拱手作别而去。客人去后，尚书就在灯下低头作奏，次朝五鼓入朝，就把此本拜了上去。

顺治帝瞧过本章，立刻叫起问话，问道："该犯都已供认，该宫人果是来历不明之女。尔且把审问情形详细奏来。"

刑部尚书遂把昨日的事细细说了一遍，顺治帝道："锡麟等第一堂的案，问得很好。该郎中如此长才，不该出于郎官。着以道府存记，有缺即放。"

尚书应了两个是，顺治帝道："该宫人的处置，朕自当到慈宁宫，请太后的旨。只是郑犯的处分，论法果然允当，衡情尚属可原。他毕竟不是有意逆，不过是希图骨肉团聚。你把他拟了充发黑龙江，家口由官发卖，家产查抄入官，不太重了么？"

尚书碰头道："皇上宽仁大德，如天之无不覆，如地之无不载。虽恶兽毒蛇、魑魅魍魉，犹不忍以雷霆歼灭。自尧舜禹汤以至于今，未闻有此宽大之典。但该犯欺诳君上，罪恶弥天。查律例开载十恶，凡谋反叛逆及大不敬者，皆常赦之所不原。郑天海欺君罔上，已在大不敬之条，乃三宥之所不及。臣部罪拟徒流，业已宽其一死，实属减无可减。"

顺治帝道："果然不能再减了么？"

刑部尚书碰头道："我皇上孝治天下，该犯胆敢以来历不明女子混入慈宁宫，心纵可原，迹实难泯。"

顺治帝道："既有这许多不便地方，就依你的办是了。"

尚书大喜退下，回到家里，黄膘李三已候了多时了。一见面就问曾否叫起，尚书道："你真是智囊，料事如见。"

李三笑问："怎么说呢？"

尚书道："你昨夜不是说本子虽然这么做了，皇上定然还有批驳，批驳起来，只消如此如此奏明，皇上定然没有话讲？今日叫起，果然就指驳，我照你意思奏了，好一会子才得准了。你这个人真是了不得。"遂把叫起的事说了一遍。

李三喜道："一见朱批就好办事了。"

当下告辞而出，回到家里，快活道："我这个仇可得报了。"恰好张春走过，李三叫住道："张春，你准备着成亲就是，郑二小姐即日就要到手了。"

张春听了，快活得什么相似，连忙爬下地叩头道："这个是三爷的恩典，小的受了三爷这么大恩，粉身碎骨也难图报。"

李三得意道："只要你好好办事，我三爷施点子恩也不值什么。"主仆两人，欢天喜地。

不过两日工夫，刑部奉到朱批，遂从司狱司提出钦犯郑天海，当堂宣过旨意，戴上了枷，穿上红布罪衣，上了镣铐，交与两个解差。解差接到了差，依照老例，带他回郑家庄游行一周，然后出发。郑天海要求与妻子女儿诀别，解差不肯道："领到了公文，便是我们的干系。万一失误，我们可就担不住呢。"

郑天海道："解差哥，可怜我郑天海此回出门，去家万里，今生今世怕未必再能够回来。务望稍动慈悲，让我和家下人诀一回别。"

两个解差，一个胖子叫王庆，一个瘦的叫谢禄。当下王庆就道："要我们行方便也不难，总有个道理，怎么说说呀？"

郑天海见说一呆，遂道："解差哥，我郑某平日是极要面子的人，爱交朋友，素不计较钱财。只是此番仓促遭祸，阖家子捉将官里去，万贯家财不曾带得半文，哪里来孝敬二位？"

王庆道："这个你可不说了，须知衙门八字开，有理无钱莫进来。我们靠山吃山，靠水吃水，都似你这个样子，不叫我们喝西北风度日子么？"

谢禄接口道："郑天海，素闻你是仗义疏财的大丈夫，休如此不懂世故。没有钱休谈。"

郑天海道："望二位哥行一回方便。"

王庆道："郑朋友，劝你省事点子吧。你的家财已经奉旨查抄，眼见不是你的了。你的家人丁口已经奉旨发卖，眼前妻子不是你的妻子，儿子不是你的儿子，女儿不是你的女儿，仆人不是你的仆人，相见做什么？见了倒要酸心。"

天海虽是英雄，听得家业顿时荡尽，家人妻女顿时离散，如何不惊魂动魄？一时冤愤冲地，大叫一声，口吐鲜红，跌倒在地，昏厥过去。王庆、谢禄急忙灌救，正在忙乱，忽见一个小子奔入，后面跟着个汉子，挑着一席酒筵。那小子就命汉子把酒筵放下，遂向王谢二差道："郑大庄主就要起解了么？小子受过他旧恩，特来替他饯行。解差哥方便方便。"

王庆道："你是谁？"

那小子道："小人叫张春。"

谢禄道："你来瞧瞧你家庄主，他已经昏厥过去了。"

张春一见，连忙帮忙灌救。三人灌救了好一会子，才把郑天海悠悠唤醒。天海睁开眼，见张春站在面前，问道："你来做什么？"

张春道："小的听得大庄主发配黑龙江，就慌了手脚，四处奔走，想解救这个大难。有人告知小的，是奉旨的事，没法奈何。小的无奈，备得几肴粗菜、一壶水酒，在此请庄主喝一杯，聊表小的一点子穷意。"

郑天海长叹一声道："再不为你还有这点子良心。我平日济危扶倾，救过的人不知有多少，到今日谁来顾我？"说着又长叹一声。

张春道："庄主且不必烦恼，喝一杯酒吧。"一面邀王庆、谢禄一同坐下吃喝。郑天海居中坐下，王谢两差两边相陪。酒过三杯，张春道："大庄主，你此番官事谁人告下的，可曾打听明白么？"

郑天海道："我仓促被拿到官，这几日在牢中又没个人来探望。今日发配，你来瞧我，自从遭了官事到今，还是第一回瞧见熟人呢，哪里去打听？”

张春道：“大庄主要知道告你的人么？”

郑天海道：“这么的破家大仇，哪有不愿知之理？”

张春道：“小的知道这原告不是别人，就是顶替咱们大小姐入宫的红裳女子。”

郑天海道：“红裳女子是光明磊落的女丈夫，断不会告发我。你休错疑了好人。”

张春道：“红裳女子不告发，上头怎么会知道？”

郑天海道：“这是我自己做事粗忽，大小姐出阁，不该这么张扬，弄出倾家大祸来。”

张春道：“小的想来，红裳女子当时不出来顶替，多不过大小姐一个人入了宫，庄主的家依然是好好的。都为她一顶替，才酿成目前破家的大祸。所以红裳女子虽是不曾告得，比了告的还要凶。”

郑天海道：“红裳女子是一片好意，我怎么好反恩为仇？这都是我数合当亡，不必说了。”

欲知张春如何回答，且听下回分解。

# 第十九回

## 郑天海风雪走长途
## 卫仲虎客窗施巧计

话说张春此来，奉的是黄膘李三之命。李三记念前仇，志在必报。唆使张春出首告发之后，又去拜会问官，商量奏稿，商量奏对的话。现在又叫张春来饯行，说了红侠一番坏话，使天海对红侠存了意见，永远不相和，自己好高枕无忧。不意郑天海是个磊落丈夫，不肯听信，李三也只好枉费心机是了。

当下张春说了一回，见说不入港去，只得劝了几杯酒，告辞出来。王庆、谢禄两解差押着天海，先到郑家庄游行一周。才到庄口，四邻八舍，邻庄近村，凡是受过天海恩德或是彼此有过交情的，都围绕拢来，劝解他不要烦恼，静候三年五载，总要遇着皇恩大赦，那时回来，依旧可以叙会。天海说了几句感谢的话，地保狗儿道："我狗儿每值卯期，缴不出钱粮，向庄主商量，大庄主总肯救我的急。现在大庄主一去，以后谁来救我的急呀？"

众人都道："大庄主一发配，差不多发配了我们围近几十村庄人呢。"

当下狗儿发起，大家凑派银钱，赠给大庄主做盘川，众人齐声称好。大家都慷慨解囊，量力分派，有三两五两的，有五钱八钱的，共计一百五十三家人家，捐集了四百一十三两七钱银子，都送与天海。王庆、谢禄一见天海有钱，顿时换了个样子，就改口称庄主了。地保狗儿又替他雇了一辆驴车，讲明送到蓟州渔阳驿，车资也由众家公出。天海向众人一一道谢，随即上了车动身。

走了四十里，到通州潞河驿打尖，只吃了点子面饼，喝了两壶茶，上车再走。又走了七十里，便是三河县的三河驿。王、谢两差跨在车沿上，不住盼望早到宿店。尘埃滚滚，车声辚辚，早见落霞映处，树林尽头一派炊烟直上，喜道："三河驿到了。"

说话时已进了镇，到一家宿店门口，店小二瞧见，早迎了上来，接进院子去。那院子一共是三明两暗的正屋，东西两溜厢房做着牲口上料室及厨房等。却满院子堆着车辕轴辁。郑天海住的东院第一房，店小二照例上灯打水已毕，便问："客官预备几份饭呢？"

王庆谢禄看着天海，郑天海道："有酒先打三角来。"

小二问："用什么菜？"

天海道："尽好的拿来，吃了一并算账。"

小二笑着出去，不多一刻，满盘价捧来。王、谢两差笑道："现在没人，我们破个例，就替庄主卸去了枷锁，自自在在地吃喝睡觉。好在此间离京已有百余里，刑部老爷总不会知道的。"

天海道："承情照顾，我总要补报的。"

当下卸去了枷锁，三个人正在吃喝，忽见门口软帘一动，一个人探头而入。郑天海抬头，见进来的那人瘦削短小，活似一只猴子。那人向郑天海端详了一回，问道："这位可是郑大庄主郑大爷？"

郑天海道："只我便是，你是谁？"

那人道："小人是金猴子。三年前在京患疟，在大庄主宝庄上住有一月开外，叨过大爷的光不少。大爷贵人事冗，忘怀了。今日因事过此，听得讲话的声音很熟，进来瞧瞧，果然是大爷。请问大爷为甚来此？瞧这二位大哥大似公门中人，敢是大爷犯了事么？"

郑天海道："一言难尽。"遂把自己所遭之事细细述了一遍。

金猴子很为扼腕，遂道："小人现在投在镇三关卫二爷那里。爷的大名卫二爷也是常提起，几次要来郑家庄拜会，几次为事牵绊，不能够。现在爷犯了事，此去一过义丰驿，经过的是七家岭、栾河驿、芦峰口、榆关驿，都是卫二爷地界。小人前去报知，怕卫二爷就要来迎接呢。"

郑天海道："这卫二爷是不是江湖上称为镇三关卫仲虎的？"

金猴子道："是的。我那卫二爷生平彬彬儒雅，偏是本领高强，马上马下、长枪短枪，没一件不会，没一件不精。度岭登山，高来高去，如履平地。"

郑天海道："我也久慕得很，极愿会会。"

当下叫店小二添上一副杯筷，请金猴子坐下喝酒。金猴子也不推让，坐下同喝。讲讲那样，谈谈这样，倒并不觉着客窗寂寞。

次日起身要算账时，店小二回："那瘦削矮小的金爷早一并算清了。金爷临走交代，说在前站等候。"

郑天海道："偏是他多情，没奈何，只得权时受领他的情。今日赶到蓟州，天还不夜么？"

王庆道："咱们到了蓟州，还要进州衙过堂呢，只好在那里投宿了。"

当下郑天海与两个公差登了车，辘辘前行。此时十月天气，北地早寒，却已是朔风凛凛，黄沙漫漫。天海因要赏览沿途风景，倒跨在车沿上，叫两个公差坐在里头。眼看着黄沙匝地，远远拥着一带雄山，峥嵘嵚岑，一峰峰雄奇挺拔，好似千军列阵，兀峙着听令的一般。更从远处凑着一声二声的画角声，愈觉得莽荡山河，异常壮武，不禁连连喝彩。

行抵蓟州，已是申末酉初，王庆道："咱们投了宿店，卸了行李，再上州衙过堂吧。"

谢禄接口道："自然先投宿店。过堂起来，总该替大庄主打扮打扮，难道就好在街上穿戴衣服不成？"

两人正在说话，早有店小二迎上来道："爷们住店了么？"

郑天海道："我们还有朋友约着。"

店小二道："可不是姓金的金爷么？"

天海应道："是瘦小矮小的金爷么？"

店小二应道："是的。"遂拉住牲口，接到店中。车夫助着搬运行李。

天海一进门就问："金爷在哪里？"

店小二赔笑道："金爷打一个尖就走的，临走预付下房饭账，说在前站相候。"

天海听了，很为纳罕。当下店小二打上面汤，请洗脸，又舀上三壶茶来，三个人洗过脸，喝着茶，驴夫进来告辞说要回郑家庄去，天海取出两吊钱，赏给驴夫，并言："替我寄言诸邻舍朋友，说郑某已经安抵蓟州，因要紧过堂，不及写信了。并替我多多致谢。"两个驴夫再三称谢而别。

这里王、谢两差取出红布犯衣，替天海穿上，戴了枷锁，遂到州衙过了堂再回来。店小二道："酒馆都已预备，爷是要饭要酒？"

天海道："先拿酒来。"

店小二应着下去，一会子搬进六样菜来，并三角酒。天海道："要这许多菜做什么？"

小二道："那是金爷吩咐的，都已预付下钱了。"郑天海更是纳罕。

自从这日之后，经过的地方，丰润县的义丰驿、迁安县的七家岭驿、卢龙县的栾河驿、抚宁县的芦峰口驿，都是如此，都是姓金的预付过房饭金，说在前站相候。行抵前站，偏又不见。到底金猴子怀着什么心理，无从猜度。天却一天冷似一天。这日将抵榆关驿，瞧那天时，黄漫漫很有些雪意。一阵北风刮得霏霏雪片撒下地来，驴夫呵着手，紧一鞭道："赶上榆关投宿，免得挨冻。"

那拖车的驴儿长嘶了一声，嘚嘚前进。行了三五里，见是个黑压压树林，那天气越发冷了，雪也一片大似一片，顷刻间就满林的碎银片玉，空中飞舞。随着风吹进车来，驴夫打个寒噤道："转过林子，就是榆关镇了。"

才入镇口，就见个店小二迎上道："爷们住店么？"

郑天海点点头，店小二便帮着拉了车，直到店门口。还未进门，就见一人狂笑而出道："来了来了，我算着也该来了。"

郑天海抬头，见不是别人，正是那奇怪难猜的金猴子。不禁喜道："金兄，一路叨惠，感激得很。只是你约我前站相会，一站一站赶来，总扑了个空。直到今日，才会见了。"金猴子笑而不言。

此时店小二已经引到屋子里，解了装，洗过脸，王庆、谢禄照例上来替天海卸去刑具。天海拖住金猴子手，不住地询问。金猴子道："庄主且不必寻根查底，我先引你见一个人去。"拖了衣袖，径向东厅来。

走进房门，就见一个玉貌少年，满面春风地向自己一揖道："早知足下是郑天海庄主，小弟等候久了，里面坐吧。"

天海还礼坐下，请问少年姓名。金猴子代答道："这位就是我们卫二爷。"

天海大惊，重新施礼。店小二探身入问："爷说候一位客，想这位爷就是了。可要开饭？"

金猴子道："端上来吧。两个公人可在那屋里另设一席。"小二应着自去。

这里卫仲虎与天海谈论着官事，小二搬进酒菜，三个人斟酒谈心，直喝到二更之后，天海才别了二人出来，见院子中积雪已有两三寸，一个打杂的披着件毡儿在院子中呵着手点灯。天海走到自己屋里，见王、谢两差正围着个火盆吃牛脯子喝酒呢，一见天海，笑道："又遇见熟人了？庄主真四海，到处都有朋友。"

天海笑着不语，见自己被褥已在炕上铺好，倒下身，枕了个枕儿便躺。忽见软帘掀动，卫仲虎含笑走了进来，向天海道："这两个就是解差哥了？长途跋涉，真辛苦了他们哩。"

王、谢两差见仲虎口气阔大，颇为纳闷。此时天海已经起身让座，仲虎坐下谈了一会儿关外风景，遂问："郑庄主除了这两个公人，谅没有别个伴当了？"

仲虎坐了一会子，王、谢两差很为厌恶，偏他搭谈着，只不肯走。店小二进来问："卫爷，金爷已去，只用一个炕么？"

郑天海听了惊问："金猴子到哪里去了？"

卫仲虎笑道："他还有事，说不定趁当夜赶向前站去宿。"

天海要问有什么事，碍着王、谢两差，知道问也必不肯说。只听卫仲虎向店小二道："管他一炕两炕，你总把这间屋交给我就是了。"又同天海谈了一会儿，见天海已经疲倦极了，才别了出来，回到那屋去了。这里郑天海也解衣归寝，醺然入梦。

哪里知道一觉醒来，忽然换了个世界。一室光明，四围锦绣，自己躺在温如软玉的床上。大惊道："我怎么会到这儿来的？"言才出口，就听得一阵莲瓣走动，走上一个眉目如画的美婢来。

欲知为甚如此，且听下回分解。

# 第二十回

## 中宵走钦犯阃室张皇
## 蓦地睹家人抱头痛哭

却说郑天海在榆关客店中喝醉了睡下，一觉醒来，却换了一个境界，正在纳闷，只见一个眉目如画的美婢，袅袅婷婷走将来。天海询问："这里是什么所在？你是什么人？"

看官，你道这是怎么一回事？原来夜间榆关客店中卫仲虎在天海房里长谈到谯楼三鼓，见天海疲倦已极，便踅回自己房里来，见一个人在院子里呵手走着，见了仲虎就迎上来道："天寒夜深，爷怎么还没睡？"

仲虎微笑道："谢你的关切，可惜没处打酒，不然也得借酒温温，做一个暖胃会。"

那人一听此话，嘻着嘴笑道："爷说着玩罢了，几曾见爷们肯同客店里守夜的一同喝酒的？只是要酒却不难。"一面说，那嘴尽嘻着，几乎滴下涎水来。

仲虎笑道："出门人本来不计较上下。"遂探手摸出一块银子来，交给守夜的道："这可够我们一醉了？"

守夜的将银子颠了一颠，满面堆笑道："三四天的东道也够了。"说着，自言自语咕着出去，酒呀肉呀，一会子都搬了来。先捧了一个小坛子进来，然后热腾腾一盘菜放在桌上，又安好了一副杯筷，呆呆地只是瞧着仲虎。

仲虎道："你呢？快添副杯筷，坐下同喝。"

守夜的笑道："爷果然赏小的陪喝么？"说着，果然又添了副杯筷，忙替仲虎筛酒。仲虎和颜悦色地招呼他喝酒，守夜的先还守着规矩，不敢放肆，后来见仲虎一味随和，也就胆大起来，呲嘴鼓唇，大喝大嚼。仲虎更有一搭没一搭地跟他讲着，乐得他忘了形，只顾自斟自喝。喝到最后，眼也饧了，舌头根也大了，向仲虎道："爷，小人真有些饮不上来了。"

卫仲虎见他醉容可掬，知道是时候了，霍地起身，拍着他肩头，轻轻说一个字道："倒！"那守夜的立刻应手而倒，遂轻轻将守夜的举起，向着天海房里来。见天海与两个公人都已睡熟，遂把守夜的放倒在地，走到炕边，轻轻把天海扶起来。这天海也像醉的一般，由着仲虎扶回那屋里，放他在金猴子炕上睡了。然后踅回天海房中，笑向守夜的道："我替你打扮吧。"说完了，就把天海那件轻裘替他穿了，扶他上了炕，就把床被盖了个严密，把头扶向了里床，走到窗前端详时，居然是和衣而睡的郑天海。

心下欢然，轻轻带上了房门，就在廊下唤道："有得小二么？"

高声唤了几声，从店堂里瑟瑟缩缩走出个小二来，打着寒噤道："好冷呀，爷要什么？"

卫仲虎道："我的同伴病了，病势凶得很，想连夜送他回去。"

小二诧异道："用夜饭时还好好的，怎么一病就如此厉害？"

仲虎道："天有不测风云，人有旦夕祸福，哪里说得定？你快给我找那车夫，把车套上了好赶路。"

小二道："深更半夜的，候天明了走不好么？"

仲虎道："病势这么厉害，哪里候得到天明？"一面到房时炕上道："金兄，你耐着些儿，我已叫车夫套车了。"

小二瞧着不忍，忙出去叫车，一面咕道："守夜的老五又不知躲向哪里躺去了。"

卫仲虎已收拾妥当，在炕上坐着等候。一时小二引车夫进来说："车已套好。"仲虎把几件紧要的行李叫小二帮着上车去，其余的向小二道：

"再来时取，权且寄着。"小二答应了，仲虎付清房金，又给小二个重酒钱，小二欢欢喜喜谢了仲虎，自扶着病人出房。见病人帽子低遏着眉心，一歪一斜地走到店堂。

柜里一个人隔着柜问道："谁出去呀？"

小二道："东厢客人病了，上路呢。"

问道："账呢？"

小二道："已算清了。"柜里便不言不语了。

仲虎自扶病人到车上，向车肚中睡了，跨上车沿，夺车夫手中的鞭，加上一鞭，四个马蹄踏着一行新雪，泼刺刺竟自去了。

小二见车儿已去，关门进来，把房饭金交给柜内人。柜内人蒙蒙眬眬接到手道："明日登账是了。"小二持着那锭赏银，欢欢喜喜自去睡觉。

次日醒来，就听得院子里闹成一片，嚷道："走了钦犯了，不得了！"小二一骨碌爬起身，走出院子瞧看。见黑压压围了一院子的人，两个公人拖着守夜老五过不去呢，不觉一愣。

原来王、谢天亮起来，瞧那大庄主还睡在那里，便悄悄地各自梳洗。梳洗已毕，那天海还没有醒。叫预备早饭，店家送进早饭，候了好一会子，大庄主依然熟睡。两人瞧瞧日影，再也不能忍耐，走近炕前轻轻唤道："大庄主，起来上路吧，时光不早了。"

只听得大庄主嘴里说道："爷，真叫小人跟着喝么？小人白杆儿也得喝一两角呢。"

两人一怔，瞧那大庄主时，身也没翻，竟又睡熟去了。两人怔了一会儿，又唤道："大庄主睡魇了么？是上路时候了。"

话未说完，只见那大庄主双脚将被一掀，一双破烂油腻的裤管套着双黑漆茸的老腿，直闯出来。两人不觉倒退了几步，瞧着那双老黑腿。只见大庄主一骨碌爬起身，蓦然向外一望，露出毛茸茸一副丑脸，把郑天海的朗目疏眉不知变到哪里去了。两人倒抽了一口气，才待询问，只见他跳下炕，揉着眼道："我怎么睡在这儿了？跟我喝酒的那位爷呢？"

王庆上前一把拖住道："你这厮，把钦犯藏在哪里去了？"

老五听得钦犯两个字，吓得他呆了。谢禄知道不妙，奔出店堂，把掌柜的一把向里就拖。掌柜的吓得连抖带说道："小人可不曾犯事呢。"谢禄不去理他，一把直扭到天海房里，向他道："我们是奉刑部大人公事，解送钦犯黑龙江去。昨夜在你店里走了，你那伙计却睡在钦犯炕上，你们到底怎样串通一气，放走钦犯的？你们的本领可真不小。"

守夜老五慌着跪地叩求道："我实在不知。我不过为了贪杯，跟东厢那位卫爷喝了一顿酒，怎么会睡到这里来，连我自己都不曾知道。"

王庆道："那种话说给谁也不信，明日见了刑部大人，你自己去说吧。"

谢禄道："你说有人跟你喝过酒，你就给我去找那人来。"

老五道："这个容易。"爬起身一口气奔入东厢，不意扑了个空，哭丧着脸道："人都到哪里去了？"

此时住店的客人听说走了钦犯，都围拢来瞧热闹，黑压压聚了一院子。小二恰在此时醒来，见众人闹着，听说缘由，猛然想起夜来东厢房走的那个客人，很是古怪。病从口入，祸从口出，已经闹了事，哪里还敢多言？这里王、谢两差便扭了掌柜同守夜的老五进城去见抚宁县，要知县在这两个人身上，交出钦犯郑天海来。可怜这掌柜的为了此案，就此破家。抚宁县知县到任未满一年，为了此案，就此降为驿丞。一言交代，不再絮烦。

却说郑天海一觉醒来，见此身已在香温玉软之乡、锦绣绮罗之地，正在不解，艳婢前趋，温存问所欲，天海道："此间到底是什么所在？"

那美婢笑道："大庄主且不必问，你精神未复，请睡着将息吧。"

郑天海道："这一个闷葫芦不打破，叫人如何能够将息？你须得说明了，我心才安呢。"

那美婢道："这个婢子可不敢做主，请略候一候，婢子主人就要到了。大庄主，你口渴么？"

天海点点头，那美婢就从炉上烫着的壶倒了一杯茶，送到天海口边。天海就她手里一饮而尽。喝了茶，一骨碌想要挣起身来，走出去瞧一个明白，却哪里挣扎得起？依然向枕上一倒。问那美婢道："你为甚不肯说出？"

那美婢道："这是主子的意思，婢子的主子为大庄主喝了不少的酒，中夜连山跋涉，辛苦极了，非大大地将息不可。"

天海没法，只得闭目将息。忽听得外面有人走动，房中的美婢听得脚步声，也走了出去。遂闻低声问答，一个道："醒了么？"一个道："又睡去了，方才醒过的。"先一个道："主子叫来望望，没有醒休惊动。吃过什么东西不曾？"那一个道："不过喝了一杯茶，不曾吃什么。"

郑天海睡在床上，听得明白，忙唤道："我没有睡，醒着呢。快请你主人进来，我可问他话。闷死人了。"

即见走进两人，一个就是倒茶的那个美婢，一个也是丫头，轻盈袅娜，宛似凌波仙子。两人一见天海，笑道："庄主要见我们主人么？"

天海道："巴不得立刻就见。"

那后来的丫头道："主子有命，庄主要见我们主子，须先喝一杯参汤。"说着，回身就去。

一霎时托了一个小盘进来，盘内放着一杯参汤，试了冷暖，俯身凑到天海嘴边。天海也是一饮而尽，笑道："如今可引我去了。"

两婢齐道："主子吩咐，叫庄主不要动，要见主子自己来。"

天海道："那么烦你们快去请吧。"

两婢一个留着伺候，一个入内去了。候了好一会子，才听得一阵脚步声。先前那婢女奔入道："来了来了。"

郑天海听说，不知道进来的是什么一等奇异人物，打足了精神，从床上直坐起来。不意外面进来是两个女子，那两个女子一见郑天海，哇的一声，直奔过来，抱住大哭。天海一见这两女，也不禁泪如泉涌。

欲知何故，须俟《黑侠》开场，再行宣布。

黑　侠

## 第一回

# 顺治帝恪遵祖制
# 红侠女大闹清宫

话说郑大庄主郑天海瞧见进来的两个女子，猛吃一惊。那两女子一见了天海，奋身扑上，抱住了放声大哭。侍立的两个美婢见哭得这么凄惨，不禁也陪着下泪。

看官，你道这两个女子是谁？原来一个中年妇人就是天海的夫人王氏，一个少年女子就是天海的女儿郑二小姐。夫妻父女难中相会，要说话，咽哽了一个字也不能出口，只有抱头痛哭。哭了好一会子，还是天海忍住了悲痛，问道："你们怎么会来的？"郑太太连哭带诉，说了好一会儿。

原来郑天海关外遣戍之日，正是红裳女子大闹之时。这日顺治帝袖了本章，径入慈宁宫见皇太后。太后正命红侠督同宫监们打扫佛楼，只剩含芳、蕴玉、快绿三个宫女在身旁伺候。顺治帝见过了礼，遂道："回太后话，咱们宫中混进了来历不明混账女子。子臣昏聩糊涂，直到今儿才知道，特来太后前请罪。"

太后听了，慈容上顿时露出惊异之色。顺治帝又道："遵照祖爷爷家法，该混账女子就该发交慎刑司审明，按法处死。现在究该如何办理，请太后的示。"说毕，遂向衣袖中抽出本章呈上。

太后接来细看，看到完毕，开言道："不料这一个孩子竟是个顶替的，

115

不过人还谨慎，进了宫这许多年不曾闹过一回乱子，既是来历不明，祖爷爷的家法，没的为了一个孩子连祖宗都不要了，我也不能回护她。不过念她平日尚无大过，照我意思，还是法外施恩，饶她一死，驱逐出宫了就是。"

顺治帝道："太后仁慈，特沛大恩，赦其一死。子臣极该将顺，以臻祥和之福。但是祖宗法度森严，诚如慈谕所谓，没的为了一个孩子连祖宗都不要了。子臣愚意，赐其自尽，比了杖毙内廷，已经是恩施法外。"

太后半晌无言，顺治帝又道："子臣贵为天子，能容四海，万无倒不能容一女孩子之理。实因祖宗法度，万不容稍有通融假借，这一点儿要求太后原谅。"

太后见顺治帝执意要按法严办，题目又很堂皇正大，没法子只得点了一点头。顺治帝大喜，退出慈宁宫，立下手谕，命慎刑司太监拿捕宫女怡红，细心熬审。

这慎刑司是宫中的刑部，专管六宫宫女太监应打应罚一切事情，隶属于六宫都总管的。当下奉到皇上亲书上谕，不敢怠慢，立刻带了四名小太监，到慈宁宫拿捕红侠。此时红侠已把佛楼打扫干净，复过了旨，太后叫她歇歇去。红侠回到自己房中，还未坐定，听得外面一片声找怡红，一个宫人跟跟跄跄奔进来道："红姐姐，慎刑司总管带了四个小太监找你，问他什么事，只是不肯说。"

红侠道："我犯了什么事？要慎刑司总管找起来？"

话声未绝，总管已经走到外房，只听得道："就在这一间里么？"

宫中规矩素来是肃静惯了的，现在忽地喧闹，知道必有事故，急忙挺身而出，向总管道："找谁？"

总管道："找怡红。"

红侠道："只我便是，找我做什么？"

总管道："奉旨传你问话。"

红侠道："有什么话要问尽问，很不必掮出奉旨大牌子来。"

总管道："孩儿们，带她司里去。"

四个小太监一拥而上，把红侠推拥而出。红侠绝不挣扎，跟着他们就走。将出慈宁宫，红侠要回奏太后，总管道："很可不必，我们太后跟前不奏准，能传你么？再者不过传去问几句话，问明了依旧可以回宫的。"

红侠听了不语，跟着总管出了慈宁宫。一时已到慎刑司，总管立刻坐堂开审红侠。排齐刑具，公案两旁站立着四五十名小太监。总管堂皇高坐，红侠北面站立，两旁小太监喝她跪下，红侠道："我又不犯事，跪什么？"

总管道："皇上家法堂，你不跪就是无法无天。"

红侠道："不向你跪就是无法无天，难道你就算是天，就算是法么？"

总管道："你不向我跪也罢，就将万岁爷龙牌恭请出来，怕你不跪。"遂命设香案。总管行了三跪九叩礼，请出一座雕龙金漆龙牌，向外供着。把分案设在龙牌之右，喝道："怡红，万岁爷在此，你还不跪么？"

红侠道："我是皇太后宫人，皇上虽尊，究竟是太后的儿子，无论如何，子总尊不过母去，照例我怡红不应跪皇上。"依然挺立不跪。

总管到此可真耐不住了，喝令抓下去，先责大号宫杖一百，问她眼珠子里有主子没有。两旁小太监答应一声，上来了四个，就来抓她。不知怎么，四个太监才一近身，就边呼"哎呀"，跌了开去。四个人跌倒了两双，挣扎了半天，挣扎不起。总管怒道："你这蹄子没有王法了么？宫禁重地，哪容你散野？"

红侠笑道："我何尝撒野？你要诬我也随你的便。"

总管见治她不下，很觉没脸。忙叫副总管密奏顺治帝。副总管应声而去，霎时就见来了二十名头等侍卫，满汉各半。十个汉侍卫都是武状元出身，武艺精通，拳技出众。十个满侍卫更是奢遮，都是虎尔哈人，生吞貂鹿，活擒虎豹，铜筋铁骨，力大无穷。二十名侍卫老爷雄赳赳气昂昂，走进慎刑司，向总管打恭道："某等奉旨到来，帮同办理。听总管的示。"

总管见来了这许多侍卫，顿时心雄气壮，增了许多威风。遂道："有烦众位了。"说到这里，向红侠指道："叵耐这蹄子不知王法，逞蛮撒野，法堂之上不肯下跪，打倒了不少的人。烦你们给我抓下，我要赏她一百大号宫杖呢。"

话才说完，就上来了四个汉侍卫，开言道："我们来服侍她。"伸出蒲扇般的掌来揪红侠。红侠亭亭玉立，笑吟吟一言不发，四个侍卫老爷龙飞虎跃地跳过来，不知怎么，哎的一声，四个人跌倒了两对，并未见红侠动手。六个没跌的汉侍卫都各大怒，各人拔刀在手，分前后左右四面攻来，红侠伸手擎出一块小小红帕，展开飞舞，宛如一朵红霞，在宫殿中荡漾。各侍卫的刀兜着在红帕上，震得虎口齐开，无不口呼厉害，倒退不迭。不过一刻工夫，全都败下。

满侍卫见了，不禁愕然，大家商议分作两队，前后夹攻。红侠依然春风满面地站着，只见五个满侍卫虎吼一声，一齐攻扑将来，红侠并不躲闪，两手一拦，早拉住了两个，在他手腕上只轻轻一点，不知怎么，两个铜筋铁骨的虎尔哈人竟然全身酥麻，动弹不得，呆若木鸡一般。这两个原是满侍卫中首领，一转眼吃红侠治倒，吓得其余八人都不敢上来，齐道："巴图鲁还吃了大亏，何况咱们？这个姑娘真是女玛法。我们跟她交手，真是自寻苦恼哩。"说着纷纷倒退。

红侠在宫已久，满洲话也都了解，知道满语巴图鲁就是华言勇士，玛法就是华言贵神。这一班蠢虫满侍卫，已把自己当作天神了呢。此时跌倒的汉侍卫爬起身，只一溜烟奔回宫去，飞奏顺治帝。

顺治帝闻奏大惊，忙命人带了鹰、犬、猴三种异兽，再发满汉侍卫各三十名，驰往慎刑司，无论如何，总要把怡红扑杀，才许复旨。那人领了旨意，立刻带了两只海东青、四头獭猻、十头神獒，飞奔而来。这海东青是满洲虎尔哈地方的名鹰，獭猻是最灵敏的名猴，神獒是最猛的猛犬，在前集《红侠》中早已表过。颠禅、李向若同了昌世杰夜探清宫，曾经受过它的大亏，看官们谅还记得。

当下众侍卫有了鸷鹰、猛犬、灵猴三种好伴当，一个个心雄气壮，大踏步奔到慎刑司，见红侠玉立亭亭地站着，宛似临风垂柳，出水芙蕖，彼此尽都失望。这么一个女孩子，鼓一口气就吹倒了，大动人马做什么？大家瞧着奏事请救的那两个侍卫，很有嗔怪的神气。那两个侍卫早已明白，忙道："众位寅兄，休得轻敌。这蹄子厉害得很，我们都败在她手里。快先放猴、犬吧。"

这里听了，就把猢狲、神獒一齐纵放。神獒、猢狲才脱了锁链，风一般奔过来。红侠一举足，踢倒一头神獒，众獒奋扑乱吠，哼哼不已。红侠手打脚踢，一刻工夫弄死了三头。猢狲纵跃乱抓，被红侠抓到一只，拎住后足向人丛中掷去，躲闪不及，一个汉侍卫被猴头撞在脑袋上，撞了很大一个疙瘩。忙用手来接时，那猢狲究竟是禽兽，吃了痛，哪里还顾生熟？两脚一抓，把这侍卫抓碎了许多的皮肉。众侍卫见猴、犬都没中用，发一声喊，掠兵器杀入。刀枪并举，剑戟齐施。红侠却不慌不忙，指东打西，只一阵就杀得尸横宫殿，血溅丹墀，满汉侍卫已伤掉了七八个。众侍卫发了急，急忙纵放将军，两只海东青展翅高翔，盘旋云际，左旋右舞，好一会儿奋翅下扑，一落千丈，直向红侠扑来。众侍卫无不色喜。哪里知道将军的铁翅还未扑到，就见红侠口中吐出白光一道，干霄直上，宛如匹练，迅疾无比。白光过去，一团黑云似的东西直压下来，压在殿顶上，震得屋上的黄琉璃瓦都震震作响。仔细瞧时，却是两只海东青将军，伤了一只，坠下压在屋上，滴溜溜直坠下地来。

众人见了，齐都失色，也顾不得宫禁重地，大家提起喉咙喊杀。霎时间清宫中天崩地陷，岳撼山摇，众多侍卫围住了，只顾呐喊，既不敢上前，又不敢退后，万头攒动，围得个水泄不通。内中一个汉侍卫出主意道："咱们取弓箭来，射她个万箭穿心。"众人齐称妙。就听得一迭连声喊："取弓箭。"

未知红侠性命如何，且听下回分解。

# 第二回

## 太行山黑侠获大鹰
## 七家岭红裳定奇计

话说众侍卫取到弓箭，各各执弓在手，抽矢扣纶，望准了红侠，连珠似的射出。顿时弦声如鼓瑟，箭发如飞蝗，满洲的骑射原是天下闻名的，汉侍卫都是甲榜武进士，弓箭又都是圣手，人人汉李广，个个养由基，百弩齐发，任你再厉害些，怕也难于支持。并且那只海东青大鹰还在空中盘旋，大有乘暇即扑之势。红侠手挥红帕，左右飞扬，战有一个多时辰，绕身一圈儿箭七横八竖，已积有一尺来高。顺治见擒她不住，降下谕旨，叫取出十杆撒袋鸟铳，准在宫内开放。霎时铳声轰然，药烟如雾。

红侠见事情紧急，放出神剑，但见剑气如虹，穿云直上，腾身跨剑，笑向众人道："你们尽闹着，你家姑娘可不能奉陪了。有本领的，尽随我来。"说毕，跨剑飞行，呼啸而去。下面数百人仰首瞧看，齐都愣了，只有大鹰海东青奋翮追扑而去。

早有人奏知顺治帝，顺治帝很为悬心，这海东青名鹰得来很不易，此女既有异术，伤我一鹰，现在所剩只此一鹰，万一再有不测，宫中可就没有名鹰了。急命满侍卫追赶上去，设法把海东青带回，朕有重赏。满侍卫听得这道旨意，都各愣了。顺治问他为甚不领旨，满侍卫碰头道："主子圣明，海东青展开两翅，日飞两千里，奴才两条狗腿，奔折了也够不上。并且鹰在天空里，奴才在地上，相去好几十丈，追着了也难招呼。"

顺治帝道："朕久知虎尔哈部、黑斤部、费雅哈部这三部的人才武出众，走及奔马，力能一人杀虎。尔等去宁古塔，近者千里，远者二千数百里，朴实忠勇，为世界第一。不意久居京师以来，亦已沾染汉人浮华习气，闻命退缩，甚违朕意。"

满侍卫奏道："奴才等在本部时光，梳髻环耳，衣鱼皮而屋雕翎，身子顽强异常。自沐皇恩，内迁至虎尔哈部，才知道剃发穿衣。迁至宁古塔，才知道跪拜周旋。在宁古塔住了二年，体魄已不如前，迁到奉天，更软弱了。在奉天二年，才迁到京师来，蒙恩派在内廷当差，久不驰骤沙漠，把身子娇养惯了，此刻拔步飞奔，尽奴才等筋力，不过走六七百里路，哪里赶得上翱翔天空的海东青？奴才等素不会打诳语，据实陈明，祈皇上圣鉴。"

顺治帝道："这也是实情，朕也不能勉强。你们可带了神獒，尽力追去。追着了朕自有重赏。"

满侍卫听了，叩了两个头，带同神獒，飞步出宫，向南一路追逐下去。且暂按下。

却说红侠跨剑飞行，排云驭气，迅捷如电。忽闻后面有声飒飒，宛如风雨骤至似的，回头见是一只海东青大鹰，展开双翅，黑云似的一朵，飞扑将来。心下暗忖，瞧它飞掠之速，每天怕也有两三千里路好赶，比我的剑术飞行才及得一半。鹰类中似这么健捷的，谅也不多。倒也不忍伤害它。方才实为事情危急，不得已才伤掉它一只。一边想，一边放迟了飞行术，故意地引逗那海东青。慢赶慢行，快赶快行，也不知赶了几多的路。

忽见斜刺里一道剑光，冲天而上，穿云梭雾，闪电似的荡漾不已。红侠诧道："谁呀？"话声未绝，那只海东青大鹰忒棱棱扑了下去，似被擒住的一般。红侠急忙收了剑术，飞身下地瞧看，却降在一座山顶上。见一个穿黑衣的人，正在那里调那海东青呢。可煞作怪，这么大的大鹰，被这黑衣人任情调弄，竟然服服帖帖，绝不挣扎。走近一瞧，不禁失声道："那不是黑衣女僧么！"

121

黑衣女僧一见红侠，也很欢喜，忙道："红妹妹，你从哪里来？我才猎得一只大鹰在此，你快来帮助我整理。"

红侠听说，忙过来帮她把海东青擒住。海东青要倔强时，吃不住黑侠的内功在两翅发展处所轻轻一点，早就不能展动。这是点穴法，任是力敌万夫的满侍卫，都要脉停血止，何况海东青究竟是只禽呢？

当下两位女侠把海东青收服了，红侠问："大师从何而来？"

黑侠道："我此回北游蒙古，西探卫藏，极西极北奔走了好几万里路，研求喇嘛教经典。这几年工夫，把精神都消磨在经典里，回南还未及一个月。偶然经过此间，瞧见大鹰盘空，我在口外，这么的大鹰也不很多见。一时喜事，就猎了下来，不意就与你相见。"

红侠道："此鹰的来历，原来大师还未知道。我的行藏却与此鹰很有关系。"遂把自己大闹清宫的事，从头到尾说了一遍。

黑侠听了就问："郑天海的家可怎么样了？你难道闯下大祸，就此一走了事不成？"

一句话提醒了红侠，遂道："大师远见，我很佩服。只是我此刻才闹了清宫，谅必九城紧急，到处缉拿。我虽是不忌惮，究竟未便出头露面。"

黑侠道："所见不为无理。这么着吧，你跟我回白莲庵去住几天，我那新得的鹰需人调弄，这件事就拜托了你。我那庵僻处一隅，不致招人耳目。离京城离郑家庄又都不远，就可以探听消息，再定对付的法子。你瞧这么办好不好？"

红侠道："很好。这里是太行山，回京一瞬即到。候一会子，候天晚了再走。日间耳目众多，带着这么一只鹰，很不便。"

黑侠道："不错，清宫通只两只鹰，一只被你伤掉，余剩的一只又走失了，当然不肯轻易罢手。"

两人就地上拂去了泥沙，相对坐下。此时那海东青点住的血脉已经复回原状，重能活动。究竟是大禽，很有几分灵性。受过一回大亏，就不敢再行倔强，服服帖帖地听候指挥。黑侠纵它上去拿捕小鸟，翱翔一过，就飞回来。黑侠大喜。

一时夕阳西下，天已夜尽。红黑两侠掷剑空中，顿时化成两条白龙，腾身而上，各跨上一龙，黑侠带住了海东青，向北飞行。无多时刻，早见万家灯火，北京城已在目前。收剑下降，恰在白莲庵院中。守庵的佛婆瞧见黑侠回来，忙上来迎接。黑侠取链条把海东青锁住了，就问佛婆有事没有，佛婆道："也没有什么事。不过前年有一个李向若来访过，我回他大师不在，他再三讯问归期，麻烦了好一会子才去。除此之外，别无他事。"

黑侠点点头，遂命她舀脸水来，两人都洗过了脸，一时备上晚斋，黑侠一边吃斋，一边问："我的房间可曾收拾干净了没有？"

佛婆回："那是天天收拾的。因大师临去时吩咐，近则十天八天，远则三年五载，归期很不能一定，房间却要天天整理的。因此没有一天不收拾。"

一时吃毕，大家收拾歇息。一过三更，红黑两侠飞行出外，分头探听。次日又探听了一日，全都探听明白，商议应变之策。红侠道："镇三关卫仲虎还像个好汉子，羽党也多，魄力也厚。从前他身遭大难，我曾救过他一会子，现在郑庄主的事，我就跟他商量去，托他办理了，谅无错误。"

黑侠点点头，红侠道："张春这厮那么可恶，就放他这么过去，天也不容。只是我又苦不能分身，可怎么办好？"

黑侠道："张春这一件事，交给我办就是。郑太太母女我来救她们出京，都不必你劳心。咱们分头办理，各干各的。"

红侠大喜，连夜动身，赶到居庸关，见了卫仲虎，告知一切。卫仲虎一口应允，并言："我这里有一个小伙计金猴子，在郑家庄做过客的，我与天海虽不过是彼此闻名，他却是认识的。我就叫他同去，绝不误事。"

红侠道："你从苏州到关外都有别墅么？"

卫仲虎道："关内只苏州七家岭两处，关外倒有三四处。"

红侠道："你七家岭那所别墅院子很大，我是到过的。就把大庄主救

123

到那里安顿吧。"

卫仲虎道:"那么我就七家岭驿上动手是了。"

红侠道:"不行,就那里动手,难保人家不起疑。一起疑咱们的事就坏了。你们两人可结伴出去,如此如此,这般这般,把郑天海救到七家岭别墅,再想别法。"卫、金两人应声"晓得",立刻动身去了。

红侠也就动身回到白莲庵,见黑侠已先回来,遂把布置的事告知黑侠。黑侠道:"还是你顺利呢。"

红侠问:"京里事情怎么样了?"

黑侠道:"一言难尽。"

原来黄膘李三一计而破郑家庄,心下异常快活。怎奈张春这小厮日夜逼着李三,要他想法子弄郑二小姐到手。李三道:"不必着急,只要官府一发卖,我就替你承买去。"

张春听了,就赶到刑部衙门,探听发卖钦犯家口消息。他那盼望之心,比了应试举子候榜,投机商人候市面还要贴切。朝晨盼午晚,今儿盼明儿,好容易盼到第三日,刑部公事已出,张春报知李三,李三就替他向部里说了,缴清银两,一肩轿子抬了来家。

张春一见郑二小姐,宛如天上掉下了凤凰蛋,快活得什么相似。郑二小姐低了头,只顾哭泣。张春凑上去道:"二小姐,认得我么?"

郑二小姐听得声音很熟,不禁住了哭,抬起头来一瞧,见是张春,暗忖:这小子倒有良心,花了钱从患难中救出我来。心里这么想,口里不禁问道:"张春,难为你这么出力,拔我出地狱,真生受你了。"

张春道:"二小姐,你我如今是一家人了。你我成亲而后,我总把你心肝般看待。"

二小姐听得口声不对,遂问:"你讲的什么?"

张春道:"我说我与小姐成了亲,总把你心肝般看待。"二小姐听了,顿时花容失色。

欲知后事如何,且听下回分解。

# 第三回

## 黑侠飞剑斩张春
## 郑王奉旨审土棍

话说郑二小姐听了张春的话，顿时花容失色，问道："你不是吾家的奴才么？我与你上天下泽，名分攸关，你如何好萌此妄念？"

张春道："我从前原是郑府奴才，自被庄主逐出而后，主子奴才的名分已经是没有了。何况此刻小姐是钦犯家口，奉宪发卖的，论身份也和小人差不多。小人又是缴银承买的人，你我结为夫妇，正是门当户对。"

郑二小姐道："你这么没天理，没人伦，我不愿意也难。"

张春道："此间可不是郑家庄。再者事到如今，愿意不愿意，可也不能由小姐做主。"

郑二小姐道："张春，你欺我在难中，竟忍心强逼我么？我现在无权无势，果然奈何你不得，只是问你一句话，你的良心何在？"

张春笑道："回小姐的话，张春的良心却在当中。皆为良心不昧，怕小姐的花容月貌落在他人手里，白白地遭蹂躏，才缴银承买下来。小姐放心，你配了我，我总不使你受苦。"

郑二小姐听了，悲苦攻心，不禁放声大哭起来。正这当儿，忽地传来一个消息，说郑天海的妻子郑王氏并两个儿子奉宪发卖，还没有主顾，忽来一道白光，绕了一绕，陡然都不知去向。此刻刑部衙门里都闹见鬼呢。众人都不在意，郑二小姐慧质灵心，心中一动，这白光莫不是我那红妹

**125**

妹？想从前我们姐姐遭难，亏她前来援救了。现在阖家子遭难，倾家荡产，她总没有得着消息，不然早来救援了。心里这么一想，那哭就渐渐地不劝自止。

偏这张春误会了意思，只道二小姐无可奈何，渐已心回意转，不禁喜得个笑逐颜开，高高兴兴筹备喜事。李三爷特沛宠恩，准许在东茶厅行礼。倒也挂灯结彩，十分热闹。

一到吉日良时，傧相搀扶张春、郑二小姐出来参拜天地，郑二小姐低头哭泣，傧相赞诗喝礼，强扶她出来，草草成礼。大礼完成，天已黄昏时候，李宅众家人都拥入洞房，讲笑话闹房，喜气融融，春满一室。正这笑乐当儿，忽见一缕白光，穿棂而入，寒光闪闪，冷气森森，逼得满间灯火闪闪欲灭，连两支花烛都摇摇欲息，众宾客齐打一个寒噤。好一会子，风静灯亮，众人瞧张春时，齐吃一惊，不约而同地喊一声"哎哟"。原来张春笑容可掬，端端正正地坐在床沿上，一声儿不言语。一抚他的头，冰凉透骨，喉间气是没有了。瞧他胸口，一个很小的窟穴，彻背彻胸，隐隐淌出血水来。大家都嚷"不得了不得了"，顿时麻沸似的乱起来。

此时李三也已知道，奔来一瞧，大呼："了不得，我的命没有了，那是剑侠呢！"

众人听得剑侠两个字，更吓得手足无措，一窝蜂逃出新房，舍命奔逃，剩得新娘一个人在房中，伴那新郎尸体。此时郑二小姐见张春乍遭非命，正在奇诧，忽见窗棂启处，飞入一片黑云，堕到地却是一个人，一转眼已到面前，向自己道："小姐休慌，我就是黑衣女僧，是红裳女子叫我来接你的。你们太太已经接在那边了。"

郑二小姐忙道："我们红妹妹在哪里？"

黑侠道："时机紧急，到了那边再讲话吧。红侠现在正去营救庄主呢。"

郑二小姐听了，便不言语，当下就附在黑侠背上，越窗而出，腾身跨剑，凌空飞行。郑二小姐是不出闺门弱女子，此刻被黑侠带在空中飞行，吓得她几乎堕下来，抓住了黑侠衣襟，死也不敢放。

黑侠道："你别怕，怕就闭上了目吧。"偏是空中风紧，讲的话一个字也听不真。黑侠就得做手势指示她，郑二小姐才闭上了目。好一会子，耳畔风声才静，却就渐渐降下地来，已是七家岭卫宅。鱼更三跃，天才中夜呢。

黑侠收了剑，陪郑二小姐入院子，见郑太太与两个儿子已经先在，母女姐弟难中相见，不禁悲从中来。虽然相别非久，都各相抱痛哭。黑侠道："别尽哭了。咱们星夜飞行，肮脏不过，先弄水来洗洗。"早有丫头人等进来，请黑侠、郑二小姐来洗澡，洗过了澡，略用茶点，各自休息。

次日，红侠进来，郑二小姐一见，如获至宝，彼此互述遭难的事，悲喜交集。郑太太道："我们蒙红侠救了，万分之幸。只是我们大庄主不知怎么样了？充发黑龙江，那边冰天雪地，叫他如何熬得住？"

红侠道："太太放心，包在我身上。三天之内，定会使大庄主和你会面。"郑太太听了，将信将疑。

眨眨眼已到三天，依然杳无音信。二小姐去找红侠，偏偏红侠又出去了。郑太太道："你红妹妹约的日子已到，接你父亲的话怕有中变了么？"

郑二小姐道："我那红妹妹素言而有信，或者事不应机，也说不定。"

话犹未了，忽小丫头子奔来道："庄主已醒，黑衣大师叫请太太、小姐前去会面了。"

郑太太母女跟了丫头就走，走进天海睡的房间，一见面互相拥抱，放声大哭，连红侠派在这里服侍郑天海的两个丫头，也都心伤泪落。正哭得难解难分，红侠飘然而入，笑道："夫妻父女见了面，半句话不讲，倒赌眼泪么？"

郑天海见了红侠，心中感激，不知不觉一阵酸楚冲咽而上，英雄泪又滴下来，才问起遇救情形，彼此互述了一会子，又都向红黑两侠称谢。红侠忽道："大庄主，你知道此回祸事从何而起？"

郑天海道："这倒不曾知道。"

红侠道："我倒已经探听明白，都是你逐出的奴才张春干下的。"遂把张春出首告发，刑部据实奏闻，顺治帝下旨严办的话，如何长如何短细细说了一遍。

郑天海听了，怒火冲霄，跺脚道："这奴才这么无良，我去拿住他，碎尸万段。"说着咬牙切齿，恨恨不已。

忽见一人闯入道："不劳费心，我早替你报了仇也。"

天海惊视，却是个身穿黑衣的少年女僧，忙问："这位大师是谁?"

红侠忙与介绍："这就是我师兄黑衣女僧，外面人称黑侠便是。此回太太与二姐姐并两个弟弟，都是她出力救出的。"

天海急忙拜谢，又问张春的事，黑侠就把飞剑洞房刺死新郎的事，说了个备细。天海重又称谢。红侠道："郑庄主的仇是报了，骨肉是团聚了，现在要谋善后之计。"

忽报卫二爷进来，大家停了话，即见卫仲虎、金猴子联步而来，天海起身相迎，抱拳称谢。红侠也道："辛苦了两位。"

卫仲虎笑道："总算不曾错误。"

卫仲虎又与郑太太、郑二小姐相见了，红侠谈起善后之计，卫仲虎道："不消商量得，我这里藏风避气，大庄主住一年半载，外边绝不会有人知道。"

红侠道："梁园虽好，不是久恋之乡，眼前也只好如此。且候我们了清各事，再替他想法子，图一个久远。"

黑侠道："张春已了，李三犹存，办事终没有办结。"

红侠道："此事只好费神大师了。"

黑侠道："我们出家人慈悲为宗，这几天来已经大开杀戒，李三这个恶魔我须另设他法，不再亲挥慧剑了。"

红侠道："这个全凭大师。"当下黑侠辞别众人，自回白莲庵调弄海东青去了，且暂按下。

却说顺治帝自被红侠大闹清宫而后，检点人兽，满侍卫重伤的五人，汉侍卫重伤的两人，其余轻伤的也有八九人。神獒毙掉三头，獬猁受伤一只，海东青一只毙掉，一只不知去向。顺治帝十分悼惜，遂命颁旨天下，拿捕叛女怡红，并令刑部下令海捕。忙乱了几日，宛如石沉大海，杳无影息。忽忽见案上一张字纸，写着："黄膘李三家中私设六部，广树羽翼，交通朝贵，把持政事。偌大京师，竟容有两个主子，大是怪事。"

顺治帝查问这字纸从何而来，是谁写的，查了半天，哪里查得出？暗派心腹太监出去探听，探了两日，回奏李三果然房屋众多，规模宏远。顺治帝道："这厮这么大弄，志不在小。及今不除，后必为患。"密召步军统领与领侍卫内大臣入见，君臣密议，降了好些旨意。

步军统领与领侍卫内大臣领下来，各个遣兵派将，并不说到哪里去，一队自左而右，一队自右而左，两队行到李三家门，各个喝令站住，把守了前后门，步军统领大臣、领侍卫内大臣一拥而入，两位大臣同声喊传。

李三闻报两大臣带队到家，守住了前后门，知道必有祸事，现在又听得传唤自己，因仗着律例精熟，辩才出众，绝不躲藏，挺身出见。见了二位大人，开言道："本身就是李三，传我有甚事故？"

步军统领道："奉旨拿你，什么事连我们都不曾知道。大概皇上慕你大名，要召你陛见，问几句话也说不定。你跟我们去就知道了。"

李三笑道："既然奉旨拿我，定然凶多吉少。我是个前朝小吏，一介细民，到今名动九重，奉旨拿捕，就死也很值得。并且富贾贵官，经我设法，家破身亡的不知凡几，今回就死，也属报应昭彰。但是向二位大人求一个情，可否容我入内处分家事？家事办毕，就随大人们去。"

那领侍卫大臣怕李三入内，或生他变，不肯答应，步军统领也道："奉旨的事，我们可不能做主。"随向番役一丢眼道："给我拿下。"番役急忙动手，立把李三拿下，拥人就走。拿到衙门，即派干役严行看管，无论谁人，不准探视。一面入奏顺治帝。

顺治帝立命郑亲王同了尚书宁完我、陈之遴，大学士洪承畴、陈名夏，细心鞫问。奉到旨意，就在步军统领衙门，设立法堂。法堂之上共设五个公座，郑亲王居中，左首是大学士洪承畴，右首是大学士陈名夏，再次就是宁完我、陈之遴两位尚书，左右两旁步军番役站了个满。提上钦犯黄膘李三，向上跪下。郑亲王问他姓名籍贯，李三照实回答。

郑亲王道："你家中筑造这许多房屋，有何用处？"

欲知李三如何回答，且听下回分解。

# 第四回

## 顺治帝追论李黄膘
## 黑衣僧智救傅青主


话说郑亲王审问李三，李三自知恶贯满盈，列款供认，一事不遗。陪审大臣一言不发，审别退堂，郑亲王向陪审大臣道："大家替皇上家办事，你们四位为甚袖手旁观，一言不发？"

洪承畴道："王爷问得已极详细，某等自不必插问。"

郑亲王道："我看你们总别有用意。往常奉旨办案，咱们何尝不曾同过事？何尝有今儿的样子？"

陈之遴道："王爷是极圣明的，李三在京声势何等浩大，照他这么罪大恶极，按法行诛就结了，倘然不行正法，之遴必被陷害。"

郑亲王笑道："陈尚书的胆未免太小了。"

当下具本复奏，李三的口供一同附奏上去。顺治帝降旨："土棍黄膘李三，业已审明，着即正法。钦此。"这一道谕旨就是李三的勾魂票，霎时之间，身首异处。郑亲王入宫复旨，奏明李三已经斩讫，顺治帝点点头。

这日驾临内院，谕大学士等道："黄膘李三不过一个小百姓罢了，住居之外，复多造房屋，都各修饰齐整做什么？"

洪承畴道："他的房屋分照六部的样子，或某人至某部有事，即入某部房中，不敢稍有僭越。"

顺治帝道："一个小百姓，越分妄行到这个样子，宜其天使之败掉。"

洪承畴应了两个是，顺治帝道："李三为民大害，诸臣畏不敢言。鞫审的当儿，宁完我、陈之遴一句话也不问，郑亲王诘问再三，陈之遴才道：'李三罪大恶极，诛掉就是。倘不即正法，之遴必被陷害。'那不是重身家性命的人么？"说话的当儿，声色俱厉。大家都不敢回答。

陈名夏碰头道："皇上圣明，什么事不知道？李三虽恶，一御史足以治之。臣等叨为大臣，发奸摘伏，非臣所司。再者李三广通声气，言出祸随，顾惜身家也是人之常情。"

顺治帝道："你去知照陈之遴，李三已死，叫他放心就是了。"陈名夏只得连声唯唯。

看官，你道顺治帝宫中发现那一张字纸从何而来？原来却是黑衣女僧干的，此乃借刀杀人无上妙计。黑侠见李三已死，心下倒很惨然，回到白莲庵替他弄了几卷往生咒，又调弄了一会儿海东青，遂入禅房坐禅。坐了一会儿，随即解衣安卧。次日起身，洗盥已毕，正在做晨课，佛婆入报："前年来过的那个颠禅李向若在外求见。"

黑侠听说，遂命请见。佛婆应着出去，霎时引了一个僧帽道服儒履的怪人进来。黑侠道："来者就是颠禅大师么？"

那人唱一个肥喏道："某是邠阳李向若，别号颠禅的便是。大师就是黑衣女僧么？渴慕久了。前年叩谒，适大师朝山在外，此番得瞻莲座，欣幸之至。"

黑侠道："李先生请坐了，咱们虽是头回见面，贱性愚懒，不喜客谈。先生倘是闲逛逛便罢，倘然有事见教，请即扫除浮言，谈正事吧。"

李向若道："大师豪爽如此，我此来为不虚矣。我友朱衣道人阳曲傅青主被官府拿捕了去，审过几堂，虽然毫无佐证，总不肯释放。现在禁在按察使司监里，绝粒已有二三日。我要去劫他出监，他偏不愿意，真没有法子了，飞行到此，恳求大师。务求大师设法救他出监，感激不已。"

黑侠道："傅青主我闻知他穴居野处，久已不问世事，怎么会遭官事？"

李向若道："也是遭人家诬害的。阳曲县知县汪绶章的儿子患了病，遍延名医，总治不好。不知怎么打听着了傅青主是精于医学的，几次派人来请。傅青主不去，汪绶章为了儿子，自己坐轿下乡，登门恭请。傅青主托病卧床，不肯接见，后来汪绶章的儿子病重身亡，汪绶章就一口毒气都呵在傅青主身上。说青主如果来医，儿子定然不死，这明明是傅青主耽误死的。遂到上宪面前捏称傅青主私通海寇郑成功，偏这大府不问情由，就把他拿捕下狱。四乡耆老执了香到抚院跪求作保，抚院偏又不准。把他发在臬司衙门审问，问过几堂，没有口供，现在禁到司监里，绝粒了已有两三天了。我黑夜飞行入监，要救他出狱，他说大丈夫生死光明，天地赋给我这一身弯强跃骏的好筋骨，与其占毕消磨，还是爽爽快快遭冤而死，倒可以埋血千年，碧不可灭呢。百端劝说，执意不从。我真没有法子，只好到此恳求大师了。"

黑侠道："傅先生这么守正不阿，倒也是很难一件难事。李先生远来，我无论如何总要替你想一个法子，没的倒使你乘兴而来，败兴而去。"

李向若大喜，黑侠道："李先生请坐，我还要调鹰呢。"

李向若一眼瞧见了那只海东青，不禁失声道："哎呀。"

黑侠回头道："李先生为甚失惊？"

李向若道："那不是海东青大鹰么？好厉害的东西。某在清宫中曾经受过它的大亏。"遂把前年入宫受亏的事说了一遍。

黑侠道："弃人用兽，虽猛何为？现在这鹰在我这里已成为笼中之物。"

李向若道："原来就是清宫的海东青，不知几时归给大师的？"

黑侠遂把途遇红侠，捕到大鹰的事说了一遍。李向若十分称快。当下黑侠留李向若吃过素斋，忽地思得一计，遂道："李先生，你大远地诚心来此，你那姓傅的贵友又是个忠义豪杰，有名的人，我如何好坐视不救？现在思得一计在此，请你依计而行。或者能够有效，转危为安，也说不定。"遂吩咐如此如此，这般这般。

李向若听了，遂道："此计果然大妙，只是我本领微薄，怕去刑部衙门还有点子不胜任。最好请大师帮忙到底，代我一行。"

黑侠道："这个自然。京里的事我替你办好，山西的事你自去办理。"李向若喜极。

看官，你道黑侠出的是什么神机妙算？原来山西巡抚院自从拿到傅青主，交与臬司审问而后，也问不出什么口供，下在司守里监禁。傅青主绝粒自尽，一天一天挨下去。挨到第九天，看看只剩得一口气了。这日，司狱官报知臬台，臬台转禀抚院，抚院道："这傅山是一时人望，如果无疾辜毙，死在狱中，我倒蒙一个杀士恶名了。"

臬台道："咱们又不曾逼他，他自己要死，也是没有法子的事。"

一语未了，巡捕官飞报刑部差官禀见，持有公文一角，说要立提一个要犯。抚院向臬台道："请老哥宽坐一会子，部差来得诧异，兄弟去瞧瞧什么公事。"

臬台道："司里理该伺候，中丞请便是了。"

抚院出去了一会子，重又进来道："再想不起天下有这么巧的巧事。咱们拿下的傅山，刑部来文恰恰要这一个人，派差立提，那不是很巧的巧事么？"

臬台一听就道："回中丞话，傅山在监中，绝粒求死，危在旦夕。部中既然派差立提，咱们趁该犯气还未绝，赶快交给他，脱去干系。"

抚院点头说好，遂命臬司从监中提出犯人傅青主，当堂交给了刑部差官，刑部差官领到了差事，随即禀辞，押着犯人自去。

看官，你道这差官果然是刑部中派来的么？这公文果然是刑部中发出的么？原来差官就是李向若假扮的，公文就是黑侠伪造的，不过那颗刑部的印信却是真的。就是黑侠替他飞入部中偷印的，假文真印，所以抚院辨认不出，这就是黑侠的妙计。

当下李向若押解傅青主连夜上路，走了两站，见离太原已远，才露出真面目，告知青主。傅青主叹道："良友多情，救我急难。但是我却蛰在这浊世中，还不如速死为安。"李向若听了，也很叹息。且暂按下。

却说黑衣女僧经课之余，日日调弄海东青。三五个月工夫，把偌大一头大鹰调弄得纯熟，便把它当作代步。在一二千里路之内，常常跨鹰飞行，比了运气行剑，倒省力许多。黑侠赋性慈悲，虽也排难解纷，不很轻伤性命。

一日，跨鹰飞行，忽见红霞一片，如电而来，知道就是红侠，急忙纵鹰上迎，一来一往，相离二三丈，瞧得更明白了，招呼道："红妹妹何来？"

红侠道："正来瞧大师呢。"

黑侠道："我这只畜生停了翅就要下降的。"

红侠道："前边那座山不过三五十里了，咱们就那边下去讲话吧。"

黑侠点头，眨了眼已到了山顶，两人飞身下地，红侠收了剑，黑侠纵放海东青，让它自去捕食飞鸟。

红侠道："你把那畜生训练成代步了？纵放它出去，不走掉么？"

黑侠道："费了三五个月工夫，幸已驯服，不会走了。"遂问："你找我总有事情？"

红侠道："东奔西走，无非都为了人家的事。就是前年允下了那姓冒的事，因我自身徒遭变故，这个心愿一径没有了。不意冒辟疆积念成思，积思成病，竟然病了。虽不敢怪我，辞气之间难免不常带几分怨恨。我此番南游，乘便瞧瞧他，见他病得果然可怜。他向我磕头，求我替他设法。我劝了他一番，叫他早早醒悟。告知他董妃在宫中何等享福，何等荣华富贵，你这么惦着她，她未必念你呢。冒辟疆道：'我知道我们小宛不是这么的人，她虽是强作欢容，我知道她身入笼中，没法奈何，绝不会得新忘故。'我见他痴得厉害，知道劝也无益，遂允许他设法援救。冒辟疆见我允了，遂取出一册稿子来交与我，都是董姬失踪后感怀之作，叫我送入清宫，当面交与董妃。我接了册子，只得替他送去。所以来瞧你，和你商量

135

商量。"

黑侠道:"那又何必商量?宫里头路径你原是很熟的,董妃你又是认识的,送去一交代,是很易的事。"

红侠道:"我也知道不难,但是我的意思想邀你做伴同去,不知大师肯允我不允?"

黑侠道:"你的来意我知道了,并不是要我做伴,引我去认一认,以后救她出宫的责任就好卸在我身上了,是不是?"

欲知红侠如何回答,且听下回分解。

# 第五回

## 董贞妃深宫抱病
## 顺治帝弃国出家

却说红侠听了笑道："大师心机太灵敏了，我要大师同去认认，却有这个心。要把以后的责任都卸在大师身上，我却未萌此念。"

两人正说着话，不防背后忒棱棱忽发大声，回头急视，见是海东青捕得了一只大雉，两个铁爪踏住了雉的胸脯，正抓住它的心肺吃。那雉吃了痛，两个翅翎子拍得地上沙石忒棱棱作响。两侠笑道："这畜生倒吓了一跳。"

黑侠道："咱们就此回去吧。"

红侠说好，于是一个使剑，一个跨鹰，两人回头北行。不过半天工夫，早到了白莲庵，收剑下降，黑侠锁好了海东青，佛婆舀上脸水，两个人风尘满面，都各洗了脸。黑侠笑道："我这里就没有脂粉，委屈妹妹，只好淡扫蛾眉了。"

红侠笑道："我原不是深闺贵女，出门人是无可无不可的。"

这夜二更过后，红黑两侠放出神剑，各个跨上了剑，径向清宫进发。十多里路，眨眨眼就到。收剑下降，红侠道："这里就是董妃宫院，咱们探他一探，顺治今宵在这儿不在。"

黑侠道："我望他不在，咱们可以跟董妃讲几句话，探了她的口风，不知她还惦着那姓冒的不惦。"

二人悄悄潜行，抄回廊入内。红侠是认识路径的，打头引路，黑侠跟随在后。走尽回廊，见有两个宫女对面而来，两侠纵身上梁，贴伏在椽子上，候她们走过了，重行入内。转过两个弯，董妃寝宫已到。听一听，静悄悄声息全无，烛光暗淡，映在窗上，不住闪闪颤动。红侠移步进窗，俯身舐破纸窗，向内瞧时，只见向外排着一只紫檀嵌宝石大床，金钩双垂，罗帐密遮，桌上高烧绛烛，压着一个大烛花，压得那个火不住颤动。也不暇瞧别的，专心注意床前的鞋。见只有一双尖尖小脚鞋儿，心中暗喜，低声向黑侠道："顺治不在，咱们进去吧。"一边说着话，一边就动手拨窗。一眨眼，一扇窗儿开了，两个都已入内。

黑侠随手把窗带上，两个轻行健步，踏地无声，张目四顾，寂无一人。触耳只外房哧哧打鼾之声，知道值夜宫女都睡去。红侠走到床前，撩起罗帐，把金钩钩住了，见董妃向内睡着，红缎的被盖得很是严密，遂动手剪去了蜡上的烛花，室中顿时光亮起来。

黑侠低声道："咱们唤醒她吧。"

红侠俯身枕畔，轻声唤道："妃娘娘醒来，妃娘娘醒来。"唤了两声，不见动静，才待动手推时，偶一转侧，突见两个女子静悄悄站在那里，吃了一惊，仔细瞧时，呸，原来四壁都遮有壁衣，只那面西洋玻璃大着衣镜没有上得镜衣，自己同黑侠照在里头，映射过来的。瞧明白了，不禁暗自失笑。重又伏下低唤："妃娘娘，妃娘娘。"但见董妃懒懒伸了一个腰，睡眼惺忪地翻转身来问是谁，红侠低声应道："是奴婢怡红。"

董妃听得怡红两个字，惊得直跳起来，抖着道："怡怡怡红，我素来没有错待过你呀，你深夜来此，也是要……"

黑侠是慈悲的，瞧见董妃已经吓得玉容憔悴，很是可怜，急忙道："娘娘休慌，我们来此于你的身体发肤绝不会有丝毫损伤，请你放了这个心，除去了害怕，我们才好讲话。"

董妃坐起身来道："此位是谁？你们来此做什么？"

红侠见她只穿着衬衣，忙取一件灰鼠斗篷替她披上道："宵深气寒，仔细冻坏了妃娘娘。"

董妃披上雪衣，套上斗篷，问红侠道："二位到此，必有事故。"

红侠道："回妃娘娘话，我也不是什么怡红，剑侠红裳女子便是。此位就是我师兄黑衣女僧，我们此来是专替人家寄递东西。"

董妃听了，很是诧异，问道："原来姐姐是剑侠，怪不得那年乾清宫满汉侍卫都受了大亏。现在怎么又同了这位深夜来宫，又说替人家寄递东西？我们宫里头素不与外人通消息，你的话我很不明白。"

红侠道："好叫妃娘娘得知，我本也不惯替人家传书递柬，无奈这一个人病得十分可怜，再四地央恳我，不由人不答应。"

董妃道："谁呀？"

黑衣女僧道："横竖妃娘娘瞧见了东西，自会认识的。"

红侠随手取出一个小小纸包儿，递与董妃。董妃接来，解开包一瞧，见册面上钤有一颗图章，不见这颗图章便罢，一见之下，触目惊心，不禁芳心怦怦，花容也顿时变了颜色。红侠才待讲话，外间宫女已醒，脚声移动，势将走入。两侠急忙退了出去，遂听得宫女走入问："妃娘娘茶要喝不要？"

两侠候在庭心中，哪里知道神獒已经闻着气息追寻而至，知道候着不便，纵身登屋，使剑飞行，风一般回来，一转瞬间已到。

黑侠道："瞧董妃见了那书，不曾揭开就有感触，看来不是无情之辈。"

红侠道："能否珠还合浦，璧返邯郸，都要瞧她的志气了。"

两侠议论一会儿，各自归寝。从此之后，红黑两侠轮番入宫探视，有时遇见顺治临御，也有时遇着董妃独宿，倒也会面了两三回。但是瞧她面貌虽属憔悴可怜，探她口气，却终是游移吞吐。两侠只道她是恋富嫌贫，得新忘故，遂也不高兴顾问了。其实董妃赋性既是聪明绝顶，处事却又精细过人，思虑筹尽，不论听见什么话，遇着什么事，总要忖量个三日五日才罢，何况这一件事？冒辟疆是她生平第一个知己，顺治帝偏又是世界上第一个势力，自己身为帝妃，又不是寻常宫女，如果冒冒昧昧跟了剑侠出走，断不能一走了事。顺治帝根寻线索，蛛丝马迹，定要疑到来的路上，那么对于冒郎非但没有益处，倒闯下一场坍天大祸。如此辗转愁思，旧恨新愁不禁一齐勾起，见了顺治帝又不得不强作欢容，有说有笑。从来说忧能伤人，感易成病，就觉得懒懒的，东西也懒怠吃，经期也愆了。偏又恃强讳疾，每日挣扎着起来，处理一切宫政。一天一天挨下去，病就一日深似一日，心内发膨胀，口内无滋味，脚下如绵，眼中似醋，黑夜作烧，白日常倦，白带梦交，咳痰带血，如此诸症，不上一年都添全了。顺治帝初时还不在意，只不过叫太医院各御医请脉诊治，后来见服下药去，总是不相干，才发了急，着京内外大臣举荐名医，征来了好几位名医，撰方进药，依然病势有增无减。顺治帝十分焦急。

这日大学士陈名夏又荐到一位名医，顺治帝览奏，欣然批令即日来京，陛见退朝回宫，就把陈某荐医的事告知董妃，并言："你的病或者在此医身上，就有指望了。"

董妃叹道："任他华佗转世，仲景复生，医了病医不了命，我自己知道不过挨日子罢了。万岁爷这么疼我，这都是我自己没福。也许就为爷太疼了我，把小小福泽全都折尽，才到这个地步，也说不定。现在倒请爷不必替我延医求治，我自己知道未必挨得过年去，白操心也没用，只得譬如没有我这个人。爷究竟是一国之主，天下为重，倘然为了我烦恼爷的身体，有点子什么出来，我是死在九泉也不得超生呢。"顺治帝听了董妃的话，如万箭穿心，那眼泪不觉流下来了。

这日，顺治帝到慈宁宫给皇太后请安，皇太后问起董妃的病，顺治帝据实奏闻。太后叹道："天有不测风云，人有旦夕祸福。这点年纪倘或因这病上有个短长，怎不叫人疼死。"说着眼圈儿不觉红了。

顺治帝道："太后不用烦恼，今儿陈名夏又荐一个医生，是浙江人，医理极精，子臣已叫他尅日进京了。托太后福，董妃这个病或者在此医身上获愈，也说不定。"

太后道："但愿如此，以后倘然病有转机，你就叫人来奏知我。"

从此之后，董妃的病有几日好些，也有几日歹些，顺治帝好不焦心。陈名夏荐来的医生，请了脉也不敢说绝无妨碍。

这天正是十一月二十五日冬至，到交节的那几日，慈宁宫太后、坤宁宫皇后天天差太监宫人来看董妃，回来都说虽不见好，也未见增添病症。太后道："这个症候遇着这样大节气，不添病就有指望了。"

转瞬腊底春头，董妃的病还是不增不减。顺治帝刚为了军国大事，镇日召集王大臣商议，不很进宫瞧视。董妃自知不起，想到新恩旧义，不如早死为愈。又想到冒郎寄来的那本册子，留在宫中，终是祸根，趁自己还有一口气，销毁了干净。叫宫人掇过火盆来，就枕边取出册子，向火上一摺，烘烘地烧起来，霎时烧了个干净，心里宽了许多。这日倒略进饮食，喝了半盏燕窝粥。宫人报知顺治，顺治不胜之喜。哪里知道这几个好并不是真的好，乃是回光返照。挨到下半夜，神色顿时有异。到寅卯相交，就咽了气去了。

顺治在乾清宫得着这个消息，心中宛似戳了一刀，哇地吐出一口鲜血来，立刻命驾往视，号啕大哭，直哭到死去活来。下旨撤朝，一面命礼臣拟进丧仪，叫内务府从优办理。顺治帝悼痛异常，因碍着皇太后，不敢过分越礼，但是圣心悲痛，日子愈久悲得愈厉害。六宫妃后虽然百般解劝，哪里解得他分毫？

过了大除夕，就是顺治十八年辛丑了。这日是大年初一，顺治帝到慈宁宫朝皇太后，贺新禧。叩贺之外，却又叩了几个头，向皇太后道："子臣自知一生负罪，望皇太后宽宥。"

太后听了不解，问他何用意。顺治帝道："太后圣明，过几天自会知道了。"

皇太后很是纳闷，到临朝受贺，又特召内大臣索尼、苏克萨哈、遏必隆、鳌拜上来问了好些话，降了好些温旨，勉他们忠诚办事。众大臣虽觉诧异，还料不到有甚变故。哪里知道就这日之后，酿出非常变故来。

欲知后事如何，且听下回分解。

## 第六回

### 五台山真龙皈佛座
### 皇草驿骏骡屈盐车

　　话说顺治十八年元旦，大朝之后，当今天子就此失踪。宫内宫外立时慌乱起来，又不敢彰明较著地找寻，只得密派妥人，四出访查，哪里有个影息？忙乱了三日，还是本宫宫人在乾清宫御寝内找出两件东西，是当今的亲书御笔，取出来给大众瞧看。见是一首七绝，一道谕旨，都是罪己的话。那首七绝的结句是：

　　　　我本西方一衲子，黄袍换却紫袈裟。

　　那谕旨末是叫立皇子玄烨为皇太子，即皇帝位。叫索尼、苏克萨哈、遏必隆、鳌拜四人同心辅政，本宫总管急忙奏知皇太后、皇后，两宫急急召大臣入宫商议。索尼等遵旨入宫，见过皇太后、皇后，见两宫都泪痕满面，皇太后道："皇上不知哪里去了，现在寻出这两种御笔，上面讲点子什么，我于汉文不很明白，你们看了奏知我。"

　　当下四位大臣轮番敬谨恭阅，阅看完毕，同声奏道："恭释旨意，皇上已经出家去了。瞧那诗意更是明白显亮。"

　　皇太后道："做了主子的人，丢下了祖宗付托的宗庙社稷，并我与皇后，真没道理了。"

鳌拜奏道："从来说一子出家，七祖升天。那必是太祖太宗在天之灵，皇太后慈祥之化，皇上才得敝屣万乘，成佛作祖而去。当释迦创教，原也弃掉净饭国太子之尊，修成佛教万世之祖。皇上将来定与佛祖并尊万古。"

遏必隆道："国不可一日无君，既然谕旨上叫立皇子玄烨做皇太子，即皇帝位，咱们现在就遵旨举行。"

苏克萨哈道："好果然是好，万一将来皇上回来，作何处置？据我意思，还是暂称监国，较为妥当。"

索尼道："监国不很妥当。现在天下犹未大定，桂王称号滇中，郑氏羁据海上，中原虽定，本朝德泽未深，一称监国，是明示人以宫廷有变，难保不伏莽四起，怕天下从此多事呢。"

鳌拜道："现在的时势，即位只有即位，万一皇上回来，可就尊奉为太上皇，岂不经权两尽？"

索尼道："尊皇上为太上皇与奉太子监国，同一示人以宫廷有变，都不妥当。我看还是爽爽快快，说皇上龙驭上宾，太子遵旨继承大统，较为少弊。"

众人都道："这个我们做奴才的断乎不能做主。"

于是奏上皇太后，请皇太后旨意。皇太后道："既然出了家，我断定他断乎不会回来，就照索尼的话办理是了。将来倘有什么，你们可推在我身上，只说是我的主意。"

众人齐应了几个是，鳌拜道："皇上大行，例当颁布哀诏，也须预备了。"

索尼道："不必预备得，现有着现成的。"

众人问在哪里，索尼道："皇上御笔那一道罪己诏不是很好的哀诏么？只消在头尾稍为更易几句，就合格了。"

众人都说很好，于是即由鳌拜主稿，更易了几句，立刻颁发出去。其辞是：

朕以凉德，承嗣丕基，十八年于兹矣。自亲政以来，纪纲法度、用人行政，不能仰法太祖、太宗谟烈，因循悠乎，苟且目前，且渐习汉俗，于淳朴旧制，日有更张，以致国治未臻，民生未遂，是朕之罪一也。

朕自弱龄，即遇皇考太宗皇帝上宾，教训抚养，唯圣母皇太后慈育是依，隆恩罔极，高厚莫酬，朝夕趋承，冀尽孝养，今不幸子道不终，诚恫未遂，是朕之罪一也。

皇考宾天时，朕止六岁，不能服衰绖行三年丧，终天抱恨，唯侍奉皇太后，顺志承颜，且冀万年之后，庶尽子职，少抒前憾，今永违膝下，反上厪圣母哀痛，是朕之罪一也。

宗室诸王贝勒等，皆系太祖、太宗子孙，为国藩翰，理宜优遇，以示展亲。朕于诸王贝勒等，晋接既疏，恩惠复鲜，以致情谊暌隔，友爱之道未周，是朕之罪一也。

满洲诸臣，或历世竭忠，或累年效力，宣加倚托，尽厥猷为，朕不能信任，使之有才莫展。且明季失国，多由偏用文臣，朕不以为戒，而委任汉官，即部院印信，间亦令汉官掌管，以致满臣无心任事，精力懈弛，是朕之罪一也。

朕凤性好高，不能虚己延纳，于用人之际，务求其德与己侔，未能随材器使，致每叹乏人。若舍短录长，则人有微技，亦获见用，岂遂至于举世无材，是朕之罪一也。

设官分职，唯德是用，进退黜陟，不可忽视。朕于廷臣中，有明知其不肖，不即罢斥，仍复优容姑息，如刘正宗者，偏私躁忌，朕已洞悉于心，乃容其久任政地，诚可谓见贤而不能举，见不肖而不能退，是朕之罪一也。

国用浩繁，兵饷不足，然金花钱粮，尽给宫中之费，未常节省发施。及度支告匮，每令诸王大臣会议，未能别有奇策，止议裁减俸禄，以赡军饷，厚己薄人，益上损下，是朕之罪一也。

经营殿宇，造作器具，务极精工，求为前代后人所不及，无益之地，靡费甚多，乃不自省察，罔体民艰，是朕之罪一也。

端敬皇后于皇太后克尽孝道，辅佐朕躬，内政聿修，朕仰奉慈纶，追念贤淑，丧祭典礼概从优厚，然不能以礼止情，诸事太过，逾滥不经，是朕之罪一也。

祖宗创业，未尝任用中官。且明朝亡国，亦因委用宦寺。朕明知其弊，不以为戒。设立内十三衙门，委用任使，与明无异。致营私作弊，更逾往时，是朕之罪一也。

朕性耽闲静，常图安逸，燕处深宫，御朝绝少，以致与廷臣相见甚稀，上下情谊否塞，是朕之罪一也。

人之行事，孰能无过，在朕日御万机，岂能一无违错，唯肯听言纳谏，则有过必知。朕每自恃聪明，不能听言纳谏。古云，良贾深藏若虚，君子盛德，容貌若愚。朕于斯言，大相违背，以致臣士缄默，不肯进言，是朕之罪一也。

朕既知过，每自刻责生悔，乃徒尚虚文，未能省改，以致过端日积，愆庚逾多，是朕之罪一也。

太祖、太宗创垂基业，所关至重，元良储嗣，不可久虚。朕子玄烨，佟氏妃所生也，年八岁，岐嶷颖慧，克承宗祧。兹立为皇太子，即遵典制，持服二十七日，释服即皇帝位。特命内大臣索尼、苏克萨哈、遏必隆、鳌拜为辅臣，伊等皆勋旧重臣，朕以腹心寄托，其勉矢忠荩，保翊冲主，佐理政务，而告中外，咸使闻知。

哀诏颁发之后，四位顾命大臣遂奉皇太子玄烨即皇帝位，即以明年壬寅为康熙元年，颁诏大赦，并举行恩科乡会试。

且住，顺治皇一夕失踪，遍寻无着，你道他到了哪里去？原来顺治有一个心腹太监孟荣，是山西人。孟太监的哥哥在五台山为僧，顺治逼着叫他引导，孟太监拗不过，只得道："万岁爷，奴婢引便引了爷去，只是奴婢这一条狗命却从此没有了。"

顺治道："你也做了和尚，没有事了。"

太监道："奴婢自然服侍爷一辈子，但愿菩萨保佑，永远不发觉就好了。"

当下主仆两人易服改装，悄悄出宫。雇了一辆骡车，径向五台山出发。锦衣玉食的帝王，一念心坚，把人世繁华视同嚼蜡，风霜劳苦竟然甘之如饴。在路平安无事，这日到了五台山，知客僧出来接待，顺治要见长老，知客僧引入，这位长老是有根行的，一见就知原委。顺治只说是北京富商，为了心有感触，勘破繁华，甘愿披剃出家。长老知道本山数合兴旺，也不寻根究底，就允下了。择日给他披剃，传了戒，连那孟荣一同受戒了。后人有诗叹道：

> 双成明靓影徘徊，玉作屏风璧作台。
>
> 薤露雕残千里草，清凉山下六龙来。

却说红白两诏颁行天下，白莲庵中红黑两侠得着这个消息，都各诧叹不已。黑侠心灵恍然大悟道："董妃死矣。"

红侠问她从何而知董妃已死，黑侠道："不难推想而知，必是感旧怀惭，绝成了病。我们去年入探清宫，末后那一回不是董妃病了么？现在想必董妃病死，顺治痴情，竟以身殉。不信，不妨进城一游，便知分晓。"

红侠道："顺治既死，我的闹宫案子谅必不解而解，我也可以放胆进城了。"

这日早斋之后，红侠黑侠联袂进城，果然新皇登基，满城都含春色。耳目所及，无不景物一新。九城门都悬有誊黄诏旨，更有一道皇皇上谕，一簇人围在那里瞧看。红侠女孩儿家身份，未便挨在人丛中挤看，听得人家念道：

礼部奉到本日上谕，皇考大行皇帝御宇时，妃董鄂氏赋性温良，恪其内职。当皇考上宾之日，感恩遇之素深，克尽哀痛，遂尔薨逝。芳烈难泯，典礼宜崇。特进名封，以昭淑德。追封为贞妃。所有应行礼仪，着礼部察例具奏。钦此。

黑侠听了，笑向红侠道："如何？"

红侠点头微笑，二人又在他处逛了一会子，果然平安无事。回到白莲庵，红侠道："我可要南下报姓冒的知道了。"

黑侠问："你几时动身？"

红侠道："我们做事，如行云流水，要行即行，要止即止，出门上路原不选什么日子。今儿已经不及，明日就走。"

黑侠道："下月峨眉山聚会，你到么？"

红侠道："无论如何必然赶到。你见着师父替我代禀一声是了。"黑侠允诺，一宵无话。

次日清晨，红侠起身南下，因事非紧急，并未挟剑飞行。红侠原有一头纯黑健骡，入宫时光寄养在郑家庄上。自从郑天海遭祸破家，此骡遂变为入官之品。两侠要紧救人，未暇顾问。等到各事办竣，此骡已被盐商买去驾在盐车上了。红侠不胜扼腕，经黑侠托人向盐商情商，才得倍价赎回，豢养在白莲庵里。红侠奔走南北，为了事情紧急，一径挟剑飞行，现在心闲意适，就跨了那头健骡，取道南下。风卷四蹄，鬃影鞭丝，倒也十分迅捷。不则一日，早来到姑苏城外七里山塘。一角红楼，四围绿树，便是冒辟疆的别墅。下骡进门，忽听里面哭声震天，吃了一惊。

欲知何故，且听下回分解。

# 第七回

## 大将军驻兵双庙驿
## 小侠女决策居庸关

话说红侠下骡进门，听得哭声震天，心下纳闷。冒姓家人早已瞧见，迎上来问道："小姐从哪里来？"

红侠道："我从北京来。"

冒姓家人问："小姐贵姓？"

红侠道："我叫红裳女子，乍到此间，不知府上有何事故？"

那家人道："我们相公没了，今儿是五七家祭之期，主母等都在哭祭呢。"

红侠道："冒辟疆相公没了么？"

那家人道："去世了已有一月有余。"

红侠道："烦你报知主母，说我红裳女子要见，有事面谈。"

家人入报之后，就同了两个丫头出来，丫头向红侠道："小姐，我们大娘娘说孝服在身，未便出来迎接，请小姐里堂相见。"

红侠遂把黑骡系在树上，跟了那丫头进去。一个丫头走上来搀扶，红侠摇摇头，霎时已到里堂，那冒大娘娘就站起相迎。红侠见她脂粉不施，全身缟素，四旬左右年纪，大大方方态度，与自己相形之下，愈显得红白分明。只见得冒大娘娘道："这位小姐就是红裳女子？先夫在日，时常念起，慕名久了。今日光临，总有事故。"

红侠相见之后，不过笑了一笑，现在听冒大娘娘这么说了，才开言道："大娘娘，咱们坐了谈吧。"

二人坐下，小丫头子送上茶来，喝过了茶，遂道："我来得真不巧，你们冒相公已经去世了。他叫李向若转托我的事，直到今儿才办结。"遂把董妃接到册子，就此因感成病，顺治帝就因悼亡殉情，说了一遍。

冒大娘娘道："可惜小姐来迟了一个月。先夫病中时时念起，倘然他在生得知，也可死能瞑目。"

红侠道："冒相公既然作古，我就到他灵前一拜，通诚祝告与他。他生而为英，殁而为灵，总没有不知道的。"

冒大娘娘连称："拜可不敢当。"

红侠道："我要复命呢。"

冒大娘娘即叫冒公子灵前点上香烛，一面派两个丫头引红侠到灵前，自己入孝帏举哀。冒公子跪在一旁还礼。红侠跪下拜了四拜，暗暗祝告毕，起身退出。冒大娘娘出来应酬，定要留红侠住下，红侠道："请大娘娘不必应酬，我们都是萍踪浪迹的人，到处为家。高兴时住上一年半载，不高兴停留一天半日都说不定，大娘娘还是随意的好。"冒大娘娘见这么说，只得罢了。

红侠在苏州住了两天，也就动身跨骡游行，随心所之，鬓影鞭丝，到处留些侠痕剑迹。一日行到武昌相近，忽见大众乡民四散奔逃，一若逢着大难似的。红侠心下纳罕，停鞭询问："你们众位为甚奔逃？"

就有年老乡民哭诉道："姑娘不知，官府厉害不过，有大兵过境，硬派我们当兵差呢。"

红侠道："当兵差你们就当是了。"

那乡民道："姑娘不知，一应了兵差，那班将爷他可不来顾恤你。路上要打要骂，一到了那边，一个钱也不给，就赶你回来。车轮拆了，牲口累坏，他都不管。所以我们奔逃呢。"

红侠道："哪里来的大兵？"

那乡民道："从常德来的。上年明兵入寇，明将刘文秀、冯双礼分扑岳州、武昌，声势十分浩大，朝廷连接警报，立拜都统陈泰为宁南靖寇大将军，统兵南下。现在是大将军得胜回朝呢。"

红侠暗忖，这陈泰就是前为江南巡抚，劫取董小宛进京的那厮，最是狡猾，我倒要瞧瞧他。想毕，两腿一紧，那骡跑开四蹄，一路望北，霎时就到了双庙驿，打尖等候。候到傍晚，得胜军前锋到了，顿时驿上就骚乱起来。见鸡抓鸡，见人打人，吓得驿上人民躲避不及。红侠闻声出视，见那班兵都是满洲骚鞑子，兵倒不多，倒是掳掠来的男女、抢劫来的财宝，联车垒轨的很不少。霎时中军大队到了，箱笼物件更是不计其数。暗忖，大将原来是这个样子，掳掠一饱，满载而归，怪道满洲人从没有贫户。霎时旌旗戈戟，簇拥着一乘八轿，缓缓而来，轿前戈什哈带刀护卫，很是森严威重，轿中坐的，谅来就是那个大将军了。

红侠回房暗忖，他们走的是皇华驿，此去便是杨店驿、小河溪驿、广水驿、观音店驿、信阳驿、郾城驿、郭店驿、广武驿、新中驿，从湖北到河南，湖南到直隶，定然不误。这么重载，断不能够兼程并进，两千六百里路，至少要走半个多月。我不如黑夜飞行，去知照卫仲虎，叫他多派几个伙计，候在半路，落得发他一注横财。

主意已定，唤进店小二，吩咐道："我这一头黑骡，你给我好好地上料，休饿坏了。我要到一近处人家去，去去就来。这一间房你包给了我，别与我借掉。现在预付你五两银子，作为房金、草料之费。"

店小二接了银子，连声应是，并道："姑娘放心，落了店，不论你多少金银财宝，都是我们店家的干系，姑娘放心是了。"

红侠道："只要别饿坏我这头牲口，别的就没有什么了。"

这夜人静之后，红侠挟剑飞行，径投居庸关来。何消片刻，早已行到。卫仲虎家是本来认识的，收剑下降，宛如秋来叶落，声息全无。卫仲虎正与金猴子、郑天海谈论什么，忽见窗棂微动，一个人突然飞入道："有不速之客一人来。"

屋中三人一齐抬头，郑天海快活得直跳起来道："红侠来了。"

卫、金两人也都起来，欢笑相迎。天海笑道："真是天外飞来的佳客。"

卫仲虎问红侠从哪里来，红侠道："我是财神菩萨，特送一注横财来给你们，你们可欢喜？"

卫仲虎道："哪里来的横财？请先说明了，再斟酌吧。"

红侠笑道："现在世界竟也有不爱财的人？奇怪极了。"

郑天海问："此话从何而讲？"

红侠道："我说送一注横财来，卫二爷偏要问明来路才斟酌，那不是不爱财的人么？其实我送来，虽然不能说是礼门义路，究竟也总是取不伤廉，很可不必寻根究底。"

卫仲虎道："那是红侠多心，是不过白问一句罢了，何尝有这的深心？"

当下卫仲虎忙叫家人舀上一盆脸水，请红侠洗脸。侠义人原不讲什么嫌疑小节，就当了大众洗脸掠鬓，一面自语道："今儿恰遇着刮风沙，蒙了一脸的泥沙，洗得这一盆水宛如黄河浊流。"

洗毕，家人泡上茶，卫仲虎问红侠是跨骡来的，红侠道："我的骡在湖北呢。"遂把自己南下访冒辟疆，不意冒辟疆已经作古，遂跨骡漫游到武昌相近，遇见逃难人民，知道陈泰得胜回朝，一时高兴，往双庙驿打先等候。因见该军行囊充足，特地飞行来此的话说了一遍。

卫仲虎道："好极了，咱们这几天正在打饥荒呢。有这么的大水接济，可就不妨了。"

郑天海道："好果然好，但是这厮得胜回朝，兵必然不少，并且都是久历沙场的百战英雄，咱们预备多少人呢？"

卫仲虎道："自然少了不行，无论如何总要凑他个五七百人数。"说到这里，笑问红侠道："姑娘看是如何？"

红侠道："扣算日子已很紧促，哪里容得你这么舒舒徐徐点兵派将？"

卫仲虎道："照姑娘意思该如何办理？"

红侠道："你预备哪里动手？在河南境还是在直隶境？先定下了动手的地方，预定下日子，才发令招人，叫他们尽某日之内，在某处地方取齐，不得有误。人家接到令，也有个日期，也有个投奔处所。你若冒冒昧昧叫他们到了这里，再由你下令出发，几个迁徙，几个转弯，不就坐误时机么？"

卫仲虎道："见识精细周到。咱们此回，近了不好，太远也不行。就定在恒山驿动手吧。"遂道："金猴子，还是你辛苦一趟吧。你去知照众家英雄、各路好汉，说我的话，叫他们尽十日之内，都到正定县恒山驿取齐。"金猴子答应一声，蹿身上屋，如飞地去了。遂向郑天海道："大庄主明日也须动身，请你先到恒山借店住下，预备招接各路来的英雄。"

郑天海站起应了一声是，遂道："我明儿绝早就动身是了。"

红侠道："人是召集了，但是你如何动手，可曾计议定当？"

卫仲虎道："倒不曾计及，该如何办理呢？"

红侠道："陈泰这厮虽不济事，究竟提兵统将，在千军万马中杀入杀出，通只五七百人，要跟他动蛮，如何能够？现在只有智取的一法。"

卫仲虎道："智取如何着手呢？"

红侠想了一想，遂道："你依我计划，包可以旗开得胜，马到成功。"

卫仲虎大喜，虚心请教。红侠道："只需如此如此，这般这般……"

卫仲虎喜极道："端的好计。姑娘真是天人。"

红侠道："正经事情已经谈妥，我要去了。"

卫仲虎道："郑二小姐很惦姑娘呢，既来了这里，何不见见她去？"

红侠道："郑庄主家眷也搬了这儿来了？"

卫仲虎道："搬来才只月余呢。"

红侠站起身道："我就瞧瞧她去。"

郑天海道："我来引导。"当下引了红侠入内室。

郑二小姐一见红侠，快活异常，携了她的手，坐下问问这样，谈谈那样，说不尽的亲热。红侠在居庸关直到次日晚上，才挟剑飞行，回到双庙驿来。就空中来去，骇人听闻，将抵驿上，收剑下降，步行到客店，叩门入内。

店小二一见红侠，就是一愣，道："姑娘回来了？"

红侠见他神色有异，不觉注目打量，直上直下，瞧一个不已。店小二引红侠进来，将到店堂，高喊一声："掌柜的，东厢房姑娘回来了。"

掌柜的听了，顿时捏了一把汗，仓仓皇皇地问道："回来了么？"

红侠心下奇诧，才待询问，忽见两人走到自己面前，双膝跪倒，只喊"姑娘救命"。

欲知跪者何人，所求何事，且听下回分解。

# 第八回

## 岳岳恒山何来响马
## 森森柏树劫去银车

却说红侠突见两人跪在面前，连呼"姑娘救命"，仔细一瞧，一个是掌柜的，一个就是店小二。忙问："你们两人做什么？"

店小二道："总要姑娘应允了救我们，我们才敢说实话。"

红侠道："我就允下你们是了，快说吧。"

掌柜道："实不相瞒，姑娘的宝骑已被官兵掠了去，我们保护不力，实难辞咎。"

红侠听了毫不在意，淡然道："我当是什么，原来就为我那头骡？掠了去就算了，也值得吓得这个样子？"

店小二道："姑娘这么宽宏大量，真是世上无双，人间少有。小人初意姑娘定然大怒，定要小人赔偿呢。"

红侠道："赔偿呢不消，官兵如何掠去，你可细细告知我。"

掌柜的道："大将军的戈什哈到我们这里来闲坐，不知怎么竟被他一眼瞧了那头黑骡，连声喝彩，强要牵去。我和店小二两个跟他争论，那厮喝令小兵把我们扎成馄饨样子，吊在院子中受冻，他却依然牵取牲口而去。店中人候那班强盗官兵去远了，才敢放我们下来。"

红侠道："这么说来，你也是没法奈何，力所不能及，我也不能怪你。起来起来，官兵掠我的牲口，我自有本领向官兵要去，似你们这种没中用人，我也犯不着难为你们。"

两人听了，一块石头落地，磕了几个头，就爬起来了。红侠并不理睬，店小二打水泡茶，殷勤伺候。红侠问："官兵什么时候开拔的？"

店小二回："今儿巳初才出镇，此刻未必赶得到小河溪，怕还在杨店呢。"红侠听了无语。

这夜三更时分，红侠悄悄出了客店，挟剑飞行，眨眨眼已到了杨店。果然人马喧嗔，灯火明亮，大队官兵都驻在那里。红侠收剑下降，四面找寻。千军万马中寻一头黑骡，宛如大海捞针，毫无迹兆，红侠找寻得焦急起来。忽闻左营中一阵骡鸣，鸣声亲切，辨得就是自己那一头黑骡。腾身过去一瞧，月光之下，果然就是那头纯黑色健骡。那骡一见了旧主子，两个后蹄就蹶起来，大有脱缰而出之势。红侠走近身，那骡仰首长鸣，大有似乎诉苦。红侠解下它的缰，悄悄牵出营门。幸喜那班将士都蠢如鹿豕，呼呼地睡着，没有觉着。出了营门，跨上骡背，飞一般奔回双庙驿，六十里的路，一个更次就到了。敲门进内，掌柜的见了，十分惊异。红侠入房休息，次日算清房金，跨骡动身，取道望恒山进发。

侠女身轻，健骡步骏，千几百里路，两日工夫就到了。但见山峰重叠，气象雄奇，果然北岳之尊，不同凡峰常岭。当下到了恒山驿，落了店，一打听知道郑天海还没有到。直到次日晌午，车声辘辘，店小二接进一个客来，一听隔院谈吐，就知郑天海已到，红侠掀帘而出，郑天海一眼望见，即道："姑娘也在这里，几时来的？"

红侠道："你比我先走，倒迟到。"

郑天海道："我还是昼夜兼程赶来的，究竟哪里能够跟踪姑娘。"

说着，店小二又接入两个客来，天海一见，忙着迎了出去。原来西北路英雄接到卫二爷令赶来的，从此之后，西北、东北两路英雄豪杰陆陆续续，每日总有三五起来，都是郑天海一个人招接。客店里住不下，分住了四五处庵观。

到了第九日，卫仲虎、金猴子也到了。这日到的人最多，卫仲虎就派金猴子飞奔前途，探听消息。一面就点兵派将，暗暗布置。分作三队出发，赶赴前站等候。次日又到百余人，人数大致已齐，作为第四队，就在左近等候。红侠见卫仲虎调度得井井有条，知道必无错误，心下倒也欣然。且暂按下。

却说宁南靖寇大将军陈泰统着得胜兵，奏凯而回。一路上威威武武，喝喝呼呼，那班将士也都凸肚挺胸，一个个眼高于顶，目下无人，举止随心，行动逞意，更有什么顾忌？并且沿途官迎官送，车去舟来，更把他骄纵得不成个样子。

这日前锋行抵槐水驿，当差的夫子苦求放还，跪地不起，都道："我们都是湖北跟来的，当日将爷允许我们一入河南界就放还，现在河南已将走尽，眼见就要进直隶界了。天气这么的冷，寒风刺骨，衣服都没有带，再走几天都要冻毙了呢。万望开恩放还，将爷们积下这大阴功，定然公侯万代。"

那前锋主将原是个参头，姓佟名叫佟二傻子，人还仁慈，当下听了众夫子叫苦，点了点头道："你们讲的也是实情，怪可怜的。候找着了夫子，就放你们回去。"众伕子叩头称谢。

佟参领下令抓人，众兵士答应一声，四出找去。不过半日，三五十个一起，二三十个一起，竟找到了二百来名夫子并车辆牲口，并且那一起新夫子都各欢欢喜喜，高兴异常，把前锋营各种财物行李尽都搬运上车，装得很是结实。兵士们见了，无不欢喜。那班旧夫子卸去了东西，驱着空车，也就欢欢喜喜地去了。

前锋营换好夫子，大将军大队也到。大将军陈泰听说前锋营夫子换得很是得力，也下令找夫子。霎时之间，也找到了四百多名精壮夫子并车辆牲口。精壮夫子究竟出力，都欢欢喜喜地运物装车，装得都很结实。往时装三车的，现在都并作了两车，因此军士们都轻了不少的负担，快活异常。

过了一宿，即行出发。过鄀城驿，不过打一个尖，直到关城驿住宿。

次日清晨出发，行得十余里，恒山已经在望。又走了一二十里，离得更近了。天才晌午，忽见一带大树林挡住去路，都是合抱参天的大乌桕树，乌沉沉遮成一片，连恒山山脚都遮住了。北风起处，震得树枝摇动，不住地呼呼作响。佟前锋跨在马上，正在顾盼自得，忽见树林中射出一支响箭，响箭过去，树林中跑出八九十个大汉，都亮着兵器，跨着劣马，大呼："省事的留下行李再走！"

佟前锋大怒，连呼"取我的大刀来"，一面喝令众兵丁上去。众兵丁答应一声，一齐摇旗呐喊，顿时喊声震天。佟前锋取到大刀，拍马前进，把刀舞得雪花一般，三个强人接住厮杀，走马灯似的围住了战。大将军大队恰也赶到，听说前面有强人，亲自督兵前来救应。强盗一见大将军旗号，弃下佟前锋，拨马便走。大将军陈泰督兵追赶，赶了一阵，才待收队，强人又回马杀来，官兵接住再战，战未十合，又弃下逃走，再追上去，又回来接战。话休絮烦，再追再战，再战再追，如此追追战战，约有半日工夫，才把强人驱散，鸣号收队，缓缓回向树林来。哪里知道回到树林一瞧，只叫得连珠的苦。看官你道为何？原来数百辆装载行李的车儿，影迹全无，都不知到了哪里去，连那几个押车军弁都失了踪。

陈泰知道不妙，叫众人四面搜寻。众兵丁搜到林子里，听得树上哼哼作响，抬头一瞧，见树头捆着不少的人，仔细瞧时，都是本营的押车军弁。急忙爬上树去，一个个解放下来，口中都塞着衣襟，各自挖了出来，才能够开口说话。引到大将军马前，众口同声地回道："大军追赶强人，相离既远之后，夫子队中忽起一声呼哨，众夫子一齐动手，我们猝不及防，都被他们抓住了。问他们做什么，那夫子一言不发，只把我们捆绑。霎时之间，全都捆倒，强叫我们张口，亮着雪一般的刀，不由你不从。张了口，一块衣襟塞进来。塞毕，遂把我们吊在树头，却就驱着车辆去了。"

陈泰跌足道："哎呀，我中了贼人计也。那夫子与强人是一块儿的，林中突放响箭，引我们追捕，跟我们浪战，都是猾贼调虎离山之计。不合粗心轻敌，中了贼人的计。"

佟前锋道："咱们辛辛苦苦弄来的财宝，倒都替贼人白忙了一场。现在大将军可赶速行文地方官，限他们即日拿获强人，务要人赃并获。"

陈泰叹道："这也是咱们的晦气，不必谈了。统着这么大军，还遇着盗劫，军威何在？责成地方官拿捕，正是自出其丑，如何使得？"

佟前锋道："只是辛苦搜刮得这百余车财物，倒叫强人去享用，这一口气如何能消？"

陈泰听了，长叹一声，并无别语。住了一日，就此无精打采地起行。偏偏福无双至，祸不单行，大将军遭劫之后，已经闷闷不乐，不到两天，又因食伤病起来，路上耽搁住了。延了两个医生来，也是命合当尽，延来医生见是大将军，不敢用消导剂，写了一剂大补药，服下药去，病势自然有增无减。更换了几个医生，都说元气将脱，都是用补剂的。偏偏陈泰最是喜补恶攻，服补药死而无怨，医家乐得迎合意旨。不过八九日工夫，竟然活活塞死。大军盘枢回京，这都是后话。

却说红侠见卫仲虎依计而行，满载而归，心下很是欣然。因惦着黑侠，要紧回白莲庵，结伴同上峨眉山，赴剑道人之约，不到居庸关去了。当下跨骡北行，鬓影鞭丝，只一日工夫，已到白莲庵外，下骡叩门，佛婆开门出来，一见红侠，笑道："小姐回来了。我们大师昨儿还念起，说扣算日子，在这几天里小姐总该回来。"一边说，一边接了缰，把黑骡牵进了庵。

红侠道："你们大师总在家里？"

佛婆道："大师昨晚上跨鹰出游，直到此刻还未回来。"

红侠道："到哪里去，可知道吗？"

佛婆道："不曾说过，想来总不近呢。如果就在左近，断不会跨鹰的。"

红侠点头道："这东西每日总要走到一二千里路。"说时已进了佛堂。

欲知后事如何，且听下回分解。

# 第九回

## 五台山鹫鹰恋故主
## 皇华驿章帝葬山林

话说红侠走入佛堂，佛婆舀上脸水，红侠洗过脸，问这几日有人来过没有，佛婆回说没有。红侠起身出外，亲自给黑骡上料。上料已毕，才待进来，忽闻空中飒飒作响，黑云似的一个东西扑下地来，天井中突现一人，开言道："谁的牲口，污了我的清静地也。"

红侠大喜，急忙迎上。来者不是别个，正是剑侠黑衣女僧。红侠道："大师才回么？"

黑侠道："才回来，红妹妹来了几时了？"

红侠道："我也到不多时，才给牲口上了料了。"

黑侠道："我去锁了那代步，再跟你长谈吧。"说着把鹰而入。一时出来，叫佛婆舀水洗脸，遂道："咱们禅堂里坐吧。"

两侠到禅堂里坐定，红侠先把自己的事说了一遍，居庸关如何定计，恒山驿如何行劫，说得很是高兴。黑侠道："你倒好玩，我此番出游，到过一趟五台山，遇见一个很奇怪的和尚，我那代步几乎不得回来呢。"

红侠道："和尚不过是个和尚罢了，如何奇怪呢？"

黑侠道："我问你，你道顺治帝果然死过了么？"

红侠道："大师问得此语，敢是还没有死？但是既然没有死，怎么又颁布起哀诏来？"

黑侠道："我也如此疑心，但是这件事情很奇怪。"

原来黑侠驾鹰出游，任着鹰的性儿，奋翮翱翔，不去衔勒，不知不觉已到了五台山。但见山峦起伏，树木阴森，梵宇琳宫，占尽了山中形胜。黑侠跨在鹰背上，俯首观览，宛如展览图画。眼底烟云，顷刻卷舒过去，居高临下，不啻登仙。正在逍遥自在，不提防那只海东青大鹰侧着身子，奋翮下扑，一落千丈，再也驾驭不住，几乎不曾把黑侠颠下地来。黑侠抓住它的翅，死不放手，忽闻有人道："我的海东青在这里了。"

黑侠此时身已及地，一腾身把两只脚跟站住了，一手抓住鹰，才回头瞧那发话的人，见是一个和尚，广颡隆准，河目海口，相貌很是不凡。却十分面善，好似在哪里见过似的，只是再也想不起来。只听那和尚道："倒是畜有人性，还认得旧主哩。"那海东青听了，便似解人话似的，高举两翅，不住地飞舞，傍着那和尚大有故旧相逢，恋恋不舍之意。

黑侠道："出家人慈悲为本，人家从空中颠了下来，大师既然瞧见，理宜援救才是。现在非但不救，倒逗起我的鹰飞舞起来，这是什么缘故？"

那和尚听了，并无一语答辩，明星似的两个眼珠子，放出两道如电的眼光，注定了黑侠，直上直下，不住地打量。黑侠虽是襟怀坦白，对了这种神光，也未免不寒而栗。那和尚注视了半日，才道："你的鹰从哪里来的？鹰的来路是否可以明白告人？"

黑侠道："我人呢是个女身，做事光明磊落，没一件不可对人言。这一只鹰是在路上猎得的，现在已经训练成就，做了代步。"

那和尚叹了一口气道："大好山河，犹且丢掉，何况一只鹰？不过睹了它这恋恋旧恩，使我泥絮禅心，不无少有微感，心渊性海，重起波澜罢了。"说毕，又叹了一声。

黑侠见了和尚这种神情意态，不禁心下大悟过来，问道："大师莫非就是顺治皇上？"那和尚听了默无一语。

黑侠调了鹰，才待起行，忽又来一瘦和尚，一见海东青就道："回佛爷，咱们的鹰在这里了。"

黑侠问他："天下同样的东西很多，怎么知道就是你们的？"

瘦和尚道："我们的鹰名叫海东青，原是两只一对，被强盗伤掉了一只，这一只是雌鹰，如何会认错？"

黑侠道："既是你们的鹰，如何会在我处？"

瘦和尚道："这个我哪里知道？我不过认得此鹰是我家之物。你只要瞧它见了我们佛爷，就这么恋恋不舍，那不是老大的证据么？"

黑侠道："此鹰的来路，我知道它是清宫之物，你们这么说，难道你们也是清宫的人么？"

瘦和尚还要言时，那佛爷唤道："荣儿过来。"

瘦和尚一听得佛爷声唤，宛如奉着九重圣旨，诺诺连声地过去伺候。那佛爷道："我平日教训的话都忘掉了么？出家人六根清净，四大皆空。现在你倒有那么大工夫跟人家斗口舌，争意气，哪里像是出家人模样？"

瘦和尚连应几个是，那佛爷又道："凡物聚散都有一定的定数、一定的缘分。譬如此鹰，先是咱们的，现在到了人家手里，那必是定数已到，缘分已完，何必跟人家争论？"

瘦和尚又应"是，是"。黑侠见他们这个样子，倒也未便多说什么，把海东青调弄了一回，一纵手，那鹰冲天而起，黑侠随即腾身空际，跨上鹰背，盘旋了两个圈子，一掠就过去了。下面瘦和尚见了，合掌道："阿弥陀佛，原来是个飞贼。"急忙报知佛爷。看官记清，这瘦和尚就是太监孟荣，佛爷就是顺治皇帝。

却说黑侠径投京城，到清宫刺探。此时皇太后已尊为太皇太后，仍在慈宁宫居住。慈宁宫已改称为寿宁宫。当下黑侠到了寿宁宫，直入寝宫，见太皇太后一个人默坐垂泪，宫人左右侍立，也不敢解劝。忽报万岁爷进来，太皇太后才住了泪，遂见康熙帝短褂长袍，靴声橐橐地进来，见了太皇太后，急步趋前请安。太皇太后一把拖住，搂在怀中，问道："你做了人主了，要什么呢？"

康熙帝回奏："孙儿托太皇太后洪福，不过愿天下平安，生民乐业，共享太平之福罢了。"

太皇太后听了，慈容上顿时现出愉悦之色，笑向左右道："这孩子的福泽胜过他老子多多了。"又道："只可怜他的老子做了十八年主子，劳劳碌碌，不曾统一得，一旦竟丢下宗庙社稷人民去了，想着了就要叫人痛死。"说着又流下泪来。

康熙帝两手勾着太皇太后的脖子道："太皇太后别悲伤，孙儿长大了，定然出京访父皇下落好歹总要把父皇访着，上慰太皇太后的心。"太皇太后听了，又为之破涕一笑。

黑侠在外面瞧得明白，又到别处宫院探了一回，知道都忙着梓宫卜葬的事，谁应从扈，谁应守宫，忙一个不了。跨鹰出宫，但见凉月中天，浸人如水。朔风到处，瑟瑟有声。黑侠贪看夜景，纵鹰所至，直到天明下降，在破寺中暂时耽搁。日间未便跨鹰游行，到夕阳西下，才敢出游，探了半夜，也探不出什么新奇消息，才驾鹰而回。当下就把五台山遇见了异僧、清宫中闻着异语的事，细细说了一遍。

红侠道："这么看来，顺治也是没有死，但是他这么享福，还有甚不足，要出家呢？"

黑侠道："各人有各的怀感，如何能够预料？"

佛婆进来，问可要预备晚斋，红侠道："我们都饿着呢。"于是搬进斋饭，两人吃了，一宿无话。

次日佛婆进来报称："今儿梓宫发引，皇上家大出丧，热闹得很。大师可要外边逛逛去？"

黑侠问红侠可有兴致，红侠道："大师高兴时，我就陪你去逛一会子。"黑侠叫快快预备早斋，"我们吃了斋就要出去。"佛婆应着出去，一时端正进早斋，两人吃毕，随即起行。红侠并不骑骡，黑侠也不跨鹰，一红一黑，就此联袂偕行。

知道梓宫大道走的是东直门，两侠就到东直门外等候。瞧热闹的人已经不少，候了好久，听得旁人哗说"来了来了"，遂见几对白象慢慢地走来，接着就是驼马。遂见亭幔辂仗，接二连三，络绎不绝。一队队都过去了，旌旛旗盖，连骑走一里多长。驾衣民夫蜂簇而下，望去如火如荼。但听得车声隆隆然，马声遒遒然，电骤风驰，咫尺不相辨语。忽又传呼警跸，知道梓宫来了。只见工部官前行，銮仪官骑着马，手持曲柄黄凉伞，缓缓前导。十多名太监扬散纸钱，一路飞扬飘荡而过。接着马队一百多骑，前后拥卫着梓宫。梓宫行过，就是太皇太后的肩舆、康熙帝的肩舆，皇太妃是坐黄车，皇贵妃以下都坐的是黑车。文武百官车骑接接连连，约有十多里长，白漫漫银山似的自西而东，走了一镇日才完。

黑侠道："只要瞧两宫送丧，并不哀痛，就可证明车驾并未升遐呢。"

此时瞧热闹的人都散去了，两侠也就回到白莲庵。哪里知道才进庵门，就见一个短小精悍金睛火眼猴子一般的人，从佛堂中直蹿出来，声喏道："红黑两侠回来了。"唱了一个肥喏。

红侠定睛一瞧，认得就是镇三关卫仲虎手下的伙计金猴子，忙问金猴子几时到的，金猴子道："才到呢。我听说两位都不在家，正要外边去找，恰巧回来了。"

红侠问："卫二爷在家可好？你到此有何事故？"

金猴子道："正为卫二爷的事。二爷大有性命之虞，阖家子都急得不得。郑大庄主献计，叫我来找姑娘，求一条生路，我才赶来的。"

红侠道："卫二爷如何有性命之虞？怎么一回事，你且说明白了，我好裁度可行可止。"

金猴子道："自从那日恒山回来，为得了大彩，卫二爷高兴非凡，办了几十桌酒席，大宴伙友弟兄，谈谈说说，喝了一镇日的酒。不意席散之后，卫二爷就这夜里起了一病，初时还不在意，挣扎着料理各事，后来一日重似一日，现在郎中都回绝了。阖家子慌得没主意，郑大庄主叫我来求姑娘，二爷这条命姑娘肯出手援救，还有一线生机可望。"

红侠道："奇了，我又不是郎中，不会治病，求我做什么？他病得这

163

么重，很该找一位名医给他诊治。郑天海也背时了，举荐起我来。"

金猴子道："大庄主说眼下的郎中都是庸医，唬得人家病都不敢害。害了病不请他诊，好歹还是得半之道，请他诊治，轻病就要变重，重病就要变死，哪里还敢请？叫我来求姑娘，是要姑娘转请一位名医呢。"

欲知说出何人，且听下回分解。

# 第十回

## 金猴子千里访良医
## 傅青主长途课贤子

话说金猴子为了卫仲虎害病，听了郑天海的话，赶来白莲庵向红侠求医。红侠问他："要我代延谁呢？"

金猴子道："郑大庄主说，姑娘有师父剑道人医学极精，我们二爷的病除是他来，或者还有个指望。剑道人究竟不是寻常郎中，可以随便延请，所以叫我来求姑娘。姑娘侠骨侠心，如果可怜我们二爷病得厉害，肯跋涉一趟，那位剑道人总未必好意思不来。那么二爷一家子都感姑娘大德，不消说得。就是我们一班做伙计的，谁不感念姑娘呢？"

红侠听了，向黑侠道："大师可听见了？这不是个难题么？叫我如何办得到？"

黑侠道："果然师父的医，只许他自己去找寻病家，不许病家来找寻他，这几年来从不曾见有人来请他过。就是有，他也从不曾允过人家。他老人家的医是可遇不可求的。"

金猴子听了，大失所望，遂道："姑娘，这便怎么处？可否求姑娘于无可设法之中，勉设一法，救好我们二爷？"

红侠道："师父是万万请不到的，既然卫仲虎病在危急，我就请了一个名医与他。"

金猴喜道："是谁？"

红侠道:"就在太原城外,穴居野处的朱衣道人傅青主。"

黑侠道:"荐得果然不错,此公医术不在我师之下。"

金猴子道:"傅青主果然是当今豪杰,不知他此刻在山西不在?"

黑侠道:"大致在山西么,你找去是了。我听得他自从遭难之后,索性匿身土穴,深居不出。"

金猴子应诺,向两侠告别,立刻动身望山西进发。为了仲虎病势沉重,脚不停踪,昼夜兼程地赶,不则一日,早来到山西城外。知道傅青主是个遁世高人,须要潜心暗访。访来访去,好容易访着了。到土穴一问,偏偏傅青主不在家,出外吊丧去了。

原来傅青主自经李向若救出之后,深自咤恨,常言不若速死为安。有人访他学问,他就摇头道:"老夫是学庄列的,仁义礼乐,即使勉强说来,也属不工。"偏偏人家强把宋儒之学相问,他被逼没法,只得道:"必不得已,吾取同甫先生。"现在因遗民平定,张济酒色伤身而死,傅青主特往吊丧,抚尸大哭道:"尚今世界上醇酒妇人以求必死的,能有几人?呜呼张生,你的死不是与沙场之痛一般无二么?"

吊罢回家,来到土穴,金猴子已经直迎上来,连呼:"傅先生才回来么?我已恭候多时了。"

傅青主站住身,两个眼珠子注定了金猴子,直上直下地打量。金猴子急忙上前说明来意,傅青主道:"镇三关卫仲虎是个北方好男儿,既是他病着,要我去诊得,不能顾风霜跋涉,只得走一回了。"

金猴子见傅青主答应了,万分之喜,当下跟傅青主入了地穴,只见那间书房中满间都是字纸,有书有画,有篆隶有行草,不禁道:"先生倒还这么用功,写得这许多字。"

傅青主知道他是外行,一笑答之,不与深辩。金猴子道:"卫二爷的病势很是不轻,这里到居庸关,路又不少,先生既然应允了,未知明日能否动身?"

傅青主道:"既然答应了,有甚能不能?你去讲定长行车辆,咱们准明日上路是了。”

金猴子大喜，遂去雇了一辆骡车，讲明来回的。过了这一宿，这日清晨，傅青主的儿子傅眉绝早起身，早把老子的被褥、药囊都收拾了，自己的书籍也早收拾好，一时骡车来了，骡夫就把行李、药囊、书籍都搬上了车，傅青主父子陪金猴子吃过早饭，就此上车起行。金猴子让青主坐了车厢，自己与傅眉跨在车沿上，嘚嘚而行。

行了一镇日，打尖过宿，不意傅青主这老头儿脾气真古怪，一到了客店，忙忙地要水要酒，要菜要饭，吃喝完毕，就叫他的儿子傅眉灯下念书，经史骚选都是随身带的，书声琅琅，直念到更深夜半，才许睡觉。次日起行之前，必须背诵成熟，才许走路。倘然稍有生涩，就要戒责手心。夜夜如此，朝朝这样，金猴子见了很是奇诧，走这么的长途，苦了这位傅眉。除冲风冒寒戴月披星之外，一路念书背书，走了千几百里的路，就念了十多卷的书。好容易这日行到居庸关，骡车直到卫宅大门停住。金猴子跳下车，先到里面通报，踏进仪门，恰与郑天海撞个正着，劈头就问：“二爷怎么样了？”

郑天海道：“病势有增无减，我瞧怕难起呢。”

金猴子道：“请得一个好郎中在此，是太原傅青主。是红侠黑侠举荐的，现在外面。”

郑天海听说，忙道：“我去接待他进来。”说着急忙忙迎出去了。

此时卫宅中因仲虎病势沉重，特留两位名医在家，轮流看脉，会议方案。金猴子进房报信，见两位名医正在与卫仲虎看脉，仲虎病虽沉重，人极清醒。金猴子走到床前问：“二爷这几日可好点子？”

仲虎懒怠说话，只把头摇摇，似乎回答不过如此的意思。金猴子道：“我替二爷请得傅青主先生在此，是红侠、黑侠介绍的。”

卫仲虎点点头，歇了半日，才说出一语道：“两位侠客介绍的，想来总不会错。”

金猴子道：“现在郑大庄主在接待呢，就请大庄主陪进来吧。”卫仲虎点点头，金猴子出来，家人回客人在西花厅。金猴子走入西花厅，见郑天海正与傅青主攀谈，傅眉却两手双垂地站在旁边。

金猴回道："已经回过二爷，二爷说有病不能陪客，请大庄主代陪先生吧。"

郑天海点点头，遂道："先生风尘劳顿，用过便点再诊脉吧。"

傅青主道："也好。"

郑天海遂命预备点心，一时搬出卤汁鸭面，傅青主一碗，傅眉一碗，郑天海与金猴子也各一碗。天海取筷在手，连说请请。傅青主只是不举筷。天海道："先生敢是不喜面食么？咱们北人就只是食面。"

傅青主道："倒也可食。我们山西也是食面的。"

郑天海道："鸭子面，敢是先生不食鸭子的？"

傅青主道："鸡鸭都很适口，如何不食？"

郑天海恍然大悟，道："是了，先生是喝酒的。忘了备得酒。"遂命取两壶烧酒来。

一时吃毕，傅青主洗过脸，即道："我们就去瞧瞧如何？"

郑天海道："费心费心。"于是郑天海打头引导，傅眉随侍在后，金猴子陪了傅青主，四个人同步入内，转了两个弯，已到卫仲虎房间，家人掀起软帘，傅青主跨进房，见卫仲虎向外卧着，郑天海走到床前，说一声"先生来了"，随手掇过一凳子，放在床前，傅青主略一招呼，随即坐下。金猴子送上两卷书，傅青主接来，卷成一卷，当作脉枕，向卫仲虎道："请伸一只手来。"

看官，这一间房是面南座北的，向外排床，一头是倚着东壁，仲虎头东足西地睡着，先伸出左手，放在书卷上，傅青主且不诊脉，举目瞧病人面色。只见他面色黄中带滞，微现浮肿，唇口淡红，两目无神，喘息频频，一望而知是个风湿之症。接住他的手，按在寸关尺三部脉位上，调神息气，三个指头轻举微按，细心地诊。轻按重按，浮取沉取，候了好一会子。诊过左手，再诊右手。两手诊毕，再望舌苔，只见舌苔腻白，愈到根

168

愈厚。诊毕，问道："贵恙起的时候，先见骨节酸疼，次觉胸次痞闷，胃呆恶食，口甜恶饮，神疲喜卧，凛寒喜被，对不对？"

仲虎听了，连连点头。郑天海道："先生真高明，不啻洞见症结。二爷初起时光，果然是这个样子。后来延医服药，不知怎么药愈服痞闷愈甚。现在胸前宛如压了一块大石，气也短了，喘息也促了。延来名医都说脱在顷刻，先生瞧这个病究竟妨碍不妨碍？"

傅青主道："想必诸位用的必是补药居多。"

郑天海道："先生真是仙人，汪大夫开手就用人参，后来赵大夫、钱大夫、何御医、沈官医，没一个不用人参。不知怎么，总是不相干。"

傅青主笑道："可见卫仲兄这个病都被诸位耽误了。诊得右三部脉涩而见缓，左三部脉涩中见弦，涩乃湿症，缓系风象，弦涩乃气不得升之故。病原是个风湿，倘然初起时候，服祛风燥湿药一二剂，何至于此？"

郑天海道："先生高明，佩服之极。"

遂到外面坐定，天海送上一大叠药方，傅青主逐一翻阅，见无方不用人参，无剂不是补药，笑道："此间医生诊治风湿，竟用人参熟地，真是意想不到的事。"说到这里，遂向傅眉道："你瞧这种治病的法子奇怪不奇怪？"

傅眉先应了一个是，遂道："儿子看来他们无非误解了《神农本经》。本经上有除邪气一语，他们见人参既能补五脏、安精神、定魂魄、止惊悸，又能除邪气，以为万妥当，所以无方不用呢。"

傅青主道："那就不对了，本经的除邪气，只有张仲景用得最为得当，如茯苓四逆汤、吴茱萸汤、附子汤、乌梅丸，用它主治肠胃中冷；黄连汤、大建中汤、柴胡桂枝汤、九痛丸，用它主治心腹鼓痛；厚朴生姜甘草半夏人参汤，用它主治胸胁逆满；四逆加人参汤、理中丸，用它主治霍乱；干姜黄连黄芩人参汤、竹叶石膏汤、大半夏汤、橘皮竹筎汤、半夏泻心生姜泻心二汤、薯蓣丸，用它主治调中；白虎加人参汤、小柴胡加人参汤，用它主治消渴灸；甘草汤、通脉四逆汤，温经汤，用它主治通血脉；

旋覆花代赭石汤、鳖甲煎丸，用它主治破坚积。此外如桂枝新加汤、小柴胡汤、小柴胡诸加减汤、侯氏黑散、泽漆汤，不一而足。"

傅眉道："仲景有邪气而和人参，其旨甚微，所以小柴胡汤若外有微热，即去人参。又桂枝汤加人参生姜，不曰桂枝加人参而曰新加，则其故有在矣。可见古人曲体病情至精至密，知病有分有合，合是邪正并居，自当专于攻散；分是邪正相离，有虚有实，实处宜泻，虚处宜补，一方之中，兼用无碍，且能相济。瞧论中发汗后，身疼痛，脉沉迟，及外有微热二语，执其两端，病情已无可逃。"

欲知傅青主如何回答，且听下回分解。

第十一回

## 诊湿病洞见脏腑
## 辨人参细入毫芒

话说傅青主听了傅眉的话，脸上微现笑容道："小子读书有得矣。开始原不用人参，为了下后虚甚邪微，因虚陷而才用，这是始合而终分，本该用人参，为了外有微热而不用，这就是尚命而未分。"

傅眉道："小柴胡汤证，何以知为邪与正分？邪正分与不分，从哪里看出？"

傅青主道："从外有微热一句看出。寒的时候，但寒不热，热的时候，但热不寒。寒热不明，就叫往来寒热，如何外有微热，那么寒的时候仍有点子微热，热的时候仍有点子微寒，这就是表证未罢，邪气还混合不分。邪气混合不分，如何可用人参？"傅眉应了两个是。

傅青主讲话的当儿，郑天海已把文房四宝端正好，磨好了墨，听候应用。傅青主道："要紧讲话，忘了干正经事。"遂提笔写方案，霎时写好。写方的当儿，外面走进两人，站在案旁静静地观看。只见写着：

卫仲虎兄　十一月初二日诊

　　湿为雾露之气，蒙蔽清阳，升降失其常度，此胸痞短气之所以来也。两脉见涩，左兼弦而右兼缓，舌无华彩，神疲懒言，饮食少进，中阳之不振可知。古人治湿，未化热多用燥湿，已化热

171

始兼清热。在中上两焦，不用渗利药，从未有浪投蛮补滋腻者，服谬药过多，至奄缠至此，幸体气壮实，病虽日久，绝非虚症。

姜半夏二钱　炒白术二钱　炒谷芽三钱　广陈皮二钱　六陈曲三钱

白云苓二钱　白蔻仁一钱　石苍蒲一钱　制厚朴一钱　加桂枝八分

书方已毕，递与郑天海。天海连说"费心费心"。傅青主道："服了此药，口中如能作渴，胸次不能开爽。为的是中阳振作，湿邪不攻自化。"

那站在案旁的两人，就向傅青主拱手道："这位就是傅青主道兄？久仰了。"

傅青主抬头，见是一肥一瘦，那瘦的两鬓苍苍，胡须已经苍白，肥的那一个浓眉大眼，须黑如漆，一望而知是个肠肥脑满之人。遂道："二位何来？尊姓大名都没有请教。"

那瘦子道："兄弟姓胡，贱字菊卿。这位沈墨耕先生，是此间的伤寒大家。我们立方荒谬，承先生痛下针砭，十分感激。不过适才听得先生与贤郎畅谈伤寒，内中不无稍有怀疑之处，不得不掬诚请教。"

傅青主道："有什么见教，尽管说，我总知无不言，言无不尽。"

沈墨耕道："先生方才说有表证不得用人参，小柴胡证外有微热，就是表证未罢，但是白虎加人参汤证，一则曰时时恶风，再则曰背微恶寒，这独不是表证么？怎么又不忌人参呢？"

傅青主道："这也可以分别讲的。在小柴胡证上，不是有渴者去半夏，加人参半倍，那不是表证不渴，渴的就是风寒已化，邪正已分，而况往来寒热，但恶热不恶寒，比了发热恶寒的，本是有间，怎么不说他邪正已分呢？所以伤寒脉浮，发热无汗，其表不解者，不可与白虎汤，渴欲饮水，无表证者，白虎加人参汤主之，就可见白虎加人参汤之治，重在渴呢。时时恶风，就不是常常恶风了。背微恶寒，就不是遍身恶寒了。常常恶风，

172

遍身恶寒，确是表证，时时恶风，背微恶寒，表邪已经化热，不过未尽罢了。说他无表证，也无不可。"

沈墨耕道："照先生这么讲解，是热邪充斥，津液消亡，仲景每遇口渴，用惯的是栝蒌根，现在何不就用栝蒌根生津止渴，为甚必定要用人参呢？"

傅青主道："《灵枢·决气篇》上载的是'腠理发泄，汗出溱溱，是谓津'。津是什么东西呢？津就是水，是阴属，能够外达上通，就是阳了，可以叫它作阴中之阳。人参这东西不生于原隰汙下，倒生在山谷中，是其体阴，偏偏生在树下，又不喜风日，明明是阴中之阳。为它性是入阴的，故能补阴，为他是阴中之阳，所以有入阴，使人阴中之气化为津不化为火，恐怕栝蒌根没有这么力量么。"

沈墨耕道："先生见教，使人茅塞顿开，佩服得很。但是表里相混难分，莫过于桂枝人参汤证，里证寒热难分，莫过于黄连汤证，这两个方中都有人参，那是什么讲解？"

傅青主道："这两方都用人参，就为中气不能自立的缘故。中气就是脾气，五味入胃，都赖脾气为之宣布，温凉寒热，各驯其性，酸苦辛咸，各得其归。现在寒自为朋，热自结队，如桂枝人参汤证之外热内寒，黄连汤证之上热下寒，各据一所而不相合，如果不是干姜甘草振作中阳，就继以人参之冲和煦育，何能使他和合呢？就为始不相合，必致终必相离，虽已有桂枝之驱寒，黄连之泄热，倘然不得其枢以应环中，仍必寒与热相攻，正与邪俱尽，溃败决裂，不死不已。理中丸下加减法云：腹痛者加人参。现在黄连汤证，有腹痛，桂枝人参证倒没有，就为再三下后，寒气内陷，正如霍乱之寒，多不必辨腹之痛与不痛了，用人参之道，非特表邪不分者不可用，凡是表证已罢，内外皆热，虚实难明者，尤不可用。在《伤寒论》中，三阳合病，用白虎汤证，及小柴胡汤，胸中烦而不呕两条，可按而知。"

沈胡两医听到这里，都不禁齐声请益。傅青主道："人参这东西热盛而虚的可用，实的不可用。腹满身重，难以转侧，口不仁而面垢，就不是虚证了。所以只用白虎，不用人参，烦是邪聚于上，呕是邪得泄越，邪聚于上而得泄越，不可说是实，邪聚于上不得泄越，如何好说是虚？所以用小柴胡汤，必去半夏人参，加栝蒌实了。要之凡用人参，必究病之自表自里，自表的，避忌的法子我已经说过，那不由表的，如霍乱之寒多用理中丸，腹痛更加人参。虽有头身疼痛发热，毫无顾忌。如胸痹之心中痞气，气结在胸，胸满胁下逆抢心，也绝不惧补益。不但如此，仲景的用人参都有分寸，如白虎加人参汤、小柴胡汤、桂枝人参汤、半夏泻心汤、生姜泻心汤、吴茱萸汤、干姜黄芩黄连人参汤、理中丸、竹叶石膏汤证，用有表证而用人参三两，甚者加至四两半；旋覆花代赭石汤、黄连汤、炙甘草汤、附子汤，用人参二两；柴胡加龙骨牡蛎汤、柴胡桂枝汤，一两半；厚朴生姜甘草半夏人参汤、茯苓四逆汤、四逆加人参汤，一两；柴胡加龙骨牡蛎汤及柴胡桂枝汤，以小柴胡之半者，都不必论，其余都是虚多于邪，用得倒少，那是什么缘故？"

沈墨耕道："古人原有少用壅滞，多用宣通之说，怕就是这个缘故么？"

傅青主道："哪里会有少用壅滞，多用倒会宣通之理？邪盛开解的药也多，人参如果少了，定然不足以驾驭，这所以用得多呢。在补剂中，不过欲其与他物相称，偏重了必然有所壅遏，怎么倒说它是宣通呢？即以宣通而论，在《伤寒论》中，莫过于通脉，试观炙甘草汤治脉结代，通脉四逆汤治利止脉不出，四逆加人参汤治脉微，皆不尚多，其余可概而知。"

沈墨耕道："先生讲得非常明白，但是我还有一个疑窦，白通汤、白通加猪胆汁汤，为甚都不用人参呢？"

傅青主道："那就为下利的缘故。下利为甚不用人参呢？通脉四逆汤、白通汤、白通加猪胆汁汤各证，都由阴气内盛为下利，格阳于外为面赤，那是因阴逆而阳衰，较之中阳自衰者有间，所以利止旋即加参，如果早用人参，正恐其入阴化阴中之阳为津。如止小柴胡之渴者，岂不是正相反么?"

胡菊卿道:"我还要请教,人参即是阴中之阳,用于寒邪盛时得当,还是用于热邪盛时得当?用于阴虚证得当,还是用于阳虚证得当?"

傅青主道:"都可用得,都能得当。你瞧仲景书,服桂枝汤,大汗出后,大烦渴不解,脉洪大者,白虎加人参汤主之;少阴病,身体痛,手中寒,骨节疼,脉沉者附子汤主之。可见得寒邪热邪之盛,都可用人参了。大病差后,喜唾,久不了了者,胃上有寒,当以圆药温之,宜理中丸,伤寒解后,虚羸少气,气逆欲吐者,竹叶石膏汤主之,可见得病后阴虚阳虚,都可用人参了。就为它的气冲和而性浑厚,能入阴化阳,故入寒凉队中,就调中止渴,入温队中,就益气定逆,乃偏执一见的,有的说肺热还加伤肺,那是心不可用,有的说养正邪自会除,又是无不可用。左右其说的入主出奴,使人无可适从。有的人调停其间,说人参能治虚热,不能治虚火,仍是模棱之说,岂知在上病之动者,寒热都治之。如白虎加人参汤、理中丸、竹叶石膏汤等证,有渴吐及唾,都是动的证据。在下病之静者也治之,如附子渴证之不动就是。在上病之静者不治,如诸在表当发汗解肌证,及结胸痞气停饮等候都是,在下病之动者也不治,如诸下利证就是。唯有既吐且利,都用人参,为的是上下不过,属于中宫溃败,须急急用参,不可以上下动静一概而论。"

胡菊卿、沈墨耕都非常悦服。郑天海道:"药已照方取来煮去了,咱们肚子也饥了,大家请坐喝酒吧。"金猴子也进来道:"菜已搬出。"于是傅家父子、胡沈两医,郑天海、金猴子代做主人,共是六人,坐集吃喝。

欲知卫仲虎服药之后病势能否减轻,且听下回分解。

# 第十二回

## 斜阳古道匹马飞来
## 冷月寒江三鱼寒漏

话说镇三关卫仲虎自经傅青主诊治之后，对症发药，病势日就松动。日日更方，天天诊治，就一天好似一天。傅青主留住已到一月，仲虎已能起床，不过两腿酸软，步履尚未照常，大致已无他变。

这日，傅青主向郑天海说离家已久，拟要告辞回去。郑天海道："本来不敢屈留了，卫二爷要请先生开一张调理方，可否再屈留三日，仍叫金猴子送先生回山西去？"

傅青主只得答应，又住了三日，调理方已经开好，卫仲虎知道傅青主不受钱财，重重赠予一份礼物，是珍珠二两、金箔百张、关东鹿茸一对、吉林野参一斤、虎骨全副、辰砂十斤。傅青主还要推让时，卫仲虎道："这都是药品，我留着没用，白糟蹋可惜。先生拿去，可以合药济人。"傅青主才受了。当下卫仲虎叫金猴子选了两头健骡，驾上一辆车，陪送傅青主父子回太原原籍。郑天海送出关城，方才回去。

这里金猴子与傅眉依然坐在车沿上，骡夫就是庄客，驱车东行，车尘马迹，说不尽风霜劳苦。一日将到清苑县，夕照残阳，映得道旁衰柳都沉沉欲睡。傅眉在车沿上默默背诵《离骚》，忽闻蹄声嘚嘚，一骑马风一般地来，那马上的人却不时举鞭疾挥，马吃了鞭，跑得更快疾了。前面一个老者负筐而行，被那骑马的只一撞，撞倒在地，筐是翻了，人是晕了，那马上的人只顾鞭马疾驰，绝不回顾。金猴子一见，不觉大怒道："人命关天，竟有这么混账的人！"跳下车，放开大步，飞追上去。

傅青主在车中听得撞倒了人，忙叫停车，走下车，过去瞧见，见一个老者死去在地上，知道是一时跌闷，闭了气，忙唤傅眉取过药囊，取出一粒丸药，叫骡夫到近村去取滚水。一时滚水取到，傅青主亲自动手，化了半粒药，灌给那老者服了下去，不过一刻工夫，就醒回来了。

正这当儿，只见金猴子手挟一人，跨马而回。傅青主问他做什么，金猴子道："这厮闯下祸，闹下一场人命，拍腿就跑，怕天下没有这么便宜的事。我拖他回来，叫他料理，不意他掮出大牌子来唬人，说是鳌相国差他往浙江公干，有紧急公事，限日取到回文，撞死个把人，算不得什么大事。我因听不过，抓他回来问他。你怕鳌拜，我就不怕鳌拜，有本领你去唤鳌拜来见我，我要问他，小百姓的性命为甚这么一文不值。"

那人被金猴子这么一挟，熏天的势焰早不知哪里去了，忙央恳道："恕小人一时粗莽，撞倒了，幸喜这位现在无事，求爷高抬贵手，放过了小人，小人实奉有鳌相要公，错了时日，鳌相是要杖死小人的。"

傅眉也替他说情，金猴子道："既是傅小相公这么说了，饶你也不值什么。我只问你，你今后可还要横冲直撞，不顾人家性命？"

那人连说："再也不敢了。"

金猴子道："我问你，你到浙江去干什么事？"

那人道："有公文给主考官。"

金猴子点点头道："是了，你去吧。"

那人跨上马，接过鞭，才走得八九步，金猴子又叫："回来回来！骑马的回来！"

那人重又回马，问道："爷有什么吩咐？"

金猴子道："傅小相公替你说了情，我才饶你。你就这么走，谢都不谢一声？你这个人太目中无人了。"

那人听了，慌忙下马，向傅眉抱拳称谢，然后上马，徐徐而去。金猴子笑道："走长途闷得慌，姑把这厮开开玩笑。"

此时那老者已经复回原状，向傅青主等再三称谢，把掀翻的草装在筐内，负之而去。金猴子也就叫骡夫赶车，赶上金台驿打尖。次日动身，就向泾阳驿这条路上走去。暂且按下。

看官，你道撞翻老人的那骑马的是谁？原来就是当朝首相顾命大臣大学士一等公鳌拜鳌相府的干练家人姜虎。这姜虎究为了什么要公，这么飞马奔驰，撞倒人都不顾？原来苏浙接界的地方，有一个大湖，名叫泖湖，泖湖之滨有一所精舍，有堂有室，筑造得很精致。堂上悬一横额，题有"三鱼堂"三个大字，听说屋主人的上代曾在丰城县做县丞，奉着漕差，押解漕粮，夜过采石，忽然船头底下触了一个窟穴，水就漏进来，势极危险，顷刻就要沉没。那位县丞就在舱中下跪，向天祝告道："船中有一文钱是非法的，甘愿葬身鱼腹。"祝告才罢，船就不漏了，次日瞧时，窟穴里有水荇裹着三条鱼塞住了。有这么一回佳话，所以后来罢官家居，爱泖滨风景好，筑造这座精舍，题名就叫三鱼堂。主人姓陆，诗书世泽，礼乐家声，虽然没有什么家产，倒也安贫乐道。

这一年，主人从泖湖中救起一个落水人儿，一问那人姓蒋，苏州人氏，是做厨子的。蒋厨子从水中起来，浑身湿透，性命虽然得了，感了寒气，竟就大病起来。主人原也略知医学的，就替他诊治。服了两三剂药，竟就霍然大愈。蒋厨子铭感五中，主人又资助他盘川，叫他回去。蒋厨子才得起身，忽见一阵锣声，拥进一队人来，直上三鱼堂，两个头戴红缨大帽的人，高擎喇叭，向堂上不住呜呜地吹，更有一人取出一张朱红纸向外张贴，打锣的更把锣打得喤喤震耳。那红纸上写着：

贵府相公陆陇其蒙钦命浙江提督学院礼部右侍郎杨取中平湖
县学第三名录取入学

报喜人　连中　卜三元

178

蒋厨子瞧得明白，询问旁人，知道主人的公子陆陇其，新进了秀才。就此把陆陇其三个字谨记在心。蒋厨子回到苏州，恰有大家子进京做官，要雇一个厨子。蒋厨子经朋友推荐，应了这一个缺，随主人入京。不料这个东家是个娇生惯养的，在京不及一年，患了个伤寒症死了，家眷盘柩回南，蒋厨子又成了个丧家之犬，只得在一家苏菜馆里暂时栖身。不意否极泰来，竟然交来好运。这就叫"运去黄金失色，时来顽铁生光"。

一日，京中各苏菜馆从奉到鳌相钧谕，着苏厨子每人各做一菜，送进府去。碗上须贴字条，标明本厨子姓名籍贯，不得有误。蒋厨子自然也遵谕做菜，送进相府去。这夜相府传出钧谕，要蒋厨子立刻进府。蒋厨子吓一大跳，又不敢不去，怀着鬼胎，跟来人进府，见了鳌相。鳌相倒和颜悦色地相待，先问了姓名籍贯，然后问："你到京几年了？"

蒋厨子照实回答，鳌相又问他："你在馆子里一个月赚多少工钱？"

蒋厨子道："小人不过糊口罢了，能赚多少钱呢。"

鳌相道："你在我府里当差，每天只做九姨太一个的菜，旁的事都不要你管。每月赏你十两银子工钱，你可愿意？"蒋厨子大喜，跪下叩头。从此蒋厨子就在鳌相府，专做九姨太一个的饭菜。

原来鳌相新娶第九房姨太是苏州人，宠爱异常。这九姨太北菜满菜都吃不惯，鳌相就替她征求各省名厨，川汉闽粤，无不具备。九姨太尝了，终未适口。于是谕话九城各苏菜馆做上菜来，听九姨太选择，偏偏选中了蒋厨的。也是他好运来了，赚了十两银子一月的工钱，当着这么清闲的优差。偏九姨太只蒋厨的菜吃来适口，有几天，蒋厨病了，由副手做的菜，九姨太就要减少饭量，因此蒋厨一病，鳌相就大大发急，立刻延请太医，替他诊治。总之一句，鳌相非九姨太不安，九姨太非蒋厨不饱，因此蒋厨在鳌相府的势力，远非他人可及。但是蒋厨子极安分，和和气气，从未仗过一回势，欺过一个人，因此鳌相府中，上上下下，没一个人不叫他好的。

这一年，适逢乡试大比，各省正副主考官都来鳌相府辞行，并请示关节。蒋厨见花簇簇官迎官送，忙碌碌客往宾来，心下未免纳罕。做菜之暇，跟家人们闲谈问道："咱们家这几天宾客真多，不知这些宾客都是做什么的？"

家人告诉他是新放的各省主考官。蒋厨道："主考官是做什么的？"

家人道："是管乡试事情的。各省举人取中取不中，都是他做主的。"

蒋厨道："那么咱们家又没有人乡试，那些主考官来此做什么？"

家人笑道："你哪里知道？各省主考官都要来请示关节呢。"

蒋厨问："关节有何用处？"

家人笑道："有了关节，文章差一点儿也不妨，也可以中举人。"

蒋厨听了，心中一动，问道："浙江有乡试，浙江总也有主考官的，不知浙江主考来过没有？浙江主考是否也可以通关节？"

家人笑道："天下老鸦一般黑，浙江主考怎么不可以通关节？"

蒋厨喜道："我也求相爷赏一名举人去。"

那家人笑道："你又不是念书人，又不下场，如何会中举人？虽是通关节，也总要会做文章，会下场应试，才好中呢。你会的是做菜，朝廷开科，究竟不曾考得厨子。"

蒋厨道："我不是自己要中举人，是替人家代求呢。"

欲知蒋厨关节求得与否，且听下回分解。

第十三回

## 蒋厨子感恩求关节
## 陆举人守正斥权奸

话说蒋厨说了替人家代求，那家人就指点他路径道："求相爷不如求九姨太。九姨太应允了，相爷是不会不依的。"

蒋厨听说得有理，这日搬入夜饭去，放下了盘，向九姨太双膝跪下道："小人求九姨太恩典。"

九姨太道："老蒋，你有什么事？"

蒋厨道："总要九姨太应允了小人，小人才敢说。"

九姨太道："什么事，你说是了。"

蒋厨道："总要九姨太开了恩。"

九姨太焦急道："任你人命大事，我总答应你就是。到底什么事，你须说明了才好办。"

蒋厨碰头道："小人求九姨太恩典，赏一名举人。因为小人那年在浙江泖湖里，掉在水中，几乎淹毙。亏了个恩公救了小人性命，又替小人治病，又周济小人盘川，小人留得这条狗命，今日才能够伺候九姨太。恩公的儿子是个秀才，今年恰逢乡试，因此求九姨太开莫大的天恩，赏他一名举人，成全小人个知恩报德。"说罢，碰头不已。

九姨太笑道："我当是什么人命关天的重案，不过要一名举人。这点子小事也值得如此？我问你，你要几个举人呢？"

181

蒋厨道："只要得一个，已经感恩不尽了。"

九姨太道："那不值什么，要十个也很易。包在我身上。向相爷说一声，弄个关节去就是。起来起来，我允了你是了。"

蒋厨大喜，碰头道："谢九姨太恩典。"爬起身，欢天喜地地出去了。

这夜鳌拜进房，九姨太就道："我告诉相爷一件笑话，厨子老蒋搬晚饭进来，向我跪着求事，相爷你猜他求点子什么事？"

鳌相道："什么事，我倒不知道呢。"

九姨太道："老蒋为了一个受过恩的人，他儿子应乡试，求赏一名举人。"遂把蒋厨的话述了一遍，又道："我已经应允了，相爷快给他通个关节就是。"

鳌相问是什么省份，九姨太道："是浙江。"

鳌相听了，半晌不作声，遂道："你怎么不问一问事理，就这么轻轻易易允下人家？时机已过，叫我如何办理？"

九姨太道："什么时机不时机，你都不必管，只消给我一名举人就是。"

鳌相道："你们妇人家哪里知道外边情形？倘在一月之前，休说一个，就十个举人也很便当。现在主考官上路，差不多已经到了那里了，此间离浙江又远，如何办理呢？"

九姨太道："我不信你做了个相国，有连要一个举人都办不到之理。"

鳌相道："时机已过，有甚办法？"

九姨太道："简直无办法？"

鳌相道："实是无办法。"

九姨太撒娇道："你说无办法，我偏要你办。"

鳌相道："我不是不肯办，实是不能办。你要我办，我的力量不能够办也难。"

九姨太道："你不曾办过，怎么会知道能办不能办？这明明是你不高兴办。我知道你是有意给我没脸，你去想吧，你明知我已经应下了人家，

182

故意不给我办，使我丢脸，不能做人。其实我丢了脸，你也不见得会有脸。本来我也太不知自量，我原不配向相爷求事的。现在自讨没趣，哪里能够怪相爷呢。"

鳌相见她轻嗔薄怒，心很不忍，不禁开言抚慰，并把主考到任，关防严密的缘故曲曲说出，九姨太道："我不要听，你那些话去诳三岁孩子吧。要一个举人，又不是什么大事，我不信堂堂大清国宰相，连这点子威权都没有。"

鳌相真也没法，次日九姨太就坚卧不起，不肯吃饭，说举人办不到，就没脸再见蒋厨。鳌相到此，可真慌了手脚。

看官，妇人家有最厉害不过的五样武器，那五样武器比了炸弹机关枪攻城大炮都要厉害过千百倍，任你英雄豪杰、策士谋臣，见了她除了投降之外，更没有其他法子。你道这五样武器，说来真是怕人。就是：一哭二饿三睡倒，四剪头发五上吊。无论如何勇猛的男子，经不起妇人两行珠泪，就要软化，所以女将军出马第一套武艺、第一件武器就是哭。要是泪珠制不服，哭是没用的了，急忙加上个饿字妙法，气极了，不要吃饭，一顿不吃，两顿不吃，甚至终日粒米不下咽。到这时候，任是铁石心肠，也要化为绕指柔了，不由你不俯首下心，缴械投降。倘是哭饿两法还不行，就要加一个睡倒要术，睡倒就是病呢。病了之后，还不心回意转，那是薄情之极，没什么指望了，就决然剪去青丝，做姑子去。女子要出家做姑子，至于剪发，男子还不理睬，那是薄幸而且负恩，偶着薄幸负恩之辈，毫无生趣可言，不得不上吊觅死了。这五件武器，总可分作两层看，从哭到睡倒，这三件还是动之以情，从剪发到上吊这两件，却慑之以利害。情或可以不动，利害总不能够不顾。女将军恃着这五件武器，所以战不无克，攻无不得，旗开得胜，马到成功。怕编书的陆士谔与阅书的看官们，都是败军之将，都属同病相怜。就是伊吕之才，管葛之智，对了女将军这五件武器，也要束手无策呢。

闲言少叙，书归正传。却说相国鳌拜见九姨太坚卧不起，饭都不要吃，顿时就慌乱起来，忙道："你别恼，恼坏了身子怎么样？你生来又娇弱，我应允你办了就是。"

九姨太听说肯办了，才破涕为笑。向她要名字，九姨太遂命叫进蒋厨，问他名字。蒋厨喜极，急忙呈上，浙江平湖县学生员陆陇其。九姨太道："蒋厨你说得太迟了，很不易办呢。不是相爷，再也不能够办。"

蒋厨听说，急忙爬下地，向鳌相叩头谢恩。鳌相亲笔写了一封书信，连同名条封固，开了信面，立唤干练家人姜虎，叫他骑了快马，星夜送往杭州，限令务于放榜之前送到，不得有误。因此姜虎鞭马飞驰，匆遽间撞倒的人很是不少，偏偏遇着了多事的金猴子，因撞倒一个负筐老人，被他抓住，麻烦了大半天。吃一回亏，学一回乖，姜虎从此就不敢横冲直撞了。

昼夜兼程，赶到杭州，恰好三场考毕。急到贡院投文，功令虽然森严，听说是鳌相专差投信，监临主考都不敢怠慢，开门延入，拆阅过后，随即写了回信，交付姜虎带去，无非说是遵命办理的话。正副两主考立刻知照各房房官，搜寻陆陇其卷子，把所有落卷悉行调上。两主考督同房官，索性拆弥封搜寻，拆了两天，落卷都已检遍，检来检去，没有陆陇其卷子。

副主考道："莫非此生不曾来应试么？"

主考道："算起来不会不来，如果不来应试，鳌相怎么又专差送信来呢？"

副主考道："既然来得，怎么他的卷子偏又遍找不见？"

主考道："你我检查的都是落卷，也许此生已经中了，在中卷中也说不定。"

众房官被此语提醒，就把中卷拆看，拆来及半，果然就拆着了，呈于主考。见是平湖县学生员陆陇其，两主考大喜。到了唱名填榜之日，把他高高地中在魁里。过不多几天，新举人都来参谒座师，陆新贵也照例来谒。两主考急忙延入，请他上炕，接待得非常恭敬。陆陇其很是不解，两主考细问世系，陆陇其照实回答。两主考又问尊府跟京中鳌相有何交谊，陆陇其回不认得，哪一个鳌相？两主考告诉他是顾命大臣当朝首相鳌拜，尊府跟他总有渊源的。陆陇其道："鳌拜这厮是当世权奸，现在的人只知道权臣鳌拜，不知道大清皇帝。门生家中世守圣贤遗训，哪里会认识权奸？两位老师休误信人言，这种话传了开去，不但门生有玷家声，怕两位老师也有污清操呢。"

那位副主考还道他是假惺惺，拉住他的手道："老弟别作假了，你我都是一条路上的人，又何必说假话呢？"又低言道："兄弟与正主考同出鳌公门下，将来聚首的日子长呢。咱们知己相逢，正不妨披肝沥胆。"

陆陇其力言不认识，正主考道："老弟此回功名的来路，略有所知么？"

陆陇其道："那是皇朝的雨露。"

正主考笑道："自然总是天恩高厚，但是谁识拔的？"

陆陇其道："那是老师的栽培。"

正主考道："实不相瞒，老弟的知己，就是老弟适才痛骂的鳌相鳌公爷。"

陆陇其不信，两主考就取出鳌公的来信给他瞧看。陆陇其不禁勃然变色，大怒道："奸贼，我几曾认识你来？既然如此，中已经中了，没有别的法子，鳌贼一日在位，我陆陇其就一日不会试。"说毕，拂衣而出。两主考见他这个样子，都吓得目瞪口呆，半晌没作道理处，眼看陆陇其徜徉而出。

原来这陆陇其字稼书，年纪虽轻，倒以圣贤自励。食贫茹苦，非义不取，非礼不行。鳌拜在位，竟然不应会试，后来以进士出为县令，循声卓著，官至御史，功名虽然不大，竟成为一代大儒。这都是后话。

却说金猴子恭送朱衣道人傅青主父子回到太原原籍，傅氏父子安抵里门之后，金猴子就坐着原车，由临汾驿、鸣谦驿循驿而回。这日经代州雁门驿，忽见树林里忒棱棱突出一只大鹰，冲天而去。金猴子眼快，认得这只大鹰就是海东青，是黑侠之物。心中一动，莫非黑衣女僧在树林中么。急叫赶脚的停了车，自己跳下地奔入林中，不见一人，纳闷道："怎么有这么相像的东西？"

才待回身，忽闻背后有人道："金猴子，你已经瞧见了么？"

金猴子回头，见正是黑衣女僧，慌忙致敬道："大师果然在此。"

黑侠道："你从哪里来？"

金猴子道："我奉卫二爷命，送了傅先生家去，回头绕道经此，瞧见海东青将军穿林而出，疑大师在此，进来瞧瞧，果然遇见了大师。"

黑侠道："我从峨眉散会回来，在此候一个人。瞧见车尘马迹，就放鹰为号，不意无意中就遇见了你。你来正好，我正要寄一个信给卫仲虎，就托你带了去吧。"

欲知黑侠所寄何信，且听下回分解。

# 第十四回

## 窥隐秘金猴探宫院
## 专刑赏鳌相霸朝纲

话说金猴子听了黑侠的话，遂问："什么信？我带去是了。"

黑侠道："卫二的镖局子设得太多了，伙计收得太滥了。你跟他是老宾主，还有什么不知道？"

金猴子道："人类太杂，良莠不齐，也是实情。大师提起，敢是我们局里闹出了乱子不成？"

黑侠道："我此回因事到河间，顺便到你们分局里，瞧见两个新来的年轻徒弟，习艺非常用心。我因他两个举动一切神情意态都与寻常人不同，细细一察，大有似乎内监的样子。我因要紧峨眉山去，不及知照得。现在你回去替我寄声卫仲虎，叫他留意一点子。要是内监混入了镖局子，局中有了这么的奸细，不就种下很大的祸根子么？"

金猴子道："河间大名保定这三处分局子，都是我兼管的。我回去留心察看一下子，就可以分清皂白，不必回得二爷。"

黑侠道："如此很好，你回去留意就是。"

金猴子应诺作别，上车径向居庸关进发。路上并不逗留，不多几日，已抵家门。此时卫仲虎已经痊愈了，照常出来办理诸事。金猴子回过傅先生平安抵家，卫仲虎道："辛苦你了，回去歇歇吧。"

金猴子道："我想耽搁一两天，就要出门。"

卫仲虎道："又要到哪里去？"

金猴子道："几处分局子，有好多时不去瞧看了，我想就瞧瞧去。"

卫仲虎点点头，金猴子住了两日，果然就动身先到河间。路上无多耽搁，这日进了府城，径向镖局子行来。只见局前旗杆矗立，镖旗飘荡，上写着"上义镖局"。到大门下马，小伙计赶忙上来接了马去，一片声嚷进去："大总管来了，大总管来了。"里面掌柜的听得，急忙率同阖局伙计迎接出来。掌柜的叫了一声"大总管"，众伙计都垂手站班，齐齐尊声"大总管"。金猴子含笑点头，接到里面坐定。

这位掌柜的姓张，名叫铁冈。卖解出身，江湖上人称打虎将，跟卫仲虎也是老朋友，派他在河间镖局充当掌柜的。当下张铁冈先问"二爷身子大好了"，金猴子道"大好了"，遂道："我这几时就为二爷病了，帮同料理医药，不曾外边来走走。这两个月里，局子里可有事？"

张铁冈道："也没什么事。"

金猴子道："可有新投来的伙计？"

张铁冈听了，心中暗暗纳罕，暗忖往常局中人口进出，生意买卖，大总管是不问的。现在突然问到新投来伙计，莫非另有用意？遂道："这几个月倒也未有新投的人。"

金猴子道："我也不过是白问问，并无他意。"

张铁冈呈上账簿，金猴子略一翻阅，大致没甚错误。一时午饭时光已至，厨子请示可要开饭，张铁冈点点头，吃饭的当儿，金猴子就张目四注，原来镖局规矩，是局中大小伙计围坐团食的，学徒在背后站立伺候，盛饭上菜，所以一到饭时，除了出镖人员外，无不齐集。当下金猴子见席间半是旧人，只两三个面生的，留心他们举动，也没甚奇异地方。再看背后站立的学徒，却被他看出了。只见向内站立的两个，都不过十六七岁年纪，应酬周到，举动柔媚，很属可疑。当下一言不发，饭罢闲坐，就问张铁冈那两个学徒几时收来的，姓甚名谁，哪里人氏，是谁荐来的。

张铁冈道："来此已有半年了，这两个学徒不过年龄大一点子，做事很好，习艺也很勤。都是本地人氏，一个叫钱桂珍，一个叫卞德福。"

金猴子道："都是本地人么？不错了，河间太监，原是不错的呢。"

张铁冈道："大总管讲的是什么？我听了不很解。"

金猴子道："那有什么难解？咱们局子里混进了太监来呢。这两个学徒定是太监无疑。"

张铁冈道："太监投到咱们镖局里来做什么？"

金猴子道："他们的用意哪里猜得到？或者是偷学本领，或者是做奸细刺探什么，都说不定。"

张铁冈听说，顿时踌蹰起来，问道："这便如何处置？"

金猴子道："只要留心一点儿，咱们机要事情别使他闻知就是。"

张铁冈道："谁耐烦去留心他？留他们在此终是祸根子。朝晚找他一个不是，轰了他出去不就结了么？"

金猴子道："你见机行事就是。"张铁冈允诺。

金猴子在河间住了两天，就动身到大名，在大名住了两天，又动身到保定。不意大名保定两处镖局，也都有小太监混在里头。金猴子一一察出，就一一密嘱各镖局掌柜，各镖局掌柜都应允了。

金猴子回到居庸关，把此事告知卫仲虎，仲虎惊道："我们的机密被他窥去，可不是玩的。"

金猴子道："二爷，咱别像丈八的灯台，照得见人家，照不见自己。"

一句话提醒了卫仲虎，立刻起身，急忙出去暗暗察访，不意本处镖局里也有两个小太监。细问根由，知道进局也有半年了。这两个小太监每天朝晨，伙计们练把式，他就站在旁边，很专心地瞧看，所以虽只半年工夫，艺业倒很猛进。现在既被卫仲虎查了出来，立刻知照众伙计，从此各人步步留心，处处注意。这两个小太监再也得不着半点便宜，自然而然会站身不住，不过一月开来，都各不别而行地去了。几处分局里的学徒也被各掌柜的轰了个尽，从此上义镖局里的小太监的影子是绝灭不见了。

卫仲虎心很快活，向金猴子道："这些小太监除了宫廷，更没有别处人家。但是我最不解，宫廷派出这许多小太监到我这里来，究竟有何用意？现在他们是走了，我倒想去探他一探。这一个差只有你去最为妥当。”

金猴子允诺，就要起行。卫仲虎叫住道：“虽然海东青与狮猢神獒都已残缺不全，究竟宫禁不比寻常人家，万万不可大意。”

金猴子连应：“我省得。”当下金猴子登程，径向京师进发。

不过一日工夫，早已行到。借了一家客店住下。到黄昏人静之后，悄悄出门蹿上屋顶，雀步蛇行，轻如飞燕，霎时已到皇城。纵身上了皇城，微风轻送，吹来声声更鼓，趁着月色，向东南飞一般蹿去。经过不少宫院，越过不少殿阁，忽到一处，灯烛辉煌，笑语喧哗，人影幢幢，但见一间很大的殿上，满列着烛奴，都插着斤许的红烛，烛光熊熊，照得殿中白昼一般。有一百多个小太监，都只十二三岁年龄，都在那里练把式呢。那教练的教师，就是投镖局的学徒。但见开合跳跃，进退疾徐，倒都很合法。

瞧了半天，忽地犬声哰哰，即有人喊：“神獒大吠，有了贼子了。快查看查看去!”金猴子不敢再留，悄悄退出，蹿房越脊，听得犬吠之声渐远，才放迟了脚步，慢慢回客店来。

次日晚上又进宫去探视，遇见三个小太监在一处讲话，金猴子隐身窗外偷听，只听得一人道：“万岁爷真是小尧舜，赏罚何等分明。今儿李金龙跌一跤，知道他是无心失足，并不斥责。”

一个道：“我因妈病了，要家去瞧瞧，偏偏教师不肯给假。我一心惦着妈，哪里还在艺术上？偏偏演那高竿，爬到一半，不禁滑了下来。”

一个道：“你我在内廷当差，又不要上战场打仗，练这艺术来做什么？”

先一个道：“你我当奴才的，全凭着主子的高兴，要如何便如何，哪里容得自己的心思，忖度哪一件事该干，哪一件事不该干呢？”

金猴子听了，也没甚道理，又到别处去探了一回，随即回到客店。这金猴子入宫两回，所见所闻不过如此，并无新奇消息可访。遂回居庸关报知卫仲虎。卫仲虎也猜度不透。

　　看官，这小太监练把式，别说入宫探访的金猴子、安居关中的卫仲虎不明白，怕就是那训练的教师、习练的小太监也都不很明白。不过小皇帝对于这一件事非常注意，非常认真。此时朝廷大小政事，都在辅政大臣手里，皇帝不过垂拱无为罢了。那几位辅政大臣里，要算一等公鳌拜最为干练，杀伐决断，令出必行。因此举朝威权，都在他一个人手里。鳌拜又把儿子那摩佛补了领侍卫内臣，所有三宫侍卫都由他一个人管辖，宫中一举一动，鳌拜父子瞬息即知。那大臣中凡与鳌拜稍有不合，无不立被诛斥。如内大臣飞扬古，为了与鳌拜有隙，就被鳌拜叫人参劾，参他一本是守陵怨望。立即下旨把飞扬古并他的儿子尼侃萨哈连都处了个绞罪。

　　鳌拜是镶黄旗人，从前摄政王当国时光，曾把镶黄旗应得之地给了正白旗，别将右翼之末一块地给予镶黄旗，这一件事情已有二十年了。现在为大臣苏克萨哈与鳌拜不协，这苏克萨哈是正白旗人，鳌拜遂假公济私，主张两旗互换圈地，下旨交议。就有大学士户部尚书苏纳海、总督朱昌祚、巡抚王登联不约而同，都奏事隔二十年，旗民安业，未可轻动。鳌拜大怒，定要把三人置之死地。奏知康熙帝，康熙帝不肯下旨，鳌拜竟然矫旨把三人都处了绞罪，家产尽都查抄。苏克萨哈知道自己势力微弱，万万不足抵抗鳌拜，奏求守陵。偏偏鳌拜必欲置之死地，奏他十分怨望，并讽王大臣等参他二十四款大落脚点，该凌迟处死。康熙深悉其情，不肯下旨。鳌拜在帝前攘臂强奏，不允不休。奏了一镇日，竟把苏克萨哈处了个绞，他的儿子查克旦等，都凌迟处死，弟侄尽都斩决。辅政大臣一等公索尼没法争救，气愤成病，就此身死。鳌拜的种种专横，诸如此类，不一而足。

　　这一年是康熙八年，康熙帝已经十六岁了，见鳌拜这么结党擅权，骄恣非凡，心下很是闷闷。见亲臣中只有康亲王杰书、满臣中只有大学士索额图还都忠实，还都守正不阿，遂密召两人进宫，商议大事。

　　欲知权臣鳌拜能否除掉，且听下回分解。

# 第十五回

## 康熙帝奇谋擒国贼
## 陆陇其正谊匡圣君

却说康熙帝在乾清宫召见杰书索额图，见面之下，康熙帝面现愁容，向二人道："朕昨夜恭读太祖实录，见我太祖高皇帝龙兴关外，起兵的当儿，通只十三甲，并哈达，灭叶赫，奄有辽沈，为统一之基，不胜感慨。你想祖宗以十三甲之众，打成天下，现在朕以天下之下，受制于臣下，祖宗如此英雄，子孙如此懦弱，能无感慨？"

二人听了，不敢回答。康熙帝道："朕想范文程是汉人，事太祖太宗，犹且竭智尽能，忠贞不贰，尔等非懿亲大臣，即从龙旧彦，乃目睹权奸之骄横，默无一语献替，这是何故？"

杰书道："主忧臣辱，主上这么忧勤，实是奴才等之辱。但是鳌拜身为辅政，大权独揽。他的儿子那摩佛又为领侍卫内大臣，其弟穆里玛又为步军统领，巴哈又为内大臣，其侄塞本得又为户部尚书，爪牙众多，耳目甚近，奴才等无权无勇，何敢轻于发难？怕的是打蛇不死，反受其害。"

索额图道："光是奴才等受祸呢，奴才受主厚恩，就使粉身碎骨，肝脑涂地，也不足惜。虑的就是主上，不能不投鼠忌器。"

杰书道："吴三桂拥兵百万，都是惯战能征之士，就可惜远在云南，一时不能呼唤。不然，叫他提兵北上，入清君侧之奸，也很便利。"

康熙帝道："那是何进无谋召外兵了。朕已定下办法，你们二人只消如此如此，这般这般……"

二人听了，都吓得面如土色。康熙帝怒道："也有你们这种误国庸臣，这点子事情难道都不能替朕分忧么？"

二人不敢回答，康熙帝道："朕意已决，尔等遵旨办理是了。"说着，挥手令出去。

二人领旨下来，才抵宫门，就见领侍卫内大臣那摩佛率领十名带刀侍卫，恶狠狠地拦住去路，喝一声"站住"。杰书见那摩佛眉现杀气，眼露凶光，气色很不善，心里也有几分惊惧，夯着胆问道："那大臣，我没有犯法呀。"

那摩佛道："尔等在乾清宫，蛊惑主子，谋算吾父么？"

索额图道："某等可不敢。"

原来康熙帝君臣三人，在乾清宫召对，早有值宫侍卫飞报那摩佛。那摩佛闻报，飞马赶来，点齐十名头等侍卫，站在宫门口，雄赳赳气昂昂，摩拳擦掌地等候。当下一见二人，喝令侍卫细细检搜。杰书索额图辩也没用，一任他们脱帽解衣，搜了个备细。

那摩佛喝道："以后不论何人，不奉我的令，再不许放进宫去。"又把守宫门的侍卫，大大教训了一顿。杰书、索额图受了一回搜查，总算不曾搜着什么，幸喜没事。

那摩佛报知鳌拜，鳌拜道："如此办理很好，人大心大，主子现在也不比从前了。"

次日朝罢，将要退出，康熙帝忽道："朕今日还有几句机密话要跟你讲，尔可随朕进宫来。"

鳌拜道："主上有谕，奴才就在此间恭聆就是。"

康熙帝道："就为有所未便呢。如果尔不得暇，朕就幸尔私第也好。"

鳌拜见这么说了，只得道："奴才遵旨入宫聆训是了。"

康熙帝道："朕候着你就是。"说着退朝去了。

霎时已到巳末，鳌拜见所约的时刻已到，就坐轿进宫来，护卫人等都在宫门外等候。鳌拜翎顶袍褂，踱进乾清宫来。只见康熙帝已经笑吟吟地候在那里，鳌拜遵照规矩，除下了大帽，跪下叩头。

康熙帝道："你是先朝顾命大臣，辅了这许多年的政，辛苦得很。现在朕想亲政了，你上了年纪，也该歇歇了。尔瞧好么？"

鳌拜碰头道："皇上亲政，奴才非常快活，为的是奴才肩头要减轻不少的担负。但是奴才受章皇帝付托之重，就这么半途卸肩，使皇上亲政，在知道的，自然说是皇上体恤奴才，在不知道的，只说奴才是贪懒，不肯担负重任呢。就为这一个缘故，仰恳圣明，原谅亲政这一件事，至少总要俟皇上大婚之后才谈。眼前奴才不怕皇上见怪，还未敢遵奉呢。"

康熙帝道："你竟不肯遵奉朕旨？狂妄的奴才，胆大已极。人来，给我抓！"

鳌拜才待逃走，两壁厢走出一百多名小太监，蚂蚁攒螳螂似的，立刻擒住了。鳌拜大喊："奴才无罪！"

康熙帝道："你这厮眼睛中不知有主子久了，今天抓下你，朕也并不要过分为难，不过使你两个眼珠子认识认识主子罢了。"

鳌拜顿口无言，康熙帝喝令把这厮捆了。小太监立刻动手，把鳌拜裹粽子似的，捆了个结实，吊在偏院里，派人看守。一面宣旨，鳌拜专权妄上，业已拿下，即日亲政。

蛇无头不行，鳌拜一拿下，众奸党就都不敢发动了。康熙帝命王公大臣议他的罪，一面命康亲王杰书审问鳌拜。原来康熙帝见那摩佛做了领侍卫内大臣，知道侍卫已都不能用命，忙派心腹内监出外习艺，艺成回宫，转教各小太监。蓄心已久，用在一朝。任鳌拜再奸横点子，总着了道儿。

当下康亲王杰书奉旨勘问鳌拜，细心推审，问出罪状三十款，据实奏闻。康熙帝亲自鞫问，情真罪当。满汉各大臣都请按律治罪。康熙帝道："朕躬亲政，颁诏大赦。该鳌拜罪大恶极，原在十恶不赦之列，自难遽邀宽典。唯念他究竟是顾命大臣，且宣力先朝，不无微劳足录。他虽自绝于天，朕心究有所未忍。特宥其一死，从宽革职查抄，仍行拘禁。伊子那摩佛也加恩免死，伊弟巴哈在朝效力有年，加恩免其查抄，着革职为民。伊姐弟穆里玛，伊侄塞本得，伊党班布尔善、阿思哈、噶褚哈、泰必图、讷莫助恶为非，罪无可逭，均着革职查抄，斩立决办理。"谕毕，即令内阁拟旨。可怜赫赫鳌拜，就此收场结果。当下康熙帝办过鳌拜之后，细究党羽，朝廷斥逐一空，满汉文武换去了几及大半。

这一年特开恩科，平湖陆陇其果然上京会试，就中了进士。到殿试这一日，康熙帝因新惩鳌拜，钦命策题，颇注重于法治。各新贵无不仰承风旨，一味地将顺百倍地颂扬，偏这陆陇其谔谔不阿，正言匡救。其辞是：

> 法者治之迹，而非所恃以为治也。为治而专恃法，自古及今，未有能治者。臣非欲陛下废法而治也，窃以为法之及人也浅，德之及人也深，法之禁人难，教之禁人也易。今日之治，苟非崇德教以正人心，虽日议法无益矣。伏愿陛下日新其德，以尧舜禹汤文武之心为心，以尧舜禹汤文武之学为学，有弗言，言则必使天下共法也；有弗动，动则必使天下共则也。于是务敦教化，一如古者司徒党正三物六行之制，尽其实勿徒徇其名。天下之人既动于上之德，而又习于其教，自然相渐以仁义，相尚以忠厚，相劝以正直，不待法之驱，而人皆有君子长者之风。由是立法以兴利，莫不安于上之所兴；立法以去弊，莫不安于上之所去。使不先正人心，而徒恃区区之法，议法者日益精，而刑法者日益巧。法之弊未有已也。虽然，臣犹有进焉，人之相遁于法也，始于其心之不正，亦由于用之不足。书曰，凡厥正人，既富方谷。管子曰，衣食足而礼义生。今之大吏，禄薄不足充其费，则思借法以自肥，小吏俸微不能养其家，则思干法以为奸。其罪可诛，其情可悯。是在陛下仿古待臣之礼，稍重其禄，使有以自给，而又定其车舆服饰之制，宫室饮食之节，勿使耗于无用。夫既有以养之，又无以耗之，则皆充然有余，自然奉公守法，竭心

**195**

力以效忠于上。然后德教行，人心正，而郅治可复也。

康熙帝把他定在二甲里，用了个知县。这陆陇其字稼书，为当时清官第一。后来从祀孔庙，成为清朝圣人。这都是后话。

却说康熙亲理万机而后，朝政一新，天下已都想望太平。偏这小尧舜还博访周咨，虚衷延纳。于是众文武纷纷献纳，遂下旨征召山林隐逸，永禁圈地给旗的虐政，昭雪苏纳海、朱昌祚、王登联之冤，都各赐谥荫子。又颁谕十六条，劝诫士民，又特旨封顺治帝的乳母朴氏为奉圣夫人。

一日，有一个满大臣奏请恭谒孝陵，忽然触动圣怀，勾起康熙帝寻亲旧愿。少年天子，想到就要做到，入宫奏明太皇太后、皇太后，言即日出京巡狩，密访父皇。两宫再三劝阻，哪里劝阻得住？降旨命康亲王杰书、安亲王岳乐、顺承郡王勒尔锦、贝勒察尼、贝勒董额、贝勒尚善，同为议政大臣。这六位王贝勒都再四奏辞，康熙帝道："朕欲出京巡狩，朝中不能不有亲信大臣代理，一切政事，尔等都系近支王贝勒，本该练习练习办事，不承望你们这么躲懒，只知道享福，不肯稍费心力，替朕分劳。终不然朝廷费了这许多钱粮，白养你们一辈子不成？"

杰书道："皇上要出京巡狩么？此刻天下初定，帝德维新，以奴才等愚见，圣驾似乎不宜轻出。"

康熙帝道："朕之出巡，并非为闲逛，实有不得已之苦衷。况此事业已奏明太皇太后、皇太后，势在必行，理无中止。你等不必模仿汉人的好名，多言渎奏，只要恪遵朕旨，同心议政，寻常政事，准你们便宜办理，事后奏闻。倘遇大事，可专差行在，请朕的旨。"

杰书等见康熙帝意旨坚决，不敢多言，遂各碰头谢恩。

贝勒察尼道："圣上巡狩，奴才很不放心。奴才万死求恩，求准许奴才随扈。"

康熙帝道："你要随朕出狩，这是什么意思？"

察尼碰头道："奴才不敢稍萌他念，扈驾出京，不过尽奴才一点子愚

196

忠罢了。"

康熙帝道："很可不必。这么吧，你等六人中，五人留京，拣一个随朕去。只是都是朕的股肱，谁该去，谁不该去，朕要指定一人，你们又说朕是偏心，这便如何呢？"

欲知究竟谁得扈驾，且听下回分解。

# 第十六回

## 圣天子操弓射鹰人
## 大富翁开馆修明史

话说康熙帝决计出京巡狩，贝勒察尼要求随扈，康熙帝说了一番话，杰书道："留京与扈驾都是主子的恩典，奴才等绝不敢有别的话。"

康熙帝道："那么就叫勒尔锦跟了朕去吧。"

勒尔锦听说，立刻跪下去，叩头谢恩。康熙帝道："副都统佟国瑶是西屋里额驸佟养性的孙子，英雄出众，拳技过人，叫他带领侍卫，即在驾前照料。"

勒尔锦道："佟伯爷的箭本是八旗闻名的，人家都称他为神箭手。主子叫他保驾，真是万无一失。"

康熙帝点点头，当下择定三月初七日出京，驾幸五台山。到了这日，排齐大驾，所有旌旄伞扇卧瓜立瓜等仪仗，一概摈除不用，不过是驼仗马仗，御营禁军，扈驾大臣侍卫内监人等，簇拥着康熙御驾，缓缓出发。留京大臣满汉文武，都各送出京城三十里，经康熙帝谕令回京，方才回去。这一回皇帝巡狩，是大清朝开国以来第一次，所过之处，经地方官先期出示晓谕，因此百姓们瞧热闹的倒很不少，不过不敢逼近御道，远远地站着瞭望罢了。

皇帝巡狩，原是按站而行，每日多或七八十里，少止四五十里，各处官迎官送，各镇武官并率兵保护，都各送出汛地才罢，因此在途很是迟滞。这日车驾从涿州起行，才走得十多里路，忽见一只遮天大鹰，乌云似的一朵，在驾前不住盘旋。康熙帝认得就是父皇宫中旧物，失去的海东青。遂在辇中传出旨意，上面那只飞鹰给我捕下。驾前内监急忙飞步传旨，护驾将军佟伯爷佟国瑶听到圣旨，就马上答应一声，回顾众侍卫道："诸位，听得旨意么？诸位的箭法，本都统是久慕的。圣驾在上，大家辛苦点子，务把此鹰打下来，也显显诸位的能。"

众侍卫齐道："某等自当竭力。只是鹰飞得那么高，射不中时休笑话。伯爷是神箭手呢。"

内有一个侍卫道："任如何大胆，断不胆在伯爷跟前卖弄弓箭。"

佟国瑶道："这是君事呢，又不是比赛，哪里谈得到卖弄两个字？"

众侍卫听说，就有十多个从肩上卸下角弓，执在手中，向腰间箭壶里抽出箭，搭上弦，望准了那鹰，嗖嗖嗖地射将去。叵耐那鹰灵不过，任你瞧得如何准，箭到将近，一侧身就过去了，射了个空。

佟国瑶见众人射它不着，一时性起，取出自己那张祖遗的嵌金盘龙铁胎角弓。这一张弓是佟姓传家之宝，还是佟国瑶的祖爷爷佟养性攻打辽阳时，清太祖赐下的，传到佟国瑶已经三代。当下佟国瑶执弓在手，拔出雕翎，扣在弦上，但见他左手如托泰山，右手如抱婴孩，弓开如满月，箭去似流星，驾箭离弦，直向大鹰射去。佟国瑶究竟厉害，射的是连珠箭，一箭才去，一箭又发，接二连三，险些就要射中。偏这鹰见鹰箭射到，把双翅一鼓，冲天而上，飞起有三五丈高，箭就不及了。佟国瑶箭法虽神，竟也奈何它不得。停了弓箭，仰着脑袋呆瞧。这鹰偏会逗人，见你停了射，就渐渐降下来，众侍卫又一齐发箭，左旋右转，哪里射得它中？佟伯爷一出手，鹰又冲天飚去，停了手，它又下来。如此忽高忽下，忽去忽来，引逗得众人欲擒不得，欲舍不能。

康熙帝取千里镜向上一瞧，只见鹰上还骑有一个人呢。暗忖何处妖人这么放肆，遂放下千里镜，叫近侍取过御用弓箭，康熙就在辇中发出一箭。不意那鹰竟会迎上来，鹰背上的人举手一接，就把那支御用金箭接在手中，向空翱翔，眨眨眼就没了影踪。佟国瑶与众侍卫都各称奇不止。

你道这鹰背上跨坐的人是谁？原来就是黑侠黑衣女僧。这黑衣女僧从峨眉山赴会回来，听得人家讲说浙江湖州地方出了一件大案，被累入狱的百数十家，真是愁云遮天，惨雾匝地，不禁动了侠胆义肝，立刻跨鹰南行，到湖州来查办。

　　原来湖州地方有一富户姓庄，宅逾十亩，田连阡陌，号称庄百万。共有东西两宅，东宅的主人名叫庄廷鑨，西宅的主人叫庄廷钺，原是同胞兄弟，外人因便于称谓起见，就称他为东庄西庄。东庄以经商起家，西庄以盘剥致富。东西两庄都是家财豪富，大腹便便，却偏都一窍不通，于文字没有因缘的。西庄还有自知，还肯安分藏拙，偏这东庄很喜欢假作诗文，卖弄文墨。人前谈吐偏喜引些牛头不对马嘴的书句，登临游赏，偏喜诌几句半似俚歌半似诗的句儿，题在雪白的粉壁上，不怕人家见了作呕。在家无事，便把那唐诗宋词，提起嗓子，别字连篇地狂喊。人家见他这么自讨苦吃，很属可怜，不知他正自得其欢呢。

　　看官，这也并不是东庄一人如此，大凡人情无不喜装幌子，爱门面，只要瞧愈是贫人愈喜在人前卖弄有钱，衣服求入时，举动务极阔绰，动不动摸出一大卷钞票炫人的，不必问得，总是贫人。他的宝产尽在于此。为的是贫人唯恐人家知道他的贫，所以要竭力卖弄有钱。在人前谈天说地，信口开河，某贵人是旧交，某富户是新知，朝贵某人是什么出身，当道某公是因何发迹，言之历历，如数家珍的，定是热衷富贵而身极坎坷的，因他所讲的人，一个也不曾认识，无非借来卖弄卖弄阔绰，恐吓恐吓人家。拍照时执书卷，一望而知是不识字的人，行市上西望东张，就可决其来自乡间之客，谈兵论剑，总是书生说嘴，郎中必无好药，富人忽谈节俭，其家势已中落，壮士忽议卫生，其身已见衰征。这么瞧来，庄廷鑨的假作诗文，原不足怪。彼时一班文人墨客，都喜欢跟他结纳，因此东庄宅中座上客常满，樽中酒不空，大有孔北海的豪举。

　　一日，来一个朱秀才，拿来一部稿子，要抵借白银千两。庄廷鑨道："什么东西要抵借这许多钱？"

朱秀才道："这是一大部明史稿子，是先文恪公的遗作。先文恪在前朝当国，久值史馆，著有明史。举凡大经大法，早已笔之成书，刊行于世。这是《列朝诸臣传》，是文恪公最后的遗笔，没有刊过。现在为家境所迫，暂向人家抵几个钱用用。"

庄廷鑨知道朱文恪公是明朝宰相，极负时举的，既是他的遗作，必不会错的。遂叫留下，瞧过了再议，约定日期而去。

朱秀才去后，东庄就把此稿给予几个好朋友阅看，那几个好朋友一个是姓茅名元锡，是归安孝廉；两个是明经，一叫吴之镛，一叫吴之铭，是同胞兄弟，都是很有文名的。当下两吴一茅见了这部史稿，都和击节叹赏，异口同声地劝主人抵下。

庄廷鑨道："他要抵一千两银子。我想一千银子就一千银子，只向他商量，索性买下，不必说抵。这注钱就作为买价，看是如何。"

茅元锡道："商量得通最好，本地前辈的手泽，落在本地人手，省得漂流到别处去。"

庄廷鑨道："我倒并不为保存前辈手泽起见，花一注银子买下来，我是别有作用呢。"

众人问他有何用意，庄廷鑨只是笑。茅元锡道："我知道了，庄君敢是竟要花赀刊刻么？"

吴之铭道："也是件大好事，刊起来庄君大名也好刊上，说是参校的，再加一篇序，此书决然行世。庄君的大名也好并传不朽了。"

庄廷鑨笑道："那也只好再说罢了，怎知他肯卖给我不肯？"

吴之镛道："朱秀才穷得没饭吃，那是再没有不肯的。"

到了这日，朱秀才来要回信，庄廷鑨满面春风地应酬，留他喝酒。席间商量，要买这一部稿子。朱秀才顾全面子，只肯抵不肯卖，东庄又只顾买不愿抵，后经众宾客劝说，抵尽管是抵，立约半年为期，逾期不赎，听凭没收。就此成交，抵了下来。庄廷鑨如获至宝，快活非凡。

这件事传到西庄耳朵里，庄廷钺笑向家人道："我们哥哥真是个书呆子，花了上千银子，买几本字纸，要来做什么？还这么得意。要是把这银子放给人家取利，一年中也有不少的利息呢。"

也有人把西庄的话告知东庄，东庄笑道："吾弟身无雅骨，开出口来就是俗不可耐。他何尝知道名山著作，比了什么都要尊贵。但等我事成之后，纸贵洛阳，名满海内，他才知道。"

众宾客自然随声附和，庄廷鑨道："替人家刊书，也很不值。我想不如换掉他的名字，只算是自己做的。"

吴之铭道："此书褒贬确当，定然寿世无疑，庄君窜上己名，决可名垂宇宙。只可惜大明一朝，还不曾全，终是缺陷。倘然补上崇祯一朝，那就是完璧了。"

庄廷鑨道："此话诚然，那是一定要补的。我想这件事就拜托了老哥，就费心给我补起来如何？"

吴之铭道："是否讲的就是补崇祯一朝史事？"

庄廷鑨道："是的。"

吴之铭惊道："补撰一朝国史，责任何等重大？我一个人如何敢担任？"

庄廷鑨道："此事不易办么？"

茅元锡、吴之镛、吴之铭见他这么颟顸，不禁都笑起来。庄廷鑨道："你们笑什么？"

茅元锡道："你不知道，也不能怪你。修史的事先要开设史馆，广延天下名士，采访各种旧闻，分任编撰，才能够成书。"

吴之镛道："只要瞧修两部县志，何等繁杂，岂有国史倒这么易的？"

庄廷鑨道："我与此道，本属茫然。现在重重拜托你们三位吧。"

三人应诺，于是东庄宅中就开起史馆来，广延名士，优给馆谷，修撰明史。江楚知名之士无不应聘来湖，足足修了一年，方才脱稿。庄廷鑨大喜，特设盛筵宴客。

欲知后事如何，且听下回分解。

# 第十七回

## 吴县令上京告密
## 谭府尊奉令拿人

话说庄廷鑨明史撰成，大宴宾客，正要雇工刊版，忽报朱秀才来拜。庄廷鑨急忙出见，见面之下，朱秀才就道："兄弟前因急用，抵在尊府的那部稿子，敝族人众都说是先文恪手泽，确是传家之宝，万万不可失落在外面，都责兄弟即日赎回。兄弟没法，只得到府来商量。"

庄廷鑨道："老兄来意，是否要备银取赎？"

朱秀才道："是的。"

庄廷鑨听了，不禁大惊失色，暗忖我各事俱备，只待发刊，你来赎了去，我这钱财心思不都白花了么？

遂又替他商量，甘愿加价买下。做好做歹，磋商了好半日，加上银子五百两，才得绝买下来。这件事办结之后，庄廷鑨很是欣然，于是雇齐刻工，一面开雕刊版，一面恳求名人作序。乱了一年有余，全书版子堪堪雕齐，打出红样，请各名士精心校对。

一日，又有人送来礼部侍郎李令晳序文一篇，庄廷鑨大喜过望，向众宾客道："一经品题，身价十倍矣。"

众宾客都道："此书刊出，庄廷鑨三个字就此万古不朽了。"东庄自是欢喜。

参校了一两个月，序文也刻上了，印出样本，又送交各前辈重校。校出错字，重行补刊，印刷成书，装订完毕，庄廷鑨自己瞧了也万分得意，自谓千载而后，定与子长、孟坚齐名了。于是又肆筵设席，大宴宾客。各位参校的，每人赠送两部，又遍赠亲友，不意一念好名，就酿成灭门大祸。

此时湖州府归安县知县姓吴名叫之荣的，为了桩什么事坏了官，百计钻谋开复，不得路子。现在瞧见了这部新刊的明史，就细心翻阅，从洪武到天启，二百数十年的事实，大致楚楚，还没什么破绽。瞧到崇祯一朝，见很多指斥清朝的话语，拍案狂喜道："我的官运通与不通，都在这部书上。真是好书，毕生穷通，尽在于此，尽在于此。"

又见序文中所称旧史朱氏，心中一动道：南浔富翁朱佑明，跟我嫌隙甚深，他这么大的家计，通只借得他两千银子，一得我罢官之信，就来逼索。向他求情，白费去千言万语，只是不允。只得写了期票，约期还他。不这么，他还要把我扣住了，禀官押追呢。想我在任时光，他跟我往来热络，何等要好，一朝失势，就这么反面无情。现在天幸有这么一个好机会，我何不把他带上一笔，说这旧史朱氏就是指朱佑明呢？

主意已定，遂用心撰状，告发庄廷鑨私撰明史，指斥本朝。朱佑明助恶诽谤，颠倒是非。撰了一镇日，删改数四，誊录清楚，一叶扁舟，径上杭州告发。一路盘算，我这一张状子，到将军衙门投递，还是巡抚衙门投递？算来算去，将军是满洲官，总比汉官尽忠一点儿。巡抚虽是大员，究竟是汉官，难保其不包庇汉人，还是投递将军衙门，较为妥当。想到这里，一个人在舱中乐起来，不禁狂笑道："只要此状一准，我的官职稳稳地就开复了。朱佑明这厮也救死不暇，休想向我索债，我这两千两银子稳稳地不必还人了。哈哈哈……"狂笑不已。

摇船人在艄上摇橹，见坐船的蓦然狂笑，只道他发了疯，忙唤道："吴老爷，吴老爷！"

吴之荣问："做什么？"

摇船人道："老爷怎么这么的乐？"

吴之荣道："我老爷不日就要复任，再做归安县知县了。"

摇船人道："老爷复任快活，只是难为了小的。老爷乐，小的可要哭了。"

吴之荣道："什么话？敢是你不许我复任么？我老爷复了任，第一个就要办你。你叫什么名字？"

摇船人道："吴老爷，我哪里敢不许老爷复任，只是老爷在舱中狂笑跳脚，小的这船板是木头做的，不很坚实，跳穿了小的不要哭了么？求老爷足下留情，跳得轻一点子。"吴之荣听了，不禁失笑。

当下一帆风顺，船抵杭州，停泊在斗富三桥。吴之荣并不另行住店，就耽搁在船上，叫摇船人做菜煮饭，饱餐了一顿，藏了状纸，上岸径投旗营将军衙门来，叫摇船人携了个衣包，跟在后面。将要行到，吴之荣通身更换衣服，穿上外套，戴上顶帽，脚上本来是靴子，金顶辉煌地走入将军衙门。

走上大堂，早有个佐领官拦住，问做什么。吴之荣道："我是前任归安县知县吴之荣，有机密大事，特来告发，要面见将军，望代为禀见。"

佐领问："有手本没有？"

吴之荣从靴筒里取出手本，交于佐领。佐领接着进内，好一会子慢慢地出来，说一声"传见"。吴之荣跟着他曲曲弯弯进去，只见将军松魁光着头，身上只穿一件箭衣，扣着个硬领，摆摆摇摇地出来。吴之荣抢步上前，按照满洲礼，请了两个安，然后说明原委，呈上状子，并明史一部。

将军点点头说："我知道了，你退下去，静候批示吧。"

吴之荣不敢多说，只得告辞退下。在杭州静候了三天，不见动静。又候了两日，依然杳无消息。天天到将军衙门探听，心下很为焦急。奔走了六七趟，才奉到批语，只见批的是：

状悉，案关私撰逆书，指斥昭代，虚实均应彻究，已移巡抚部辽核办矣。此批。

吴之荣奉批大喜，立刻下船，命开船回湖州来，且暂按下。

　　却说庄廷鑨自从明史刊行而后，声名鹊起，无论新知旧友，遇见了总万分地祝颂，说他是腐迁复生，孟坚再世。廷鑨也趾高气扬，自觉比他人高起一寸。久假不归，终日宛如在云里雾里。

　　一日，门上飞报乌程县学里老爷来拜，廷鑨急忙出接，接到里面，尚未坐定，又报归安县学里老爷来拜，庄廷鑨重又出接，一时接入两位学官，归了座，庄廷鑨道："两位老师倒得暇来逛逛。"

　　乌程学官道："我们来拜望，为的是奉公差遣，大宗师的公事，不得不来查问几句。"

　　庄廷鑨道："学宪委查，是什么公事？"

　　归安学官道："有一部新刊明史，是不是庄兄的大作？"

　　庄廷鑨听到这一句话，面上顿时露出得意的神气，连应："是的是的，敢是学台大人有信来要一部么？"

　　乌程学官道："这一道公事，怕庄兄见了要不快活呢。"说着，靴筒里取出公文，递与庄廷鑨，接来一瞧，见上写着"浙江全省提督学院胡，案奉浙江巡抚部院朱，咨到杭州将军松移文，据前任归安县知县吴之荣禀称云云"，瞧得才及一半，已经面如土色，浑身瑟瑟抖起来。瞧了个完，就向两学官双膝跪倒，碰头道："监生的身家性命，都在两位老师手里，务求老师援救则个。"

　　两学官齐道："大宗师的公事这么严厉，如何办理呢？"

　　庄廷鑨不住地跪求，正这当儿，外面走进两个人来，向两学官打恭道："门生等都已听明白，此事只求师台仁慈援救。"

　　乌程学官道："庄兄请起来，大家从长计较，尽跪着也没中用。弟等能够帮忙总帮忙，能够设法总设法。"

　　庄廷鑨道："两位老师救了我庄廷鑨，倾家孝敬也甘心。"

　　归安学官道："总好商量，弟等也巴不得没事呢。"

　　庄廷鑨爬起身，回头见进来的两人就是吴之镛、吴之铭兄弟两个，遂道："两位哥，我现在方寸已乱，拜恳两位替我求两位老师想一个挽救的法子。"

乌程学官道："我们是无有不可商量的，将军、抚台、学台这三处大衙门的打点，数怕不小呢。"

庄廷鑨道："花几个钱我是不算的。"

归安学官道："有了钱就好办事了。但是你这个祸根子总要除掉。"

吴之铺道："是不是这部明史的版子？"

归安学官道："是的。"

吴之铺道："索性爽爽快快一斧子劈掉了，省得留着害人。"

乌程学官道："劈掉不很好，这部书我也瞧过，不过崇祯一朝的事改一改就是。"

庄廷鑨道："照此是了。"

当下庄廷鑨大大花钱打点，天大的官事，地大的银子，真是不错。两学老师送了五千银子，一个学台那里送了一万，抚台也送了一万，杭州将军没有路子，只找着了将军衙门的幕友程维藩，送了他六千银子，托他帮忙，一面将书中指斥的话，尽行改掉重刊，满地风波顷刻就风平浪静。

吴之荣见计不能行，奋然道："路极无君子，无毒不丈夫。一不做二不休，索性到京中去再告。"

主意已定，特到坊间觅得初刊本，购了一部，做好状纸，搭粮船上京。在路无话，一到京师，借了个客店住下，就雇车到刑部衙门告状。刑部准了状，这件事就弄大了。次日刑部尚书就具本奏闻，奉旨特命刑部侍郎沈祥为钦差大臣，到浙江办案。

这一个风声传到浙江，庄廷鑨恰好患病在床，病得异常沉重，经这一吓，就此呜呼哀哉，归天去了。钦差到了浙江，为是钦案，格外的严厉风行。行牌湖州府，指拿钦犯。湖州府知府谭希闵，到任通只得半个月，于此案情形都不熟悉，见牌上姓名，除主犯庄廷鑨之外，作序的李令晳，参校的茅元锡、吴之铺、吴之铭，同犯朱佑明，犯弟庄廷钺，以及刻工人等，共有八九十名。叹息道："真是本朝第一件大案，累的人真不少。事关钦差指拿，本府又无能为力。"俄延了好些回，没有善法，只得公事公办，立委乌程县知县亲自去拿。

乌程县率领衙役，到东庄宅中，西庄庄廷钺得信出来迎接，言明庄廷鑨身已作故，取具结切，又令四邻具了结切，乌程县就叫把庄廷钺带住了。再拿茅元锡时，回茅元锡大挑用了知县，已到河南朝歌县上任去了，只把吴之镛、吴之铭带住，再把牌上有名的刻工人等拿住了三四十个，到府衙销差。

欲知湖州府如何发落，且听下回分解。

# 第十八回

## 沈侍郎亲鞫明史案
## 朱老儿充发黑龙江

却说乌程县知县拿到庄廷钺、吴之镛、吴之铭一干人犯并三四十个刻工，亲自押解到府，湖州府知府谭希闵逐一点名收下。差官道："钦差大人吩咐过，请府尊委派干员，帮同押解到省。"

谭知府应诺，遂委推官李焕押解上省。李推官领了凭文，陪了差官，将一起人犯押下了船，就此起解。水程平稳，一帆风顺，一两天工夫就到了。这日到了杭州，李推官上钦差行辕禀见，交卸了人犯，领了回文，自回湖州销差去了。

这里钦差沈侍郎亲自升堂审问，先提上庄廷钺，问过姓名、年岁、籍贯之后，问道："庄廷鑨是你何人？"

庄廷钺回："是民人的哥哥。"

问："是同胞不是？"

回说："是的。"

沈侍郎道："这部明史是庄廷鑨做的不是？"

回道："民人不很仔细。"

沈侍郎道："尔与庄廷鑨既是同胞兄弟，哪有不知之理？"

庄廷钺道："这里头却有一个缘故。民人与胞兄分房各餐，已经多年。民人住的是西宅，胞兄住的是东宅，平日没事不很往来，因此胞兄做的事，民人一概不知。"

沈侍郎道："招工刊版，刷印成书，那么大的事，聚了这许多人，闹了这许多日子，你虽分居别宅，究竟在一块地方，又不隔了千山万水，你既具有耳目，岂无闻见？如何好说一概不知？讲来！"

庄廷钺碰头道："大人在上，民人专心家务，素不多管闲事。对于文字一层，因性不相近，更不喜过问。听得胞兄家里招人刻版子，刻的什么版子，什么书名，民人都不很明白。因素不喜文字，不曾问过胞兄，胞兄也从未向民人提起过此事。"

沈侍郎道："庄廷鑨家招工刻书，你是知道的？"

庄廷钺回："知道的。"

沈侍郎道："知道的就是了。"遂命招房把写就的供词叫他画押。画过押即命带去监禁。顷刻上了刑具，押向监中去了。

第二提问吴之镛、吴之铭，两人一个是副榜，一个是拔贡，都是有功名的。金顶煌煌地上堂参谒。沈侍郎道："你们既读孔孟之书，应守周公之礼，为甚帮助庄廷鑨私撰明史，诽谤圣朝？"

吴之镛道："副贡不过跟着众人参校，并不曾有一字的撰述。"吴之铭也是如此供述，沈侍郎都叫画了押。

再问朱佑明，朱佑明本是个安分良民，胆极小的，生平从未见过官府。现在见了钦差大人法堂，那么威严，那么声势，吓得他只是抖，哪里还能够讲一句话？沈侍郎只道他是心虚，拍着案问得更严厉。朱佑明吓得更是一个字都不能说了。

沈侍郎也道："本大臣问你话，听得不听得？"

朱佑明道："小人犯的何事，小人自己也不曾明白，叫小人从何说起？"

沈侍郎道："庄廷鑨那部明史，你是原作手。现有人把你告下，你到底几时做的？供来。"

朱佑明道："小人不曾做过，什么叫作明史，小人也不曾知道。"

沈侍郎道："既然你没有做过，那李令晳序文中的旧史朱氏，指的是谁？"

朱佑明道："小人实在不知，叫小人指出谁来？"

沈侍郎怒道："好刁顽的刁犯，谅这么妙手问事，你总不肯供认。给我拖下去，打！"说着，向签筒里拔出朱签，丢向地下，喝令拖下，重责一百板。

衙役见钦差发怒，不敢怠慢，走上两人，把朱佑明拖出，横倒在地，一个按头，一个按脚，执竹板的皂吏便就责打，一五一十地高声喝报记数。一时责毕，提进来再问。朱佑明口称冤枉，始终不肯招认。

沈侍郎瞧见这种情形，心里未免疑惑，传上原告询问，到底序文的旧史朱氏指的是谁。吴之荣道："卑职查得确实，才敢告发。这朱氏确确实实是指朱佑明，如果稍有诬枉，卑职情甘反坐。"

沈侍郎道："朱佑明堂上那种情形，一望而便知是个畏罪情虚的，但是问来问去，没有供状，责打他也是不招，不能不令人动疑。朱佑明到底是否原作手，此中关系极大，不得不问你个仔细。"

吴之荣道："朱佑明这厮异常刁顽，大人不用大刑，卑职知道他总不会招认。"

沈侍郎点了一点头，遂道："刁顽呢本大臣不怕的，就为案关钦奉谕旨，推鞫不厌求详。既然如此，本大臣就用大刑是了。尔做过归安县知县，该犯等都是尔的部民，见闻较确，谅无大误。"

遂叫提上朱佑明，朱佑明一步一拐，走上法堂，向上跪下。沈侍郎道："朱佑明，本大臣已经查问明白，明史的原作手确然是你，你不招认，本大臣就要用大刑了。"

朱佑明吓得几乎哭出来，把头碰得山响，口呼冤枉不止。沈侍郎大怒，喝令"快取大刑来"。左右答应一声，立刻取上夹棍，向堂上一丢，铿然一声，三根坚木丢在地上，喝问朱佑明招不招，不招就要动刑。

两旁衙役都道："朱佑明，劝你招认了吧。你是要尝试夹棍滋味么？"

朱佑明道："我茫无所知，叫我招出什么来？"

上面沈侍郎拍案喝令快动手，就有役人扶下朱佑明，褪去了鞋袜，把他两足套入了夹棍。沈侍郎喝问道："招么？"

朱佑明道："青天大人冤枉的。"

这朱佑明是南浔富翁，家有巨万家赀，锦衣玉食，享用惯了的。这种酷烈的刑具，哪里尝试过，双足才一插入夹棍，痛得他两泪交流，咬牙不止。两旁服侍他的人笑问："朱佑明，咱们这么地服侍你，舒服不舒服？自在不自在？"

朱佑明哭呼青天，沈侍郎道："问他招也不招，不招还要收。"

衙役喝问："听得么？大人吩咐还要收呢。快快招认了，免得受苦。天那么的高，那么的大，哪有工夫管你这种闲事，哭死也没用。"

朱佑明到此时光，知道不招不行，只得依官所问，一一招认。画过押，上了刑具，监向牢中去了。

第一日就只审这几个人，次日再提问书中列名的各犯。这一件大案足足熬审了十天，方才审结。定了七十多个人死罪，三百多个人军罪。凡是刊版的、参校的、贩卖的，尽都办了个死罪，只有海宁查继佐、仁和陆圻，当此案初起时，就具禀拔尖儿，说是廷鑨其声名，列之参校，其实并未预闻，遂得脱罪。正犯庄廷鑨已死，戮其尸，其他庄廷钺斩立决，朱佑明并其五子斩立决，作序的李令皙并其四子斩立决，其余参校刊版贩卖各犯，都是死罪，家产尽都查抄。原审官将军松魁、巡抚朱昌祚、督学胡尚衡，尽都具本纠参，朱抚台、胡学台得着此信，也慌了手脚，急忙微服来见，恳求设法。花去不少的钱，才得把过推诿在初申复的学官身上。难为了归安乌程两县学官，都得了奉旨正法的处分。朱巡抚、胡督学总算逃得了性命，将军松魁同了幕友程维藩都上了刑具，解到京师。松将军为是亲贵，在八议之列，不过革职了事，程维藩却斫掉在燕市。

最可怜的是礼部侍郎李令皙，为了一篇序文，满门受戮。他的幼子年才十六岁，问官叫他减供一岁，照例可以免死，减一等充军。那幼子道：

"我见父兄都死，不忍独生。"不肯改供而死。

最冤枉的是湖州府知府谭希闵，到任才只得半个月，说他是隐匿不举发，与推官李焕都得了个绞罪。

此案中得意的就只原告吴之荣一个，就此起用，并奉恩旨，即以罪犯朱佑明产业，赏给与管业。

黑侠在京闻讯，义愤冲天，跨坐大鹰南下，亲自探问。行抵苏州，恰遇见白发萧萧的两个老人，一个是老头儿，一个是老婆子，都穿了红布衫，铁锁银铛地起解充军。黑侠心下诧异，这么大年纪，火性早该平了，怎么再会犯下这么的重罪？不禁下地，收了鹰，向旁人打听。人家瞧见一个黑衣姑子，调弄那么一只大鹰，都很奇怪，围拢来瞧热闹。

黑侠问起充军的一对老人，才知这老人姓朱，家住阊门内，左邻是一家书坊，祸事就为书坊而起。一日，有一个主顾叫李尚白，来书坊买一部明史，恰巧开书坊的不在家，这李尚白原是浒墅关的关员，带来一个关役，见坊主人不在，遂叫关役候着，自己因有他事，别处去了。关役候了半日，不见坊主人回来，闷得慌，遂步踅过朱老家闲谈，谈了一会儿，主人回来了，朱老招呼道："有买书主顾在这里呢。"遂陪了那差役踅过书坊来。瞧过书，争论价目，主客各不相让。朱老瞧不过，两面劝说，判定了价，成交而去。不意逆书的案一发觉，购书的李尚白、携书的关役、贩书的坊主人全都斩首示众，朱老两口子不合朱老多事，代判了一句价，成立了个从犯之罪，照例绞监候，姑念年逾七十，减一等充发黑龙江。所以此刻老夫妇两口子穿了红布罪衣，铁索银铛地起解。

黑侠打听明白，眉轩目动，义愤之气从眉梢眼角直露出来，再也藏敛不住。因市间耳目众多，不便驾鹰腾空，擎了鹰向山塘走来。行到空旷处所，正要驾鹰起行，不防背后有人笑道："侠义哉黑衣大师，可惜迟了一步。"

黑侠回头，见那人矮矮的身材皤皤的白发，颜如童子，目似明星，声若洪钟，行同奔马，不觉大喜过望，忙道："师兄你也在这里？几时来的?"

看官你道来者是谁?原来就是黑侠的同学白猿老人,江湖上人称白侠的便是。当下白猿老人道:"大师在阊门市上打听朱老发配的时候,不是有一圈人围住了瞧你的鹰么?"

黑侠道:"是的,敢是师兄瞧见我的?"

白侠道:"一圈人中,我也挤在里头。"

黑侠道:"我竟昏了,没有见师兄。"

白侠道:"这也算不得什么,你一个人瞧一圈人,自然难于周到。我们一圈人瞧你一个,自然分外清晰。"

欲知后事如何,且听下回分解。

# 第十九回

## 万里沙漠水贵如金
## 一片侠肠身探入狱

却说黑侠听了白猿老人的话，遂问："师兄几时到此？从哪里来？"

白侠道："新由浙江来此。我早知道今时今日大师必然到此，所以赶来等候，讲几句话。"

黑侠道："师兄敢是卜过神课么？"

白侠道："前日偶占一课，细参课理，知道大师必为某事南下，某日某时定然行经某处。"

黑侠道："师兄的课理是极精极准的，师兄既从浙江来，湖州的文字狱谅总知道，现在我就为此事前去，想把那告发的吴之荣一剑诛掉。"

白侠笑道："我知大师必要义愤，但是吴贼数未当尽，徒劳无益。我候在此间，就不过跟你讲这一句话，劝你不必前往。"

黑侠道："照他的行为，天理难容，怎么师兄倒又阻止我呢？"

白侠道："数之所在，天也不能违，何况你我？如果任性强行，定然不能如愿。要是除不掉他，倒使天下的人耻笑我们剑术不精，岂不多此一举？"

黑侠疲乏："照师兄说来，我们行道也不能够违数么？"

白侠道："天下万事都有定数，就是你我恰生在此世，恰都学成剑术，也是定数使然。大师要是不信数，只要瞧董妃的事。董妃入了清宫，大师

215

与红侠不知用了几多心思，费了几多手脚，试问董妃究竟救出清宫不曾？当时两位的热心，两位的本领，都不必说，就是董妃自己也很愿意出宫。但是究竟不能够出宫，就为是那个数。"

黑衣女僧原是具有夙根的人，听了白侠这一番话，心下恍然，遂问："浙江我不该去，该到哪里去？"

白侠道："为此案横被牵累的人，还有二十多个，都在北京刑部狱中，却可以救得。大师立刻北去，在涿州地方，或有所遇，就可以设法救这一班无辜的人。"

黑侠道："师兄的话是不错的，我遵命而行是了。师兄这几年来在哪里？峨眉天台，好多回没有见你。"

白侠道："到西藏逛了几年，逛得腻了，又到蒙古去。极西极北，无谓的奔波，直到此刻才回来呢。"

黑侠道："蒙古那地方我也去过，一片都是沙漠，有水草的地方，驼马成群，那边的人真厉害，小孩子都会跨光背马，日走数百里，不曾叫过一声辛苦。旁的都还罢了，就只吃的东西不惯，羊肉牛肉当作饭，乳酪当作茶，佛门弟子也没一个茹素的。我就为这吃的东西不惯，住不多时就跑回来。"

白侠道："我对于吃东西一层，倒还可以将就，就只嫌他脏不过。衣服穿污了，洗是永远没有的，所以洁净的人一个也没有。"

黑侠道："蒙古人果然脏得很，但是我住不多时就回来，衣污不洗这一件事，却还不曾知道。"

白侠道："蒙古人真脏，穿上衣服，无论如何污秽，再也不会洗涤。弄到满身积垢时候，也不过脱下来曝在烈日中，晒得皴裂了，揉一下子，拍去垢屑就是了。他们这种办法，就算是洗涤。不过我们的洗涤一个月行三五次，他们这种洗涤一年中不过一二次，为的是积垢不满三五分厚，是晒不皴裂的。"

黑侠道："师兄在那边也不洗涤，也这么晒的么？"

白侠道："蒙古地方清水真矜贵，我要洗涤，没水也难。要学他们这种办法，实在肮脏，实在不惯。我要更换衣服，只有回到内地来。有时到山西，有时到直隶，换了衣服就去。"

黑侠道："师兄现在是不去的了？"

白侠道："不去了。要不是师父的命，那种地方我本来也不很高兴去。"

黑侠道："奇了，师父怎么忽叫你到这荒凉寂寞的地方去？并且此事我们一些儿也没有知道。"

白侠道："就为我那年在南边患了一个软脚病，延医服药，再也不曾治好。后来两个腿竟然肿胀起来，发了急，就请师父诊治。师父说我这个病服药是不相干的，要好除是到蒙古去。到了蒙古住上一年半截，可以不药自愈。我听了师父的话，就到蒙古去了。果然住上半年，病就渐渐地好了。师父说过，蒙古风高土燥，湿病可以不药而愈，真是不错。"

黑侠道："原来如此。"当下又谈了几句话，黑侠跨上海东青，向白侠告了别，展翅高翔，向北飞去。转瞬之间，城郭乡村，已从眼底反奔而去，宛如展览图画，瞬息百里。

行到涿州地方，忽见驼马仪仗，蜿蜒络绎，知道是皇帝出巡，遂在空中打盘旋翱翔。黑侠此时不过是瞧一个热闹，并无其他思想，及至佟国瑶佟伯爷奉旨发箭，众侍卫都各拉弓，黑侠故意将鹰驾得忽高忽低，不即不离，逗他们作耍。果然逗得下面的人往来奔驰，累得一个个浑身臭汗。黑侠在鹰背上暗暗好笑，忽见佟国瑶拉开角弓，发出雕翎，射法很巧妙，急忙躲闪，险些被他射着。暗忖，这鞑子本领倒了得，倘不是我，早吃他射倒了。遂留心翱翔，盘旋了好一会儿，幸喜一箭都没有射着。忽见黄盖御辇中一个白面小子也在那里开弓，那个弓是红漆的，箭杆也是漆着的，弦声一响，咻一支箭，流星似的奔向来，知道那白面小子就是当今皇帝。暗忖师兄白侠曾经说过，到涿州地方当有所遇，可以乘机想法子救那京中刑部狱里二十多个无辜的人。现在皇帝射箭，正是很好的机会，接他一支箭，就可以假传圣旨了。

主意已定，见箭已射到，迎上去一接，接在手中。见箭杆是金漆的，上有几个朱红的满洲字，估量去总是康熙御箭的意思。那箭头也是裹金的。黑侠挟了那支御箭，两腿夹得略紧一点子，那海东青拼命飞冲而去，眨眨眼就没有影踪。下面众侍卫随驾人等，都没有瞧得清楚，只有御辇中康熙皇帝目光尖锐，瞧见鹰背之上，跨有一个人，但是这跨鹰的人是男是女，是僧是俗，还未能分辨清楚。当下君臣相顾，诧叹了一回，也就起驾出发，向五台山而去。暂且按下。

却说黑衣女僧驾鹰飞行，只半日工夫，北京已经在望。行到白莲庵，腾身下降，收了鹰，只听得佛婆笑着出来道："大师回庵了？"

黑侠应道："回来了。"放下了鹰，回顾廊中，见是空槽，遂问："红小姐几时出去的？"

佛婆道："有三天不回来了。"

黑侠问："是跨了骡子出去的么？"

佛婆回说是的，黑侠听了，脸上顿时露出惊异的样子。一时佛婆舀进脸水，黑侠洗过脸，自语道："跨骡出游，总不过在数百里之内，怎么会三日不回来？为什么事绊住了身子呢？"

佛婆送进茶来，黑侠接着喝着，遂问："有人来过没有？"

佛婆回说："有的，是个白须的道爷。红小姐就同那位道爷一块儿出去的。"

黑侠道："那位道爷生得怎么样子？"

佛婆道："生得浓眉大眼，一部银丝般的胡须，长竟过腹，举止飘飘，活似一位活神仙。这位道爷跟红小姐讲了好一会子的话，就同着出去了。"

黑侠听毕，遂叫佛婆收拾了面盆去，自语道："听佛婆讲来，这来的道爷不是我师父剑道人是谁？只是我师父为甚来呢？"想了一会儿，猜测不出，只好搁过。取出金杆御箭，独个儿玩弄了一会儿，藏在禅房中床前台子抽屉里。吃过了斋，就进城去探听刑部狱中的人犯姓名。当下更换了一身簇新的黑衣，背上个小小韦陀，手持大木鱼，口宣佛号，一步一敲，走入城去，径投刑部街来。

清朝最崇的是佛教，所以北京地方和尚姑子比了寻常人，总来得尊贵。无论是谁，对于和尚或是尼子，总不敢得罪的。所以彼时有"在京和尚出京官"的谚语。当下黑衣女僧手敲木鱼，口宣佛号，一步步走到刑部街，就投到一家姓胡的人家来。这一家胡家是在刑部狱中充当禁子头儿的，手里很有几个钱，黑衣女僧跟那家本不相识，现在竟然闯门而入，熟门熟路似的，也不知她几时认识起的。只见她鱼声朴朴，佛号喃喃，闯门而入。偏偏胡头儿不在家，胡头儿的妻子同着女儿接了进去，谈了好半天的话，也探不出什么，只得告辞出外，慢慢地回庵来。

回到白莲庵，默坐静思，暗道：此事只有我亲身入狱，当面探听，才能够探出犯人姓名，一探出犯人姓名，就可以假传圣旨大赦了。主意已定，到黄昏人静，万籁无声，黑侠卸去了长衣，加上紧身棉袄，挟剑飞行，出了白莲庵。一道白光，电一般向刑部狱飞来。何消片刻，早已行到。但见狱门紧闭，沉寂无声。黑侠从上而降，落在屋顶之上，身轻如燕，踏瓦无声，一步步探将去。俯身贴耳，细细听时，猛然间一声愁叹，接着锵锵锒锒铁链相碰之声，知道犯人转侧叹息呢。

走到屋角尽头，见是一个小小天井，纵身跳下，见房屋并没有窗子，都是原根坚木做成的栅子，里面墙上砌成几个小窟穴，安放着一盏油灯，豆一般的亮子，照得满屋黑魆魆怕人。犯人叹息与铁链相碰之声，连连不已。黑侠一闪身，进了栅子，秽气重蒸，熏人欲呕。耐住了逐一瞧去，认到西边一带，有二十三个犯人，是锁在一块儿的，遂用手向为首的犯人一推，轻声喝问："你们为了什么案进狱的，姓甚名谁，详细说给我知道。"

那犯人见问，茫然不知所对，黑侠道："我是特来救你们的，不必惧怕，不必隐瞒，放胆说来。"

那犯人一听，就两泪交流地道："恩人从何而来？请问恩人尊姓大名？"

欲知后事如何，且听下回分解。

# 第二十回

## 五台山众僧议迎驾
## 康熙帝访父到丛林

却说黑侠听了那犯人的话，遂道："我是来救你们的，我的姓名你们不必问得。你们的姓名并犯案的缘由，可快快说与我知道。你们已经入了狱，我要哄骗，狱外的人很多，为甚巴巴地入狱倒来哄骗你们这起可怜的罪犯？很没来由。任再糊涂的糊涂虫，这么一想总也可以明白。"

那人道："恩人，并不是我有甚疑心，因为我等惨遭冤枉，恩人跟我们无缘无故，忽地前来相救，我们受的是千古未有的奇冤，恩人施的又是千古未有的奇恩，问一个明白，我们日后也可以徐图补报。"

黑侠道："很可不必，我素来是施不望报，快休提补报的话。"

那人道："我们是为了浙江明史案牵累的，我叫黄克明，他叫唐赓尧……"二十三个姓名，接接连连都说了出来。黑侠暗记在心，遂道："你们明日可以释放了，但是释放之后，须得隐名埋姓，赶快避到外府他州去，过了一年半载，才得回来。"

黄克明道："蒙恩人搭救，某等无不遵命。"

黑侠探听明白，说一声"我去也"，就没了影踪。狱中黄唐各犯，只道是梦里呢。

却说黑侠飞回白莲庵，远听谯楼才报得三鼓。回到禅房，略行休息，立定主意，次日扮作僧人模样，到刑部去传旨，即以康熙御箭为凭。想到这里，开抽屉瞧看御箭，哪知抽出抽屉，就唉了一声，别的东西都在，只那支金漆红字的御箭不见了。这一惊非同小可，满抽屉搜了一个遍，把抽屉中东西都倒在外面，逐件逐件细看，单单不见了这一支御箭。唤来佛婆，问她："我禅房中东西你动过没有？"

佛婆道："大师的禅房，佛婆从不敢乱闯。自从那年奉过大师谕话，非奉呼唤，不得入房，一径小心遵奉。"

黑侠道："你不曾听得过声息么？"

佛婆回："没有什么声息。大师敢是丢了东西么？"

黑侠道："不错，丢了一件很要紧的东西。"

佛婆道："此间从没有人来过，贼子断然不会有的，别是大师记误了，藏在哪里，错记了地方，也是有的。依我说还是别处地方去找找。"

黑侠道："哪里会错？我此番回来才带来的，就藏在床前台子抽屉里。"

佛婆道："这可古怪了。大师回来才带回，大师在禅房中又不曾离过一步，如何会丢掉？"

黑侠听了，无言可答。暗忖我出去过一回，如何好说给你听。遂道："你去歇息吧。"

佛婆退下，黑侠点了亮，桌上地下，上上下下，前前后后，找了个遍，差不多把个禅房翻了过来，哪里有一个影踪。次日又找了一日，从山门到后堺，没一间不找到，依然不见。

话休絮烦，一边搜寻了三日，已经是绝望了。不意到第三天的晚上，黑侠到观世音像前做夜课，忽见佛前供案之上供着一支金黄的御箭，朱字分明，不是康熙御箭是什么？心想怪呀，这支御箭忽然失去，忽然得来，我这么的本领，这么的眼光，竟一点子瞧不出他的来踪去迹，看来此人的本领在我之上。只是谁呀，再也推测不出。忽又转念，我既有了御箭，明日就去充钦差传旨。

一宵无话，又是明朝。这日，黑侠绝早起身，对镜改扮成个和尚模

221

样，但见她身穿黄色僧袍，腰束丝绦，头戴两头高的僧帽，脚穿长筒紫花布袜子，黄罗单梁僧鞋，手持念珠一串，一望而知是个有道高僧。藏了御箭，大踏步跨出禅房来。

佛婆一见，大吃一惊，忙道："这位师父是哪里来的，怎么在我们大师禅房中出来？"

那和尚只是笑，并不答谢。佛婆发了急，一把拖住道："慢走，咱们大师前儿丢了一件东西，是不是你偷的？"

那和尚开言道："佛婆，是我呀。"

佛婆听了一愣道："谁呀？明明是大师口音，怎么大师不见，偏又是你这位师父？"

那和尚笑道："佛婆连我都不认识了？"

佛婆道："是大师么？怎么这么打扮？一点子都认不出了。"

黑侠道："如今可认出了？我有事出去呢，你在家好好地看守。"

当下黑侠出了山门，大踏步赶进城去。途中绝不耽搁，直到刑部衙门，闯上大堂来。衙役上前询问，黑侠道："我从五台山到此，奉有上谕，可速叫本部尚书快来接旨。"

衙役听说有上谕，哪里敢怠慢，急忙飞报进去。满尚书已经回家，只汉尚书徐同还在衙中，听得五台山僧人奉旨来此，知道必有事故，摆香案接旨。黑侠大模大样，不慌不忙，站在大堂当中，向外而立，宣旨道："奉上谕，刑部狱中监犯黄克明等二十三人，着即加恩开释。该部旨到即行，不得延误。钦此。"宣过旨，即把御箭双手递与徐同道："皇上降旨，即以此箭为凭。"

徐同见是御箭，谅不会错，诺诺连声地称"遵旨"，接过御箭，供在中间，一面款留钦使。黑侠推说要紧回山复旨，不能多所耽搁。徐同问："圣驾已经安抵五台山了？"

黑侠道："怕还未到呢。小僧是奉本山长老之命，出境迎驾的。万岁爷叫小僧到京宣一个旨，现在赶回去，圣驾怕已抵山了。"说毕，随即告辞，匆匆出京而去。

刑部见有御箭为凭，再料不到是假的，就遵旨把明史案的监犯二十三名，全都释放了。暂且按下。

却说康熙帝御驾西巡，明称烧香，暗中访父。带同随扈人等，按站而行。不过在涿州地界，突遇个跨鹰奇人，缠绕了大半日，从此一无耽搁。走了十二三天，五台山已经在望。此时山西巡抚同了提督总兵官，自从御驾入境之后，已经饬官率兵，按站保护，现在又亲自率兵到山迎驾。

五台山方丈大和尚面奉巡抚部院谕话，叫率同阖寺僧众齐到山脚下迎驾。当下方丈大和尚叫监斋僧撞钟，聚集本山僧众，都到戒堂，听候方丈谕话。监斋奉了谕，就到大殿上把那悬挂的大钟喤喤喤撞起来。看官，这五台山本是天下大丛林之一，寺中大小和尚足有三千多人，当下僧众闻钟聚集，高高矮矮，瘦瘦肥肥，挤了一殿一天井，光头攒动，黑压压都是和尚。只因戒律森严，喧哗浮躁之气一点子都没有。只见监斋大声道："方丈有谕，请诸位都到戒堂讲话。"说着遂道："跟我来。"众和尚跟着监斋都到戒堂。

看官，五台山的戒堂差不多有北京保和殿般大小，这三千多和尚聚在里头，并不见拥挤。僧众到了戒堂，鹄立伺候。一时，监寺出来道："方丈出来了。"即见四个小沙弥，徐步出来，前两个手持长幡，后两个手持拂尘，分左右侍立。遂见方丈头戴毗罗大帽，身披红缎金绣袈裟，内衬黄布僧衣，脚上长筒白袜，单梁黄布僧鞋，手中持着锡杖，慢慢地踱出来。猛一瞧时，宛似一尊地藏王菩萨。

方丈升了禅床，堂中僧众都向方丈合士致敬。方丈在座上，不过微微点了一点头，遂开言道："今日抚台特差巡捕官来山传话，说当今皇上即日驾临本山拈香，叫本寺好生预备，谨慎接驾，休得临时错乱。我想本山是著名大丛林，皇上临山又是本朝开国以来第一回的事，吾佛有灵，这莫大荣幸的事，恰是本山逢着。现在该如何预备，才为妥适？从来说一人没有两人智，你们有见识不妨说出来，大家斟酌斟酌，不必拘成例，大职事人不曾开口，小职事人便敢说。事关天子驾临，推究不厌求详，大家尽说吧。"

方丈说完，就是监寺第一个开口道："本山的房屋也还罢了，只消里里外外打扫个干净，还将就得过去。只山门外一带，不能不加丹修饰。寺前的甬道也须修整，上山下山的山路，更为要紧。"

方丈道："那是要紧的，这件事就你去办了吧。"

监寺应了两个是，又道："皇上驻跸本山，行宫一切也须预先筹备，床帐器皿，挂壁的字画，陈设的古董，在在都关紧要。"

方丈道："我想起来了，行宫中张挂的帘子，悬挂的绢灯，灯上都须书字绘画。书画呢，本山都有能手，只是题的句子，总要带颂圣的意思。这一件事，只好我自己来了。现在你尽干你的事去，行宫的事我派知客僧办去。"

监寺应了两个是，自去雇工办理。方丈又向知客僧说了几句话，知客僧道："西禅院房屋虽然不大，精致异常，可以改作行宫。"

方丈道："我也这么想呢。你去收拾是了。"

知客僧就挑选了四十个伶俐和尚，自去收拾行宫，糊裱房屋，陈设器具，安放古董，张挂字画不提。

方丈又叫监斋查看厨房，添办各种精细素菜，预备御斋食品。又叫监院购办布匹，与僧众赶做僧衣，添购僧鞋僧帽。又令众僧勤念经卷，演习迎驾仪注。

此时五台山阖寺僧俗，上自方丈，下至火工道人，没一个不忙乱得发昏。内中只有一人闲散得没事人一般。这一个人在下虽未表明，谅看官们也都猜得到，就是已经出了家的顺治皇帝。偏偏知客僧见他这么清闲，很是气不过，向方丈说了，派他管理器皿碗碟之职。顺治皇帝既在寺中做和尚，自然不能推卸，当下就当了个管理瓷器之职。

这日，正在院中收理碗碟，忽一个小沙弥飞步进来，报道："圣驾已抵山下，方丈请师父随众接驾去。"

顺治帝听说，心里一慌，手里收拾的碗碟一失手，豁啷啷跌在地下，跌了个粉碎。

欲知康熙帝访父到山，父子能否会面，且俟《白侠》书中再行详叙。

白　侠

# 第一回

## 五台山天子降临
## 三千众禅堂听点

话说顺治帝为了痛悼董妃，弃国出家，在五台山削发为僧。不合临走时光留下了诗句，被康熙帝参解了出来，亲政而后，御驾西巡，来五台山密行访父。寺中自长老以下，都忙乱预备接驾，却派顺治帝专司管理碗碟。顺治帝双手正扶着一满盘细瓷古窑碗碟，未及放下，突见一个小沙弥急匆匆进报："皇上圣驾已到山下，长老叫师父赶快更衣，随众下山迎驾。"心里一慌，手中就是一松，只听得哗啦啦乒乒乓乓，满盘细碗碎了个满地。

小沙弥连喊"哎呀"，吓得目瞪口呆，站在旁边。顺治帝依然面不改色，没事人似的笑问："你慌什么？"

小沙弥道："怎么样？"

顺治帝道："碎已经碎了，慌一会子又不会完成。快给我取帚儿来扫去碎片就是。"

小沙弥道："那是古窑细瓷，本寺平日是收藏着不用的。现在圣驾降临才取出来，还没用就跌碎了，如何是好？"

顺治帝道："我碎掉的自然有我承顶，不与你相干。跌碎几个碗，并不是什么大事。就是你跌碎了，值得什么？很不必慌。"

小沙弥道："阿弥陀佛，是师父呢，长老谅也不敢怎么，要是我时，

227

一顿戒板，打个半死。"说着，果然取了扫帚来，扫去了地上的碗片。

顺治帝道："你去回复长老，说我今儿有点子感冒，不能够随众下山，叫他们自去迎驾吧。"小沙弥应着自去。

此时山上撞钟击鼓，鼓声砰砰，钟声喤喤，山门大开，长老率同阖寺僧众三千多人，簇新的僧衣袈裟，排齐了班次，一个个手持念珠，口宣佛号，迎下山来。本省抚台、藩台、臬台、道台、提台、镇台、协台各文武官员，已都在山下左侧排班等候。长老等各执事僧人。依照仪注，就在右侧排班等候。一边是官员，一边是和尚，官员翎顶袍套，和尚僧衣袈裟，人数虽多，静悄悄无一人咳嗽。

候了许久，正等得不耐烦，忽见两骑马飞一般地跑上山去，马上骑的是两个蓝翎侍卫。到山门下马，把马赶向寺后篱中，两人就面对面地站着。接着，又来两骑，也是如此。接接连连来了十多骑，都把马赶到寺后篱内，都各面对面地站立着。此时近寺山民都奔来瞧热闹，却被抚标将弁一顿皮鞭撵逐，只得在半里之外，远远地眺望。这里侍卫太监，一对对来得紧忙，都按方向站立。方闻隐隐鼓乐之声，一对对龙旌凤翣、雉羽宫扇，顺承郡王勒尔锦宝石顶、孔雀翎、团龙黄褂、开气袍，跨马挂刀，率着一班花翎侍卫昂然上山，也都下马按班站立。遂见直柄黄伞四顶、宫扇两柄、节四个、骨朵两个、立瓜两个、卧瓜两个、吾仗六个、红仗四个，执役的人都是绿衣黄带，凉帽金顶，上插黄翎。那些执役的人也都执杖面对面地站立。都统佟国瑶，率同满侍卫二十名，蒙古侍卫二十名，步行上山，都各负弓带箭，走到了按班站立。又有销金提炉，焚着御香。接着便是晶顶太监，掇着金漆龙椅、金漆龙几，捧着金唾盂、金壶、贮水金瓶、金盆的，接着八柄大刀、八柄长戟、八个撒袋，然后一把曲柄八龙金黄盖，又有执事太监捧着御用各物，四个执拂尘的，一队队过完，才是御前头等侍卫一斩齐地拥护着御驾，缓缓而来。金顶金黄绣龙銮舆是用十六名精壮夫子抬，十六名满洲侍卫扶。此间官员自巡抚以下，和尚自长老以下，一斩齐地跪下，俯伏迎驾。銮舆之后，侍卫太监足有五六十名，还有驮物的骆驼马匹。山脚下迎过驾，起身急忙从他路上山，到本寺山门外跪迎銮舆直到大雄宝殿。

太监跪请降舆，康熙帝下了舆，上殿拈香拜佛。拜过如来，又到观世音殿拈香叩拜。那罗汉、伽蓝、地藏各殿敕命顺承郡王勒尔锦恭代叩拜。长老率领监寺知客等各执事僧人上来，合十下跪，叩见圣驾。康熙帝恩赐平身，长老请驾到行宫休息，康熙帝即命长老引导。长老叩头谢恩，康熙帝道："长老是有道高僧，以后朕有恩命，着毋庸叩头，只消合掌敬答就是。"就这一个恩命，也免去叩头。

长老合十道："老衲遵旨，不叩头了。"

康熙帝大喜，随即起身。近侍遂把金漆龙椅掇起，打头先走。长老陪了康熙帝，慢慢地踱出去。原来皇家的规矩，凡是皇帝坐过的椅子，凭过的几案，他人便不能再用。所以皇帝出来，几椅什物一切应用的东西，都是随身携带的，免得用过各种物件动身之后，人家都要用黄绸封起来。

当下长老陪了康熙帝到行宫，开言道："荒山寒寺，任如何装点，总不脱一团野气。老衲想万岁爷是金殿玉阶住惯的，到山中来换换眼界，这也是我佛有灵，使寒寺得蒙殊荣。老衲再不敢说是野人献芹，不过聊尽微忱罢了。"

康熙帝道："你们是十方世界，即此已觉铺排过分，其实很可不必。"

长老合十道："荷蒙天恩原谅，这不过老衲一点子野意。"

康熙帝见窗明几净，四壁图书，尽是名人手笔。古董古玩瓶炉各物，位置井井，几椅桌案都是水磨楠木做成，一色素净，洗尽繁华富贵之气，顿觉耳目一新，不禁点头赞叹："倒是你们做和尚的能享清福。"

长老献上茶来，康熙接来喝着。太监跪请用斋，康熙帝道："斋摆在哪里？"

长老回道："就在隔壁。"

康熙帝起身，走到隔壁一瞧，见是紫檀桌椅，绣龙桌围椅披椅垫，都是黄缎的，摇头道："不好不好，还是这里好。"

于是长老即命把管素斋搬到这里来，霎时和尚掇食盒到窗口，太监接了进来，揭开食盒盖，长老亲手捧来安到桌上，未安肴馔，先安杯箸。才安得一看，见碗儿的样式花纹不是自己吩咐过的那一类，心下就不自在起来，就为要紧伺候康熙帝，不暇究问。取瓷壶在手，恭恭敬敬地斟酒。酒色宛似乍泡的芽茗，淡而微绿。康熙帝问是什么酒，长老道："这是十年陈酒竹叶青，是浙江名酿。去年有个施主来山还愿，带了五坛来。老衲埋在山后园地里，不敢轻动，候有福气的施主到来消受。偏偏这一年里，来的大施主都是不会喝酒的，不曾动过。现在圣驾降临，老衲昨天亲自监着他们从土中起出来，今日才开坛。"

康熙帝喝着称好酒，举筷取菜，尝了也觉别饶风味，最爱吃的是味豆腐羹，腴嫩鲜洁，不禁动问如何煮法，长老道："那是杏仁豆腐，是用褪皮杏仁和黄豆各一半，把山笋麻姑汤浸透了，磨细做成豆腐，再加松菌油并各种作料煮成的。"

康熙帝道："做得这么精致，怪道又鲜又嫩。"

一时吃毕斋饭，康熙帝叫长老做引导，前前后后地随喜。遂问寺中有几名僧众。长老回大小和尚共计三千一百三十五名，康熙帝道："朕拟布施僧衣，每人赐给一套，今日拜了佛，未便点看，尔可传谕僧众，明儿一早，齐集禅堂，候朕亲行点看，不得有误。"

长老合十道："领旨。"

康熙帝又与长老谈论了一会儿释典，这日，长者伺候了一整日，直至康熙帝睡了，方才退出来。第一件要事就是宣布皇上德意，本寺大小僧众，明日清晨都到禅堂，听候皇上钦点，大沛宏恩，钦赐僧衣，每人一件。此乃是旷世难逢的盛典，尔等慎毋自误。宣毕旨意，第二件就要究问碗碟了。"今日御斋所用碗碟，我亲自取出的古窑细瓷，叫你们上供。为甚仍把那官窑五彩细瓷来充数？究竟你们听谁的主使？"问了几遍，小沙弥来回道："古窑细瓷原是预备的，就为一失手跌碎了几个，已经不全，才更换的。"

长老道："是你跌碎的么？"

小沙弥道："阿弥陀佛，我哪里敢跌碎？是福师父失手跌碎的。"原来顺治帝的法号叫福泉，所以小沙弥称他福师父。

长老听说，心下老大不自在，立命小沙弥去唤福泉来。小沙弥应命而去，一时回来道："福师父叫上复长老，现在病着不能来，碗碟碎是已经碎了，任他再值钱点子的东西，碎掉了再不会囫囵，光景也是个定数，请长老不必痛心，福师父甘愿加倍赔偿就是。"

长老道："福泉有了几个钱，看事真容易，架子也真大。不过他说加倍赔偿，我这几个碗都是古窑，都是细瓷，真个叫他赔起来，怕他带来这几个钱还不够呢。我也知道碗碎不能复原，只要他到我跟前认一个错就是。偏他的脾气倔强，再不肯认过。我现在倒真要难难他，瞧他把什么东西来赔给我。"遂向小沙弥道："你去向他说，说是我的话，既然甘心赔偿，很好，但是这几个碗都是古窑细瓷，得来很非容易，长老差不多瞧作镇山之宝。问他赔偿的东西几时送来，要他立刻回复我。"小沙弥应着自去传话。

次日清晨，众和尚都齐集禅堂，听候皇上钦点。一时康熙帝升座，侍卫太监环绕伺候。顺承郡王勒尔锦站在左侧，都统佟国瑶站在右侧，长老捧了一厚册花名册，叩头见驾，呈上册子。康熙帝叫他站在案旁唱名，唱一名，走上一人，合十见驾。康熙帝龙目双注，细细地瞧认。唱到一半，已有三五个不到的，询问长老，回奏有的出外行脚，有的在寺坐关，不能面圣受恩。康熙帝为是诚心访父，打足精神，逐一仔细认视，自始至终，绝不暇怠。唱名点看，直点到晌午时光，方才点毕。哪里有顺治帝的影踪？点名不到的共有十七人。

欲知顺治帝为甚避点不到，且听下回分解。

# 第二回

## 泾阳驿御帐得奇书
## 白莲庵女僧惊失窃

却说顺治帝碰碎了古窑细瓷碗碟，长老派小沙弥来传唤，回复的话不合说得太刚了点子，一时小沙弥传长老谕话："福师父既愿赔偿，问一句几时可以照赔。长老把这几个碗碟差不多瞧作镇山之宝，要立刻回话。"

顺治帝听了，心中没好气，遂道："我立刻下山募化去，好歹总募成十倍二十倍的细窑来赔给长老。"说毕，即唤荣儿预备行装。这荣儿就是太监孟荣，随驾披剃的。荣儿见佛爷意旨坚决，也不敢谏阻，就把被褥衣服都收拾了。次日一早，大家都到禅堂静候钦点，福泉、荣儿爷儿两个却悄悄地从山后下山募化去了。因此禅堂唱外，点到个完，影踪不见。

当下康熙帝意兴索然，吃过午斋，即命起驾回京。长老率同阖寺僧众，直跪送到山脚下，方才回山。这里勒尔锦佟国瑶等拥护着御驾，按站而行。一路官迎官送，无非是热闹繁华。

一日行到泾阳驿，为了小地方没有行宫，支搭起帐篷，权宜驻跸。御帐之外，围有网墙，两道网墙之外，带刀侍卫密密层层，四角便是扈驾人的营帐，最外驼马联站成城，守卫得异常严密。

一宵无话，不意次日清晨，正要拔帐起行，忽然外面哗闹起来，侍卫闻声出视，问是什么，报称拿到了一名奸细。康熙帝也派太监出问，回奏拿到奸细一名，康熙帝叫抓进来。一声旨下，四名虎一般的侍卫飞奔而出，抓住奸细，大踏步奔回。奔进网墙，未入御营，都住了脚，把那奸细向上只一抛，滴溜溜直向天空抛去，约有二三丈高，直坠下来，将近到地，两个侍卫举手只一接，就接住了，推入御帐，扑通按倒在地。

康熙举目瞧时，见是一个身材矮小、面目猥琐的小子。问他姓甚名谁，为甚来此做奸细。那人碰头道："大老爷开恩，小的不是奸细，是替人家送信来的。"

侍卫回道："这厮在营门口鬼鬼祟祟，探头探脑，不是奸细是什么？"

康熙帝道："你说替人家送信，替谁送信？谁叫你送信？"

那人道："是两个和尚。小的叫陈小三，原来是做小本经纪的，昨日在金台驿上遇见两个和尚，交给小的一封书信、十两银子盘川，叫送到这里来，付与皇帝大老爷。小的逢人问信，知道皇帝大老爷在这儿，巴巴地送来，不防将爷们把小的当作奸细，实是冤枉的。小的实在不是奸细。"

康熙帝道："两个和尚？你认识不认识？"

陈小三回"不认识"，问他书信呢，陈小三从怀中取出一封信来，双手呈上。侍卫接来，转呈于康熙帝，康熙帝且未拆开，瞧那信封，只见上写着"当今皇帝御览"，拆开瞧时：

五台山古窑细瓷，余偶一失手，跌碎了十余个。长老索赔甚急。汝既尽孝，不必来山访，余可检出细窑碗碟，送来五台，代余赔偿，余愿已足。余既为佛弟子，人世繁华，已视同敝屣。天下事汝好自为之，余甚望汝为贤令王也。

康熙某年月日　八乂字

康熙帝见那信的口气很大，"八乂"又究系何人，再也推究不出。询问陈小三，又不得要领，只得传旨起行。陈小三无干，加恩开释。从此平安无事，走了十来天，京城已经在望。留守京师各王大臣，接着快马探

**233**

报，便都迎出京城三十里。康熙帝问京中有无大事，刑部尚书奏称，奉到钦使颁来御箭，臣部已遵旨把收禁人犯释放，以广皇仁。康熙帝道："朕何尝有过旨意？释放的是什么人犯？"

刑部尚书遂把来一和尚，颁到金漆御箭，口宣诏敕，放明史案余犯的话，从头至尾说了一遍。康熙帝大惊道："哪有此事？"一时回到京城，刑部缴进钦颁御箭，康熙帝道："这一支箭是朕过涿州时光，射一大鹰，被鹰背上的人接去的，不意就闹出假捏上谕，擅赦人犯的案子。这厮既然冒充得钦使，假捏得上谕，谅来一时不易拿捕，但是此番接到的奇异书信，说是和尚叫人发来的，偏这冒充钦命的又是个和尚，这两个和尚到底是一人还是两人，好难猜测。"

此时刑部满汉两尚书都跪在叩头，自请严加处分。康熙帝究竟是个明君，姑念此种奇异事情，实出寻常意料之外，加恩概不深究。刑部满汉尚书都欢欢喜喜，叩头谢恩而去。

当下康熙帝进宫，朝见太皇太后、皇太后，跪请圣安。太皇太后问起寻访情由，康熙帝道："孙儿不孝，白走了一趟，依然毫无朕兆。"

太皇太后道："这也不能怪你，尔父既然弃国出家，自然入山唯恐不深，大海捞针，叫你何处找寻呢？"

朝过太皇太后，再朝皇太后，把在五台山唱名点看的事细细奏闻，又把途中突接一封奇异书信，信中口气十分倨傲，署名十分怪诞，究问送信人，又说是个和尚交来的事说了一遍。皇太后问："书信呢？"

康熙帝探手怀中，取出呈上。皇太后接来一瞧，阅未终毕，眼圈儿一红，那泪便似断线珍珠，扑簌簌直滚下来。康熙帝大惊，跪问皇太后为甚伤心，皇太后道："你道这一封信是谁的手笔？"

康熙帝道："子臣不曾知道。"

皇太后道："是汝父写的。汝也该忖度，不是汝父，对于汝的词句如何敢这么倨傲，如何敢叫汝送窑器寺中去？再瞧那'八乂'两个字，明明是'父'字的拆字格。汝贵为天子，不意连这点子聪明都没有。"

康熙帝道："子臣愚昧，一时悟会不到。蒙太皇太后指示，方始豁然。"

皇太后道："就瞧笔迹，也是汝父的亲笔。汝父酷喜董其昌字，晨夕勤摹，写出的字很带几分董气。我叫你平日勤临董字，就为心念汝父，见你不啻见汝父呢。"

皇太后说一句，康熙帝应一个是，朝毕退出，于是立命开内库，取出古窑细瓷，各种器皿，瞧过了杯壶碗碟匙盆，共计八十件，特派专员赍往五台山，赐予该寺领用。一面传谕工部，着派干员勘视地段，建筑瓷窑，预备制造窑器。工部奉谕旨，不敢怠慢，特派郎中一员，员外主事各一员，驰往江西勘视地段，勘视之后，给图说帖，呈报前来，立即兴工建造。部委监工，日夜赶造。工绘一面聘请名手画工，绘成各种花纹图样，花卉、翎毛、山水、人物、仕女色色全备，进呈御览，听候钦定。御窑建造工竣，工部尚书就题本奏请钦派大员监督，以专责成而隆礼制。奉旨派三吕卿英志为御窑监督，又点定了几种花样，着依样制造。又命内库司太监取出几种碗碟器皿，作为样子，命该窑加工依样仿造。

看官，这就是现在各古董家视同珍宝的康熙窑器。当时就为顺治帝出家五台山，失手跌碎古窑细瓷，康熙帝代父赔偿，特地开窑造的货。

闲言少叙，却说御窑监督英志办事十分勤慎，两三月工夫，造成的货已是不少，将样碗解进北京，呈于康熙帝御览。康熙帝见泥质洁白，式样古雅，花色精致，圆整坚细，以指弹之，声同玉石，不禁点头叹赏，遂命传旨嘉奖，第一窑所出之货，着派干员解送五台山，赐予该寺具领应用。监督接到谕旨，自然敬遵办理。

五台山两次领到御赐瓷器，就知道福泉的法力不小，便从阖寺僧众，上自长老监寺，下至饭头菜头，再没一个人敢小觑福和尚了。这便是五台山一边的话。

那康熙帝自从西巡回京，为了顺治佛爷手谕"八乂"两字不曾识得，大大地发愤，特召儒臣，于万机之暇，讲解许氏《说文》、顾氏《玉篇》

各种字书，研究字音字义，到后来圣学大成，索性召集儒臣，编辑字书，编成一部极大的字书，名叫《康熙字典》。这是康熙帝一边的话。这都是后话，按下慢表。

却说黑衣女僧乔装作和尚宣旨救出明史案余犯之后，悄悄地回到白莲庵。佛婆接着，黑侠问有人来过没有，佛婆回说没人。黑侠先要紧瞧海东青，那海东青瞧见主人回来，展开双翅，啪啪啪不住地飞扑。黑侠道："你饿了么？待我更换了衣服，带你出外吃东西去。"那海东青懂人话似的，两个翼拍得更急了，扇得满地尘埃，如烟而起。

黑侠道："畜生，你也静静呀！"海东青一听此话，果然就不扇了。

黑侠回身到禅房，佛婆捧进脸水，洗过了脸，遂开箱取出黑衣，解下身上的僧衣，退下两头高的僧帽，戴上黑帽，披上黑衣，遂把僧衣僧帽放在椅上，俯向床下取出黑鞋，脱去僧鞋换上，随手把僧鞋收拾过，回手想取僧衣僧帽，一并收拾。一瞧时，只剩空空一只椅，僧衣僧帽都不知哪里去了。这一惊非同小可，忖道：僧衣僧帽我才脱下来，明明放在这椅子上，怎么才一转瞬就会影踪杳然？说是鬼怪，我这里素无鬼怪，并且我有的是神剑，鬼怪当然畏避，为何会有鬼怪？说不是鬼怪，哪里有这么本领的人，神出鬼没，凭空摄取。我的剑术谁不知晓，江湖上还有谁敢来尝试？但我的僧衣僧帽，明明放在椅子上，又到哪里去了呢？

忽又想起一事，上回的金漆御箭，忽然不见又忽然出现，料来也与这一回的衣帽都是一个人干的，那么我这里定然到了一个能人，行踪飘忽，手段迅捷，我竟然瞧他不见，可见此人的本领在我之上。

这么一想，便有几分着慌，向禅房里四面找寻。禅床上下，椅桌旁边，上至屋椽，下及地极，没一处不找，没一处不寻，哪里有什么人，影迹杳然。又到外面，从佛堂直找到厢房，罢了，偌大一只海东青又不知哪里去了，惊得黑侠直跳起来。海东青两翼有千斤之力，铁爪钢嘴，不是熟人等闲不得近身，如何会不见了呢？

欲知有无能人到来，且听下回分解。

# 第三回

## 剑道人挈徒望紫气
## 黑衣女应召访奇人

话说黑侠禅房中不见了僧衣僧帽，禅房外不见了海东青，鹰是才调弄过，衣帽是才脱下来，转瞬之间，化为乌有，这一惊非同小可，知道总有能人到来，便就不能安居庵内。飞步出门，向西一路找去，走了八九里，郑家庄已在眼前。此时郑家庄已经入了官，由内务府派有庄头，驻在庄上，管理田亩。黑侠飞步找寻，途遇庄民，住了步，询问见否有手携大鹰的人走过，庄民回说不知。

正在问话，忽闻一阵蹄声，遂见红裳女子身跨黑骡，鬓影鞭丝，嘚嘚而来。黑侠大喜，连忙举手招呼。红侠见是黑侠，急忙下骡，走近携住手，问道："怎么大师一个人在此？瞧你神色，好似有什么要事似的。"

黑侠道："真告诉不得你，我今儿新遭失事呢。"

红侠忙问："什么失事？"

黑侠道："提起来愧死了人。"遂把丢衣帽丢鹰的事说了一遍。

红侠道："我道是什么？原来不过为一只鹰，值得这么发急？快回去。"

黑侠道："东西原也有限，只是你我家里出了这么的乱子，丢脸不丢脸？你我是要替人家除残去暴的，现在贼子找来，连自己的东西都保不住，为何再能够替人家除害？"

红侠笑道："有话回庵去再谈。大师小气，舍不得这一只鹰，包在我身上，替你办一个完璧归赵。"说着，携住黑侠的手，连说"回去回去"。

黑侠没法，只得跟着她走。那黑骡是驯熟的，不用带得，跟在二人的后面。眨眨眼已到了白莲庵，入内坐下，黑侠又问："用什么法子可以找回原物？"

红侠道："我的大师，人家风尘劳顿，累得满面都是尘埃，脸都不曾洗一个，你就急得这个样子。"

黑侠没法，只得等候她洗脸。此时佛婆舀进脸水，偏偏红裳女子是天生喜欢修饰的，只见她取手帕浸透了，带水拖洗杏脸，慢慢地取香皂洗擦了面部，次擦颈里、耳后、额下，没一处不擦到。洗擦了大半天，再取手帕带水拖洗，才绞干了揩擦。洗过脸，再洗手洗腕，洗毕之下，又对着镜子，慢慢地轻施脂粉。

黑侠等候得实是不耐烦了，开言道："妹妹如今可告知我了。"

红侠道："我经过枣林地方，瞧见一只大鹰在那里打盘旋，认得就是海东青，知道是你的东西。"

黑侠道："在枣林么？我这就找它去。"

红侠道："不要忙，我料你总在那里，不意仔细一瞧，并不见你，倒见大师兄白猿老人在那里。"

黑侠跳起来道："怪道呢！原来是白侠，定是他跟我玩意儿，棋高一着，缚手缚脚，从何而来，从何而去，我竟无从窥测，可知师父平日称他剑术与师父不相上下，真不是过誉。"

红侠道："我现在要向你告罪呢。"

黑侠道："告什么罪？"

红侠道："大师兄要试试大师的识见，叫我见了你面，且别说知。所以我方才虽知你发急，不肯立时说出。"

黑侠道："白侠剑术胜过了人家不算，还要把智术来胜过人家么？"

红侠道："大师兄说海东青喂饱了就送来，请不必发急。"

正在讲话，佛婆进报："外面来一个身量矮小，尖嘴阔腮，眉发都白的怪人，要见大师。"

黑侠道："那人不带什么东西么？"

佛婆道："真也怪气。这么瘦小的人一只手偏控着大师那只大鹰。我也替他担心呢，他那种身子，被那大鹰衔都衔了去，偏没事人似的，怪气不怪气？"

红侠、黑侠齐道："大师兄来了。"急忙起身，同迎出去。

只见白侠放去了海东青，笑着进来道："黑衣大师，急坏了你也，真对不起。"说着兜头一揖。

黑侠笑道："大师兄还是这么孩子气。"

白侠道："逢场作戏，见笑得很。"

黑侠道："前回我那金漆御箭，忽而不见，忽而出现，谅也是大师兄所为。"

白侠道："不错，是我。这倒不是游戏耍子，我是另有一番用意。大师敢是还未体会到此么？"

黑侠一愣，白侠道："这个极易知晓。康熙出京得没有几时，估量行程还在半途，哪里就会跑出个五台山和尚做钦使来？所以我把你最紧要的东西御箭藏过了，使你不能够行事。"

黑侠佩服道："大师兄心思周密，我不及也。"遂问红侠："佛婆告我你同了一位长髯道爷出去，偏又跨着骡子，我知道你跨了骡子必不会走远，偏又好多日不见回来，究竟到了哪里去？这位道爷又是谁？"

红侠道："更有谁？是师父呢。师父来此特邀你我两人同去望气，偏偏你不在家，就我一个人跟了师父去。"

黑侠道："望什么气？"

红侠道："师父说西北万里之外有奇气冲霄，清晨腾空，就能够隐隐望见，说那边必有奇男子大丈夫，应运产生，要我同去开开眼界。我因望气这件事没有干过，很是高兴，问师父此去多少路，师父只说没多路。哪

239

知跨骡上路，跟师父两个换班骑坐，再也走不到。共走了两千多里，直上崤山，才望见了。要在晨光初动，旭日未升的时候，腾空远瞩，极目所及，果然有青紫气自下而上，隐隐成为狮虎之形。连望两朝，都是如此。师父叫我回来，邀你同去。"

黑侠道："师父现在哪里？"

红侠道："他老人家暂在古函关等候。"

黑侠道："西北万里之外，是什么所在？"

白侠道："那我是知道的。西北万里之外，是厄鲁特四卫拉蒙古。"

黑侠道："蒙古地方我也去过，知道蒙古共分为三大部落，是漠南蒙古、漠北喀尔喀蒙古、西域厄鲁特蒙古，从没听见过卫拉的名称。"

白侠道："卫拉就是瓦剌的转音，漠南漠北两部蒙古都是元太祖成吉思汗的后裔，厄鲁特这一部却是脱欢太师及也先瓦剌可汗的子孙，西域厄鲁特共有四个卫拉部，在伊犁地方的叫作绰罗斯部，在额尔齐斯地方的叫作都尔伯特部，在雅尔地方的叫作土尔扈特部，在乌鲁木齐地方的叫作和硕特部。这四个卫拉部起初时光势力相等，时移势变，到这会子，也已显分强弱了。和硕特部的固始汗在明末时光，瞧见青海地方山明水秀，袤延两千余里，好个藏风避气所在，遂率兵袭取了，作为邦基。又派兵入藏，灭掉藏巴汗，取得西藏喀森之地。那绰罗斯部雄踞着伊犁形胜之地，兼胁旁部，与漠北喀尔喀部并称雄邦。大清朝虽与漠南蒙古早结和亲，那喀尔喀绰罗斯两大部不过是遣使通问，羁縻而已。现在师父望气，说是西北万里之外，发现奇气，成为狮虎之形，那面必有奇男子大丈夫应运而生，想来就在这绰罗斯部中了。"

红侠道："究竟大师兄蒙古住惯了的，这种叽里咕噜的地方名儿、部落名儿，记都记不下，偏是说出来头头是道，路路清楚。"

白侠道："到了那里，自会记得的。"

红侠道："黑衣大师，师父叫你去，你到底去不去？"

黑侠道："左右闲着，去广广眼界也好。"

白侠道："你这座白莲庵倒很幽静，你去之后，我想借来做一个安身之所，好么？"

黑侠道："很好。"

白侠道："大师的禅房，我尽管不惊动是了。"

黑侠道："本庵原是有客房的，今晚就请红妹妹搬到我禅房来，腾出客房，请大师兄安歇。"

白侠道："不必费事，我天性不很安睡，晚上不过打一个盹罢了。通只一两夜工夫，不拘哪里，或是佛堂，或是蒲团，坐一会子就得了。你我都是练剑的人，内气充足，不见得就受寒凉呢。"

红侠道："既是大师兄体恤我们，就恭敬不如从命吧。咱们至多也不过歇一夜。"黑侠见如此说，只得罢了。

红侠问白侠："青海地方听说有弱水的，鹅毛都要沉到底，见过没有？"

白侠道："青海的弱水是著名的，周围七百余里，群山环绕，潴而不流，放下鹅毛草叶，都要直沉到底。水色都是青的，所以叫青海。海中有两个岛，一个叫作察汉，一个叫作拖罗。不过冬令严寒结冰，水兜底冻了，才能够通行，平时船筏都不能行驶，交通断绝。"

红侠道："青盐出在青海，想来就是此水了。"

白侠道："不是，弱水之南百里，另有盐池生产青盐，不是此海呢。察汉岛中有一个异人，能前知五百年，后知五百年，终年不食烟火，不过吃点子松子、茯苓罢了。我的神课就是这位异人传授的。"红黑两侠听了，万分羡慕。

一宿无话，次日红侠拉出黑骡，黑侠把着海东青，正欲动身，忽见一个斯文一脉的书生，翩然而来，一进白莲庵就向上一揖道："幸喜二位都不曾出去，小生此行为不虚矣。"

红侠道："有何贵干？"

那书生道："有一件要事，非二位出手援救不可，所以特地赶来。"

红侠道："可真不巧，我与黑衣大师才欲动身，将有万里之行呢。无论什么事，不能够担任，请原谅。"

那书生听了，很是失望。黑侠道："卫先生，我与红妹妹虽然不能够分身，却有大师兄白猿老人在此，你有什么事，尽管告诉他就是。大师兄的热心任事，不亚于我们二人。"遂道："我替你们介绍吧。"说着手指白侠向书生道："此位就是我们大师兄白猿老人。"又指着书生向白侠道："大师兄不认识他么？就是江湖上著名的镇三关卫仲虎卫二爷。"

卫仲虎听说是白猿老人，心下异常高兴，赶忙施礼致敬，红侠道："卫二爷，你有什么尽求我们大师兄就是，我与黑衣大师立刻就要长行，恕不能奉陪了。"说着，一个牵骡，一个带鹰，只向白侠说了一声"我们去也"，飞一般出门，转瞬就没了影踪。

欲知后事如何，且听下回分解。

# 第四回

## 卫仲虎千里求援
## 顾宁人两番遭祸

　　话说红黑两侠应了剑道人之招，万里长征，自去访寻异人不提，这里白猿老人与卫仲虎相见之下，倒也互相钦敬。白侠询问道："卫二兄此来，有何要事？"

　　卫仲虎道："我辈风尘仆仆，无非为人作嫁。此来是一个姓顾的奇男子，在山东遭官事，他的朋友傅青主求我想法子，我因自揣力量够不到，特来此间转求援手。"

　　白侠道："卫二兄，你我虽是初交，我瞧你很像个性情中人，却有几句忠告，不知卫二兄肯否容纳？"

　　卫仲虎道："蒙赐教言，很是感激，自当铭诸肺腑。"

　　白侠道："据我偏见，我们在这世界上做人，先有几件事要自问自，一问此身在此世，该干点子什么；有我这一个人，世有何益；没我这一个人，世有何害。一问天赋给我这点子聪明才智，难道只叫我为一家一身么；倘只为一家一身，有利于此，定然无利于彼，那么害人之辈，害世之徒，要来何用。一问我必为何做事；如何做人才能够无负于自己，无愧于天地。一问我一生所穿之衣，所食之物，所用之钱，来路是否堂堂正正，绝无丝毫不义。这几件一桩桩以口问心，都能够明白说出，就是真豪杰，大丈夫。卫二兄以为如何？"

卫仲虎道："老人见教的极是，我方才为人作嫁的话实在是错了。我们有了这本领，扶危济困，排难解纷，都是分所应为的。我卫仲虎从今儿起，自当痛改前非。"

白侠喜道："卫二兄这么豪爽，真不愧英雄本色。"遂问："姓顾的是什么人？所遭的是什么事？"

卫仲虎道："真是奇不过，再不料江南文弱之邦、玉山繁华之地，这么诗书望族、礼乐名门，竟会出这顶天立地奇男子、大丈夫来，你道奇怪不奇怪？"

原来江南昆山县顾姓，原是大族，到明末时光先出了一个抱牌位成亲的守贞孝妇，已经很奇了。有一个顾同吉聘妻王氏，未娶而死。王氏立志守贞，过门抱牌成亲。顾氏阖族人等，瞧见王氏如此年轻，如此贞节，谁不钦敬，谁不怜悯？公议把同吉的同祖哥哥顾同应的儿子名叫顾绛的，嗣给她为子。王氏事姑最孝，有一会子她婆婆病了，医药罔效，她竟点了香烛，对天叩拜，斫下一个指头，煎入药中，悄悄给她婆婆服了。孝感动天，她婆婆竟然就此痊愈。崇祯帝闻之，特旨旌表。

这顾绛一名炎武，表字宁人，自号蒋山佣，学者称为亭林先生。秉性耿介，天生异相，一双眼珠子，那瞳子中间是白，四边返黑。昆山人为他生得怪异，就给他起一个诨名叫作顾怪。那顾怪于书无所不窥，最留心经世之学。同是廿一史大明十三朝实录天下图经说部以至公移邸钞之属，无不遍览。遇着有关民生利害的，无不随手记录。平时论学，主张博学于文，为学之要，行己有耻，为立行之功。说经学就是理学，自有舍经学而言理学，必至堕于禅学而不自知。故一身以至天下国家，都是学之事，自子臣弟友，以至出入往来辞受取与之间，都是不耻之事。与同县人归庄，同游复社，社中人称他两人为归奇顾怪。

顺治四年避乱奉母到常熟，他妈王氏向他道："炎儿，我虽然是个妇人家，已经身受国恩，倘遇变端，誓不负国。我活了六十岁，就死也不为夭。"

此时常熟县知县杨永言恰来拜会，请他出去同办起兵的事情。顾怪慨然应允，遂与归庄一同起义，跟松江夏允彝，至为声援。鲁王在浙江监国，授他为兵部司务事。无如人心已去，天命难违，草茅乌合之众，哪里敌得过满洲铁骑？不多几时，早就一败如灰。杨永言乘败逃去，顾怪归奇劫灰余生，也只逃得两条性命。他妈王氏见大势已去，遂绝食而亡。临终遗嘱顾怪万勿臣事二姓。

明年唐王即位闽中，建元隆武，圣旨到来，召他为职方郎。为母孝未满，没有拜命。此时清朝办理殷顽，很为严紧。有人要把他告发到官，图一个新朝封赏。顾怪亏得得信早，就变易衣冠，改业出外经商。跟人家合了伙，在京口禾中南京一带经商作贾。在南京地方一住三年，每年必上孝陵祭谒明太祖。

顺治十四年，顾怪四上孝陵祭谒明太祖，在久客未归，颇念故乡亲旧，遂于七月中买棹回里。一到昆山，邻舍父老都欢笑相迎，口称"宁人许久不见，听得你发了财也"。顾怪也随口敷衍了几句。到家夫妻相见，不及讲别话，就问："老太太坟墓这几年可不缺祭扫么？"

他孺人笑道："等你回来想着，还成什么家呢？你出门在外，自然都是家里人的责任。我年年春秋两次，都亲自去瞧看。平日也常叫管坟的来嘱咐。三代的坟墓都没有错，老太太的新坟更是年年挑坟上泥。"

顾怪道："倒偏劳孺人了。"

又问了几句家事，那孺人道："相公改业经商，听说倒很顺利。现在开设了几家铺号？"

顾怪道："我们读书经世，略出余技逐什一之利，自然胜多败少。"

孺人道："你我未有后嗣，家里又粗堪温饱，相公劳心劳力，要这许多钱来做什么？"

顾怪道："天下也有不爱钱的妇人？真不愧为宁人之妇。但是我顾宁人平生志不在温饱，我的经商是别有用意，我的赚钱也别有用处。倘只为一家一人，我也犯不着离乡背井了。"

夫妻谈了一会儿，顾怪道："我许久不回家，明日当先谒宗祀，次扫坟墓。"

一宿无话，次日清晨，顾怪绝早起身，正预备祭谒宗祀，忽有友人来拜，只得出接。那友人道："宁人你有祸事到也，知道么？"

顾怪愕然道："不知所祸是怎么一回事？"

那友人道："有一个家人陆恩，是否是府上旧仆？"

顾怪道："陆恩，有的，是敝处三世的旧仆。"

那友人道："这陆恩是否还在尊府？"

顾怪道："昨日内子说起，陆恩已经叛投他家了。"

那友人道："你道他叛投在哪一家？就在西漾潭胡秃子家。"

顾怪气得双眉直竖，道："这无良小子，竟投在这胡家么？"

你道顾怪为甚一听到胡秃子就气得双眉直竖？原来这胡秃子本是个破落户，不成材的东西。顺治三年，辅政叔和硕德豫亲王多铎，拜了奉命大将军，统率满汉八旗精兵南下，他就背了黄缎表章，自称顺民，一路迎上去。瞧见豫王爷前锋，跪地叩头。前锋将他引到王爷马前，他因咫尺威严，战兢兢抖着说话，说的又是南音土话，豫王一个字也听不清楚。笑首举鞭一指道："王八狗养的，跪前些好说话。"

胡秃子听了，觉得荣幸非常，忙着叩头谢恩。豫王念他一片忠心，归顺大清，特沛宏恩，赏了他一个五品武职顶戴。胡秃子回家，就在西漾潭湖畔，起造一所房子，唤漆匠来做成几对衔牌，一对是勒赐王八狗养，一对是钦命跪前些，一对是钦赐五品武职，放在门房里。他心还未足，自忖：我这堂堂五品武职，很该摆些架子，装些威风。就招了十多个痞棍在家，当作亲兵。每天没事，也带着这班痞棍在西漾潭前前后后抄个两三趟，吓得湖边居民正气儿也不敢向他呵一呵。偏偏这叛主家奴陆恩就投在这勒赐王八狗养胡秃子家中，助桀为虐，无恶不作，所以顾怪一听到胡秃子三字，就双眉倒竖，大怒起来。

那友人道："宁人且慢着恼，你此番回家，不合被那陆恩瞧见了，这斯现在要到当官去告发，告你个通海谋叛重罪。我得了信，特来报你知道。你赶快防备吧。"

顾怪闻言大怒，遂向那友人道："承情关切，我自有办法。"

那友人去后，顾怪向孺人道："今儿出了岔子，祭谒宗祠的事只好从缓了。"

孺人问他何事，顾怪道："眼前没暇细谈，我有急速，就要下乡呢。"

当下雇了一只船，立刻开赴西漾潭来。恰遇着顺风，拽满风帆，船行如箭，只半日工夫就到了胡秃子家。是簇新的新屋，远远一望，就不会错认。傍船登岸，也是恶仆恶贯满盈，陆恩恰巧走出来。顾怪一眼瞧见，仇人相见，分外眼明，跳上岸飞一般赶去，喝一声："恶仆，认得我么！"

陆恩瞧见顾怪，忙欲逃时，不知怎么两只脚钉在地上一般，再也移不动。顾怪已经奔到，起一只手，一把胸脯抓住，喝一声"船里去"，陆恩身不由主，跟着顾怪踉踉跄跄走下了船。见船人立刻开船，只道顾怪为了自己逃走，特来追回去，家法自治。不意才开出里许的路，就见顾怪开言道："叛主逆奴，我顾姓养了你三代，哪一桩亏负了你？你叛我逃走，我也不暇深究，你现在要到当官诬告我，害我一家子性命，却是为何？我问你良心何在？"

陆恩叩头求恩，并无一语分辩。顾怪道："饶了你时，天也不容。"说着起手抓住恶仆，向湖心只一掷，喝一声"下去"，扑通一声，水花四溅，恶仆下水。顾怪停了船，瞧了好一会子，眼见他冒了两冒，沉下水底，再不上来了，才命开船，回向昆山而去。这一件事办得乐意快心，很是欣然。

偏偏福无双至，祸不单行，陆恩的女婿得着消息，立志与陆报仇，也投靠在胡秃子门下，哀求秃子出手控告，并献白银千两，愿为告状之费。

247

胡秃子道："这件事须到府里去办，你这注银子我与你送给了府太爷，顾怪的脑袋包可离掉他的脖子。"陆婿叩头称谢。

当下胡秃子连夜上省，拜会苏州府，诉知一切。苏州知府道："归奇顾怪，本府闻名已久，再不料这厮这么不安本分，关通海谋叛，案情何等重大？你补一个公事来，本府立刻拘他来案究办就是。"胡秃子遵命退出，自然就补递了一个状纸进去。

欲知顾怪如何遭祸，且听下回分解。

# 第五回

## 钱蒙叟喜筑绛云楼
## 顾宁人怒索门生帖

话说昆山县奉到苏州府札子，见是饬拿通海谋叛要犯，不敢怠慢，立传快班壮班头儿进衙谕话。当下马快头儿王进、步快头儿李德民、壮头儿张虎一同进衙，到签押房见本官请示。昆山县道："奉府宪札子，饬拿私通海寇谋叛本朝要犯一名。该犯顾炎武，诨名顾怪，既然通海谋叛得，本领必然不小，尔等可多带伙计，小心谨慎，不得有误。"

王李张三人应了两个是，领下名单，退到外面，各带了二十名眼明手快的伙计。马快带的是短刀软鞭，步快带的是铁尺，民壮执的是长枪钢叉，都各浑身紧扎，脚穿软底跳鞋，趁着星光月色，静悄悄径向顾怪家来。霎时行到，李德民叫王进带领马快守住后门，张虎带领民壮守住前门，自己挑选了四名精壮步快，轻轻叩门，其余十六名步快随同马快民壮，把顾怪的宅子团团围困，围得水泄不通。

李德民叩了好一会子门，不见响动，加重再敲，里面有人询问。李德民道："顾先生在家没有？"

里面应道："在家，已经睡了。你是谁？"

李德民道："我是顾先生约我来的，请开门。"

随听得咯噔一响，双门大开。李德民发一声喊，众伙计蜂拥而入。顾姓家人大惊失色，李德民连问："顾怪在哪里？"

顾姓家人只道是强盗，此时张虎也已闯入，顾姓家人大喊："不好了，强盗来了！"

李德民喝道："我们奉本县谕，捉拿要犯顾怪顾炎武，省事的快叫他出来相见。我们前门后户都有人把守，逃是逃不去，躲是躲不过的。不跑出来，我要进来搜捕了。"

顾怪听得外面啰唣，走出来瞧看，快班中有认识顾怪的，喊道："在这里了。"一个箭步跳到顾怪身旁，一把胸脯扭住。李德民一见，忙喝大家动手，顿时把顾怪横拖倒拽，拖出门去。众人簇拥着，呼呼喝喝，宛如获着江洋大盗一般，直拥到昆山县衙门。知县闻报顾怪拿到，立刻升座询问，提上花厅，只问得姓名、年岁、籍贯，验明是正身不误，立命收禁。次日就备了文书，一叶扁舟，解送到苏州来。

这一件官事，雷厉风行，宛如晴空霹雳，厉害非凡。孺人急得发厥，几回昏厥过去。家人四出求救，惶惶奔走。那亲戚故旧见他这么遭祸蒙灾，都很不平。就有热心的出来替他觅路子援救。

此时复社名士在官场方面有势力能说话的，就只常熟钱牧斋尚书一个。这钱牧斋名叫谦益，官至礼部尚书。清兵南下，钱谦益随众迎降，豫王命以原官居职。后来奉旨南官悉数北上，择优录用。哪里知道北京的大学士六部九卿，都挤满了，半是从龙群彦，半是北降诸臣。先进庙门三日大，此种南来新降文臣，实是无从位置，白投降了一场，依然在家享福。不过博得一个新朝尚书荣衔，在南中做一个大绅士。顾怪为他失节新朝，常说他有文无行，很是瞧不起。牧斋却很器重顾怪。

现在这热心故旧见他遭了飞来横祸，就想到钱牧斋这一条路子，于是买棹径赴常熟，到绛云楼求见。这所绛云楼共是五楹，丹碧交辉，很是富丽。在半野堂之后，枕峰依堞，结构得异常精致，为南中著名精舍。

钱牧斋筑造这一所别墅，却有一段小小风流故事。原来盛泽妓院中有一个名妓，名叫杨爱，丰姿逸丽，极善赋诗。一日接着一个嫖客，是娄东张西铭，当代极有名的名士。遂很自负，不屑与庸脂众艳为伍，改姓杨为姓柳，改名叫柳如是，慕松江陈卧子的英名，移寓到松江，写了女弟子名帖，到陈宅求见。偏偏这位陈卧子是个不迩声色的正人，摈斥不见。柳如是心想，天下学问声誉，跟陈卧子相并的，只有常熟钱牧斋，遂宣言道：天下只有虞山钱学士，始可言才。我非才如钱学士的人不嫁。钱牧斋这时候恰值断弦，闻到这一句话，大喜道："天下竟有这么怜才的女子？我也非才如柳如是的人不娶。"就有凑趣的门客替他奔走作伐，自然一说成功。牧斋特用大号官舫，箫鼓喧天，到松江迎娶。柳如是临嫁赋诗两首惜别。其一是：

裁红晕碧泪漫漫，南国春来已薄寒。
此去柳花如梦里，向来烟月是愁端。

其二是：

画堂消息何人晓，翠幕容颜独自看。
珍重君家兰桂室，东风取次一凭栏。

松江人瞧见这么一对白发红颜的怪偶，喧言腾议，争掷瓦砾。钱牧斋满载瓦砾而归，倒也毫不在意，软玉温香，消受他的暮年艳福。把柳如是当作绛云仙姥，特地大兴土木，筑成这所绛云楼。为的是仙人喜欢住楼房的，就叫柳如是住在楼上，号称河东君，牧斋自号为蒙叟。第一集《红侠》书中，陈抚台诳骗董小苑，曾说过在蒙叟尚书案头瞧见夫人闺秀诗存的手抄本，真个墨香字艳，入骨清华，除却河东，并世无闺中抗手。蒙叟就是指牧斋，河东就是指柳如是。

当下顾怪的故旧，到绛云楼下投帖求见，牧斋倒立刻请见。那人一见

**251**

牧斋，就把顾怪闭门家内坐，祸从天上来的事，从头到尾说了一遍，并言："求老尚书出手援救。念顾宁人也是个读书种子，惺惺惜惺惺，好汉惜好汉。"说着连连作揖。

钱牧斋道："请暂宽坐，容老夫入内商议商议。"遂上楼问柳如是道："河东君知道么？昆山顾宁人遭了屈官事，已被捉将官里去，解上苏州去了。现在他的友人特来向我求救。你看奇怪不奇怪？"

柳如是道："尚书应允了他不曾？"

钱牧斋道："我哪有那么大工夫替他干事呢？"

柳如是道："宁人是著名顾怪的不是？"

牧斋点头道："就是他。"

柳如是道："那是个血性男子，老尚书为甚袖手不救？"

牧斋道："顾怪这小子，眼睛里从来不曾有过老夫。现在他有了事，要我救，简直没有这大气力啊。"

柳如是道："这么年纪，这么德望，就为平时不甚来往，跟人家较短量长，显见器量不广。平时不烧香，急来抱佛脚，姓顾的原也有不是。"

牧斋听到这里，不禁掀髯笑道："你倒先编派人家不是起来。说来又都是你的理。"

柳如是道："我编派得公不公？"

牧斋道："很公很公。"

柳如是道："只要公就是了。据我的意见，现在可向来人说，叫他写个门生帖子来投拜尚书做老师，他如愿意就出手救他，他如不愿意，就放手不管这件事。"

牧斋点头称妙，下楼向来人说了。那人知道顾怪的脾气，必然办不到，但是势处燃眉，没法奈何，只好满口应允。当下就代办了一个红纸全帖，写着"受业门人顾炎武顿首百拜"一行端楷，恭恭敬敬送与牧斋，并言俟完了官事，同宁人来补送贽仪，补行谒师礼。牧斋大喜。

哪知牧斋尚未动身，顾怪已先出狱。原来是大学士路文贞公的儿子路泽溥早替顾怪陈明冤抑，释放回家了。那热心的故旧一见顾怪，就把代送门生帖的事说了个备细。顾怪大怒道："这事如何可以？此头可断，此帖断不可送。"立逼着那人去索还。那人不肯，顾怪没法，只得写了好多张的榜，到城镇通衢各处张贴，声明钱牧斋家的门生帖自己绝未知道，师生名义断难承认。就有人把贴榜的事告知牧斋，牧斋笑道："宁人果然倔强，但是贴榜一事，已经是下策了。"

顾怪自从遭了两场官事，知道故乡断难久居，于是重到南京，五谒孝陵，哭祭明太祖。东行到章邸长白山下，出赀督众垦田。过了两年，把垦田的事托了人，自己带了两马两骡，出外漫游。两骡是载书籍，一马载行李，一马乘坐。每遇陇塞形胜之区，就呼老兵退卒，细询曲折。偶与平日所闻或有未合，到了旅舍中，就翻书细勘。有时行经平原大野，无足措意，就在马上默诵诸经疏，偶有遗忘，就翻书瞧视。因此他的漫游很是自得其趣。

这一回遍游北畿各地，东出山海关，回经昌平，拜谒长陵以下十二陵寝，又念江南山水不曾游遍，重又南下，六次叩谒孝陵。东游到会稽，重行北上，拜谒思陵，哭祭崇祯皇帝。又到太原经营商业，开设票号，定出章程办法。直到如今，山西票号的信用昭著，那章程还是当日顾怪手定的呢。

顾怪在太原时光，走访朱衣道人傅青主，谈论极洽。向人道：萧然物外，自得天机，我不如傅青主。在太原住了几时，重又载书出游。至大同，入关中，抵榆林，所到之处，都分设票号，规模宏远，脉络贯通，千里之遥，呼应一气。又在雁门之北，五台之东，度地垦荒，派门人辈专司其事。向人言马伏波田畴皆从塞上立业，所以我很有志于代北，把垦荒的事委托了人，自己又入陕到华阴，测度形势，不禁大喜道："秦人慕经学，重处士，持清议，实为他省之所不及。华阴的形势，缙毂关河之口，虽足

**253**

不出户，而能见天下之人，闻天下之事。一旦有警，入山守险，不过十里之遥。如果志在四方，一出关门，也有建瓴之便。"遂在华阴筑造住宅，大事开垦。

顾怪原有经天纬地之才，百手经营，农商并进，不过数年，早已富堪敌国，分号遍天下，运输通南北。就为他的理财，并不为一家一姓。镇三关卫仲虎等一班英雄豪杰，都替他暗中保护。正是鲜花着锦，烈火烹油，说不尽的兴旺，哪知于今年今月今日，又突来一桩飞来横祸。

欲知是何横祸，且听下回分解。

# 第六回

## 顾亭林守正甘缧绁
## 老白猿用计救英豪

话说顾怪财雄势大，既在各省遍设票号，自然不能不往来查察。这一年到山东历城票号中查账，才卸下行装，就进来两个做公的人，问顾老相公是哪一位，掌柜的问有什么事，做公的道："找他讲一句话。"顾怪在内听得，走出来瞧看。见是两个歪戴没顶红缨大帽的人，跟掌柜两个讲话，忙问找姓顾的做什么，做公的见突然出来一人，言谈举止与众不同，忙道："尊驾就是顾炎武相公么？"

顾怪道："只我便是。"

做公的立刻取出朱签道："县里大爷要你人，快随我们去。"

顾怪见签上写着"要犯顾炎武一名"，点头道："我就跟你见官去。"

做公的道："瞧你不出，倒是个硬汉。但是我们奉公差遣，规矩所在，可不能怪我们。"说着哗啦啦取出铁链，向顾怪颈里一套，拉着就走。号中伙友瞧见这个样子，都各呆了。

看官，你道怎么一回事？原来山东莱阳黄姓，原是个大族，却被奴才告发到官，告他主人作诗诽谤。这一个公案，株连的人很不少。在这件案子，又牵出一件"忠义录"案来。《忠义录》这部书是吴中陈济生辑的，现在偏偏说是顾炎武编辑的。书中有名的共有三百多人，官府凭了一面之词，立饬历城县发差拿人。差役领了朱签出来，偏偏顾怪到省卸装，无巧不成书，就此捉将官里去。

顾怪以为事不干己，理直气壮，不怕什么。哪里知道衙门中的事，原是不讲理的，才问得一堂，就推入死囚牢里，不暇究你青红皂白，禁了一个多月，恰好傅青主来访，问知一切，掌柜的就向傅青主求计，傅青主道："此事须跟卫仲虎商量，我上回的事也亏了仲虎搭救。卫仲虎这个人足智多谋，我立刻找他去。"当下即由票号里雇定了长行骡车，取道望居庸关来找仲虎。

可巧仲虎在家，傅青主说明来意，卫仲虎满口应允。不意卫仲虎同傅青主到了济南，趁夜飞入历城县监狱，面见顾怪，要救他出狱，顾怪倒不肯答应。卫仲虎再三劝说，顾怪道："来意极感，但是大丈夫堂堂正正而来，便该堂堂正正而去，似此鬼鬼祟祟的事，生平不很喜欢，这是一层。我与傅青主地位不同，处境亦异，在傅青主或可能权达变，在我只有固执拘泥。为什么呢？我走了，试问我那些铺号、票号、绸缎号、南北货号，那些事业也能够一走了的么？这又是一层。为这两层缘故，有负盛意，尚希原谅。"

卫仲虎没法，退出监狱，回到票号，把顾怪不肯的话告知众人。众人都道："这可没有办法了。"傅青主也愁眉无策。

卫仲虎道："此事须与剑侠商议，红黑两侠都在北京，我就赶去求救。无论如何，总要她们出手救出他来。"

傅青主道："很好，这件事就拜托卫兄，我在这里等候是了。"

于是卫仲虎即日动身，向北京来。这日行抵白莲庵，恰好红黑两侠结伴入陕，赴剑道人之约，介绍仲虎与白侠见了面，白侠询问来意，卫仲虎就把顾怪遭官事，监禁在历城监中，黑夜探监救他出狱，偏又不肯的话，从头至尾说了一遍。

白侠道："昆山顾怪，我也知道的。博极群书，并能实行书里头的话，真是儒门中的大豪杰，且不要讲别的，念书人自古称作穷酸，任你通天本领，不过读几卷古书，做几篇文章罢了，赚钱是再不会的。现在这顾怪，没有尺寸的凭借，却又设下好几十家铺号，挣了万万千千的家业，就只一事，他的经济已非寻常念书人可比了。并且我知道他心怀大志，挣来的钱另有一笔正用，并不为一家一姓。此刻他不肯偷偷出狱，这就是他正大光明处。"

卫仲虎道："现在如何想一个法子，救他出狱？"

白侠道："此事亏得你跟我商量，倘是红侠黑侠，定然没有办法。"

卫仲虎愕然问故，白侠道："有一个富平人姓李名叫李因笃，与山东大府很是要好。李因笃讲的情，大府总还能够听从。现在我就走一趟，叫李因笃去见抚院，表明顾怪的冤枉，就可安然出狱了。"

卫仲虎道："老人跟李因笃有交情的？"

白侠道："五年前李因笃遭过大难，是我救了他阖家子性命。现在跑去求他，未必好意思回绝我。"

卫仲虎大喜，白侠道："卫兄我与你一见如故，你有事尽请先回，我也不虚留你了。你到济南，怕顾怪早已出狱了呢。"卫仲虎应诺，随即告辞，自回济南而去。

这里白侠等到天夜，施展剑术，凌空飞行，排云驭气，宛如闪电，通只九百多里路程，眨眨眼就到了。李因笃正与家人围桌晚餐，忽见一缕寒光，穿棂而入。李因笃惊起，才待问时，突见一人站立面前，白眉圆睛，身材矮小，正是恩人白猿老人。

忙问恩人何来，白侠道："特来瞧你。"

李因笃道："恩人谅来有事故，大致还没有用过晚饭。"

白侠道："饭是不曾吃，我也不跟你客气，要在你府上告扰几天呢。"

李因笃喜道："什么话？请都请你老人家不到。"遂命家人预备肴馔。

一时洗盏更酌，白侠道："我此来特有一事要拜烦相公。"

李因笃道："什么事，即请吩咐，赴汤蹈火，在所不辞。"

白侠遂把来意说明，李因笃道："宁人先生我也久慕的，何况恩人的吩咐？明日准到抚院那里关说就是。"

一到次日，李因笃绝早就上抚院，直到向午时光才回来，白侠问他如何，李因笃道："抚院茫然不曾知道，经我说明原委，抚院应允，立刻差人到县查问。"

　　白侠道："查问后如何，只好再听消息了。"

　　李因笃道："这个容易，我叫个人到票号去瞧瞧，放出了就会知道的。"遂派了一个家丁去打听。

　　傍晚时光，派去的家丁回来报道："票号东家老相公已经释放出狱，到了票号了。"

　　白侠道："顾怪出了狱，没了我的事，我可要走了。"李因笃挽留不住，送出大门，执手而别。

　　不言白侠回北，且说顾怪出狱回家，见傅青主坐在客堂里，正和掌柜两个讲话，急问青主几时来的。傅青主见是顾怪，喜得忘其所以，直站起来，紧行几步，执住手道："宁人回来了，没事了么？"

　　顾怪道："本来没什么事。"

　　傅青主道："你倒安闲自在，我听得你犯了事，急得什么相似，亲自到居庸关把卫仲虎请了来，偏偏你执之一见，不肯出狱。此刻卫仲虎北上请剑侠去，还没有回来，你倒平安回家了。你到底怎么释回的？"

　　顾怪道："虚是虚，实是实，县官究也不能硬诬好人呀！今日午后，提出狱问了几句话，就命我具了一纸安分甘结，释放出来了。"

　　傅青主道："我们都是瞎着急。这都是我读书不多，见理未真之故。"

　　顾怪道："这也未必尽然，讲到读书，你也未必少于我。你家藏禁方，活人济世，那都是我所未曾读过的。"

　　傅青主道："禁方我是不曾藏过，不过读几卷医经，攻几册经方罢了。"

　　顾怪道："不错，考班固执文志，方技之别有四，一曰医经，二曰经方，三曰房中，四曰神仙，怪不得青主只认医经经方，不认禁方也。"

　　傅青主道："太古之医，有岐伯俞拊，中世有扁鹊秦和，汉兴有仓公，都能够尽通其旨。到后来学重师承，遂至判而为四，从此各执一端，鲜能相通，就是南阳夫子张仲景，天纵之圣，其所深概，也只在不求经旨斯须处方，是明明融洽医经经方合为一贯，故于六淫之进退出入，阴阳之盛衰错互，都辨析黍铢，于房中神仙，却都一字不提。我的医学不过研读仲景《伤寒论》《金匮要略》两书，如何会有禁方呢？"

顾怪道："唐代孙思邈，得着龙府仙方三十首，遂著《千金方》三十卷，每一卷中杂有龙府仙方一首，题名千金两字，是一方之价，足值千金。书内于神仙房中两学，都说得很详细。青主精于医术，必不能诿为不知。难道千金方不是禁方么？"

傅青主被顾怪驳得顿口无言，只得笑了一阵，暗忖宁人真博学，连《千金方》都瞧过的，遂道："宁人瞧过的医书，谅也不少。"

顾怪道："也不过偶然高兴，涉猎罢了，哪里有青主这么的专精？"

傅青主道："《伤寒论》宁人总也瞧过的？"

顾怪道："瞧过一两遍，也不很注意，记得《少阴篇》有一条，是少阴病得之二三日，麻黄附子甘草汤微发汗，以二三日无里证，故微发汗也。用到麻黄附子，还算微发汗，用什么才是大发汗？我很不解。"

傅青主道："足见用心。这一条之上，有一条是少阴病始得之，反发热脉沉者，麻黄附子细辛汤主之，始得即用细辛，二三日无里证，即不用细辛，称微发汗，那么用细辛就是大发汗也可知。无里证不用细辛，那么有里证必用细辛也可知。"顾怪听了，很是佩服。

顾怪出狱了第三日，卫仲虎才车声辘辘蹄声嘚嘚地回来，言明白侠已允东下救援，叫自己先回，因此昼夜兼程地赶回来。

傅青主笑向顾怪道："如何？"

顾怪万分感激，卫仲虎住了两天，起身告辞，傅青主也有归意，顾怪道："我也要出门，观伊洛，游嵩少，咱们一同上路吧。"

傅青主道："很好。"三人一同上路。

这顾怪从此之后，终身游荡，永不南归。他的夫人在昆山病殁，他得着消息，不过寄了一副挽联回来，后来竟老死在华阴。这都是后话。

却说白猿老人回到白莲庵，恰遇着康熙皇帝举行大婚，礼部重定六宫女官名数品级，白侠道："不好了，昏君又要大选秀女了。"遂趁夜飞行，进宫去侦探。

欲知白侠入宫探得何种消息，且听下回分解。

## 第七回

### 白侠有意探清宫
### 廉州无心遇石谷

却说白猿老人飞入紫禁城，一缕寒光直扑乾清宫。但见宫苑深沉，到处黑魆魆的，暗忖大婚在即，怎么一点子没有预备？穿过了三五座殿阁，才见靠西一所院落有火光映出来。白侠飞梭似的射进，见院中点着三五座满堂红，十多个太监围在一处忙什么呢。扑上院栋，定睛瞧时，见太监都在整理册子，一个中年太监道："咱们的前程被顺治老佛爷限定升到四品为止，又把谕旨铸在铁牌上，不准干预政事。任如何尽忠，总难巴图上进呢。"

一个老年的笑道："本朝入关之初，政令原很宽大，上朝的当儿，咱们班次原在满汉文武之前，被促狭的汉官奏了几本，老佛爷才不准咱们上朝，不准咱们干政，又把品级限了个四品。最伤心的，那年忽然把咱的十三衙门，尽都废掉，改设一个什么内务府，生路是断绝了。经老辈用尽苦心，才得设起乾清宫执事官及直殿局两个缺，为咱们啖吃之地，后来皇恩浩荡，重新裁去内务府，设立八监三司两局十三衙门来，彼时金爷爷是司礼监，张老德是御用监，王胜是御马监，林全是内官监，你那叔叔姜三是尚衣监，我做着尚膳监，还有曹安的尚宝监，吴喜的司设监，咱们八监何等荣耀，何等光辉？八监之外，还有尚方司、钟鼓司、惜薪司、兵仗局、织染局，不意老佛爷出了家，刘阁老坏了事，十三衙门一朝倒蛋，再设起

**261**

内务府来。你们知道的庶储司、武备院、内工部、采捕衙门、阿敦衙门，都还是当日十三衙门的遗迹呢。"

那中年太监道："你老人家讲的，都是故事，与眼前什么相干？现在平添出这许多女官，品级威权又都在我们之上，可怎么样呢？你瞧夫人一位是一品，淑仪一位是二品，婉侍六人是三品，柔婉二十人、芳婉二十人，都是四品。此外是尚宫局尚宫、司纪、司言、司簿各二人，司闱四人，女史六人；尚仪局尚仪一人，司乐二人，司籍、司宾、司赞各四人，女史三人；尚服局尚服一人，司仗四人，司宝、司衣、司饰、女史各二人；尚食局尚食一人，司馔四人，司酝、司药、司供、女史各二人；尚寝局尚寝一人，司设、司镫各四人，司舆、司苑、女史各二人；尚绩局尚绩一人，司制四人，司珍、司彩、司计、女史各二人；宫正局宫正、女史各二人，都是六品职。宫里有了这许多女官，咱们还干什么？就慈宁宫那里，也设了二品的贞容一人，三品的慎容一人，还有没品级的勤侍。"

一个少年太监接口道："此番挑选女官，只挑满洲八旗，汉军官员有女孩儿的，都想送进来候选。礼部回他祖制严禁小脚女子进宫，碍难通融。咱们都是汉人，经这许多满洲女官，高踞在上，如何还能舒适呢？"

白侠在栋上听得明白，知道女官的设置与民间毫无关系，遂也不高兴再侦探了，飞身退出，穿梭似的飞回来。回到白莲庵暗道：白走了一趟，不过探着清宫内官制的沿革，跟我的事有何影响？回想前尘，不禁暗自好笑。从此之后，大婚的如何热闹，如何繁华，都不问信。

一日晨起，忽一瓦片堕于面前，跌得粉碎。立占一课，布出卦象，细绎课理，大诧道：奇怪奇怪，我倒要去瞧瞧，究竟有何奇遇。于是襆被出游，逢山游览，遇水流连，从直隶到山东，从山东入江南，不计时日，不算路程，随便行去。高兴时停留三日五日，不高兴时一览就走。

一日行抵常熟，落了客店，听得街上鸣锣喝道之声，轿马纷纭，大似官员经过似的。就为事不关己，不去打听。一时小二进来道："本县太爷又到王画师家传旨呢。就为王画师不肯遵旨，现在邀了王太常同去劝驾了。"

白侠听了不解，遂问："县太爷官职极卑，怎么会得传旨？传旨是钦差的事情。画师本是个无职小民，如何会得抗违圣旨？圣旨又怎么会到小百姓身上？"

小二道："客官，你原来是乍到此间，不曾知道，本地这位王画师，真个奢遮。他的画据懂画的老爷们称说，不但是现代天下第一妙手，就古往今来的名画家，比得上他的也很少，所以名动九重，被当今康熙万岁爷知道了，圣旨到南京，要南京制台把他弄进京去，制台大人特地委员到县，叫县太爷同去传旨，似此千载难逢的机会，本朝旷荡的隆恩，偏这王画师脾气古怪，推说有病，不肯应召。其实何尝有病呢？每日跟王烟客、王元照两位大人喝酒论画，健得很呢。今日经过两肩轿子，前一肩是县太爷，后一肩就是王太常大人，想来是同去劝驾的。"

原来这王画师单名一个翚字，表字石谷，别号耕烟散人，是大宋忠臣王坚的后裔。世居常熟，自小别无嗜好，专喜绘画。虽无师承，东涂西抹，倒也卓然成家。此时天下画手推三王为最，是太常卿王时敏，表字逊人的；廉州太守王鉴，表字元照的；并麓台侍郎王原祁。这三位画家都是缙绅，凭借既厚，声望极隆，一语的品题，就能增损人的声价。

一日，王元照因事经过虞山，在僧寺壁间瞧见一幅用荻炭绘就的山水，虽然着墨不多，笔意很是生动。惊问寺僧，这是谁的笔墨。寺僧道："是王家小子，跑了来东涂西抹，雪白的壁子，脏得这个样子。禁止了好几回，总是不肯听。这里又是十方世界，不能禁止他不来，一错眼又抹上了。大家都有职事，又不能终日看守壁子。"

王元照道："这小子叫甚名字？几多年龄？住在哪里？和尚总知道的。"

寺僧道："就在左近。这小子名叫王石谷，通只二十来岁。"

王元照大惊道："只有二十来岁么？了不得了不得，我立刻就去访他。大和尚，烦你替我做一个引导。"

寺僧道："王大人很不必访得，要见，小僧去唤他来就是。"

王元照道："那么烦大和尚引我们家丁去一趟吧。"遂喊家丁王福："拿我的名片，多多拜上那位相公，说我见了他壁上那幅画，钦佩得很，现在这里等候，请他到这里来一会。他如果有事不得暇，请他不要走开，我就到他府上去拜会。"

王福应了两个是，回头向寺僧道："师父，咱们走吧。"

王元照是做过知府的，又是著名山水妙手，这么推崇王石谷，阖寺僧众听得这几句，吓得都愣了。那机警的几个和尚忙着去搜集石谷的画纸，谨敬珍藏，以为王大人这么称许，总是好的。就那数说石谷的大和尚，也急忙喊了小和尚来："西壁上小王相公的画给我留心看守，擦损了一点子，可仔细你的皮。"

小和尚诺诺连声，转了背就咕噜道："平日叫我留心白粉壁，休被王小子抹脏了的也是你，现在又叫我留心画起来了，为了这壁子不知受过你多少回排揎。"

此时那大和尚同了家丁王福自去邀请石谷，王元照在小斋中茶点，随便起坐等候。一时大和尚进来说："小王相公来了。"

王元照喜得直站起来，遂见王福引入一个布衣少年来，一见面就道："这位就是廉州先生了。"说着作下揖去。王元照连忙还礼不迭，仔细打量，只见他眉目清秀，丰神洒然，站在面前，玉立亭亭，宛似一株临风玉树。暗忖此子秀从骨出，怪不得腕下生春，有这的好笔仗。遂与他闲闲谈论，讲到画法，知道他既乏师承，又少识见的，是个质美未学的人才。遂道："我瞧你笔仗超脱，早知你天资必是高人一等，就可惜不曾得着名师益友的磋琢，可否请老弟到舍间住几时？我虽然不能说是识途老马，却还有几个朋友，画法都很不错。那古人真迹、宋元明三朝的画都还有些，很可以广广眼界，增点子识见，不知老弟意下如何？"

王石谷道："蒙先生这么奖掖，感激得很。自当趋侍左右，当磨墨洗笔之役。一俟禀过家慈，即当选定吉日，趋府恭谒。"

王元照道："石谷，我们一见如故，所有衣服铺盖，都不必携带得，你早早定了日子就来，我在舍间专候你。"

说着寺僧回素斋已备好，请王大人王小相公用斋。石谷起身要走，王元照挽住道："咱们谈谈有趣味。"于是吃过斋饭，王元照才下船回去。临走向石谷道："老弟定了日子，就叫此间和尚送一个信来。"石谷应诺。

送过王元照之后，石谷也欲回去，寺僧再三挽留，定要他绘画山水一两幅。石谷不禁暗自好笑，昨日这个王石谷，今日也是这个王石谷，我的画并没有进境，怎么昨日唯恐我画，今日唯恐我不画，转瞬之间，毁誉霄壤，真是最奇怪不过的怪事，遂推托身上不快，回家去了。

却说王元照回到家中，不暇干别的事，急忙忙找王烟客，告知他不期而遇，得着一个非常人物。王烟客道："是怎样的非常人物，你这么欢喜？"

王元照道："此人年纪很轻，通只二十来岁，也姓王，表字叫石谷。他的画笔真是非凡，人也耿介拔俗，潇洒出尘。"遂把在常熟相遇的话说了一遍。

王烟客也欢喜道："我明日就去访他。"

王元照道："不用访得，我已经与他约定，接他来家，把古画给他瞧，成全他一个成才。"

王烟客道："这是极有兴味的快事，我的家藏真迹也可送来，一并给他读。你此行竟有这么的奇遇，收着这么的高足，真令人艳羡不止。"王元照听了，更是得意。

不过两日工夫，石谷叫人送信，说出月初三准来。王元照道："今日是三十。"立命家丁王福同了舟子，把自己的座船开往虞山，把王石谷接来。王福领命开船而去。

到了初三这日，王烟客绝早就过来等候，直到晌午时候，家人进报，王福回来了。王烟客听了精神就是一振，遂见王福引了一个白袷少年进来，知道就是王石谷了。

欲知后事如何，且听下回分解。

# 第八回

## 王石谷应征北上
## 康熙皇降旨南巡

话说王石谷一见王元照，就从怀中取出一个红纸手本，恭恭敬敬呈于王元照，开言道："王翚蒙先生许侍左右，万分荣幸。奉家慈之命，奉上手本一份，愿拜门下。"说着跪下叩头，志诚诚拜了四拜。

王元照欢喜得什么相似，不亢不卑，受了半礼。遂替王烟客介绍道："此位就是烟客先生。"彼此见过了礼，当下同坐谈论。王元照与王烟客两个议论风生，南派画法是如何，北派画法是如何，哪几桩是南派的长处，哪几件是北派的好处，宋朝某人是如何，元代某大家是如何，明人的好处，某人重某法，某人主某派，石谷听了，一句话也不能插语。暗忖，画家有这许多讲章，自己孤陋寡闻，真是愧死。

自从这日起，石谷馆于西田，大开眼界，王元照、王烟客两人尽出唐以后的家藏名画，叫他坐卧游泳。石谷精神贯注地读画，王元照更是在旁指点章法。石谷天分本极高超，一说就懂，一点便知，三五年工夫，已经尽得古人秘奥，能融会南北两派的精华，撷取宋元各家的神髓，矫然特异，自成一家。

一日，石谷偶然高兴，仿倪云林笔意，写成一幅山水，王元照大惊道："你的画已入神品。你不是我的弟子，三百年来无此作矣。"王烟客也万分叹服。

此时王元照家往来的名宿如苏州吴梅村、常熟钱牧斋，都争作诗做文，替他传扬。偏是石谷自视歉然，还精心一意地向上。寝馈二十年，才得成为大家。

一日，来一个武进人，姓恽名格，字寿平的，是大明孤臣恽逊庵的儿子，也是个山水能手，特来相访。一见石谷的画，叹服道："石谷独步矣，我誓不为第二手。"从此搁笔，不再画山水，就此专工花卉，称为绝艺。

一日，又来两客相访，一个姓路名民瞻，一个姓周，单名一个浔字。周浔骨瘦如柴，像个有病的，路民瞻却精神满足，虎虎有生气。周路两人的山水，都学王蒙笔法，很自负的。当下一见之下，都不禁佩服得五体投地，同声推让，不敢再画山水。从此之后，路民瞻专心画鹰，画得雄健顾盼，极奋翮凌云之致。周浔专心画龙，画得烟云变化，极鳞爪飞腾之致。都成为名家，不在话下。

这一年康熙帝忽然有志南巡，下旨征召画师，画一幅南巡图。南北各省画师应召来京的，精山水的，精人物仕女的，精传神的，精花卉鸟兽虫鱼的，精竹石的，精墨龙猴鹰的，无不尽有，无不全备，就可惜都是偏裨之材，不过一长可取。要才兼众长，职胜总裁的，一个都没有。康熙帝于是不得不侧席求贤，彷徨咨询，就有人把王翚保荐上去。康熙帝道："王石谷朕也久闻其名，着江南总督江苏巡抚宣布朕意，妥送来京。钦此。"

巡抚接到旨意，不敢怠慢，督院立委了个候补知县，抚院就近委了个常熟县学训导，到王石谷家传旨。偏这王石谷托病坚卧，不肯应征。两委员无奈，只得向本县商量。本县太爷也枉驾过两回，石谷具了张患病甘结，恳太爷申详上宪。县太爷知道他与太常卿王烟客、太守王元照是要好的，就去邀他们代为劝驾。

见面之下，王石谷道："别人不知道，太常还有什么不知道？我是山林中的野鸟，飞啄自行，闲逸惯了。一朝叫我宫里去，犹之捉入了鸟笼，任这个笼金镶玉嵌，縻我的人如何宝爱，终失掉了野趣，倒不如山林中自在多呢。"

王烟客道："朝廷既有旨来，要不高兴进京，怕也没有那么容易。总之名高累人，谁叫你有那么本领，享那么盛名？"

王石谷叹道："欲辞不得，欲隐不能，不料名之累人，竟至如此。"

王烟客道："我看有一件事，老弟应召进京，倒也不无小小利益。"

王石谷问是何事，王烟客道："我与元照虽有点子古画，究竟寻常百姓，收藏有限。皇宫大内，收藏是极丰富的，老弟应召进京，可以大开眼界，不是小小利益么？"

王石谷道："这原是求之不得的事，但我所虑的，是到了京，绊住了身子，摆脱不来。"

县太爷见石谷口气已经活动，快活非常，忙道："只要先生应一应召，留京不留京，都由先生自主，皇上也不能相强的。"说到这里，回向烟客道："太常公，我这话说得错了没有？"

王烟客道："这个自然，三军之帅可夺，匹夫之志不可夺。老弟立志还山，圣明也必不相强。"王石谷方始允了。

县太爷大喜道："既蒙征君金诺，小弟立刻申报督抚两宪。一俟征君定了行期，再来恭送。"坐了一会儿，就欢欢喜喜告辞去了。

却说白侠在客店中探听明白，自诧道："照课象，南行必有奇遇，得收两徒。难道这画师就是我的徒弟么？很不像呀！现在且别管他，我且跟定这画师，瞧他有何举动。"

不多几日，王石谷征君动身了，走的是水路。白侠也就搭船赶去，由常熟到常州，常州到镇江，镇江到仪征，一路北上，经宿迁、邳州、峄县、沛县、济宁，直入山东，至北通州进京。两千多里水程，走了一月开来。

王石谷到京，就由工部堂官入宫请旨，奉上谕王翚着工部于次日卯刻带领引见。此时各省画师征召来京及自行投效的，已经不少，都已召入内廷供奉。王石谷召见之下，经康熙帝温言问答，大为称许，即令与各供奉一同起居。却见路民瞻、周浔也在其中。他乡遇故知，倍形亲热，拉着讲

268

话。偏这路周两人只是淡淡的，似理不理。石谷很是不解。

忽奉谕旨，即日南巡，着各供奉随扈出京，图绘沿途风景。王翚却另有一道旨意，着总裁绘画事宜。王石谷新承恩命，在他人看来是非常荣幸，他却依然无得无失。

不过三天工夫，康熙帝御驾出巡，各供奉随扈出发，由北而南，一处处巡幸将去。每至名胜所在，即召各画师到御前，面授机宜，叫他们绘画。有时特召总裁一人，有时并召各画师，指画形势，极目烟云，就御前起稿，也是极平常的事。从九月下旬出京，随地勾留，到十月初五日到泰安府。

这日登临泰山，特召路民瞻、周浔图绘南天门风景，路周两人应召到御前，见过驾，周浔忽地投袂而起，掷笔而前。那支笔一道白光，飞向御前，直望康熙帝心窝而来。康熙帝大惊，急忙格拒，不意路民瞻也奋笔而起，望准了康熙帝面门，直掷过来。躲避不及，肩膀之上早着了一下，急喊"拿刺客，拿刺客"。侍卫听得，急忙拔刀拥上，先将御驾护送到东岳庙去，然后把路周两人团团围住，刀枪并举，剑戟齐施，都喊"别放走了刺客"。

周浔、路民瞻背对背站着，赤手空拳地抵敌，可煞作怪，四五十员侍卫都是武艺精通，弓马娴熟，狠如狼健如虎，又都执着兵器，偏只远远地厮杀，近身不得。但是路周两人也只有招架的本领，没有冲杀的能耐。

看官，你道这两个人是怎么一个来历，为甚要行刺康熙帝，他两人的笔又怎么能够当作兵器？原来路民瞻、周浔都是海外郑氏部属，当时海禁极严，内地百姓有出海的，不管他是捕鱼是经商，都要立刻斩首示众，为的就是怕私自通海。彼时海中有一位命世英雄，当今豪杰，姓郑名叫成功，原是海寇郑芝龙的儿子，是倭妇翁氏所出。郑氏纵横海上，出入商舶，都勒捐重税，因此富堪敌国。两京沦陷的时候，郑芝龙拥立唐王于福建，建元隆武，引成功见驾，隆武帝见他骨相非凡，不禁倾心，就抚他的背道："恨朕无女妻卿。当尽忠吾家。"遂赐他国姓，赐名成功，封为御营中军都督，仪同驸马都尉，宗人府宗正。遂又赐他尚方剑，加封忠孝伯，招讨大将军。

清兵南下，郑芝龙望风迎降，成功跪地泣谏，不肯听从，他就行起招讨大将军职权来，召集旧部，在海里头挟着楼橹，凭着风涛，击楫扬帆，东冲西荡，活泼得生龙活虎一般。把厦门、金门两岛做了根据地，取漳州，取仙游，取揭阳，取普宁，筑造浯州城。又派兵到广东，救李定国，借兵与张名振，取舟山，改中左所为思明州，分所部为七十二镇，设立储贤馆、储才馆、謇言司、宾客司、印局、军品局各项官职，仇亲兼用，赏罚无私。此时隆武帝已殂，广西又拥立桂王为大明皇帝，改元永历，舆图日削，播迁云南。成功却通表称臣，永历帝就勒封他为延平王，赐予册印。成功受命之下，凡有便宜封拜，总穿着朝服，向永历帝座位，抗手焚疏，稽首叩拜。因此海上各将，没一个不服他的明察，感他的忠义。

大清国虽然兵精粮足，竟然奈何他不得。也曾遣将派兵，出过三五回海，没一回不是全军覆没。为的是北人不谙水性，一到了船上，就要头昏目眩，呕吐交作，成功搴旗督将，踏浪如飞，因此受亏不浅。改战为和，派了好多次钦差，和局终不曾成就。成功笑道："土地我所自有，爵禄亦我所自有，重爵厚禄的话，说给谁听？我的忠贞自恃，不特利害不足动吾，就是斧钺也不能移吾志呢。"遂与张名振联兵北伐，两入长江，又与张煌言三次北伐，直杀到南京城下，威震东南。到兵败回闽，又攻取台湾澎湖，赶去荷兰人，成为海外强敌。大清国至五省迁界，严禁出海，以避其锐。

成功殁后，其子郑经嗣位为延平王，倔强如故。这路民瞻、周浔，就是储才馆的上客，是南派武当宗拳技大家。听得康熙帝勒求画士，忽发奇想，北上投效，想乘间用铁笔杆行刺。果然一投就录用了，随驾出京。这日登临泰山，奉召画南天门风景，天威咫尺，相离甚近，以为时机已至，遂这么投袂奋起。

欲知后事如何，且听下回分解。

# 第九回

## 峨眉山白侠收徒
## 安德驿曹生受困

话说路民瞻、周浔被众侍卫围困在泰山南天门之下，山势险峻，回旋既碍自如，人数众多，冲击又难杀出。只见喊声震天，围如铁桶，战到两个时辰，两人气力不加，势已危急。路民瞻叹道："不意我两人毕命于此。"

话声未绝，陡见一道白光从外飞入，冲激得地上尘埃如烟而起，顿时场上众人眼目尽眯闭住了，一个也张不开来。只听得耳边呼呼作响，好一会子，张目瞧时，齐叫一声"哎呀"，路民瞻、周浔都不见了。山势突兀，山路崎岖，四面哪里有两人的影儿？大家愣了一会子，只得都到驾前请罪。康熙帝无法奈何，只得命传神画师绘出两人的面貌，注明年岁，传旨各省，按图搜捕。一面启驾而南，到郯城驻跸。王石谷一路随扈，那幅南巡图经他总裁，口讲指画，咫尺千里，好在他不过草一张总稿，指派各名手分绘。御驾到苏州，全力已经绘成。康熙帝瞧了，称赏不止，就要授他官职。王石谷再三辞谢，力陈不能任职，康熙帝只得罢了，加恩准其回里。王石谷归隐到常熟，烟云供养之外，不过吟风弄月而已，这都是后话。

却说路周两人正在万分危急，性命呼吸的当儿，陡见白光如电，激得地上尘埃如烟而起，只得合住了目。忽觉身子被风摄起，耳畔呼呼作响，吓得不敢张目，两脚腾空，也不知飘荡了几多的路，直等呼呼的声音住了，才觉身子落地。张目瞧时，却在一所壁立万仞的危崖上，四顾万峰矗立，烟树苍茫，也不知是什么所在，是何地名，两人相对愕然。

周浔道："怪呀，怎么会到这里的？"

路民瞻道："你看夕照衔山，天已晚将下来，寂寂危崖，绝无一个人影儿，你我不是遇仙，定然遭怪。"

忽见周浔指道："那边来的不是个人么？"

路民瞻回头，果见一个瘦削短小、尖嘴阔腮、火眼金睛、眉发都白的怪人儿，那人走路风一般的快，眨眨眼已到眼前。遂问："你是何人？"

那人转问道："你们从何而来？"

只这一句，就把路周二人问住了，愣着眼半晌答不出一语。还是周浔心机灵动，一转念就悟到，开言道："那道白光儿敢情就是你老人家发出的？我们被困山中，性命呼吸，蒙你老人家援救出险，你老人家谅必是仙人。但不知此间是什么地方？我们意在云里雾里，尚望指示。"

那人笑道："你二人多大的本领，就敢挺身行刺？如今可知道厉害了？这里是峨眉山，侍卫们追赶不到的，尽可安心住下。"

路民瞻大惊道："是四川峨眉山么？"

那人道："自然是四川峨眉山，哪里有第二个峨眉？"

路民瞻、周浔齐道："泰山到峨眉好多千里路，霎时间就到了，定是仙法。你老人家定是仙人。我们今儿遇了仙，就求你老人家慈悲，度我们仙去。"说着跪地叩头不已。

只见那人笑道："要我度你们也不难，只问你们诚心不诚心？"

二人都回"极诚心"，周浔并叩问那人姓名，那人笑道："既是仙人，何必留名着姓？"

路民瞻道："就纯阳祖师，总也有个名号。你老人家的道号，弟子等也该知道的。"

那人道："我叫白猿老人，并不是什么仙什么怪，不过略懂点子剑术，稍晓点子课理。占得一课，知道你们二人与我有一段因缘，所以略施剑术，把你们援救到此。"

二人大喜道："原来师父是剑侠，我们得遇师父，缘真不浅。求恩收录在门下，成全了我们。"

白侠一口应允，当下两人大喜，志志诚诚跪下地，拜了四拜。于是白侠就引两徒到石屋中，教给他们静坐运气之法。

收视返听，为剑术之初步，开南侠之先河。看官，南侠北侠，既出一源，为甚形气不同，精神各别？要知南橘逾淮，变而为枳，即在江南，只要年岁久了，也会叶上生刺，渐不可食。学术与物理本无二致，即如医学，伤寒本该百病，自从叶薛徐王大唱温热之说，主张跳出伤寒圈子，江河日下。到目下的时医，竟不知《伤寒论》是何书，张仲景是何人。颠预施治，误己误人，殊不知跳进了伤寒圈子，才能够跳出。伤寒门径都不知，如何可以高谈跳出医学？如此剑学可知。无怪目下权豪横行，从未见剑侠出而惩治也。

闲言少叙，却说白侠收了路周两人为徒，就嘱咐他们在山勤练勿怠，自己却依然游行行侠。一日路过华阴，乘便瞧瞧顾怪。顾怪恰好在家，见面之下，谈论极欢。顾怪道："年来经商垦牧，在在获利，总稽簿籍，积贮已将千万。兵饷一层已经不缺了，就可惜人才凋谢，李向若既归道山，冒辟疆又遭物故。上月惊信传来，傅青主被当道强征北上，誓死不就，得放归来，又听说病了，不知生死如何。将来异军特起，统驭何人呢？"

白侠道："郘阳李向若几时死的？"

顾怪道："一个多月了，前天郭匡访送他的墓碣来给我瞧，我见题的是'逸民李向若先生之墓'，很为恰当。"

说着，外面送进一封信来，顾怪拆开，瞧未数行，不觉两泪涔涔道："傅青主死了。"遂把书递给白侠。

白侠接来一瞧，见写着："青主有病，二孙欲为切脉，青主不肯道：'我求死于二十年之前，岂反求生于三十年之后乎？'遂拒绝医治。临死，遗命以朱衣黄冠为殓。"瞧毕，摇头道："李向若、傅青主都是血性男子，可惜可惜。"

顾怪道："我为的是将来举义，共事无人。"

白侠道："宁人先生，你的志愿，忠贞坚毅，我很钦敬。不过清朝的兵力，康熙的英明，就是你竭力做去，我以气数卜之，怕也难嘘已灰之焰呢。"

顾怪道："一木原难支大厦，我也知道气数如此。但是耿耿此心，何能自已？"

白侠道："既知气数，何必违天逆做？"

顾怪半晌无语，长叹一声，不禁滴下英雄泪来。白侠知道他已经觉悟，所以心伤泪落，也不去劝慰。耽搁了几日，就告辞起行，随意东游。一路游山玩水，闲逸异常。

一日行到山东安德地界，忽见尘头大起，喊声震天，远远望去，黑簇簇一圈的人，围住一将在那里厮杀。六七个战一个，鞭锤大刀，走马灯似的追逐。圈中的将手执长枪，左冲右突，倍增英锐。外面还有四五个挟弹弓的，手撮铁丸，站在那里等候。白侠一见，口称奇怪。

原来康熙帝共有三个兄弟，是和硕裕亲王福全、和硕恭亲王常宁、和硕纯亲王隆僖。内中要算恭亲王常宁紧有干才，为人和气，遇士谦恭，平日跟朝士们有说有笑，并不以王位自矜。只有一件，贪财好货，银钱这东西总是不嫌多的。听得两淮盐院出息不坏，忽发奇想，请了个病假，悄悄地南下。行抵扬州，找个寺院住下，吩咐家人们不许传扬泄露。这所寺院名叫天宁寺，是扬州第一所大丛林。住持僧慧宗跟盐院很是要好，现在见来了一伙口操京腔的寓客，举止阔绰，行动豪华，询问从人，都说是某省道员，入都陛见。瞧他那样子，又不像是道员身份。

慧宗奔告盐院，盐院道："别是京里大员奉旨查办什么事件？"

慧宗道："僧人也很疑虑。昨儿晌午时光，先进来是两个体面管家，说他们主子路上患了病，要几间洁净房屋养病，香金多少倒也不计。我就把方丈后面的三间精舍，收拾了让给他。一会子行李送到，大箱小笼，足有三五十件。部署定当，那主人才坐着暖轿，带着十多个仆役，簇拥而来。僧人出去迎接，那人下轿，只点头微笑，并不跟我讲话。拜过佛，就向仆人道：'带来的绣幢呢？拿来张挂了。'就见两仆抬出一只大紫檀匣，取出一副陀罗锦的绣幢来，幢上诸佛菩萨，绣得活的一般。那点缀的树石山水，都是绿松珊瑚珠宝镶嵌成功的，华丽精巧，差不多是内府皇宫的珍品。那人眼看仆人张挂好了，不交一言，就进房去了，今天也没有出来过。"

盐院道："何不从他仆人那里探探口气？以后有甚举动，烦你就告知我。"

慧宗应诺，回到寺中。徒弟告诉他新来的大员派遣仆从到古董铺看了许多古玩字画，教场街、左卫街各古董铺得着消息，都派伙计前来兜生意呢。慧宗问："成交了没有？"

徒弟道："也有成交的，也有不成交的。这位大人很肯出价，只要东西好，价钱贵贱倒也不很计较。"

慧宗道："这位客体统势派都不小，不知是什么来头。你们可小心伺候着吧。"众僧应诺。

恭亲王在天宁寺连住了十多日，也不游玩，也不拜客，镇日静坐一室，足不出户，只收买古董字画。扬州各铺的奇珍异玩，差不多被他搜罗了个尽，花的银子真是上万盈千。阖寺僧人跟那盐院猜不透他是何路数，倒都上了心事。

这日又有一家古董铺派伙计送一支白玉如意来，一时看对了，问他价值，这伙计索价一千两银子，恭王道："一千银子真不贵。"遂令家人收了，亲自开箱付他银子。伙计大喜，接了银子出外。不意一个家人向他要分利一半，那伙计不肯，争论起来，两个人几乎要打架。众和尚都来劝解，人声嘈杂，闹得鼎沸一般。恭王在内听得，派人查问，把古董伙计跟那家人一同唤到里头，问明情由，恭王道："我生平购物从不许家丁需索

275

陋规。"立叫那伙计收了银子去，一面喝令把那家人捆起来鞭责，连抽数百皮鞭，打得个皮开肉烂。众仆都替他求恩，才命放下撵出去完事。那家人身负重伤，不能走路，只得向和尚求告，暂借一榻，调理伤痕。慧宗大喜，留他住下，待遇得非常周到，却乘机刺探他消息。那家道："实不相瞒，咱们主人不是别人，就是当今皇上的兄弟恭亲王。"

慧宗大惊道："恭王爷到这里做什么？"

不知那家人说出什么话来，且听下回分解。

# 第十回

## 恭亲王满载北归
## 曹仁父携金南下

话说那家人见慧宗询问，遂道："师父是出家人，说与你知道谅也不要紧。咱们爷此番南下，奉有朝廷密谕，清查两淮盐务的积弊，改扮私行，就为怕风声泄露呢。"

慧宗报知盐院，盐院吓得面如土色，忙向慧宗求计。慧宗道："现在世界人情鬼蜮，凭一个人的话，也断不透这位王爷是真是假。大人倒不能不谨慎一点子。"

盐院道："恭亲王我是见过的，真和假一见便能分晓。倒是他深居简出，轻易不能够会面。"

慧宗道："这倒不难，他的卧房就在方丈后面，只消隔着纸窗，悄悄一窥，谁又能知道呢？"

当下盐院依话跟随到寺，如法炮制地窥了个透明，见一个疏眉朗目、天表亭亭的少年正在那里伏案写字，不是恭亲王更是谁？盐院骇绝，拖着慧宗衣袖到方丈里，开言道："果然是四王爷。慧公，你看有什么解救的法子？"

慧宗道："据僧人看来，第一总要走通他家人的路子。好在受伤的那一个跟僧人很讲得来，大人肯屈尊时，就同去见见他好么？"

盐院道："很好。"于是二人同到那家人屋子里。

慧宗先替盐院道地说明缘由，那家人大惊道："师父，这个你害杀我了。咱们爷的脾气你总也知道，为了回扣的小事，还把我打了个半死，现在泄露他的机密，我还有命么？再者我不过是府里一名护卫，就是不撑出，在王爷跟前也没有讲话的份儿，何况已经被撑？哪能替你们设法呢？"

慧宗央告不已，那人道："我指给你们一个人，你们去求他。他要是肯答应，你们的事情就有指望了。"

盐院大喜，忙问是谁。那人道："此人是府里的大总管，我们都称他作张老公的。他原在宫里当差的，还是那年当今恩准了王爷迎养太贵妃，他跟太贵妃出宫的呢。王爷很听他的话，你们只要跟他商量，他肯答应，就不要紧了。"

盐院道："深蒙指点，感激得很。但兄弟与张老公素昧平生，少不得还要你老哥做介绍人呢。"

那人应允，叫小和尚入内相请。一时一个肥头胖耳的太监，自内走出，见了那护卫就道："小徐，请老子出来有什么事故？敢是要爷依旧收用你么？"

那小徐道："我的事哪里就敢烦你老人家。"说着便向盐院一指道："是这位大人呢。"

张老公回头把盐院估量一回，问道："是谁？我不认识呢。"

慧宗上前赔笑替盐院代通姓名，并把来意婉转说明。张老公大跳道："小徐，你真作死呀！你在府中当了这么年数差，越当越通透了，连爷的机密都敢泄露与人了！回了爷，瞧你能够活命不能够活命！"

小徐急道："师父，我被你们害了也。"

慧宗忙替他解说，盐院也作揖求情。张老公道："此事怕不易办到呢。王爷已经查访明白，不日就要回京复奏了。两淮盐务积弊有五弊十害八可虑的话，奏本稿子已经草就。"说到这里，遂把奏本朗诵了一遍。盐院吓得只是作揖，口口声声都是成全仰仗央求的话。

张老公道："我有甚不答应？不过费一句两句话，现成好人，谁也不

278

乐做？倒是咱们王爷不易讲话，小徐也知道的。我说了也未必中用，还是你们另想法儿吧。”说完话就想进去。

慧宗赶忙拖住道：“张老公，慈悲慈悲吧，你不能讲话谁还能讲话？王府里还有谁强过你老人家。你要肯慈悲，别说盐院大人，连各场的大使，各引的运商，都感激不尽你大恩呢。”盐院又再四央告。

张老公道：“法儿呢，还有一个，怕你们不愿意行呢。”

盐院道：“只要能够免参，倾家孝敬都愿意。”

张老公道：“你肯倾家就好办了。咱们王爷在五台山寺里许过一个愿，一径要了，一径没有了。就为分藩以来，府中食指浩繁，没有余钱干这件事，太贵妃也催过几回。现在只要你们代了了此愿，王爷就是不答应，我有本领会请太贵妃止住他呢。”

盐院大喜过望，忙问什么愿，交给我，准替王爷代了是了。张老公道：“那也不值什么。许的是铸十八尊赤金罗汉，每尊需金一万一千两，连耗费也不过二十万两金子罢了。”

盐院听说，惊得呆了。既经答应，又未便翻悔。少不得各引各场互相摊派，把历年赚进的钱呕出几个来，这一下竟把苏浙两省的金子搜罗了个尽。

风声所布，就引出一个英雄来。这位英雄也是海外郑氏旧部，姓曹名仁父，瞧他外貌，斯文一脉，是个书生模样，谁又知道他是武当派内家拳技呢？现在得着消息，扬州牧刮金子孝敬什么王爷，他就发念，此种不义之财，落得劫取他来，作一个正用，于是就到扬州侦察。落了店，先在城中各闹市街口逛了一会子，教场、辕门桥、多子街、左卫街、砖街，没一处不到。又出城雇了一只船，逛小金山、平山堂各处名胜，候了好多天，才见天宁寺中的恭亲王满载北归，盐院同了一府两县都来送别。曹仁父就暗暗度在后面。

这日将到安德，经过土山冈，瞧见路狭地险，发一声喊，蹿身出去，众护卫不曾防备，齐吃一惊。突见鹰鹫似的一个黑影，只一掠已到面前，驴车上觉得一沉，就被提去两大包金子。每包一千两，两包就是二千两。那黑影摄取了金包，飞一般去了。众护卫齐齐发喊，不意才一转瞬，那黑影又掠到了。喊声起处，又提了两包金子去。霎时之间，来回三次，提去六大包金子。

恭亲王急急把行李车聚在一处，叫众护卫执齐兵器，弹弓手备齐铁丸，无论如何，总要把这飞贼拿下。曹仁父虽然勇猛，连盗三回金子，提取飞行，究竟折去不少的本领。第四回飞来，就被众人围住了。曹仁父左格右拒，斗了好一会子，究竟是空手敌不过兵器，忽地缩退三步，趁人家冷不防，一起手抢到一杆长枪。长枪到手，如鱼得水，如鸟冲霄，顿时展舞起来，大气盘旋，左冲右突，七八个勇将，四面杀来，全不惧怕。

恭亲王下令，拿到了飞贼，立赏黄金二千两。重赏之下，各将都抖擞精神，围攻得更为厉害。并且四面都有弹弓手守着，只消跳出围子，铁丸就雨点一般地打来。各护卫轮流围攻，曹仁父使的是峨眉枪法，钩挑斫刺，神出鬼没。时间久了，气力不加，看看势将败下，危急异常。

正这当儿，白侠恰恰漫游到此，远远地眺望，识得围中的那人使的是峨眉枪法，不禁失声道："峨眉枪法失传已久，此人谅也是个英雄人物。斗得这么凶狠，我不救他更有谁能救他？"想毕，放出神剑，白光闪电似的冲荡进去，激得尘埃飞起如烟，围中的人都眯住了目，闭住了张不开来。一会子睁开，早不见了那飞贼。

众人回过恭亲王，恭亲王道："这厮敢是有妖术的？"

众护卫面面相觑，都不能回答。恭亲王叫检点行李，失去了多少东西。护卫回称失掉六个金包，别的东西都不短。恭亲王十分心痛。正这当儿，白光又飞掠而至，尘埃飞扬，大家都合了眼，才一转瞬，行李车上又失去了四个金包。恭亲王心痛得放声大哭，二十万两黄澄澄的金子，平白地丧掉一万两，所幸飞贼知足，就此不再光临，这劫余的十九万两得以平安到京。

却说白猿老人救出曹仁父，到土山背后，把他放下。曹仁父一见白侠，知道得遇异人，拖住了要他收己为徒。白侠问他姓名来历，曹仁父道："我原是东宁储才馆上宾，就为路民瞻、周浔久无消息，特来寻访。无意中遇这恭王讹诈钱财的事。因为岛中藩主费用浩繁，取他点子赠给藩主去。不意众奴拼命，几为所困。"

白侠道："你摄取来的金子都在哪里？"

曹仁父道："就藏在土山冈下那株枯树腹里。"

白侠道："摄取过几回？"

曹仁父道："共是三回。"

白侠道："既然如此，我也略略效劳，玩他一回，消遣消遣。"说着一道白光，如电而逝。才一转瞬，白光已到眼前，扑然一声怪响，但见白侠已站立面前，四个大包放在地下。大骇道："四千两金子，多么的重？一会子就提了来，我师真是神人。"

白侠道："金子这东西我是没用的，你可一并将去。"

曹仁父道："弟子幸遇我师，拟即投拜门下，望我师慈悲收录。"

白侠道："你既有志，我也很高兴。你那朋友路民瞻、周浔都在我那里。"遂把南天门救下二人，现在峨眉学剑的话说了一遍。曹仁父大喜，就要白侠带去。白侠道："你这许多银子作何处置？累赘不累赘？还是回到台湾去放掉了再来。"

曹仁父道："蒙师教训，自当谨遵，只是再到中国，哪里来找师父呢？"

白侠道："只消到四川峨眉山，就是我不在，总有人招接你，你等着就是了。"

曹仁父道："峨眉县的峨眉山，共有大峨、中峨、小峨三山，环抱绵亘五六十里，峰回路转，都很崎岖，到哪里来找你老人家？"

白侠道："你到大峨绝顶就是了。"

曹仁父应诺，只听白猿老人道："咱们后会有期。"才说得这一声儿，就影踪都没有了。曹仁父赞叹不已。

当下把四个金包提到枯树头一并藏在树腹里，顺步下山。走到一个市镇，吃过饭，雇了一辆骡车，驱向土山来，把枯树腹中的金包提出，一一放在车厢中，驱车南行。行李虽重，上车下车都是自己动手，赶脚的也不曾觉着。十多日工夫，早到江宁省城，从江宁搭船到南通州，从南通州搭船出海。海禁虽严，好在守关的官员只要的是钱，花掉了十多两银子，就能够放行无碍。乘风扬帆，不则一日，早来到台湾海岛。进了鹿耳门，改坐小船，径上东宁府，求见藩主。哪知藩主正为了一桩机密大事，与大将刘国轩商议呢。

欲知何事，且听下回分解。

# 第十一回

## 刘国轩计斩国师
## 曹仁父路救金老

话说台湾延平王郑经是郑成功的儿子，郑经比不得他老子，苟且偷安，不图进取，就那一班文武，也是老成凋谢，龙盘虎踞的气概已不知消磨到哪里去了。此时只有大将刘国轩，勤劳国事，昼夜练兵，成一个擎天石柱。偏偏清朝福建制台，在漳州大开馆第，崇衔厚币，大事招徕，又派遣能人刺客，入台行刺。郑经与刘国轩都遇过好多回刺，因此台中戒备颇严。

一日，忽来一个异僧，口操粤音，自言深通壬遁风角之学，于剑术也能略知门径。为慕藩主忠义，航海来投。郑经跟他谈论，果然说剑谈兵，都中窾窍。于是尊为国师，十分优待。那国师倒坦受不辞。住了几时，渐渐地骄蹇，渐渐地肆横。初时盛气所凌，不过及于储贤、储才两馆宾客，后来对于文武各官，也都颐指气使。众人因他是藩主所尊重，也就让他一二，不意得寸进尺，竟就逼及藩主身上来。郑经不堪其横，很是厌恶。岛中文武就有疑及此僧是清廷派来做奸细的，回过藩主，藩主就叫人暗地侦察，侦察的结果，都说闽粤大丛林并不曾有此僧，来历不明，很是可疑。

郑经道："这个恶僧这么强横，定是奸细无疑，不早除掉，是本岛的心腹大患。"

众文武都道："恶僧是有练气功夫的，会得金钟罩，刀枪不入，铁石难伤。就怕打虎不死，反为所害。"

郑经听了很是踌躇，特召大将刘国轩到东宁商议。正这当儿，曹仁父回来了。当下曹仁父为带着许多金子，急到东宁，求见藩主。郑经立刻请见。仁父跟随传事官入内，见延平王家常打扮，头扎软巾，身穿便服，跟刘国轩在便殿中闲坐讲话。仁父打恭相见，郑经含笑站立招呼，问："曹先生几时回来的？"

仁父答道："才到。"

郑经道："先生新从中国来，清朝有什么举动？"

曹仁父道："没什么，不过康熙西巡访父，到了五台山，顺治却不肯跟康熙会面。山上僧众忙着赶办接驾的事，派顺治管理碗碟，顺治失手碰碎了不少的古瓷器，写信进京，叫康熙赔偿。康熙就大开御窑，制造细瓷，送山赔偿。"

郑经道："此事已经有人向我说过，不是新近的事么。"

曹仁父道："新近康熙南巡，在山东地方遇刺，两个刺客都是画师，且都是咱们这里的人。"

郑经道："刺着了没有？"

曹仁父道："刺着倒好了，偏偏侍卫厉害，刺客被围，血战了大半日，几乎被他们擒住。亏得遇着个剑侠，救了出去。现在深山学习剑术呢。"

郑经道："莫非就是路周两先生？"

曹仁父道："是的。"

郑经向刘国轩道："将军记得么？路民瞻、周浔当日自告奋勇，我原再三阻止，将军也帮我劝过的，不意身入重围，几乎被敌人所算。"说着不胜感慨。

曹仁父又把自己劫得金子，专诚送来的话说了一遍，郑经大喜，连声称谢，忙命司库官照数收了。

曹仁父道："我瞧藩主与刘将军有甚机密大事似的。"

郑经道："曹先生目光真可以。"遂把国师骄横的话说了一遍，并问他有甚法子。曹仁父道："刘将军总有高见。"

刘国轩道："某感先生知遇，愿拼此身命与恶僧决一生死，以报藩主。"

郑经道："曹先生你看如何？"

曹仁父道："此事还宜从长计较，动手之后，万一不胜，反倒招灾惹祸。"

郑经道："我也是这么说，刘将军，咱们还是另想别法吧。"

刘国轩道："事之成败，都由我一个人担当，决不丝毫累及藩主。请放心就是。"

郑经道："我倒并不怕什么，为的就是刘将军。刘将军是我这里的擎天石柱，终不然为了一个恶僧，坏掉我的擎天石柱，很是不合算。"

刘国轩笑道："这倒不劳藩主烦心，我自问本领对付这恶僧用力虽或不足，用智却还有余。"

郑经道："用智如何着手？"

刘国轩道："那也不能预定，看事行事就是。"

从这日起，刘国轩曲意交欢国师，款待异常，两个人没一日不会面。交至一月有余，已经情逾骨肉。一日，刘国轩约国师到温池洗浴，脱衣下池洗澡的当儿，刘国轩笑道："国师富于佛根性，道心澄澈，功力圆足，倘然遇了摩登伽女，不知还能镇定否？"

那国师笑道："从前参寮和尚说禅心泥絮，不遂春风。老衲参透已久，区区色戒，还足为魔障么？"

刘国轩听了，异常敬重。遂道："明日国师得暇，某当虔心置办筵席，在储才馆中一叙，务请赏光为幸。"

那国师道："将军赐饭，老衲定当叨扰。"

刘国轩大喜，浴毕分别，约定明日酉刻亲来相邀。

刘国轩回第，就请曹仁父到家商议。曹仁父闻请即来，两个人在一室中秘密计议，定出奇谋秘计，于是点兵派将，暗暗布置。

一到次日，刘国轩清早就到储才馆察看一切，见诸事布置都已就绪，心下很是欣然。到申正时光，刘国轩带同随从，牵了马匹，亲自来迎国师。那国师不知是计，欣然上马，与刘国轩并马按辔而行，直到储才馆大门下马。陪到里面，见厅上灯烛辉煌，地下是五彩地毡，铺得花团锦簇。四壁都张着彩绣锦缎壁衣，座位都已设置定当，椅上是椅披坐垫，桌上都结有桌帏，都是红缎五彩金绣的。镏金的烛奴分立四角，都烧着绛烛，合了上面悬着的珠灯，真是上下争辉，光耀一室。

刘国轩赔笑请国师入座，先茶后酒。曹仁父与三四个储才馆上宾，都出来作陪。诙谐百出，言笑极欢。酒至半酣，刘国轩召入八对狡童、八对艳女，都是十八九岁年龄，艳若春花，娇如弱柳，春云出岫似的走到筵前，行过了礼，就当筵歌舞起来。协着丝竹，吐出的音宛如九嗪黄莺，十分柔媚。刘国轩更演讲古今艳史，口讲指画，指东说西尽致。那国师谈笑自若，竟然没事人一般。一会子，歌童舞女都各退去。

喝到酒阑，刘国轩起身道："我陪国师里面去逛逛，广广眼界。"

那国师笑称可以，曹仁父等陪着一齐举步入内来。才到内院门口，揭开软帘，就觉一缕甜香，从鼻子管直透顶门，顿时透骨酥麻，全身浑荡荡，宛如在云端里一般。但见满院中火树银花，光明如昼。十六对狡童艳女都脱得赤条条一丝不挂，地上铺有三寸厚的毡子，那一对对妙龄男女，都在那里对合，并且男歌艳曲，女发淫声，氤氲香气熏人欲醉。那国师虽是根蒂坚固，怎奈花貌雪肤，生香活色，活现在眼前，柔情曼态，不禁被感得神气疲倦起来。回顾刘国轩道："可有椅子掇一个来坐坐。"

刘国轩连声道："有有。"举目暗示曹仁父，曹仁父会意，暗暗掣剑在手。一时椅子掇来，那国师颓然坐下，曹仁父提足精神，奋剑一挥，血花飞溅，那国师的脑袋已砉然落下了。刘国轩大笑道："任恶僧练气功深，总不出我之所料。从今而后，藩主可以高枕无忧矣。"

忙叫人报知藩主，郑经喜极，次日就在延平王府置酒庆功，藩主亲自作陪，请刘国轩坐了第一位，曹仁父坐了第二位，郑经殷勤劝酒，宾主尽欢而散。

喝酒的当儿，曹仁父当筵告辞，言自己明日即将北行，不及来府拜辞。郑经道："曹先生前程远大，本藩何能阻止？但愿你到剑术学成而后，依旧来此相助，我是盼望着的。"曹仁父应诺。

次日，曹仁父搭船北行，云水苍茫，海里头行路，不过是吃喝睡三个字。恰遇着南风，船行如马，三五天工夫已进了乍浦口子。从乍浦到平湖，才待进城，忽见一个须眉皓白的老头儿在那里跳河，曹仁父急忙上前，一个虎跳，跳到河边，伸手一把抓住了那老头儿，问道："老丈你这么大年纪，阎王不来请你，你倒自己找上去，却是为何？"

那老人未曾开口，两泪先流，开言道："小老儿年逾六旬，所生一子，薄有田产，粗堪温饱。就为儿子少不经事，在家终日游荡，不长进。有个亲戚在京里做京官，写信来说部衙门招考供事，小老儿就叫儿子进京应考去。一来叫他增长点子阅历，二来也叫他图一个出身，以备日后支撑门户。不意他到京半年，竟然失踪了。生死莫必，存亡不知。小老儿悲痛切心，老伴儿又为痛子成病，丢下我去了。年轻的媳妇也终日跟我吵闹，要索还她的丈夫。小老儿这种日子，真是生不如死。"

曹仁父道："老丈，天下的事，绝无一死能了之，无论如何为难，总要人去办理。你老人家姓甚名谁？你那儿子叫甚名字？几多岁数了？你那做京官的亲戚姓甚名谁？什么官职？在北京住在哪里？"

那老人听了把衣袖一面抹眼泪，一面说道："小老儿姓金，表字叫耕烟，儿子叫春畦，通只二十岁，一表人才，长得好一副品貌。那亲舍胡人俊是小老儿的表弟，现在刑部当主事，隶在江西司里。"

曹仁父道："既然如此，你且好好回家，别再寻死觅活，你那儿子金春畦我替你去打听，无论死活存亡，总给你办一个水落石出。"

金耕烟听了，感激涕零，不禁倒身下拜。曹仁父道："老丈何必多礼，我也不过是一时高兴，你回家去静候是了。"

当下金耕烟再三称谢而去，曹仁父一诺之下，就风尘仆仆赶进京来探听。一路无话，这日到了北京，先找了下处住下，径投刑部街刑部衙门来找那胡人俊，哪里知道刑部衙门规模宏大，找人很是不易，大堂左堂右堂三堂的尚书侍郎已经有六位，此外各司各厅鳞次栉比，但见司务厅、提牢厅、督捕司、司狱司、奉天司、直隶司、江苏司、安徽司、福建司、浙江司、湖广司、山东司、山西司、陕西司、四川司、广西司、广东司、云南司、贵州司……

欲知江西司找得与否，且听下回分解。

## 第十二回

# 设圈套土豪渔男色
# 中毒计浪子受宫刑

却说曹仁父到了刑部衙门，找了好半天，才找着江西司。一问时，那位胡主事已经家去了。曹仁父撞了个空，好生没趣。打听胡人俊住在哪里，衙门中有知道的，就告诉他住在打磨厂，只得重到打磨厂来。好容易找着了，那位胡主事恰好在家，见面之下，曹仁父说明来意，胡人俊道："老哥侠骨热肠，不远千里，代人探访，感激得很。但是偌大的北京城，人海茫茫，哪里找去？"

曹仁父道："金春畦到京之后，住在哪里？交的朋友都是哪一等？"

胡人俊道："金春畦到了京，那脾气仍旧不改，惹草拈花，一径跟几个小旦混。在失踪前几天，听说交上一个旗下人，姓佟的，后来就不见了。那姓佟的旗人，我也查访不出。"

曹仁父道："他寓在哪里？"

胡人俊道："他住店的。住的是三义店。"

曹仁父道："住的是三义店么？巧极了，我也住在三义店呢。我就回去探问。"随即告辞退出。

回到客店，唤小二上来询问。原来这金春畦生就的佻挞性，十四五岁就在外面惹草拈花的不老成，轻浮姐儿被他勾引上手的，不知多多少少。恃着家财丰富，模样俊俏，镇日镇夜花丛里头混。他老子金耕烟怕他荡坏身子，恰值部中招考供事，就叫他入都应考。哪里知道他江山易改，本性难移，到了北京，依旧征歌选色，忙他的事，功名两字哪里还在心上？北京时尚盛行的是玩小旦，金春畦虽然乍到新来，习俗移人，却早结了一个肺腑知交，就是名动九城的歌郎李素棠。两个人情投意合，如漆如胶，说不尽的要好。春畦带进京的银子不上几个月，都花光了，床头金尽，壮士无颜，没奈何只得在宣武门外法源寺里赁了间房屋，从三义店搬出来暂住。一面打发仆人回家取款，约定款子一到，就替李素棠脱籍。一日忽得惊报，说李素棠忽得暴疾身亡，急忙赶到那里，已经棺殓。抚棺大恸，狠狠哭了一场，从此屏迹繁华，绝意声色，只在萧寺里索居寂处。想着素棠不免短叹长吁，神伤泪落。不到两个月，却早闷成了一病，药炉灯影，客况愈增凄惨。正是：

千里江关哀庾信，九秋风雨病相如。

一夕，挑灯默坐，四壁虫声，响成一片。触景生悲，正在偷弹珠泪，独自伤怀，忽寺僧进报，有客奉访。春畦心里疑惑，我在北京交游甚少，这访我的是谁呢？想犹未了，那客人早已跨进房，拱手见礼。春畦一边还礼，一边把那人细心估量，但见那人紫糖色脸儿，浓胡须，满脸油腔，全副滑气。一见春畦，拱手请问姓名。春畦通过姓名，转问那人。那人自言姓佟，旗下人氏，现在内务府供差。生平极喜交朋友，偶过此间，听得寺僧说寓有南客，果遇我兄芝眉兰宇，不啻神仙中人，心里欢喜得很。春畦见他谈吐蕴藉，不觉倾倒起来。谈了一会儿，那姓佟的就告辞去了。从此之后，无日不来，无言不说，相交得十分莫逆。

一日，姓佟的来访，长谈解闷，渐渐谈到声色上。姓佟的道："京师梨园色艺之盛，堪称天下第一。我兄也曾涉猎过么？"

春畦见问，叹了一口气道："再别提起，兄弟再不愿涉足此中了。"

姓佟的忙问何故，春畦道："一言难尽。"当下就把情恋李素棠并素棠暴疾身亡，不胜美人黄土之感，尽情倾吐，告诉了姓佟的。姓佟的笑道："不料我兄到京这许多日子，眼光还这么的浅陋。天下之大，人才之众，一个李素棠算了什么呢？"

金春畦惊道："难道还有胜过李郎的人么？"

姓佟的道："那多得很，多得很。"

春畦问在哪里，姓佟的道："不必他求，兄弟家里那个班子里，像李素棠这么的倒也挑得出两三个。"

春畦听了，心下不胜羡慕，遂道："可否带兄弟去瞧瞧？"

姓佟的笑道："这原是玩意儿，不值什么。我兄欢喜时，就跟兄弟家去是了。"

春畦大喜道："就请挈带到府，开开眼界，广广识见，如何？"

姓佟的道："很好。"当下金春畦随着姓佟的出门登车，所经途径觉着都是未曾阅历过的。一会子，行到一所府第，朱门轩户，童仆如云，瞧那气派，并不像是寻常旗员。姓佟的殷勤延接，把春畦让入斋中，置酒相待。肴馔纷陈，却是咄嗟之间，立办成功的。春畦见了，心里愈益惊诧。

姓佟的执壶相劝，喝了三五杯酒，姓佟的开言道："佳客在座，不可寂饮。"回向家人道："快叫凤奴出来，唱两支曲儿听听。"

家人应诺，霎时引出一个丽人来，风鬟雾鬓，绰约多姿。姓佟的指向春畦道："这是兄弟新买的姬人，小名儿叫作凤奴。"

春畦举目一瞧，吓得魂不附体。你道为甚缘故？原来凤奴的面貌与歌郎李素棠生得竟一般无二，倘不是换了女装，竟要脱口呼出素棠来。

只见姓佟的向凤奴道："这位平湖金老爷词曲上头很精明的，你好好歌一曲儿来，给金老爷下酒。"

凤奴微微应了一声，就拍着檀板，歌唱起来。却时时偷眼瞧春畦，秋波萦注，泪睫莹然。春畦也不转睛地瞧看，见凤奴柔媚的态度，清脆的歌声，越听越真，越瞧越像，宛然是李素棠。想要询问一语，又碍着姓佟的在座。正在狐疑，姓佟的起身斟酒道："快干两杯，别尽闷坐着。"

春畦不能推却，连喝了四五杯，早已醺然醉倒。只听姓佟的吩咐家人道："金老爷醉了，你们快引他书斋中睡吧，要茶要水，好好地伺候。稍有违忤，我查着了可就要不依的。"

遂有家人搀扶春畦到斋中，床榻衾褥，布置齐备，春畦和衣睡下。众家人见他睡下，都偷偷地溜了出去。春畦醒来要茶，见人影都没有了，才待声唤，门环响处，一个人掀帘而入。春畦抬头，见进来的不是别人，正是席上相遇的那个凤奴。凤奴一见春畦就道："别才数月，怎么就不认识了？"

辨色闻声，果然就是李素棠。春畦道："我原疑心是你，果然不曾认错。李郎，你为什么改成女装了呢？怎么倒又在这里？那日得着你凶耗，我的肠儿痛得一寸寸地断了。"

李素棠道："我原没有死，但活着的难过，比死还要厉害。"

春畦道："你怎么会在这里？"

李素棠道："我被那厮劫闭在此，横遭强暴，惨不可言。现在的日子好似笼里头的鸟，有着翅膀不能飞，有着双足不能走。我的金老爷，你替我想想，苦不苦呢？"说到这里，不禁流下泪来。

春畦道："这姓佟的到底是什么人，竟把你摧残到这个样子？我金春畦不知道便罢，知道了总要想法子救你。终不然白瞧你埋没在这里一辈子不成？"遂取帕子替素棠拭泪，素棠乘势坐入春畦怀中。

正欲诉说衷肠，忽见姓佟的怒吼吼奔进来，手中执着一柄明晃晃钢刀，用刀尖指定春畦道："我当你是风雅文人，才这么地款待你，谁料你竟是个衣冠禽兽，胆敢调戏我的姬妾。"说到这里，睁出圆彪彪的两个眼珠子，扬着雪亮的刀，大有举刀欲斫的样子。李素棠吓得早溜了出去，春畦双膝跪地，不住口地求饶。

姓佟的道："你要我饶你么，那也很容易。"说罢，把刀一掷，遂有两个童仆自外奔入，把春畦按置在榻上，褪去了下衣。春畦此时欲拒无能，欲避无术，只得忍辱含羞，任其无所不至。姓佟的真也可恶，轻薄完毕，偏还欲春畦喝酒。春畦此时身子已不能自主，勉尽一杯，觉着那酒微有药气味，不敢再喝。不意此酒比什么都厉害，一杯下肚，早已醉个人事不知。比及醒来，下部已经受了宫刑。大骇起坐，只觉四肢绵软，全身松懈，一点儿劲都不能做，春畦此时心已灰绝。

忽见门帘动处，一个人进来，哭向春畦道："不料你也会被他拖入在此的。我钻了圈套，就望你来救我，现在你也是了，更望谁来援救呢？"说罢，抱头大哭，春畦也失声痛哭。

原来这进来的正是李素棠，哭了一会子，还是素棠劝住了。春畦道："这姓佟的光棍，你我和他不知前世里结下什么冤仇，被他摧残到这个样子。"

李素棠道："你还当他真姓佟么？"

春畦道："他不姓佟姓什么？"

素棠道："他就是内务司员阿勒德，满洲的大猾，勇力绝人，死党众多，酷喜渔猎男色。被他囚闭死的，前后已逾十人，现在后房还关着三个，连你我共是五人。"

原来这阿勒德是满洲正白旗人氏，智谋出众，武勇超群，生有癖性，专喜男色，不乐女娘。京城里头的小旦，差不多被他沾了个遍。彼时京中小旦色艺双全的，就要算着李素棠。阿勒德见了这么的名小旦，不禁心痴意醉，常常觊觎非分。怎奈落花有意，流水无情，李素棠并不把他放在心上。阿勒德每回到他寓里，素棠总是淡淡相对，并没有一词半语肺腑之谈。阿勒德很是不乐。

一日，也是合该有事，阿勒德走访素棠，才到他寓门口，劈面走出一个少年来，丰神潇洒，意气豪华，一望就知是非常人物。只见那少年背后还有一个风流子弟，不是别个，正是李素棠。只见李素棠与那少年一边讲话一边走，缠绵恩爱，说不尽的要好。阿勒德不觉呆了，暗忖世界上竟有这么的美男子，比了李素棠，随珠和璧，真是一对玉人儿，能够想一个法儿，铁网珊瑚，把这一对玉人弄了来家，恣情取乐，那个福比了做皇帝还快活呢。主意已定，于是布置神谋秘计，先把李素棠劫了来家，然后用计再赚春畦。

欲知后事如何，且听下回分解。

# 第十三回

## 曹仁父飞行寻恶霸
## 白泰官避敌访名师

话说金春畦听了李素棠的话，痛哭觅死。李素棠道："你新被大创，一百日里着不得风的，着了风就有性命之虞。"

春畦哭道："身子已经废掉，活着也没什么趣味，还是早死干净。"

素棠道："死也没中用，活着还好图谋雪耻。"

春畦听说有理，只好权时忍辱。隔了三五个月，创口是平了，头发是长了。阿勒德逼他改易女装。春畦跟素棠私谋行刺，又怕他的勇，不敢造次，且暂按下。

却说曹仁父回到三义店，唤上小二哥，打听他金春畦的事。那小二道："那位金爷，好一个漂亮人物。住在我们这里，包下很大一个房间，却天天在小旦李素棠那里混。后来忽嫌客店嘈杂，搬了法源寺去，这里也不很来，他的踪迹就不很知道了。"

曹仁父道："金爷失踪的事，你可知道？"

那小二道："听得过的。那日有位刑部里的大人，就为金爷失了踪，到店里来问话，小人才知道。小人当着个小二，每日伺候南来北往的爷们，已忙得不得开交，这种事情因事不干己，不曾放在心上。"

曹仁父问了一会子，问不出什么，遂到法源寺来打听那住持，住持道："金爷的行李还搁在这里呢。自从那晚出门之后，一去不回，已经好多个月了，音息杳然。这么大的人，会得丢掉，倒也是一件怪事。"

曹仁父道："听说他与一个旗人十分交好。他失踪之后，那个旗人来过没有？"

住持道："不曾来过。金爷在的时候，却三天两回来的。"

曹仁父道："金爷失踪后，就此绝迹不来么？"

住持道："也来过一回，为是拈香拜佛，并不为找金爷。"

曹仁父暗忖，这一点就可疑了，遂问："那晚金爷出门，是一个人去的，还是同了朋友一同走？"

住持道："这个却要询问小和尚，老衲不很仔细。"

一时小和尚唤到，曹仁父问他，小和尚道："是同朋友一起走的。"

曹仁父道："那朋友是何等样人？"

小和尚道："就是常来的那个旗人。金爷就坐了他来车去的。"

曹仁父道："那旗人姓佟，叫甚名字？"

住持道："常来的那旗人，老衲却认识他的，并不姓佟，是新设的内务府衙门人员，名叫阿勒德。"

曹仁父道："是内务府人员么？叫阿勒德，知道了。"随即称谢辞出。

曹仁父得着了线索，就到内务府细心侦探，明察暗访，不过三五天工夫，都已查访明白，知道阿勒德酷喜男风，见了美貌少年，总百计千方威逼利诱地弄到手。恍然道："金春畦翩翩年少，定着了那厮道儿无疑，但是怎么会就此失踪，杳无音信？敢是金生持正不苟，奋力抵抗，已被那厮杀掉，或是吃了骗，沉迷不悟，不想回家了么？是非虚实，须亲自到那厮家中探一个究竟。"

主意既定，这一日是九月十二，夜饭之后，一轮明月冰盘似的涌出，高悬空际，迸了万道寒光，笼罩得九城风景，海市蜃楼似的活现眼前。曹仁父候到人静之后，结束定当，飞身上屋，望准了阿勒德家，轻如燕掠，疾若蛇行，箭一般飞来。不意在屋上飞行，蹿房越脊，才飞过三五重屋，忽觉头上有一件什么东西一掠，戴着的帽儿就从头上跌下，丢去有三丈多远。暗称奇怪，急忙站住，抬头并不见什么，回顾四周，寂无一人，独自踌躇道：这是什么？静荡荡天气，月明如昼，既无疾风，何至吹落我帽儿？于是回环查看，巡视了两遍，休说人影，猫儿都没有一只，心下万分疑惑。戴上了帽儿，重又前进，却放迟了脚步，留心背后。走了一里多路，不见有什么，才放大了胆，重又拔步飞行，走得箭一般的快。哪知行未一程，头上又觉着一带，帽儿又落下了，跌去三丈多远，站住身，叫一声不好，总有能人跟我开玩笑。仰首天空，万里无云，只那一轮冷月，晶莹澄澈，好似在那里窃笑自己。且不拾帽儿，向四面细细查察，搜寻一过，依然踪迹杳然。再走到堕帽儿所在，帽儿早已不见了。自语道：这是谁，戏我两回，竟然找他不着，可见此人的本领在我之上。遂腾身下地，向街上找去。

走不到三五步，忽闻背后有人笑道："曹兄，恕我无礼，是小弟呀。"

曹仁父回头，见一个瘦影少年，双手捧着自己的帽儿，笑容可掬地道："曹兄，尊冠在此。"

曹仁父一见那少年，就诧道："哎呀，原来是你。你怎么在此？"

那少年道："我因遇着了劲敌，遍走江湖访道呢。"说着递过帽儿，曹仁父接来戴上。

原来这个瘦影少年姓白，名叫泰官，江南常州府武进县东乡人氏。三年前在台湾储才馆中也曾做过上宾，为了一桩什么事与大将军刘国轩意见不合，负气北归。在常州地方开设了一个镖局，专替人家保镖。一来拳技精通，二来局量宽宏，江湖上英雄无不跟他交好，因此走遍山东河北，倒从不曾失过事。

一日，保一注镖到山西，进了太行山，落了店，忽有一个和尚持帖来拜。白泰官瞧他的帖子，见写着铁肚佛三个字，知道来者不善，善者不来，此僧既然自称铁肚佛，必是绿林豪杰，急忙出视。见是一个胖大和尚，虎形狮鼻，形状很是凶恶。额间须根黝黝，脑后青筋虬结。

那和尚一见白泰官就道："尊驾是白泰官达官么？"

白泰官拱手道："小可就是。吾师想就是铁肚佛了？敢问吾师下降，有何见教？"

铁肚佛道："老衲在江湖久慕大名，知道尊驾路经太行山，专诚拜谒。万望不吝赐教。"

白泰官道："小可碌碌，荷蒙吾师惠然降临，欢欣之至。但不知如何赐教？小可粗知拳技，苦不甚精，尚望原谅，不要笑话。"

铁肚佛道："达官过谦了。咱们就行个盘斫吧。"

白泰官道："好好，单斫呢双斫？"

铁肚佛道："咱们小玩玩，单斫就是了，何必双斫？现在凭你先打我三拳，如果打我不倒，那车中之物当尽数见惠。"

白泰官怒道："此秃太目中无人。"遂道："好好。"

铁肚佛解去僧衣，慢慢地运气，摆下坐马势。但见他袒着胸腹，那肚子渐渐凸出来，连胸前乌丛丛黑毛都兀兀地掀动。白泰官望准了他肚子，运足了气，使足了力，退下三步，狠命地一拳，瞧那铁肚佛时，宛如古坟上的翁仲，动也不动。不觉大惊失色，拱手道："佩服佩服。"

铁肚佛徐徐穿衣，大笑道："偌大声名的白泰官，只不过这点子本领么？车上的原银明日当来领取，费达官的神，今夜还替老衲看守一夜。"说着，大踏步去了。

白泰官这一夜再也睡不稳，覆去翻来，想到毕世英名，败于一旦，万分的懊丧。直到天色将明，才想起师父临别训辞，凡遇僧道和女子挺身上门的，必有绝人之技，内中唯有练气功成，能把铎丸缩入小腹的，不可轻敌。现在此僧虽是了得，察他的下部，却还累然下垂，似乎还可以图一个侥幸。

一时天色大明，欣然起身，吃过了早饭，就在房中一个人练习。忽闻外面破竹般的声音道："白达官起身了没有？"

急忙出视，正是昨日来的那个铁肚佛，遂道："大师好早。"

铁肚佛道："多谢白达官，替老衲看守了一夜，已经是十分放肆，再

297

劳久待，是更对不起了，如何好不早来领取？"

白泰官笑道："原银都在，我白泰官丝毫不敢轻动，大师尽管取去。"

铁肚佛道："老衲驾得两头健骡在此，尽够载了。"说着就要入房提银。

白泰官道："大师神勇，白某已经十分钦佩，但是昨日所约原是三拳，白某只奉敬得一记，还有两拳没有打得，不知肯再许我一击么？"

铁肚佛笑道："有何不可？似达官这点子拳脚，休说三拳，就六拳尽不妨。请打。"一边说，一边解去僧衣，袒着那个铁肚，站了个坐马式，静候击打。

白泰官也脱去长衣，紧束了身子，放开步子，盘旋兜绕地蓄势，忽然后退五六步，取势猛进，但听得铁肚佛狂叫一声，两个铎丸已被白泰官摘取在手中了。那铁肚佛双手捧住小腹，踉跄而去。白泰官笑道："这尊铁肚佛，送他西天去也。"遂命起行。

不意事隔年余，一日白泰官在家闲坐，忽来一个女子，指名要找白某。只见那女子二十来岁年纪，弓鞋缚裤，北地的装束。柳眉杏眼，那眉梢眼角却含有几分杀气，知道来意不善。遂道："姑娘何来？要见吾师父有何贵干？"

那女子道："你不是白泰官么？"

白泰官道："白泰官是我师父。"

那女子道："你去唤你师父出来，我要见他有话讲。"

白泰官道："我师父不在家。"

那女子问："哪里去了？"

白泰官道："师父替人家保镖去了，约半年才得回来。姑娘有什么话说给我听，等师父回来，我转达就是。"遂请那女子坐下。这时光，庭下恰有几段坚木，白泰官随手撮来烹茶，手指触处，碎如刀削，一片片送入火炉，吹火烹茶。一时水沸，泡上一碗茶，敬与那女孩子。

那女子接来慢慢地喝着，遂道："既是你师父不在，我来得真不巧了。

我是铁肚佛的徒弟，一年前，我师父铁肚佛在太行山地方，伤于白泰官之手，我此来特替我师父报仇。白泰官回来，烦你代为知照，三年之后，我再来找他，叫他提防着是了。"说罢起身而去。

白泰官瞧那女子走过之处，足尖印入石三分，活似刀刻一般，不觉毛发悚然。就此不敢安居，出外寻师访道，大江南北走了个遍，绝无所遇。于是从山东入河南，从河南入直隶，到京也已旬日。这夜因见月色通明，出来散步，忽然瞧见街头人影如飞而过，抬头见屋上有夜行人经过，顿触所好，遂飞身上屋追来。白泰官的飞行本领原是绝伦超群的，追了一程，早已追着。伏在屋隅一瞧，认得是曹仁父，轻轻跟上，揭去他的帽儿，掷下就跳下地，所以曹仁父在屋面上再也找他不见。候你不找了再走，他在地上望着了影子，就跟着影慢慢地走，屋上加紧飞行，他就上屋追来。

欲知后事如何，且听下回分解。

# 第十四回

## 曹仁父剑斩阿勒德
## 田皇亲进奉陈畹芬

却说白泰官见曹仁父从屋上跳下，忙捧着帽儿，含笑上前赔罪。曹仁父道："哎哟，白兄，你怎么在此？"

白泰官道："一言难尽。"遂把在太行山手伤铁肚佛，并那女子来家寻仇，自己不敢安居，四海访道的话，细细说了一遍。

曹仁父道："你要访道，我就指给你一个师父。如果这位师父肯收得，就是你的运气到了。"

白泰官忙问是谁，曹仁父道："剑侠白猿老人，江湖上人称白侠的便是。"

白泰官道："那是好极，你几时认得白侠的？"

曹仁父就把自己的事说了一遍，白泰官道："很好，就恳老哥挈带我去。师父不肯，请你替我求求。"

曹仁父道："那都不用说得。现在我要到阿勒德家去，探一个人。明儿你到三义店来会我是了。"

白泰官道："左右闲着没事，我就同你走一趟，好么？"

曹仁父道："好好。"于是两人飞身上屋，一先一后，径向阿勒德家飞来。

一时行到，很大的一所宅子，巍峨甲第，宛然是公侯阀阅。曹仁父道："外面是探不出的，索性翻身入内院。"

白泰官点点头，二人在屋上飞走绝迹，踏瓦无声。越过两三个屋脊，已经到了内院。望下去纸窗上映出灯光，知道院内人还未睡着。曹仁父向白泰官打了一个招呼，轻轻跳下，白泰官也跟随跳下。

当下曹仁父贴着纸窗，听得屋内有人重重讲话，就窗上舐成一个窟穴，向内瞧时，见灯光明亮，两个美人坐着讲话。一个道："阿勒德这么贪淫无赖，你我难道白受他蹂躏，被他幽闭一辈子不成？"

一个道："笼里头的鸟，日日想冲天高飞，只是哪里能够？并且你我下体既被他宫去，短发又养长，改成了女装，镇日闭置在家，不许出门一步，谁又知道我们本来面目，原是个男子呢？"

先一个道："那厮力大无穷，你我两人都不是他的对手。报仇两个字，怕今世今生已没有指望。"

一个道："再休提报仇两个字，你还没有进来，一个胡巧弟也被他占了身子，宫去下体，改作了女装。不甘耻辱，一心一意要报仇。那一夜趁这厮大醉进房，胡巧弟手执一柄快剪，想刺死这厮，不意反被这厮擒住，活活杀死，斫了六块，开膛破肚，把血淋淋的心肝取出，做了菜，还逼着我们吃，你想可怕不可怕？"

先一个道："可怜我有家有室，家里也粗堪温饱，现在在此受罪，家中老父还不知如何盼望呢。"

曹仁父知道室中两美人，都是受过宫刑的男子改装的，并不是真女。遂向白泰官打一个暗号，开窗而入。两位英雄探身跳进，室中两美人都吓一跳，曹仁父低声喝道："你们别怕，你们方才的话我在窗外都已听得明白，你们到底姓甚名谁，因何来此，说与我知道，我们有法子救你们出此樊笼。"二人听了，都跪地叩头称谢。

原来这两个正是李素棠、金春畦，当下李金两人各把冤苦细细申诉，曹仁父道："阿勒德这么作恶，留他在世，害人不浅。白兄，你先把这两位救出去，我且迟一步，除掉了阿贼再来。"

白泰官道："救了出去，到哪里聚会呢？"

曹仁父道："到三义店开一个房间，候着我是了。"

白泰官应诺，遂道："谁先跟我出去？"

金春畦道："请爷先救李郎吧。"

曹仁父叹道："患难中这么要好，这才是真交情。"

当下白泰官把李素棠背在背上，推窗飞腾上屋，霎时间就救出了。重又进来，再救金春畦，不多一会子，都已救出，于是三人联袂偕行，到三义店开了一间大号房间住下。候到天色微明，才见曹仁父翩然飞入。问他事情如何，曹仁父道："已经结局，并没有斫他脑袋，不过在他心窝口戳了杯口大一个窟穴，取出了一个黑心罢了。"金李两人齐声称快。

曹仁父道："你们两个人救呢已经救出了，眼前要打算送你们家去的事。金春畦的家在浙江平湖，我已经知道。李素棠，你的家在哪里？"

李素棠道："我京中只有一个表姑母，住在杨梅竹斜街。"

白泰官道："你那表姑姓什么？我立刻就送你去。"

李素棠道："姓田。"

曹仁父道："我也送你去。"

此时旭日已升，小二搬进早餐，是四张韭菜饼、三十个锅贴，大家胡乱吃过。金春畦怕羞，不肯走，就留他客店。这里曹白两人陪了李素棠，出了店门，转弯抹角，向杨梅竹斜街迤逦行去。走了大半天，方才走到。

只见那一家子房屋很是低小，推进门就是炕，一个白头老婆子在那里窸窸窣窣，不知干什么。瞧见进来了三个人，立刻停了活儿，过来询问。李素棠口称姑妈，行下礼去。那老婆子不禁愣了，问："姑娘，别是认错了人么？"

李素棠道："姑妈，连琪儿都不认识了？"

那老婆子惊道："琪儿还在世么？"

李素棠道："侄儿实没有身死。"

那老婆子道："怎么又改成女装了呢？"说着，张着两个昏花老眼，不住地打量。

李素棠道："一言难尽。"遂把经过的事细细说了一遍，说到被逼受辱，身遭宫刑，留发改装的事，姑侄两个都哭得涕泗横流。还是李素棠收了泪道："姑妈，这两位恩公在此，别尽哭了。"

那老婆子才收泪入内，泡出两碗茶来，敬与曹白两人。曹仁父接来一瞧，见那茶碗倒是细瓷御窑的，这么的人家很不配使用这种碗盏。瞧瞧那老婆子，瞧瞧房屋，又瞧瞧那碗盏，脸上很露出惊异的样子。李素棠已经觉着，遂道："恩公，你见了这细瓷碗，难免动疑么？"

曹仁父道："并不敢动疑，这位令亲她那起居与这个碗似乎相差太远。"

李素棠道："我这姑妈现在这么遭难，从前也是个福人，极富极贵。我那表姐是先朝贵妃，我姑妈是皇亲国戚。"

曹仁父道："就是田贵妃家田皇亲么？"

白泰官道："田皇亲在大明时光，家赀数百万，富贵繁华，冠绝一时，怎么会败落到这个样子？"

那老婆子道："那也是天数，想起当日繁华，哪里料得到有今儿的日子？京城失守，贼兵奸淫掳掠，可怜我们偌大的家园，都被贼将硬占了。我们皇亲又被李闯拿去拷掠，后来大清兵进京，赶去李闯，我们的府第，大清将爷说夺自贼人之手，收没入官，与我们无关。房屋器具和大宗钱财都已丧失，家人也都离散，那些亲戚也与我们一般的败落，都各自顾不暇，何能周济我们？只仗着几个零星小钱，将就度日。前年皇亲没了，我一个人更是孤苦。起初还仗着会几支曲子，教着人收几个钱度日，现在学曲子的人也少，更是苦不堪言。"

曹仁父道："田太君，平西王跟府上是有交情的，他那么富贵，何不向他一张口呢？"

那老婆子道："再休提平西王了。他老子娘是他生身父母，崇祯皇是他受恩君父，他父母白刃加颈，哭着求他，他都不应，崇祯皇坐困围城，盼他援救，他也不应。我们跟他无论如何，总比不到父子君臣的恩义。并且现在他那么富贵，我们那么贫穷，向他开口是白丢丑，他决然不会理我们的。"

原来田太君的丈夫田皇亲姓田名畹，夫妇两人生得个好女儿，入宫作妃。崇祯帝异常宠幸。因此重恩叠宠，积有数百万家赀，盖着名园，蓄有声伎，十分的养尊处优。不意崇祯十五年，田贵妃得病身亡，田畹就备了千金重聘，派人到吴中聘歌伎陈圆圆做干女儿。这陈圆圆是常州奔牛镇人，本来姓邢，为跟着陈姥学习歌曲，遂改姓了陈，名叫圆圆，字叫畹芬。当下聘到京中。田畹见圆圆声色俱绝，不禁喜极，笑向田太君道："这妮子这么的姿容，这么的曲调，送入宫中，皇上定然欢喜，那么咱们国戚的恩宠依然不衰。"于是教给她宫里头仪注，把她珠团翠绕，打扮得天仙一般，送进宫去。崇祯帝问明来历，忙道："此女出身伎家，宫中如何可留？那是要坏祖爷家法的。皇亲年高，须人服侍，还是叫她伺候皇亲吧。"田畹只得领了回家。田太君见她敏慧，亲生女儿似的疼爱。长日无事，便就教给她操琴。

此时寇氛大炽，遍地烽火，京中一夕数惊。勋戚大臣更是提心吊胆。一日，得着太原失陷，晋王被执之信，田皇亲忧心如焚，踱来踱去，不住咳声叹气。忽闻一片丝桐声响，从回廊水榭吹送而来。问左右道："谁还在那里作乐？"

左右回道："太君在凌波小榭教陈圆圆操琴呢。"

田畹道："人家这么的急，她们倒这么的自在。"说着举步向园中来。走到凌波小榭，见小窗洞开，湘帘高卷，陈圆圆临窗而坐，眉黛低垂，环指微动，正在那里操琴呢。田太君坐在旁边，指点琴谱。

田畹走进小榭，太君早站了起来，田畹道："太太倒高兴，教这小妮子弄这个。"

田太君道："她聪明得很呢，只教一遍就会了。"

田畹道："可惜这么一个好孩子，修得慧没修得福，不然早补了咱们

304

贵妃娘娘这个缺了。"

陈圆圆听了，推琴而起，笑道："皇亲、太君这么疼我，如何还说我没福？"

田畹道："我老了，没中用了，辜负你青春年少。"

圆圆默默无言，横波欲笑，只瞧着太君。太君道："圆圆，你把新学会的《朝天引》鼓一曲儿给皇亲听。"

田畹止道："别鼓了，我没心绪听琴呢。"

太君道："皇亲，你这几天满脸都是心事，到底为点子什么？咱们贵妃虽然没了，皇上恩眷依旧一点儿没有减。"

欲知田皇亲如何回答，且听下回分解。

# 第十五回

## 田皇亲急来抱佛脚
## 吴三桂趁势劫娇娘

话说田畹听了太君的话，叹道："你哪里知道？流贼声势异常浩大，今儿警报传来，太原又失陷了。晋邸累代精华，都被掠了个干净。此间离山西很近，咱们积贮又多，要是一朝有个什么，你我这半生心血，不尽付东流了么？怕两条老性命还都要不保呢。"

太君道："京中兵马充足，满洲人来过两回，也不曾有什么。何况这几个流贼就是真要有什么，也是大数使然，你这会子就急煞也没中用。"回向圆圆道："圆圆，你听我的话说得错了没有？"

陈圆圆道："太君的话果然没有错，只是古人说得好，天定胜人，人定亦能胜天。他们这会子只要尽心竭力防备去，防备得周到，或者能够挽回天数，也未可知。"

田畹道："圆圆此话很有道理。我问你，你可有防备的法子？快告诉我。"

陈圆圆见田皇亲这么着急，不禁低头笑道："皇亲你是明白人呢，从来说治世靠文臣，乱世靠武将。皇帝尚且如此，何况你我？现在只消拣一个英雄武将，跟他交好起来，到紧急时光，不愁没个依靠。"

田畹道："满朝武臣，谁是英雄谁不是英雄，我竟没有认识。"

陈圆圆道："宁远吴将军所部都是精卒。朝廷靠他为北门锁钥，现方召见在京。皇亲结识了他，就不要紧了。"

田畹道："你说的不就是宁远总兵吴三桂么？现在调升山海关总兵了。前儿在平台召对，皇上宠爱异常，敕封他为平西伯，并钦赐尚方宝剑、蟒袍玉带，许他先斩后奏。此人果然是个英雄。只是我跟他虽在一朝做官，平素间无往来，这会子忽跟他结起交情来，也恐他不愿意呢。"

圆圆道："闻得吴将军久慕我们的女乐，本来我们家女乐在京城中也算得着数一数二，你老人家去邀请时，只消说请他来赏鉴女乐，我晓得他一定欢喜的。"

田畹沉吟不语，圆圆道："皇亲，你还有什么不知道？晋朝的石季伦，歌姬舞女，起初从不肯借给人看，等到玉石俱焚时光，他这金谷园到底何曾关住？"

田畹听了这几句动魄惊心的话，不禁毛发悚然，决然道："你的话是，我立刻就去邀他。"一边要冠带，一边传呼提轿，匆匆忙忙乘着轿子去了。

原来这吴三桂，字长白，南直隶高邮县人。他的老子吴襄官为京营提督。三桂靠着老的福，中了武举，就在营里当着个都督指挥。后来吴襄失机下了狱，就有人保举三桂英雄干练，可当大任。崇祯帝特旨超擢他做总兵官。崇祯十四年，三桂跟随经略大臣洪承畴东救松山，洪经略全军覆没，被清太宗活捉生擒了去，吴三桂却全师而退。崇祯末年，中原寇氛日恶，崇祯帝念吴氏父子都是宿将，于是起复吴襄仍为京营提督，加封三桂为平西伯，钦赐蟒袍玉带、尚方宝剑，命他出守山海关。三桂新受恩命，还未赴任。

当下田皇亲去后，不过一顿饭时光，就听得人喧马嘶，闹成一片。步声杂沓，一个家人气喘吁吁奔进报说："平西伯驾到，老爷传谕叫姑娘们预备呢。"说毕，匆匆地就想走。

太君叫住问道："客来了么？"

家人道："来了，老爷陪着在东花厅待茶。我还要到厨房去传谕办酒，还要叫小幺们点灯，还要叫他们开十年陈的竹叶青好酒。"话还未了，外面一片声喊传总管。那家人一边应着，一边道："姑娘们，快梳妆，更换更换衣服，老爷性急怕又要来催了。"说毕，匆匆而去。

太君道："也没见过这么慌乱，连回句话工夫也没有。"遂向圆圆道："你回房去梳妆吧，省得急脚鬼似的，一趟一趟来催。"

圆圆笑道："我就这么着了，浓脂抹粉怪没趣味儿，还是家常装束，随随便便，倒还不失天然风韵。"

太君道："既然你喜欢这么，就这么也好。"一面命小丫头传语各姬人赶快理妆，小丫头应着去了。

只见田畹急急走入，见了圆圆，诧道："怎么还不去更衣？"

太君道："她说就这么了。"

田畹皱眉道："就这么了？怕长白不喜欢呢。"

圆圆听了，桃腮上顿时烘起两朵红云，连嗔带笑地说道："皇亲，你老人家也太小心了。他是客，咱们是主。天下哪有客人倒强过主人之理？喜欢不喜欢，由他罢了。"

田畹忙道："好好，不换衣服也好，你快快出来吧。"

此时众歌姬都已梳妆齐备，一个个明珰翠羽，华丽非凡。田畹道："你们都伺候着，我去陪他进园子来。那酒席就叫摆在桂花厅吧。"

道言未了，家人入报："吴伯爷说军务紧急，不及久坐，说要告辞了。"

田畹听说，慌忙走了出去。一时总管进来，向太君道："吴伯爷被老爷留住了，伯爷手下的各位将爷也被府里清客让在西花厅喝酒，所有带来的马夫轿班都叫账房赏发了银钱，让在厨房里吃饭了。现在老爷就要陪吴伯爷进园子来了，请太太传话姑娘们伺候着吧。太太也该回避回避了。"

太君道："也是，我才吩咐过呢，正要回房去了。"遂向圆圆道："圆圆，你就领她们桂花厅去吧。"说着，扶了小丫头子，向上房而去。

这里陈圆圆同了众歌姬便似点水蜻蜓，穿花蛱蝶，一阵风地吹到桂花厅。见楠木椅子上，玉杯象箸，都已陈设妥帖，楠木椅上披着狐皮坐褥，大炉里烧着兽炭，暖烘烘阖室生春。暗忖，怪道都说妃子家富贵，请这么大客，酒筵都是咄嗟立办。要是差一点子的人家，如何能够？

思想未已，人报称伯爷进来。抬头瞧时，只见田畹陪着一位剑眉星眼、虎步龙行的英雄进来。看去年纪不过三十来岁，英姿飒爽，豪气凌云，比了举步伛偻的田皇亲，真是天悬地隔，大不相同。陈圆圆一双莹莹的眼波，只注射在吴三桂身上，连田皇亲如何安席，家人们如何上菜，如何斟酒，都没有瞧见。直待田畹吩咐奏乐，同伴扯她衣袖，方才觉着。于是跟着众歌姬调丝弄竹，奏起乐来。吴三桂此时也无心于酒，两道电一般的眼光射住了众歌姬，不住地品评衡量。只见这一个是艳影凌波，那一个是纤腰抱月，这个是梨颊娇姿，不愧春风第一，那个是柳眉巧样，何殊新月初三。看来看去，个个都是好的。忽见靠后一个淡妆的，脂粉不施，衣裳雅素，那副逸秀的风神，令人见了真可扑去俗尘三斛，在群姬里头宛如朗月明星，高悬天表，形得两旁列宿都没有光彩了。只见那人抱着个琵琶，侧着身在那里弹，慧心独运，妙腕轻舒，忽如蕉雨鸣窗，忽如松风入室，听得个吴三桂出了神，执着玉杯呆呆地忘记了喝酒。

田畹道："长白，酒凉了，换一杯吧。"

连说了三遍，吴三桂才如梦初醒，瞿然道："不用换得。老皇亲，我问你，这位绝色女子可就是陈圆圆姑娘？"

田畹道："是的，上月进献过圣上，圣上没有收纳，暂时留在老夫家中。"

三桂道："国色无双，洵足倾城倾国。老皇亲拥着这么的祸水，难道倒不惧怕？"说毕，狂笑不已。

家人送进邸报，田畹因命圆圆上席斟酒，自己接阅邸报。圆圆轻移莲步，执玉壶斟酒。吴三桂低声问道："卿在此间乐得很？"

圆圆也低声道："昔红拂女尚不乐越公，况不及越公的么。"说着，横波一睐，很有幽怨的样子。

三桂回头见田畹手执邸报，面如土色，忙问："皇亲为何事忧烦？"

田畹道："都是警报，怎么办？代州总兵周遇吉、真定总督徐标，两道告急本章，都说贼势非常厉害。咳，长白，倘或一旦兵临城下，我这巨万家资如何如何？"

三桂遽道："老皇亲如果能把陈圆圆姑娘赠给我，吴三桂保护尊府，当比保护国家更为要紧，更为尽力。老皇亲，你心中怎样？我吴某边关上现有雄兵十万，猛将千员，就有了我这么一支兵保护，就有十个李闯，也可高枕无忧了。老皇亲，你心中到底怎样？"

田畹此时心慌意乱，随口应道："那总可以商量，那总可以商量。"

吴三桂急忙起身，向田畹深深一躬，道："这么，拜谢厚恩。我就要告辞了。"慌得田畹还礼不迭，三桂遂向手下人道："抬我的暖轿进来，就请陈姑娘上轿。"

从来说天子三宣，将军一令。一声吩咐，暖轿早已抬进，三桂笑向圆圆道："如今咱们是一家人了。拜辞老皇亲，咱们走吧。"

陈圆圆听说，回身向田畹叩辞，拜了几拜，竟欢欢喜喜情情愿愿坐进了暖轿，吴三桂亲自押着，只向田畹说得"再会"两个字，簇拥着一阵风似的去了。这一来真是迅雷不及掩耳，把个田皇亲惊得目瞪口呆，半晌说不出话来。

且住，陈圆圆在田府中恩养了好多时，怎么一言之下，竟就跟着吴三桂去了？原来圆圆在苏州妓院里时光，三桂也曾慕名来访，一笑钟情，三生订约。因为边疆多事，没有遂得嫁娶的志愿。后来鸨母贪了田皇亲重币，就把她卖入了田府。从此红豆吟成，春进相思之泪；军门盼断，秋回临去之波。圆圆在田府里头，没一刻不思念三桂，所以趁田皇亲遑急当儿，就设了个脱身妙计，把身子脱卸了出来。鸢飞鱼跃，活泼自由。可怜老皇亲蒙在鼓里，一点儿影儿也没有知道。

却说吴三桂劫娶陈圆圆到家，不胜之喜，就令圆圆拜见了太老爷、太夫人、夫人等。吴襄询知其事，惊道："你胆子真不小。这件事皇上闻知，还当了得？"

三桂的意思原要带圆圆边关去的，现在见父亲这么说了，只把圆圆留在家中，自己统着人马到任。

欲知后事如何，且听下回分解。

## 第十六回

## 恸哭六军皆缟素
## 冲冠一怒为红颜

话说吴三桂才一动身，李闯兵就反到，北京城一破，帝后殉了难，城中大乱，文武百官殉节的殉节，投降的投降。李闯久闻圆圆是个国色，一破城就向吴襄索取圆圆。吴襄不敢违拗，只得把圆圆献上。李闯大喜，命陈圆圆歌曲。圆圆曼声婉歌，歌的都是昆腔吴曲，一字数转，一转数音，似这么柔和雍穆的雅颂正音，叫那粗鲁的李闯如何会懂？

当下李闯听了圆圆歌曲，皱眉道："你这个人脸儿生得这么标致，曲儿唱得这么难听，这是什么缘故？"一面命传陕西婆娘唱秦腔。李闯拍着掌附和。那几个陕西婆娘直着嗓子喊唱，嗓子里青筋都一条条爆起来，唱得声情激越，凄楚异常。李闯非常得意，问陈圆圆道："美人儿，你听咱们的曲儿怎样？"

陈圆圆道："此曲只应天上有，人间哪得几回闻。"李闯乐极，就把圆圆收入皇宫，宠幸无比。

这时光城里头勋戚富豪都被贼众敲掠抄没，那田皇亲自然也在其中。田畹见圆圆得着宠幸，吴襄全家无恙，心中不胜愤恨，遂求见李闯的心腹人牛金星，言吴襄的儿子三桂身拥重兵，现在山海关。此人不降，怕为新朝腹心大患。牛金星深然其说，就把此言告知李闯。李闯立把吴襄全家人口通通拿住，逼令写信唤三桂投降。吴襄被逼不过，只得写信一封，呈于李闯。李闯就派降将唐通赍了这封书信，带银四万，前往山海关招降。遂派贼将率兵二万，赶往守关，并召三桂进京。唐通到了山海关，三桂接着，问明来意，唐通交出吴襄书信，三桂瞧毕，沉吟不语。唐通竭力称说李闯如何仰慕，吴襄如何盼望，并降后如何如何富贵，滔滔滚滚，说一个不已。

吴三桂道："我吴某是个血性男子，富贵功名都不在我心上，倒是老父在那里，我要不降，就害了老父的性命。说不得只好担着个恶名，权时屈节了。但愿老父无恙，我就抽身告退，择一块清净地方，陪着老父骑驴湖上，啸傲烟霞，快活过下半世，于愿足矣。"说毕，随即升帐击鼓，聚集众将，把降顺的大意申说一番。众将自然没甚话讲。次日李闯派来的守关将官恰恰行到，三桂把一行关务交卸清楚，简率了精锐七千，同着唐通，星夜赶进京来，朝见李闯。

行到湾州地界，碰见了个家人吴良。三桂唤他进帐，问道："咱们家里头都安全么？"

吴良见问，两泪双流，哭诉道："家中财产都被查抄去了。"

三桂笑向众将道："你们瞧这小幺，这么的不解事。这一点儿小事，也经得这么的悲泣。我一到就要发还的。"又问："太老爷、太夫人都无恙么？"

吴良道："告诉老爷不得，太老爷、太夫人、夫人都被捉去，禁在牢里了。"

三桂笑道："那也不妨，我一到马上就会释放的。"

吴良道："但愿依老爷金口，能够如此最好。"

三桂道："你路上辛苦了，后营歇歇去吧。"

吴良叩谢，才待起行，三桂忽又想起一事，喊住问道："我那人儿怎样了？"

吴良重又站住，回道："老爷问的可就是陈圆圆姑娘？"

三桂急道："是陈姑娘！陈姑娘怎样了？"

吴良道："陈姑娘倒很安全，现在宫里头，新皇帝把她宠得了不得。"

吴三桂不听则已，一听时直怒得三尸神暴跳，七窍内生烟。只见他双睛突露，须发奋张，顿足大叫道："大丈夫不能庇护一女子，还有什么脸站在世界上做人。"叱令左右把贼使唐通斩讫报来。

参将冯有威谏道："杀了来使，令贼人知所防备。不如先率精锐袭破关城，本军有了根据地方，再行图谋进取。"

三桂道："你这话很对，就照你的法儿行。我方寸已乱，任是一肚子神谋妙算，这会子再也想不出一点儿。"

于是立刻传下密令，大小三军一齐回马，赶到山海关，只一鼓便袭破了关城。贼将负伤逃遁。三桂与众将刑牲告天，歃血结盟。令连夜赶制孝服。孝服制成，全军缟素。吴三桂全身披孝，恸哭誓师。哭了个死去活来，将士无不感动。遂写书信两封，一封是向清国借兵报仇的，特派副将杨坤、游击郭云龙赍往清京奉天求救。一封是绝父的复书，即命贼使唐通送回北京。

唐通回到京城，即把三桂复书呈于李闯。李闯瞧毕大怒，立命把降臣陈演、魏藻德、朱纯臣等六十多人，押赴东华门外斩首。下令亲征吴三桂，点起马步精兵二十万，皇太子与吴襄不便放在京中，带在营里，同赴前敌。

早有流星探马报入山海关，吴三桂忙集诸将商议。恰好杨坤、郭云龙从清国回来，呈上复书，并言摄政王多尔衮已经下令入关讨贼，命孔有德、尚可喜、耿仲明赍着红夷大炮，统率汉军为前部先锋，豫亲王多铎、英亲王阿济格各统劲旅万人，为第二队。多尔衮亲统八旗马步各将为后应。

三桂点点头，遂把复书搁下，向众将道："咱们这会子势成骑虎，说不得大家都要辛苦一点子了。"

冯有威道："清国答应帮助咱们，咱们有了这么的好帮手，还怕什么？"

三桂道："那倒不然，从来说夷情叵测，怎知他怀的是什么意思？咱们究竟原要靠着自己。不过有了帮手，自己胆子壮一点子罢了。"众将诺声如雷。

从此，流星探马接二连三，探报的都是紧急军信，贼军前锋离此三百里了，二百里了，一百五十里了。三桂下令叫于关外扎几座虚营，把关里头百姓驱入营中，充当军士。却把精军锐卒尽排上关，登陴固守。恰恰布置妥帖，传报贼军大至。三桂登关西望，尘头起处，贼军像江潮海浪一般，推涌将来。关外那座虚营顿时间踏为平地。关上见了，无不变色。

三桂下关聚集众将，商议抵敌方法。忽报关城被转，从一片石起，直到罗城，尽是贼军。东西两路都被遮断。三桂向众将作揖道："今日的事情，总要诸位尽力了，请诸位不必看三桂分上，且看忠义两个字分上。"说着故意做出激昂慷慨的样子。

冯有威拔剑在手，慷慨发言道："国家豢养我们，为的是什么？今儿的事情，谁要不听主帅命令，我就同他拼一拼。"说毕，横眉四顾，大有寻人欲斗之势。于是众将齐声应诺。

三桂下令出队，炮声起处，关城大开，六七十员上将跨着怒马，执着武器，簇拥着三桂，风一般驰下关来。从来说一人拼命，万夫莫当。三桂这支人马是拼了命来的，排山倒海，声势非凡。无奈李闯手下都是积年老寇，百战余生，沙场见惯，长征云阵，何妨酣战？任你左冲右突，竟如铜墙铁壁，一动都没有动。李闯立马高冈，扬旗指挥，贼军蚁聚，把三桂困在中心。此时山海关外喊杀声、马蹄声、鼓角声、弓弦声、兵器碰撞声，合着天上的风声，山谷的回声，闹成一片，真是天摧地陷，岳撼山摇。从朝晨直杀到暮晚，方才收兵。众将没一个不汗透重衣，腿臂麻木。解开战袍，有重伤的，也有轻伤的。

三桂立传伤科大夫，与众将裹创医治，自己战袍也不卸，亲往各营抚慰看视，众将于是无不感泣。当夜接的军报，知道清国兵马已到，扎营在欢喜岭上。三桂立命中军官把此信传知众军，众军听得救兵已到，顿时喜

314

气洋溢，一个个胆子都雄壮起来。

次日，贼军攻关，清军在欢喜岭上只是按兵不动。三桂派将杀出重围催救，接二连三，下了八回告急书，派了八回专使，清军才鸣鼓吹角，慢慢发动人马。三桂登关，瞧见大清国旗号将次到关，传令开关，亲自提枪跨马，率一支人马冲出重围，迎着清军，通名上去。清军前锋是孔耿尚三员汉将，孔有德道："摄政王车驾在后面呢，我派人陪你去见。"三桂应诺，孔有德派一员参将，陪三桂到大队去，这里鸣着鼓角，不住步地进发。

吴三桂跟着参领，双马并进，先见过中队英豫两王，又行了一会子，才见绣旗招展，一簇人马缓缓而来。步武严肃，行列整齐，马步各军个个像生龙活虎，却又刀斩斧切，一点儿没有参差。参领道："这就是摄政王大队了。"

三桂慌忙下马，候于路侧。参领上去回过，一时传说王爷请见，三桂步行跟随到中军，见多尔衮早与众红顶黄褂的亲王大臣，驻马而待。三桂就在马前拜将下去，口称"亡国孤臣吴三桂跪迎王爷虎驾"。多尔衮忙欲下马，犹未下马，满面春风地问："这就是平西伯么？"又怪着参领："还不给我扶住了！"三桂已在地下拜了数拜。多尔衮笑道："再不想咱们两个人会在这里相见。"

三桂哭诉李闯残暴情形，并请帮助报仇的话。多尔衮道："足见贵爵忠义。本国兴兵，也无非为这忠义两个字。"

左右大臣就请三桂剃发。三桂沉吟未答，多尔衮吩咐道："你们快快扶吴伯爷后营去，好好伺候。"

左右答应一声，扶着三桂去了。霎时出来，已剃了雪白的头，梳了精光的辫，宛然北朝人了，不过身上依旧穿着中国衣服。多尔衮执着三桂手笑道："如今咱们是一家人了。"

三桂谢道："这都是王爷的恩典。"

多尔衮道："办结了李闯的事，也封你为王爵，那里咱们两人就并肩儿了。"

此时从人早把三桂坐骑拉上，多尔衮与三桂并辔偕行，一路攀话，询问此关中形势，探听些争战情形。一时行到，那攻城的贼军，早被前两队清兵杀退，因此关外倒静荡荡的。三桂部将吴国贵、冯有威等开关迎接，三桂陪多尔衮进了关，就如今众将唱名参谒。一面宰杀乌牛白马，祭告天地。吴国贵捧着血盆向众将道："我有一言，诸公静听。"

欲知所说何话，且听下回分解。

# 第十七回

## 陈畹芬智说李闯
## 曹仁父义送金郎

话说吴国贵捧着血盆向众将道："大清国代咱们讨贼，代咱们皇上报警，就是咱们的大恩人。不附大恩人就是不服本国，就是目无君上。主帅已经招降了，咱们大家应跟主帅一块降顺。愿意的请上来歃血。"

冯有威接语道："谁要不答应，我就跟谁拼命。"众将于是齐声答应，一个个上来歃毕，随即出贴告示，令军民剃发。

忽守关军士飞报，贼军又在排阵了。多尔衮率同众将登关瞭望，见贼军排成一字长蛇阵，从北山山麓起，直到海滨，足有三五里长短，人人勇健，个个英雄。李闯银盔金甲，张着黄盖，跨着骏马，在山冈上正指挥部众呢。

多尔衮道："贼势这么厉害，咱们开仗，倒要小心一点子。"

众人应诺。多尔衮随即升帐发令，令吴三桂率领本部人马，攻贼阵的右面，阿济格、多铎二王，孔耿尚三将率领北来诸军，攻贼阵的左面，自己留着少些人马守关观战。军号吹起，人马一齐发动，雁阵般分作两翼，包抄而前。关上战鼓擂得爆竹一般的急，人马跟着鼓声，如潮前进，走得沙尘蔽天，日色无光。一会子，两军接触，就开起仗来。枪挑箭射，斗得异常厉害。只见山冈上令旗动处，贼军四面包抄，早把吴三桂一军转了三五重。三桂被困垓心，率着部下，大呼冲荡，山鸣谷应，震得关城都翕翕欲动。

多尔衮不禁连声喝彩，霎时天起大风，豁剌剌豁剌剌把地上黄沙尽都刮起，关外数十里地方也辨不出谁是贼子，谁是吾军。多尔衮跌脚道："糟了糟了，照这个样子，于吾军很是不利呢。"

左右道："风小下去了，王爷你瞧，那边一支高扯白旗的人马不就是咱们的铁骑么？"

多尔衮依着所指看去，果见英豫二王率着铁骑，从三桂阵右直冲入贼阵中间处去，风发潮涌，所向披靡。多尔衮喜道："吾军这么忠勇，何愁强敌不摧？"

左右道："王爷瞧见么？贼阵已经移动了，怕要败下去了。"

多尔衮见贼阵果被清兵冲动，再望到山冈上，见李闯的麾盖不知哪里去了。此时战场上人喧马嘶，闹成一片。贼众大败，争先逃遁，势若瓦解土崩。满汉各军整队追袭，直杀到四十里开外。多尔衮传下军令，叫吴三桂西追李闯，自己亲统各军，随后接应。三桂此时心雄胆壮，督率本部人马，星夜奔驰，所过各处都张贴下顺治元年的安民榜文。

这日，行到北京地界，前锋报说贼众已闭城坚守。三桂下令安营。安营才毕，忽报李贼在城上请伯爷答话。三桂挟弓负箭，率领诸将直到城下，却不见李闯，只见数员贼将挟着吴襄并老母妻子等共三十多名，高高地站在雉堞里头。吴襄夫妇一见儿子，吴夫人一见丈夫，都不觉放声痛哭道："阖家子性命都在你一个身上，你降了，全家骨肉依旧团聚。你要是不肯降，我们性命都休了。"

这几句话说得非常凄惨，城下军士听了无不心伤泪落。回看三桂，却见他沉着脸一声不言语。忽地抽一支箭搭在弦上，向城上射去，挟着吴襄的那员贼将应弦而倒。呼呼呼一连几箭，真是箭无虚发。这几名贼将一个个射得倒撞下去。吴襄在城上着急道："你既不降也罢了，射死贼将，不是激怒李闯，逼取我老命么？"

三桂射死贼将，传令军士攻城。一声令下，石条云梯一齐动手。才攻得三五下，城上刀光闪烁，吴襄并眷口三十多名尽作刀头之鬼，血淋淋人头一颗颗掷下城来。三桂一见，顿从马上直撞下地，昏厥过去，不省人事。左右搀扶回营，灌救醒来，捶胸顿足，痛哭不已。恰好满洲大队兵马赶到，三桂哭诉情形，多尔衮安慰了一番，遂道："咱们打破了京城，捉住了李贼，将军的家仇国恨，就都可以报了。"三桂谢过。

忽报城中火起，九门大开，贼众捆着金宝，掳着妇女，窜出平则门，逃向西安去了。多尔衮传令进城，三桂道："闯贼与我势不两立，情愿率了部下亲往追赶。"

多尔衮道："穷寇莫追。走了就权时丢开手吧。"

三桂哭道："闯贼害我故君，杀我父母。君父大仇，岂肯轻轻放过？"说毕，痛哭不已。

多尔衮道："这是忠孝的勾当，我如何好阻止你？只是此去须要看光景做事，可行则行，可止则止，休太拘执了。"

三桂应诺，回到本营，一面点选人马，一面唤部将冯有威密嘱道："你跟随摄政王入城安民，乘便替我搜访一个人，访得了，快快飞马报我，自有重谢。"

冯有威道："主帅将令，自无不遵，但不知要搜访的是谁？"

三桂附耳说了三五语，有威领命去讫。三桂就领大小三军，拔营前进。

这日，行入绛州地界，正在安营造饭，忽报北京冯将军飞骑报喜，三桂令传入。那人见了三桂叩头贺喜道："陈圆圆姑娘已经访得，冯将军派了十名使女，就在主帅旧府里头供养，前后门都派有护兵守卫，闲杂人等概不能够出入。"三桂大喜。

原来李闯大败回京，原要把陈圆圆与吴襄眷属一同斩首，不意圆圆得着此信，依然谈笑自如。李闯很为诧异，问她道："我要杀你，你知道么？"

圆圆道："知道的。"

李闯道："既然知道，难道你竟不怕死么？"

圆圆道："雷霆雨露，一般是洪恩，我感还感不尽，如何还敢怕？只是替大王想来，杀我未免不值。"

李闯道："杀你如何倒又不值？你且说出缘故来。"

圆圆道："大王前回派人到山海关招降吴将军不是已经降了么？"

李闯道："不错，已经降了。"

圆圆道："后来怎么又反叛了呢？"

李闯道："那倒不曾仔细。"

圆圆道："听说吴将军兴兵就为的是我。现在大王杀了我，果然不值什么，但恐吴将军与大王从此结下死仇，一辈子不肯干休。大王为了我这么一个人，结着这么一个厉害的仇家，岂不是不值？"

李闯道："你的话很有道理，我不杀你了，带你同到陕西去，你愿意不愿意？"

圆圆道："那就是我的福气了。但怕吴将军为我穷追不已，大王倒又要受累。"

李闯道："依你便怎么样？"

圆圆道："为大王计算，还是把我留在京中。吴将军得着了我，他心里自然欢喜，趁他欢喜当儿，我就可说得他不要来追袭，那么大王就好安安稳稳平抵西安了。"

李闯道："依便依你，只是太便宜了你们。"

圆圆道："我也无非为大王呢。大王要是敌得过吴将军，杀我也好，留我也好，我总没有不依从的。"

李闯于是就把圆圆留在京中，清兵进京，冯有威帮着安民，留心探访，就访着了。于是专差飞报三桂。

当下吴三桂大喜，传出军令，人儿卸甲，马儿回首，一齐拔寨回京。行未十里，流星探马报称，冯将军知道主帅惦着，特备了香车宝马，亲自护送陈夫人到营，离此只有三十里了。三桂喜不自胜，立命中军帐中结了

320

一座五彩楼，备了蓝苇服彩舆旌旗箫鼓，排列三十里，亲自乘马前往迎迓。

有这么一段风流佳话，所以曹仁父提问田太君。当下田太君闻言，感叹道："他家那么富贵，我们那么贫穷，相形之下，也不便向他张口。并且他对于君父大恩，犹且如此，我又何必徒自取辱？"

白泰官道："太君的识见，倒很通达，此种人很不必向他张口。你眼前景况不佳，我们总替你想法子。"说毕，遂向曹仁父道："我们也该走了。"

曹仁父道："好好。"遂与田太君、李素棠作别，李素棠倒很有依依不舍之态，曹白两人是豪杰，视别离为寻常事，倒也泰然。

两个回到客店，金春畦已候得不耐烦了，一见就问："李郎见了他姑母如何？"

曹仁父略把情形说了一遍，金春畦道："他那姑母这么情况，李郎哪里住得惯？我回到家就给他送几千银子来。"

白泰官道："不必那么费事，俟天色晚了，到阿勒德家去取点子东西来，不论金银珠宝，都够他享用了。"

曹仁父道："昨夜才做掉他命，今晚就去取钱，不太险么？"

白泰官道："怕什么？我今晚前去就是。"

这日晚饭之后，白泰官纵身上屋，飞一般去了。不过两顿饭时光，已经满载而归。解开包儿，见是黄澄澄四十根金条，亮晶晶十多串珠串。白泰官道："这还不够他一辈子吃用了么？"

曹仁父笑道："白兄，你的本领真不小。"

白泰官道："我就立刻给他送了去，明日就好走路。"

曹仁父道："金兄就这么怎好赶路，我看改了装便当点子。"

金春畦道："那自然要改装的。"

当夜，白泰官去后，曹仁父就叫了一个剃发匠来，给春畦剃头。剃过了头，改过了装，宛然是个美少年了。次日，曹白两英雄陪送金春畦南下，直送到平湖原籍，交给他老子。来去无话，一言表过。

却说曹仁父送过春畦之后，就向白泰官道："如今咱们峨眉山去了。"

白泰官道："很好。"于是二人取道望四川进发。

在路不止一日，早到四川峨眉。但见大峨、中峨、小峨三山环抱，绵亘六十多里，崎岖险峻，形胜非凡。峰回路转的所在，都是人家，屋瓦鳞鳞，自成村落。树木成荫，鸡犬相应，宛然是世外桃源。两人奋步登山，直造顶巅。遍觅不见一人，白泰官道："此间是小峨，虽然险峻，还能够登临。我想师父总在大中两峨顶上。"

曹仁父道："此言不为无见。"于是径登大峨，重上顶巅。

不知找着与否，且听下回分解。

## 第十八回

### 碎瓷枕张欣铎方师
### 睹殿柱韩子绶失色

话说曹仁父、白泰官攀藤拊葛，一意直升，好一会子才到大峨巅顶。但见山巅形势，生成纱帽相似，一片小小山坡，镜面似的平整，地上细草茸茸，两边树木森森，二三里周围，好一个洞天福地。二人才到山顶，四面打量，只见绿树荫中走出两个人来，笑道："我师父真是仙人，说的话无一语不应。你们两个果然于今年今月此日此时做伴来山。"

曹仁父认得说话的正是路民瞻，还有一个是周浔，赶忙行礼相见。周浔道："师父精于易学，卜的课最是准不过。"

原来中国各种学问，医学、易学最是超越百家，医学通仙，易学通天。白猿老人的易学授自青海异僧，青海异僧授自韩子绶，韩子绶授自张欣铎。这张欣铎是江南常州奔牛镇人，原是个秀才，在家训蒙度日。一日有事到常州，住在客店里，恰当炎夏时光，天气酷热。彼时客店的铺设没有目下旅馆的精致，张欣铎瞧见枕头、席子都很肮脏，那枕头大半个都黑了，遂唤小二道："给我换一个枕头来。"

小二道："客店中的东西都是如此。"

张欣铎道："我张某某是不惯的。"

小二听说一个张字，就问："客人姓张？大号是什么，请写出来给我瞧瞧。"

张欣铎遂要笔砚，写了一个名字，递给那个小二。那小二接了，欣然而去。一会子捧上一个细窑瓷枕来，张欣铎见那瓷枕质地净白细腻，描金五彩的五伦图，工细异常，心下大喜。那小二放下瓷枕就去，张欣铎一枕黄粱，直睡到次日天明才醒。起身洗过脸，算过账，就匆匆出门。才走得十多步，忽地想起一个小褡裢袋忘记在床上，没有取得。遂回身到客店，向掌柜道："我忘掉一个小褡裢袋在房中。"

掌柜道："尊家自进房去取是了。"

张欣铎走进房中，直到床前，先移开了瓷枕，见褡裢袋在席子底下，露出半个在外面。要取褡裢，须先掀开席子。动手把席子一掀，只听得豁啷啷一声怪响，一个细瓷枕头早已跌成数块，吃了一惊。正这当儿，那小二哥已经闻声奔入。张欣铎道："我一个不经意，失手跌碎了这个细瓷枕，现在只好买一个来赔偿你了。"

小二哥道："碎了就碎了，不用赔偿。"

张欣铎道："你这么慷慨，怕你们掌柜的不答应呢。"

那小二道："这瓷枕不是店中之物。"

张欣铎道："不是店中之物是谁的物？"

小二道："也是一个客人拿来的，交代下说某月某日，有某某人来店住宿，就把此枕送给他用。我因这里南来北往的客人多，忘记掉了。昨日尊客说出姓张，触起旧念。就为记不起名字，请你老人家写出来，拿去对勘，对勘之下，果然一点子没有错，就把枕头送上。"

张欣铎听说，就把瓷枕碎片拾起，细细瞧视，见瓷枕里面写有黑字："此枕造于江西景德镇某某窑，成于某年某月某时，应于某年某月某时在常州某某客店，碎于张欣铎之手。"连念几遍，不禁大骇，遂问小二道："交这瓷枕的客人姓甚名谁？住在哪里？"

小二道："是一个道士。"

张欣铎道："道士总也有道号，也有观院。"

小二哥道："都记录在下面账上。"

张欣铎道："往来客人，你们都登账的么？"

小二哥道："那也不一定。这位道爷是自己叮嘱登账的。"

张欣铎道："请你们掌柜的把账翻给我瞧一瞧。"

小二哥连应使得，引张欣铎到账房，翻开账簿，见载着青阳道人，住景德镇西乡白云观。张欣铎急忙抄录了，回到奔牛镇，立志往江西访求，想着这道人有这么的先知，必是不凡之士，万万不可错过。但是他是个寒士，又坐着个蒙馆，辖着牧童八九，赵钱孙李，周吴郑王，天地玄黄，宇宙洪荒，已经忙得不得开交，更何从筹措川资，远访江西呢？没奈何，只得暂降雄心，权时忍耐。到中秋节，解馆散徒，收集了些些束脩，于是发奋长征，治装出门，直向江西进发。

不则一日，早来到江西景德镇，打听人家，知道西乡白云观离镇还有十多里呢。赶到白云观，只见观中丧事排场，一问旁人，说青阳道人仙逝了，还没有棺殓。张欣铎大惊失色，暗忖我千里远来，偏这么的无缘，不禁爽然。站了好一会子，回到镇上，办了一副吊礼，到白云观吊奠。小道士引到灵前，张欣铎扑翻身拜倒，放声大哭。发于至性至情，哭得万分凄惨。观中人见了，无不奇诧。就有一个小道士出来问道："尊客莫非就是常州张欣铎么？"

张欣铎道："我就是张欣铎，道兄怎么认识我？"

小道士道："吾师青阳道人临终交代，叫死后且缓棺殓，等候一个吊客到来。那吊客哭拜灵前，哭得万分凄惨，就是常州张欣铎。现在见尊客哭得万分凄惨，所以问一声。"

张欣铎道："令师约我来观，我为俗事羁身，蹉跎至今，才来贵地。不料令师已归道山，这是我自己耽误，实是命中注定，没有仙缘。但是感念令师知己，不禁悲从中来。"

小道士道："张先生里边请坐。小道受师父遗嘱，还有言奉告。"

张欣铎跟了小道士直到里面道房中坐定，小道士取出一只小竹箱，向欣铎道："师父临终交代，叫交给你带回家，好好研究。这里头几卷书，都是秘本，万勿轻视。"

张欣铎大喜，接了小竹箱，就在白云观，眼看青阳道人成殓，送他登山入穴安葬了，才取了小竹箱，欢欢喜喜回到奔牛镇。打开箱子，见两部书都是易，一部是《易经》，一部是《易纬》，都是道人亲笔批注的。从此潜心研究，昼夜探索，十年小成，二十年大成，成为数理大家。

崇祯十六年，占得一课，知道北京地方皇明气数已尽，动了忠君爱国之思，上了一个奏本，奏请迁都避祸。不意巡按史代奏上去，崇祯皇帝竟然大怒，下旨拿捕解京。地方官不敢怠慢，立把欣铎拿下，打入囚车，押解到京，问了个妖言惑众之罪，下在刑部狱里，但等秋后处决。

这年三月十九日，崇祯帝后就殉了国难。李闯占据未久，大清朝就定鼎了，他竟久禁狱中，不蒙恩赦。自占一课，知道此身已无出狱的指望，深惧数学失传，有负青阳道人，遂在监中向同难的人讲解易学，无如难友虽多，可传者未必能够出狱，能够出狱者又未必可传，因此倒很踌躇。

一日特占一课，知道此学传人，只有一人，尚未到来，须今年春分后五日才到。再占其人姓名，按照诗韵部位排去，却是韩子绥三个字。扣算日子，却是乙酉年三月初三日，遂取一柄小刀，在萧王殿柱上深深刻了一行字，是："乙酉年三月初三日，韩子绥来此。"字有核桃般大小，瞧去很是清楚，心下很是欣然。一过新年，就盼二月，好容易盼到三月初三这一日，张欣铎绝早起身，就在萧王殿后往来张望。挨过了午刻，果见一个三十来岁的新犯人，铁索锒铛地押进监来。那新犯人走到萧王殿柱前，见柱上有字，就站住了瞧看。瞧了几遍，脸上顿时现出惊异的样子。

张欣铎趋出，拱手道："此位可是韩子绥先生？"

那人大骇道："老先生如何认识在下？"

张欣铎道："因见尊驾停步观看殿柱，柱上却刻有字句，是以知之。"

韩子绥道："柱上的字是谁刻的？"

张欣铎道："是我刻的，还是去年九月动手刻的呢。"

韩子绥大骇道："先生有这么先见之明，真是神仙了。"

张欣铎笑道："哪有神仙住在监狱中之理？"

韩子绥道："那么先生是谁？"

张欣铎道："韩兄才到此间，房间还没有看定，此刻还不是讲话的时光，且俟看定了住所，再来叙谈。我住的是三号房间。"

韩子绥依言，自去料理住所。一会子就来拜访。原来这韩子绥官为兵部主事，犯了通南嫌疑，被人告发，拿捕下狱的。两人见面之下，互相钦敬，互相叙述，谈了好一会子的话。张欣铎道："我惧数学中断，急欲得可传之人。占得你老哥既属可传，又能出狱，所以去年占得之后，就把尊名刻在殿柱之下。"

韩子绥大喜，就在狱中折节称为弟子，领教易学。张欣铎是研究有得的人，知无不言，言无不尽，韩子绥又极聪明，告往知来，闻一知二，一年可抵十年之学。张欣铎见他如此猛进，讲解得格外高兴。

一日，张欣铎忽取出三卷《易经》，向韩子绥道："我本欲讲授完毕，现在大限临头，不由我主。这三卷书只好你自己去研究了。"

韩子绥惊问："师父欲将何往？"

张欣铎道："今天还有一日相叙，明日午正三刻，我必赴市正法矣。"

韩子绥骇极，问有无挽救的法子。张欣铎道："大数已定，何能挽回？"

韩子绥道："师父从哪里得来的消息？"

张欣铎道："我才占一课，知道本身禄命将尽，是以知之。"

韩子绥听了，不禁凄然泪下。张欣铎道："你这个人未免太俗了。学易的人理该视死如归。人谁不死？死先死后，都有定数，逃出逃不掉，怕也没中用。死于战场，死于法场，死于家，死于狱，同是一死，有甚可悲？"

韩子绥道："师父说我能够出狱，究竟我能够出狱与否？"

张欣铎道："这个你不消问得，只要瞧明日之我，明日午正我如果不死，那么你的出狱与否，尚在不可知之数；明日我果然正法而死，那么你也定可出狱。我的课占己既然不验，占人何能必验？"

欲知次日午刻应验与否，且听下回分解。

# 第十九回

## 吴天嶷称霸珠江
## 梁金刀骤逢大敌

话说次日午时三刻，刑部提牢厅发下提牢牌，提取犯从张欣铎。张欣铎欣然赴市，向韩子缓道："我少陪你了。咱们聚首一场，也是夙缘。务望精心研究，不负我一番教授。"说毕徜徉而去。

从此韩子缓独个儿研究，到次年三月，忽被刑部提出监牢，派了两名解差，充发青海而去。一到青海，就与异僧相遇，异僧也是喜欢数学的，两个人一见如故，投机异常，于是共同研究起来。首尾五年，两人都各研究成功，韩子缓就这一年离开青海，到别处去。

白侠学剑成功，辞师下山到青海漫游，飞渡弱水到得岛上，异僧迎着，笑问道："台驾不是剑客么？"

白侠惊问："吾师怎么知道我是剑客？"

异僧道："昨夜黄昏我早已知道今日今时，有白发剑客从东方来，现在见台驾准时而来，又是白发，所以知道。"

白侠大为惊异，就此折节为徒，虚心请益。等到易学大成，红黑两侠已经名满天下了，所以红黑白三侠中，唯有白侠精通数学，见课即知。上月中得一课，知道今日今时，曹仁父挈同白泰官来山，告知路民瞻、周浔两个徒弟，代为招待。自己因还有一件俗务未了，下山去了。

当下周路曹白相见之下，彼此都是熟人，各叙些别的情形，就留二人在山，静候白侠还山，举行拜师典礼。不过两日工夫，早见一道白光闪电般如飞而至，路民瞻就喊："师父回来了！师父回来了！"喊声未绝，白猿老人已在面前，还挈了一个和尚。

路民瞻趋前迎接，白侠道："曹仁父谅已到此。"

路民瞻道："到了。白泰官也同来的。"

白侠道："我早已知道。"

路民瞻问："这位大和尚是谁？"

白侠才待回答，周浔已经听得，就招曹仁父、白泰官同来谒师。三人同到面前，曹仁父、白泰官扑翻身躯就拜，口称师父，白侠受了半礼，开言道："你们都是同学，大家见过了礼。"

那和尚听说，就向路民瞻等跪下道："众位师兄在上，受我了因一拜。"众人才知道这和尚名叫了因，是师父新收的徒弟，急忙下跪答拜。

原来了因俗家姓吴，名叫天巍，广东佛山镇人。佛山吴氏在明朝本是个武术世家，吴家拳是名闻两粤的。吴天巍朝夜练习，又练到个极精。明末清初，两广地方朝明暮清，乱得最久。故老多死兵革，天巍独以拳勇鸣里中。这时光战争未定，国法还没有细密，吴天巍奔走既久，手头很是紧急。试做一回没本钱生意，得利非凡。大凡行劫的事情，做一回胆气壮一回，先还不过劫点子钱财，后来渐渐兼及女色。每到了夜里，就跃入人家，如鹰鹯搏雀似的，但见黑影一闪，人不及呼，已在数十步外了。等到天明，依旧把原人送还。还有雇壮士防守的，数十名精壮汉子，各执兵仗，挥刃而前，吴天巍一奋臂，兵器就纷纷坠地。他右手格拒，左手挈人，瞬息如风，人不能近。

一日，行经山下，他有一个仇人，在山顶上推一块百斤大石下来压他。大石触着他的帽儿，帽儿落地，他俯身拾起，弹去了尘土，慢慢戴在头上，徜徉而去。山上的人大骇，就此遁去。从此吴天巍更是肆无忌惮，无所不为。

一日，到了一群江湖卖技的，内有一个少妇，生有绝色，被天巍看上

329

了眼，夜里飞往抢劫。卖技的都是拳勇超人的，各执兵器，奋力斫杀，竟然斗他不过，少妇依旧被他劫去，黎明又送回。又奈何他不得，卖技的大愤。一日，镇上演剧，吴天巍掇一个高凳在台前，高坐看戏，扬扬自得。卖技的瞧见了，率领徒众，挟刀而往。怕他拳勇，都不敢近。踌躇再四，瞧见左近有一个茶炉子，水烧得正沸，急中生智，卖技的同一个徒弟，举起百沸茶炉子，望准了吴天巍奋力击去。吴天巍见茶炉子到来，说声不好，避已不及，急起左足一脚飞去。卖技的同那徒弟被茶炉子的反震，双臂立折，偌大的茶炉子踢开二十步外，泼了一地的沸水。看戏的人走避不及，被烫伤的跌倒了八九个。卖技的众徒弟七八人奋斫而前，吴天巍空拳格斗，斗有半个时辰，围住了再也不肯放松。

忽有一个大汉，闯身而入，一把拖住吴天巍向外飞跑，救出了重围。回视敌人倒不追来，吴天巍住了步，瞧那汉子紫糖色脸儿，六尺来长身子，浓眉大眼，很像一条好汉，忙向那人称谢。那人道："老兄虽是英雄，未免年少气盛。戏场中人这么多，大马金刀地厮杀，不怕殃及旁人么？"

吴天巍道："荷蒙救援，感激得很，只是素昧平生，尊姓台甫还未请教。"

那汉子道："在下姓梁，单名一个虎字。"

吴天巍道："莫非就是江湖上人称珠江金刀梁虎的梁大哥？"

梁虎道："不敢，就是在下。"

吴天巍抱拳道："久慕了。"

原来这金刀梁虎是南海县快班头儿，英雄出众，武艺超群，并且精明强干。巨窃剧盗撞在他手里，休想逃得过。吴天巍的本领梁虎久已知道，就为没有机缘结识，直至今日才得携手。当下两英雄一个是有心结识，一个是无意相交，不用说得，自然是非常要好。金刀梁虎交结了吴天巍，就邀天巍报名充役，天巍只肯为友谊的帮助。

一日，梁虎特来瞧天巍，天巍见他面现忧愁之色，就问："梁大哥，有何事故？"

梁虎道："老弟，愚兄不能活命了。"

吴天嶷问是何故，梁虎道："平南王尚藩府中失了窃，丢掉的又是郡主的珍贵首饰。现在藩府中传出王爷钧旨，限三日里人赃并获。三日拿不到贼子，南海县老爷就要摘顶听参。藩府给本官三日限，本官就给我两日限，那不是要了我的命了么？"

原来平南藩府第十三郡主年才十五，一夕正在藩宫挑灯独绣，忽觉帘衣微动，好似有人窥视似的。喝问谁，连问数声，无人答应。突见一个大汉掀帘直入，浑身都是黑衣，一手执着钢刀，白如霜雪，把刀尖指着郡主道："俺乃海马唐七，特来会你们藩王，误闯到此，烦你寄语，倘欲难为俺时，管来了他首级。"说罢，张目四顾，见箱子顶上置有一个小箧，耸身攫取到手，笑道："并非俺稀罕你这些东西，无非取作信物罢了。"说着，挈之而出，一跃登屋，转瞬不知去向。

郡主吓得魂不附体，直等贼去之后，才纵声大号。藩府家人闻声奔集，问明缘由，阖府沸腾。藩府护卫登屋搜索，哪里还有影踪？次日，藩府传谕番禺南海两县，限三日破案。金刀梁虎奉了南海县严谕，来找天嶷。

吴天嶷道："本官的谕话，既是这么严厉，我与你就分头访去吧。"

梁虎听说有理，两个人认定地段，分头洒缉。金刀梁虎到处留心，明察暗访，访了一镇日，毫无朕兆。瞧瞧天色，太阳已经西下，夕照衔山，天已晚将下来。梁虎叹了一口气，才待回城，忽见一个大汉劈面奔来，走得生龙活虎相似。身材魁梧，目光闪烁，一手玩着条节杖，瞧那粗细，分量必然不小，那汉子玩得灯草相似。心很奇怪，伺其行过，暗暗跟在他背后，跟了一程，见他行径很是乖僻，知道不是善良之辈。飞步赶上，拍他的肩头道："朋友，这几天做得好生意呀。"

那汉子绝不惊惶，慢慢地回头道："你做什么？我与你素昧平生，胡言乱道，你当我是什么人？"

梁虎道："你不认识金刀梁虎么？你的事情发作了。"

那汉子道："我有什么事发作？这么虚言恫吓，敢是要劫取我财物么？"

梁虎听了，踌躇未答。那汉子道："天下也有这么的名手么？话虽如此，能够认识我，眼光究竟不弱。我乃红柳儿唐五也，两粤山海，积案几千百，官吏严捕，奈何我不得，你去干你的事，休来管我。明日我自会犒赏你。"说着，照准道旁一棵合抱的大树，手起一掌，打得应手而倒。梁虎大骇，眼看他徜徉而去，呆立了半天，十分丧气。

没精打采走回来，伙计已都在他家中等候，吴天巍也在那里。招呼过了，梁虎就把经过的事说了一遍，遂道："他既然约得明日相传，谅无失信之理。我们当静静地等候，明日咱们依旧在此聚会，竟日长谈，窥他的行踪如何。"众人齐声附和。

到了次日，吴天巍等二十多人，齐到梁虎家中，团聚欢饮，天南地北，谈了一镇日，不见有人到来。吴天巍道："江湖上人哪里会有信义？你受了他欺骗了。"

梁虎也觉爽然。客散归寝，见案头雪花花元宝十只，不觉大骇，也不知从哪里来的。次日听说平南藩府夜间又丢了东西，一进一府两县都入藩府请罪。梁虎知道今日定要受责，哪里知道本官从藩府出来，倒很和颜悦色，问都不问一声。梁虎很是奇诧，从衙中出来，回到家里，吴天巍已等候多时。问他有何事故，吴天巍道："我今天伴大哥出去洒缉好么？"

金刀梁虎点头称好，于是两人做伴游行，走到西关长寿墟地方，忽见一个大汉缓步而来，梁虎暗向天巍道："这就是红柳儿。"遂拱手道："唐五哥，昨蒙厚惠，谢谢。"

唐五瞧了梁虎一眼，回身就走，一会子就没了踪迹。吴天巍心中一动，遇见了这么的英雄，当面错过，实为不值，遂决计出门探访。

欲知后事如何，且听下回分解。

# 第二十回

## 红柳和尚感情殉命
## 白猿老人收徒回山

话说吴天巘主意已定，随即出门，探访红柳儿唐五，访过好几座城镇。一日行抵潮州地方，谒过韩庙，游过鳄渡，登过凤凰台，慢慢走到上东堤，瞧见一所很大的宅子，门庭高大，气象巍峨。一个宽袍大袖的绅士，手执旱烟袋站在门口，吸着烟闲望。瞧那形状，很像红柳儿唐五。

那人瞧见吴天巘打量他，回身就走。吴天巘随步跟入，走进二门，见一切布置俨然世家。那人回头道："你是谁？来此做什么？"

吴天巘道："我是霸珠江吴天巘，为慕红柳儿大名，特来相投。"

唐五道："原来老兄就是霸珠江，既然起得这么一个大名，谅也是一筹好汉。惜我不出大门，很少领教，不曾听得过。"

吴天巘见他语气之间，很有轻薄自己的意思，不禁怒道："耳听为虚，眼见是真，你休得目中无人，咱们两个较量较量。"

唐五笑问："如何较量？倒要请教。"

吴天巘道："问你如何较量，我都可以奉陪。"

红柳儿道："咱们先较一较轻身术，好么？"

吴天巘连声说好，唐五就起身相让，把吴天巘让入花园中，见密密都是修竹，唐五连说："请坐请坐。"

吴天巘归了座，唐五道："请吴兄瞧小弟的粗浅末技，也请吴兄陪同玩玩。"说毕，嗖嗖向上一纵身，燕子般早飞上了竹梢。那竹枝通只笔管般粗细，这么大的身躯，栖在上面，一曲都不曲，一弯都不弯。跳去跳来，竹叶不过微微略动。跳了好一阵，方才下地，含笑向吴天巋道："献丑献丑，如今要领教吴兄了。"

吴天巋大惊道："佩服之至，我吴某哪里敢较量？甘愿投拜红柳儿为师，听候教诲。"说着仆翻身躯，拜倒在地。唐五忙来搀扶，已经拜了四拜，从此吴天巋拜红柳儿为师，学习轻身术。

这唐五本是两粤著名响马，徒党众多，海陆两路英雄都听从他的号令。劫得财富，从不敢私行吞没，总要候他分派。各处城镇都伏有线索，派有爪牙，谁富谁贵，谁好谁歹，他都知道。他自己安富尊荣，从不肯轻易出门，偶然出手，也不过出于一时高兴。吴天巋本领原也不弱，投在他门下，又增了个股肱，就是那海马唐七，也是他的部下。海马虽是姓唐，与红柳儿却是同姓不同宗的。红柳儿见天巋本领出众，后来居上，竟把他作为心腹第一。

一日，吴天巋正在外面散步，忽闻背后有人叫道："天巋兄，你在这里么？"

吴天巋回头，不禁大吃一惊。你道此人是谁？原来就是南海县快班头儿金刀梁虎。吴天巋只得站住道："梁大哥何来？"

梁虎道："愚兄服役公家，无非是奉公差遣。"

问他什么公事，梁虎道："咱们酒店中去喝三杯，细细谈话。"

当下二人就在东门街找一家酒店，拣副座头坐下，酒保送上酒菜，二人一边喝酒，一边讲话。只见梁虎低声道："老弟你在这里，这里的情形谅必熟悉，我跟你打听一个人。"

吴天巋问是谁，梁虎道："是红柳儿唐五。"

吴天巋吃了一惊，忙问："你怎么知道红柳儿在这里？"

梁虎道："是藩府中探知的，现在本官差愚兄来此，探一个究竟，探明白了，回去报告，平南王当派兵来拿捕。"

吴天巘道："小弟在此虽久，却不曾听得过。怕藩府中得来消息不确吧。"

梁虎道："确否我也未敢必，到了这里，说不得总要查访一回，才可回去销差。这一件事，藩府得注意，制台领了王爷钧旨，已严令本省各营县，一体严拿。愚兄访得了，还有一大注赏银呢。"

吴天巘听在耳中，记在心头，面上绝不露惊惶的样子。喝毕会钞出来，急忙报知红柳儿。红柳儿大惊道："此间可不能安身了。"这夜聚焦心腹党徒，商量了一夜，定出个办法，决计剃光头发，扮作和尚模样，逃入琼州海岛，再作道理。吴天巘也愿剃发，于是红柳儿唐五、霸珠江吴天巘都扮作和尚模样，即日迁入琼州。

这琼州四面环海，碧海青天，一望无际，真是世外桃源，休想找寻得到。红柳儿取名叫柳和尚，吴天巘取名叫了因。到了琼州，见雁塔峰上有一所古刹，没有人主持，柳和尚师徒就出赀雇匠，大兴建筑，部下心腹都来充作小工。那禅院三间，都是自己人帮同建筑，所在砖料，都从潮州运来的。几个月工夫，早把座破败古刹翻造得浑然一新。柳和尚师徒虽然做了和尚，依旧我行我素，酒色劫掠，依然一件都不能缺。

此时琼州府知府姓沈，由翰林出守珠崖，人极潇洒。到任之后，出外闲逛，因雁塔峰离城不过里许路，出南门就是，风景极佳。政余之暇，常来游憩，跟柳和尚一见如故，异常投机，常相往来。一个是海滨仙吏，一个是江洋大盗，交结得异姓骨肉一般。这沈太守，原不曾知道他是江洋大盗呢。

一日，忽奉总督部堂六百里密札，着他立拿柳和尚解省，如违重惩不贷。沈太守捧札大惊，筹划了一夜，知道遣役调兵都不中用，只有软示一法，动之以情，或者还能够就范。主意已定，就在衙门中置办盛筵，请柳和尚来喝酒。盘桓了好几天，沈太守愁眉锁眼，几次欲言又止。

柳和尚道："瞧公脸色，好似有着心事似的。叨在相好，定当为公分忧。务望实言见告。"

沈太守道："我果然有一件心事，但是这一件事，大和尚很不必问。因为知道了也不能够分忧。"

柳和尚道："咱们这么要好，什么事不可说？倘有用着我时，赴汤蹈火，在所不辞。"

沈太守终不肯说，柳和尚道："大丈夫行为当落落大方，为何学小女儿哎哎嚅嚅呢？"

沈太守道："因为这一件事，关系极大，要我干，与大和尚大有不利，要我不干，又与我自己大有不利。事处两难，我竟没有法子。"

柳和尚道："无论什么事，除了斫头，再没有难事。"

沈太守道："诚如公言。"遂出密札给柳和尚瞧。柳和尚瞧过密札，半晌不发一语，长叹一声道："我与公也是前世的缘分，所以一见如故。倘不株连大众，我这一腔热血，可以相赠。倘或不然，虽竟琼州十万之众，休想近我一步。"

沈太守道："督宪只要大和尚一人，绝不株连大众，尽可放心。"

柳和尚道："那么我就为公死是了。请公即同我回山，瞧我摒挡各事。"

沈太守即命将乘舆抬送柳和尚回山，自己也乘轿相陪。到了寺中，柳和尚即唤了了因，叫把后楼所藏册籍取来了。因唤两个帮手，向后楼搬取。好半天才搬齐，满满堆了半庭心。柳和尚抽取几册瞧看，都是兵马粮饷器械船只之数，瞧毕，即令举火，顷刻间焰腾腾地烧起来。

柳和尚道："我平生杀人如麻，死也不冤枉，便须好为棺殓。我所住禅院，三间墙壁中砖块都是金银铸就的，咱们相好一场，即举以赠公。从来好官不过多得钱耳，公有此巨金，亦可解组而归，不然，我死之后，两广地方，怕有人要甘心于公呢。"沈太守打恭称谢。

柳和尚向了因道："自古无不散之筵席，你也走吧。从此安分守己，别谋生计。做贼没好下场。不信时，只消瞧我。"

回向沈太守道："我事已经完毕，如今可听公所为了。"沈太守仍用轿

**336**

抬柳和尚到衙中，置酒相待。用船只亲自押解到广州。到了省城，才加上刑具。

总督部堂亲自讯问，那和尚直认盗魁不辞。追问他党羽，却不置一词。用三木夹棍，连断三副，依然神色不变。总督怕有他变，立刻叩头请王命处斩。绑赴法场，瞧见有状貌魁伟、踪迹诡秘的人，相率窥探。监斩官怕激变，不敢诘问。临斩的当儿，又有黑面长须的人，怒目而立。柳和尚唤他到面前，喝道："昨夜在狱中，再三劝你们改恶从善，终不肯听。岂以我不能斩你们么？快退快退。"霎时间人忽不见，柳和尚就引颈受戮，一时斩讫。

了因遭此大感触，决意悔改，在湖南地方遇见了白侠，就恳求白侠收作徒弟，学习剑术。也是合当有事，白侠竟会一口应允，于是白猿老人就挈他到峨眉山来。从此路民瞻、周浔、曹仁父、白泰官、了因五人，都在四川峨眉山练习剑术。

欲知了因和尚艺成弑师父，白猿老人数声命归天，红黑两侠飞剑惊番众，康熙帝三征噶尔丹，准番恃强吞邻国，南北侠大比剑术等种种热闹节目，都在《三剑客》书中，且俟《三剑客》开场，再行宣布。

**图书在版编目（CIP）数据**

红侠·黑侠·白侠／陆士谔著. — 北京：中国文
史出版社，2019.3

（民国武侠小说典藏文库·陆士谔卷）

ISBN 978 - 7 - 5205 - 0916 - 9

Ⅰ．①红… Ⅱ．①陆… Ⅲ．①侠义小说 - 中国 - 现代
Ⅳ．①I246.5

中国版本图书馆 CIP 数据核字（2018）第 272218 号

点　　校：袁　元
责任编辑：薛媛媛

出版发行：中国文史出版社
社　　址：北京市海淀区西八里庄 69 号院　邮编：100142
电　　话：010 - 81136606　81136602　81136603（发行部）
传　　真：010 - 81136655
印　　装：廊坊市海涛印刷有限公司
经　　销：全国新华书店
开　　本：720×1020　1/16
印　　张：22.25　　字数：281 千字
版　　次：2019 年 3 月第 1 版
印　　次：2019 年 3 月第 1 次印刷
定　　价：72.00 元